킹메이커 홍국영

채문수 장편소설

킹메이커 홍국영

신아출판사

추천사

새 역사의 킹메이커, 홍국영

유 현 종 (소설가)

지나간 역사를 어떻게 똑같이 재현해내느냐 하는 게 역사소설이 아니다. 지나간 역사에서 무엇을, 왜 얻어내려고 했나 하는 것이 역사소설인 것이다.

무엇을, 왜?는 바로 그 작가가 그리고자하는 치열한 역사의식이다.

조선왕조 5백 년에 우리는 두 분의 성군을 맞아 2번의 르네상스를 맞았다. 세종과 정조이다. 두 분 모두 학문과 문화부흥으로 꽃을 피운 영주였다. 특히 정조는 바른 정치를 구현하고 실학實學사상을 고취하여 큰 성과를 이룩했다.

아버지 사도세자 사건으로 세손이었으면서도 불구하고 보위를 물려받는 데는 거의 불가능했다. 주변은 모두 적이었고 그들 역시 보위를 노리고 있었기 때문이다. 청년 세손이 우여곡절 끝에 보좌에 앉게 만든 배후인물은 홍국영이었다. 그는 영매한 군주를 만들어 냄과 동시에 새로운 개혁 이상 국가를 꿈꾸고 실현에 옮겼다.

이 소설은 무명서생 홍국영이 궁중 암투와 당쟁 속에서 곡예를 하며 꿈과 야망을 펼쳐 성공한 그의 일대기를 그린 탁월한 역사 소설이다.

중견 작가 채문수는 작가로써의 모든 저력을 갖추고 있다. 역사적 고증이 철저할 뿐만 아니라 그것을 소설로 구성하는 능력이 탄탄하며 타고 난 이야기꾼이어서 재미와 긴장으로 사로잡아 책을 놓지 못하게 한다.

■ 목 차

* 추천사 / 유현종(소설가)

　1. 명문가에서 태어나다 / 9

　2. 과거科擧를 훔치다 / 33

　3. 세손 시강원侍講院의 설서說書가 되다 / 74

　4. 왕자王子는 가고 왕손王孫도 위태로운 나날들 / 110

　5. 누가 고양이 목에 방울을 채우랴? / 171

　6. 드디어 하늘이 열리다 /209

　7. 정조 시대와 규장각奎章閣 / 242

　8. 권력은 찰나刹那였다 / 281

　9. 세도정치勢道政治의 비조鼻祖가 되다 / 324

※ 작가의 말 / 359

'천하 모든 일이 내 손아귀에 있게 되는 날이 반드시 오리라

– 홍 국 영 –

1. 명문가에서 태어나다

 흰 구름 한 자락이 인수봉 중간 허리를 휘돌아 흘러가고 있었다. 마치 선녀가 긴 옷자락을 끌고 가는 것 같았다. 그 뒤로 눈이 시원한 푸른 하늘이 오늘 따라 쪽빛 바다 색깔이었다. 선녀의 눈부신 하얀 옷자락에도 쪽물이 은은히 스밀 것 같았다.
 아침부터 인수봉에 둥지를 튼 검독수리 한 쌍이 창공을 높이 날며 게으른 아침잠에서 깨어난 사냥감을 찾느라고 맴돌았다. 사냥감을 발견한 검독수리는 날개를 접고 수직으로 내리꽂혔다. 잠시 후 발톱으로 버거운 사냥감을 찍어 안고 하늘 높이 날아올랐으나 먹잇감의 무게를 이기지 못하고 떨어뜨리고 말았다. 검독수리는 그 먹이를 다시 찾으러 하강하지 않았다.

"얍"

"야"

북한산 골짜기를 울리는 기합소리가 쩌렁쩌렁 울렸다. 기합소리는 건너편 산골짜기를 타고 돌다가 다시 메아리가 되어 되돌아왔다. 산 속에는 오래되어 퇴락해가는 작은 암자가 있었다. 단청이 벗겨진 서까래의 맨살이 빗물에 얼룩져 흉하게 보였다. 기와지붕에는 바위손 등 고산식물이 잡풀과 같이 자라나 몰골이 더욱 초라했다.

암자 앞마당에는 한 젊은이와 흰 수염을 날리는 스님이 목검으로 찌르고, 막고, 돌고, 검술 대결을 하고 있었다. 두 사람은 온 몸이 땀에 젖었어도 그칠 줄을 몰랐다. 칼싸움은 젊은이가 노스님의 공격을 잘 막아 내지 못했다. 젊은이는 아직은 스님을 상대하기에는 역부족으로 보였다.

"얍."

"야아."

실전을 방불케 하는 스님과 삼 합을 겨루자 젊은이는 등에서 땀이 줄줄 흘렀다. 노老스님은 목검을 내리고 젊은이에게 그만 할 것을 요청했다.

"덕로, 오늘은 그만 하세."

젊은이는 아쉬움이 남아 있는 듯했으나, 이미 지쳐 있었다.

오늘도 젊은이는 새벽에 일어나 답답한 심정으로 북한산의 무명스님을 찾아와 땀에 흠뻑 젖도록 검술을 익혔다. 무명스님은 세속을 멀리하기로 이름이 널리 알려진 고명한 스님이었다.

덕로란 청년이 검술을 배우는 것은 누구를 베일 목적이 아니었다. 무술을 연마하여 심신을 단련하고 이 험난한 세상에 언제 닥칠지 모르는 위험으로부터 자기 자신을 보호하기 위해서였다. 무명스님은 거친 무명 수건으로 땀을 훔쳤다. 덕로라 불리는 청년도 땀을 닦았다.

"덕로. 힘이 많이 들지?"

"예, 스님, 조금이요."

덕로德老란 홍국영洪國榮이라는 젊은이의 자字였다.

노스님은 여담으로 검술에 관한 이야기를 들려주었다. 검술은 조선의 보조기예였지, 주된 기예는 아니었다. 기마민족인 한반도는 마상에서 창이나 활을 쏘는 것이 주된 무술이었다. 조선은 폭력을 쓰는 것은 좋지 않다고 여겼기에 흔히 오랑캐라 부르며 멸시했던 자들을 토벌하기로 했을 때에도, 조정에서 어찌 군자가 일족을 멸해버릴 수가 있느냐며 반대하는 신하도 있었다. 정말 현실을 모르는 어처구니없는 의견이었다.

유교적인 국가로서 왕이 공부를 해 백성이 살기 좋게 하는 것이 목적이었기에 무예는 도외시 당했다. 그나마 활쏘기는 정신수양에 좋다고 해서 선비들도 활쏘기를 즐겼다. 그래서 예부터 동이족東夷族이니 뭐니 했던 게 활쏘기와 관련이 있는 말이었다. 조선조에 들어와서도 여전했다.

그런 사상 때문인지 칼싸움이 주가 되는 육박전은 능숙하지 못했다. 임진왜란 때에도 우리는 조총에도 무너졌지만, 전국시대를 거치면서 칼솜씨가 극에 달한 일본 병사들과 근접전에서도 밀려서 참패한 것이라고 했다.

활은 조선조에서 창술이나 검술이 발전하지 못했던 것과 달리 날로 발전했었다. 더구나 활은 공자가 중요시한 것이라 유교문화에서도 우대가 되었지만 다른 무술은 중요하게 여기지 않았다.

노스님은 조선의 무예에 대해 해박했다.

국영은 무명스님으로부터 기 수련도 받고 있었다. 인체의 기를 극대화해 무한한 힘을 내기 위한 기氣, 심心, 체體의 수련법도 매일 배우고 있었다.

'몸이 일체가 되지 않으면 안 된다. 기가 심기를 일으키고 심이 신을 움직이지 못하면 파멸이 오고 만다.'

'심기에 따라 자신의 힘을 내는데 그 힘의 기능이란 의외로 강하게 할 수 있다.'

국영은 무명스님의 한마디 한마디를 주의 깊게 들었다.

오늘도 수련이 끝나자, 어제처럼 산골에서 흘러내리는 계곡물에서 목욕을 했다. 아직 얼음같이 차가운 물이 땀을 일시에 가시게 해주었다. 국영은 가벼운 발걸음으로 산에서 내려와 집으로 향했다.

국영은 집에 돌아오자 사랑채에 앉아 책을 펼쳐 공부를 시작했다. 과거를 보기 위해 관련된 많은 책들을 자기 방에 쌓아 놓고 있었다. 책장을 넘기고는 있었으나, 머릿속에 들어와 똬리를 틀어 주지를 않았다. 공부보다는 이 생각 저 생각에 사로잡혀 정신이 혼란스러웠다.

국영은 자리를 박차고 벌떡 일어났다.

'이 썩어 문드러진 세상을 확 뒤집어엎어야지!'

국영은 울분을 참지 못하고 화살을 설맞은 성난 멧돼지 마냥 방안을 이리저리 서성거렸다.

영조英祖가 용상에 오른 지 어느덧 오십 년 가까이 되었다.

금년 여름은 웬일인지 무더위가 계속되고 비가 오지 않았다. 농촌은 논바닥이 갈라지고 밭작물이 타들어 가는 등, 가뭄은 날이 갈수록 심했다. 조선 팔도의 민심이 흉흉했다. 견디다 못한 백성들은 기우제를 지냈지만, 영험을 보았다는 소문조차 듣지 못했다. 가뭄은 계속되고, 백성들은 분노했다. 자기네 동네 뒷산에 누군가가 자기 조상을 밀장密葬한 탓이라고 믿고 너도 나도 농기구를 들고 올라가 산 정상을 파헤쳤다. 그곳에서 동물 뼈라도 나오면 마치 유골을 찾은 듯 기뻐했으나, 영험이 없기는 마찬가지였다. 백성들은 먹고 살기가 팍팍하고 막막해지자, 무작정 한양으로 꾸역꾸역 올라와서 북촌이나 운종가雲從街를 돌아다니며 구걸을 일삼았다.

국영의 나이 한참 혈기 방장한 스물다섯이었다. 날마다 이렇게 허송세월만하고 있을 일이 아니었다. 친구 몇 명은 이미 과거에 급제하여 벼슬길에 올라 있었다. 단단히 각오를 하고 책을 펴 놓았지만, 머릿속에서 맴돌고 있는 세상사가 어지럽혀 학문이 머릿속으로 들어오지를 않았다.

뒷짐을 지고 방안을 왔다 갔다 하던 국영은 한마디 외쳤다.
'천하 모든 일이 내 손아귀에 있게 되는 날이 반드시 오리라.'
'그래, 부딪쳐 보자. 내가 이기나 세상이 이기나 어디 한번 겨뤄 보자.'
국영은 안채로 들어가 어머니에게 물었다.
"어머니, 나 가회방 할아버지를 찾아뵙고 싶은데 선물로 가지고 갈만한 게 없을까요?"
"애야, 세상에 없는 것 없이 사시는 가회방에 무슨 선물이 가당하기나 하겠냐?"
어머니의 말이 옳았다. 영의정까지 지내고 봉조하로 있는 홍봉한洪鳳漢의 집에 가져다 줄 선물은 쉽지 않을 일이었다. 어머니의 말처럼 없는 것이 없이 잘사는 세도가의 집에 가져다 줄 선물은 없었다. 그야 말로 큰 금송아지나 가져다주면 모를까.
국영은 광문을 열고 들어가 여기저기 살펴봤으나, 마땅한 게 없었다. 조반석죽도 힘 든 판에 무슨 선물할 만한 게 있겠는가? 가회방에 갔다 줄만한 것은 아무 것도 보이지 않았다.
"야. 이놈아, 뭘 가지고 나가냐?"
"아무 것도 가지고 나가지 않아요."
오늘따라 밖에 나가지도 않고 집에 있는 아버지 홍낙춘洪樂春이 한마디 시비를 걸고 나왔다. 대청마루에 앉아 합죽선으로 여름을 나고 있던, 그래도 양반행세를 하는 아버지 홍낙춘의 큰소리였다.
국영은 마당 한 쪽에 있는 샘에서 물을 길러 시원한 샘물을 한 바가지

벌컥벌컥 마셨다. 그러면서 생각이 났다. 이 시원한 샘물을 한 항아리 짊어지고 가져다 바치고 싶었다. 그러나 마땅한 항아리도 운반할 수단도 없었다. 냉수를 한 항아리 받는다면 홍봉한 할아버지는 어떤 표정이 될까? 국영은 자기가 생각해도 어이가 없어서 마당에 서서 하늘을 쳐다보고 실성한 사람처럼 껄껄 웃었다. 어쩌다 집안 형편이 이 모양이 되었는지 한심스럽기 그지없었다.

집안은 다행히 조부 덕에 아직도 행세깨나 하는 집안으로 정평이 나 있었다. 사랑채가 딸린 안국방安國坊의 이 집도 할아버지 때에 마련한 집이었다. 그런데 조부가 저 세상으로 떠나가고부터 집안은 몰락의 길로 들어섰다. 조부의 위력이 그렇게 대단한 줄을 국영은 미처 알지 못했다.

조부에 이어 부친이 벼슬길에 올랐어야 하는데, 부친은 오히려 장안에 소문난 못난이로 유명했다. 남들의 술자리를 기웃 거리면서 동냥 술을 얻어 마시고 다녔다. 곤드레만드레가 되어, 어둑해져서야 겨우 집에 돌아오는데, 어디서 배워 들었는지 당시 유행했던 '배따라기'란 노래를 흥얼거렸다. 봄철에 사람들이 화전놀이를 하면 물 만난 고기처럼 살판이 나고도 남았다. 사람들은 양반이 바보짓을 하면 더욱 좋아했다. 술을 얻어 마시는 것을 양반, 평민 술자리를 가리지 않았다.

'어이, 배따라기, 한 곡조 뽑아봐.'

술을 한잔 준 그들은 노래를 청했다. 그 말이 떨어지기도 전에 서슴없이 '배따라기'를 불러댔다. 그러면 사람들은 신이 나서 손뼉을 치고 한마디 더했다.

'잘한다. 아주 잘한다. 한가락 더 뽑아라. 더 뽑아.'

'낙춘아, 춤도 춰라. 춤도 춰.'

아직 어린것들도 함부로 하대를 하고 소리를 질렀다.

그렇게 사람들이 박수를 치고 소리를 질러대면, 한술 더 떠 엉덩춤까지 덩실덩실 추면서 한가락 더 뽑았다. 그것으로 끝나는 것이 아니고 사람들이 요청만하면 계속 이어졌다. 아이들까지 '배따라기 낙춘'이라고 놀리면서 가지고 놀던 나무 막대기로 엉덩이나 항문 께를 쿡쿡 찔러댔다. 참다못한 홍낙춘이 '네 이놈'하면 키득거리고 도망가기 일쑤였다. 그런가하면 어느 때는 건달도 건달 같지 않은 무지렁이에게 얻어터지고 오기도 했다. 아들인 국영은 창피해서 얼굴을 들고 다닐 수가 없었다. 체면이 말이 아니었다.

아버지가 어느 정도 앞가림만 한다면 과거를 보지 않아도 미관말직微官末職은 꿰어 찰 수가 있는 집안이었다. 당시의 조선왕조에는 과거를 보지 않고도 양반가에 벼슬을 주는 '음서제도蔭敍制度'라는 것이 있었다.

지금 이 땅을 쥐고 흔드는 것은 같은 가문의 풍산 홍씨豊山洪氏였다. 욕먹을 정도만 아니라면 낮은 직급의 벼슬은 한자리 할 수도 있게 되어 있었다. 그러나 하는 행동거지가 저 모양이니 어디 가서 벼슬을 달라고 부탁할 수도 없는 처지가 되었다. 못난 행실은 장안에 이미 쫘하게 소문이 나 있으니 답답할 노릇이었다. 남들보다도 일가친척들이 머리를 절레절레 흔들었다.

그중에서도 집안 할아버지뻘인 당시 최고의 세도가인 홍봉한洪鳳漢의 이복동생 홍인한洪麟漢은 막말을 서슴지 않았다.

'집안 망신 그만 시키고, 두문불출하고 죽은 듯이 죽치고 지내든지. 아니면 어디 낯 모르는 시골구석에 가 살라고 해라.'

나는 새도 한마디에 떨어뜨리는 세도가인 홍인한으로서는 그럴 수도 있는 말이었다. 이런 말을 들었는지 안 들었는지 아버지인 홍낙춘은 날마다 술타령에 아랑곳하지 않았다. 누가 뭐라고 하든 말든 아침부터 술만 있으면 취해서 벼슬이고 뭐고 세상만사가 즐거운 사람이었다. 술이라는 마약에 찌들어서 세상 돌아가는 형편은 아랑곳하지 않았다.

그런 형편없는 아비에 자식인 국영은 효자였다. 아버지에게 듣기 싫은 소리 한마디 말도, 싫은 내색도 하지 않았다. 자식 된 도리로 아버지에게 이래라 저래라 하는 것은 불효라는 생각에서였다.

그렇지만 홍인한이 했다는 말을 들었을 때 국영은 분통이 터져서 두 주먹을 쥐고 부르르 떨었다.

'이 썩을 놈의 세상을 확 뒤집어엎어야지. 어디 두고 보자, 인한이고 할아버지고 한번 걸리기만 하면 가만 놔두지 않고 요절을 내고 말테니까.'

그러나 지금으로써는 혈기 방장해서 울분만 앞섰지 역부족이었다. 혼자 분통을 삭힐 수밖에 없는 처지였다. 다른 사람이 듣고 고변을 한다면 역적으로 몰려, 곤장을 맞다가 장살되거나, 아니면 담금질을 당하고 결국에는 참형에 처해질지도 모르는 일이었다. 국영은 아무리 생각해봐도 뾰족한 방법이 떠오르지 않았다. 가세는 하루가 다르게 기울어가고, 이

대로 가다가는 산 입에 거미줄 쳐 누워서 굶어죽고 말 형편이었다. 양반은 어디 가서 막된 일이라도 하고자 해도 할 수가 없는 세상이었다. 앞이 내다보이지 않는 답답한 일이었다.

국영은 자기 자신이 과거를 보아 미관말직이라도 한자리하는 수밖에 딴 도리가 없다고 판단했다. 그리고 단단히 각오를 했다. 열심히 공부를 했고, 글제가 내 걸리면 충실히 썼다. 이번에는 되겠거니 하고 발표장에 가 보면 합격자 이름을 써 붙여 놓은 합격자 방榜에 이름이 없었다. 그때마다 영락없이 떨어지고 낙심천만했다. 풍산 홍씨라면 벼슬하지 않은 사람이 없었으나, 배따라기 홍낙춘의 아들은 언감생심 어림없는 일이었다. 마치 태산을 숨 가쁘게 허위허위 넘어가는 두루미만도 못했다.

과거를 단념하고 풍산 홍씨 집안의 누군가라도 찾아서 벼슬을 구걸해 보고자 나섰다. 체면상 자기에게 벼슬을 달라고 할 수는 없는 일이었다. 백두로 있는 부친의 벼슬을 부탁하려고 발 벗고 나선 것이다. 되면 다행이지만, 거의 희망이 보이지 않는 일이었다. 낙춘이는 안되겠으니 꺼내지도 말아라. 다음 말을 기대하고 눈치만 봤으나, 더 이상 말도하지 않고 외면해 버렸다. 혹시, 너의 아비 낙춘이는 안 되겠으나, 너라면 한자리 써 주겠다고 나오기를 기대했으나, 누구도 그런 말은 꺼내 보지도 않았다.

권세가 하늘을 찌르는 집안사람들은 국영이네를 친척으로 여기지도 않았다.

"집안 형편이 너무 어려워서 그러니 가친에게 미관말직이라도 한자리 부탁합니다."

머리를 조아렸으나, 돌아오는 대답은 누구나 뜨뜻미지근했다.

"글세……. 어디 마땅한 자리가 있어야지."

비 맞은 중이 중얼거리듯이 혼잣말처럼 중얼대다가 외면하기 일쑤였다.

"내가 무슨 능력이 있어야지."

그 말만하고는 못 볼 사람을 본 듯, 마주쳐다보지도 않고 눈길을 바깥으로 돌렸다. 이른 봄부터 한여름까지 굴욕을 참아가면서, 찾을만한 데는 다 찾았으나, 누구 하나 진정으로 걱정해 주는 사람도 없었다. 마치, 만나는 사람마다 말을 꺼내면 못들을 소리를 들은 듯 외면해 버렸다.

국영이 일탈하는 행동을 보면 양반 자제가 그러면 안 된다고 일침을 가하는 사람이 있었다. 수표교 다리 밑의 거지 대장 광문이란 사람이었다. 오히려 그들이 걱정해 주는 편이 인간적이었다. 당시는 사람 취급에도 넣지 않는 부류였다.

광문이를 알게 된 것은 참으로 우연이었다. 친구가 과거에 급제하고 술을 한잔 사는 바람에 곤죽이 되게 마셨다. 국영은 낙방한 자기 처지를 비관하면서 마시다 보니 크게 취했다. 계절은 단풍이 들기 시작하는 초가을이었다. 비틀거리며 걸어가다가 길가에 놓인 바위에 잠시 걸터앉았다가 시원한 바람이 좋아서였는지 쓰러져 스르르 잠이 들었다.

"도련님, 이제 정신 차리시지요."

그 말에 눈을 떴을 때야 집이 아닌 생소한 환경에 누워 있는 것을 알

앉다.

주인을 찾자 나타난 게 이 집 주인인 광문이라고 했다.

"쥔장. 도대체 여기가 어디요?"

"수표다리 아래 제 집입니다."

자기가 수표교 아래의 거지 소굴에 누워 있다는 사실을 알았다. 국영은 자리에서 벌떡 일어났다.

"이게 어떻게 된 일입니까?"

"양반집 도령님 같으신데 말씀 낮춰하시지요. 어젯밤 우리 아이들이 꽁꽁 얼어서 인사불성이 된 도련님을 떠메 왔습니다. 가만 놔두면 얼어서 동사하실 것 같아서입니다."

국영은 어젯밤 일이 생각이 나지 않았다. 기방에서 나올 때까지는 기억이 가물가물 있었으나, 그 이후는 생각해 봐도 떠오르지 않았다. 거리의 바람이 시원했고, 그게 좋아서 길가에 바위를 보자 잠시 쉬고 싶어서 앉아 있었던 것까지는 희미하게 기억이 났다.

그리고 무슨 꿈을 꾸었던 것 같았다. 소복을 입은 미모의 여인네를 한없이 따라 나서 갖가지 아름다운 꽃길을 따라 걸어갔었다. 기화요초가 만발한 화원을 구경했었다. 그 화원의 구경이 끝나고 다리를 건너 다음 화원으로 가려는 순간 다리 중간이 삭아서 뚝 끊어졌다. 다리 아래는 천 길 낭떠러지로 곤두박질쳐졌다. 파란 강물이 흐르고 있어서 잘하면 살아 날 수도 있다는 생각을 하는 순간 누군가 말을 걸어왔다. 그러나 국영의 입은 얼어서 떨어지지를 않았다. 그들은 동사 직전의 국영을 구해 온 것이다. 그게 바로 광문이가 거느린 졸개들이었다.

 국영은 일가를 찾아가 벼슬을 구걸하기에는 자존심이 허락하지 않았다. 목구멍이 포도청이라고, 어찌하랴! 그래도 집안 어른 중에서 괜찮은 사도세자의 장인 홍봉한을 찾아가 볼 생각이었다.
 마지막으로 허실 삼아 찾아보고, 안 되면 입산하여 북한산의 무명스님을 찾아가 의탁하거나, 남산(木覓山)에 올라가 목을 매거나, 한강에 빠져 죽거나 해야 할 판이었다. 그러나 세상에 태어나서 이렇게 사라지기에는 너무 억울하고, 자존심이 허락하지 않는 일이 아니겠는가!
 국영은 하늘을 우러러 긴 탄식을 했다.
 '할아버지 저 좀 도와주세요.'
 돌아가신 할아버지에게 도와 달라는 주문을 외웠다.
 홍봉한과는 가까운 집안 친척이었다.
 국영의 할아버지 창한(昌漢)과는 8촌간으로 항렬로 따지면 집안 할아버지뻘이 되었다. 혜경궁 홍씨의 아버지로 사도세자의 장인이기도 하며, 홍인한의 이복형이었다. 금년에 환갑이 된 이 노인은 국영의 아버지인 낙춘을 우습게 보아주기는 매일반이었지만. 다른 일가들과는 달리 말을 붙이면 대답 정도는 해주는 사람이었다.
 홍봉한은 어느 정도 권세를 부릴 수도 있었다. 영의정을 지내고 물러나 조용히 지냈다. 지금은 봉조하(奉朝賀)라는 명예직으로 있었다. 영조의 신임이 두터웠고 조정에서 그의 말을 거역할 사람은 없었다.

국영은 눈을 딱 감고 홍봉한을 찾아가서 통사정을 해볼 참이었다. 발길이 떨어지지 않았으나, 찾아 가 보는 수밖에 딴 도리가 없었다. 그는 가회방의 언덕길에서 발을 멈추고 서서 발아래 펼쳐진 성안을 내려다보았다. 한눈에 전 시내가 다 내려다보였다. 사람들은 이 집터가 명당이라고 말하는 사람도 있었다. 옷소매로 얼굴의 땀을 훔치고, 숨을 몰아쉬었다.

아래로 내려다보이는 저 집 속에 사는 백성들도 다 그렇고 그런 걱정을 안고 살아갈 것이다. 가물까지 겹친 이 흉년에 벌이가 없고, 식솔이 많으면 구걸이라도 해서 먹고 살아야 할 일이었다. 허우대가 멀쩡하고 힘이 장사면 뭣하겠는가? 양반은 땀 흘리는 일도 못하게 되어 있었다. 이 또한 사회 규범이었다. 상민이라면 몸만 성하다면 개백정내의 피 통이라도 져 날라 식솔들을 먹여 살려야 가장이라고 할 수 있을 일이었다.

홍봉한의 집은 가회동에서도 알아주는 대궐 같은 기와집이었다.

국영이 대문간에 들어서자, 지키고 있던 청지기는 말도 붙이기 전에 손사래를 쳤다. 이미 안면이 있는 터였다. 그냥 돌아가라는 신호였다.

"어르신 안에 계시는가?"

국영은 일부러 목소리를 높여 위압적으로 말했다. 국영의 허세에 청지기는 눈살을 찌푸렸다. '배따라기' 홍낙춘의 자식 주제에 큰소리는 무슨 큰소리냐 하는 표정이 역력했다. 청지기가 마지못해 대답을 했다.

"지금 어르신께서는 작은 대감이 찾아오셔서 두 어르신께서 정담을 나누시고 계시는 중이오. 오늘은 그냥 돌아가시는 것이 좋을 것이오."

작은 대감이라면 홍봉한의 동생인 아우 홍인한이었다.

오십을 갓 넘은 홍인한.

이 세상의 모든 거드름을 혼자 다 피우고 눈에 보이는 것이 없는 안하무인의 인간이었다. 이조판서이다 보니 대·소의 벼슬은 그의 손을 거치지 않고는 될 수가 없었다.

국영은 잘 됐다고 생각했다. 홍봉한에게서 안 되면 어차피 홍인한에게까지 가서 부탁할 처지에 그가 와 있다는 것은 오히려 일석이조의 잘된 일 같기도 했다. 국영이 안으로 들어가려 하자 청지기가 막아섰다.

"이판대감이 찾아 와 계시다니까. 오늘은 들어가 봤자. 혼쭐이나 난다고……"

청지기까지도 국영을 무시했다. 그래서 그런지 갑자기 반말지거리였다.

"나 귀먹지 않았어. 알고 있어. 비키지 못해."

앞을 막아서는 청지기를 오른 손으로 힘껏 밀치고 대문 안으로 들어섰다. 청지기는 기골이 장대한 국영이를 막아내지 못했다.

"아이구 참, 그냥 돌아가시는 게 신상에 좋으실 텐데……."

청지기가 국영이에게 떠밀린 것이 억울했든지 기어이 한마디 했다.

형제는 사랑방 문을 열어 놓고 담소를 나누고 있었다. 홍봉한과 홍인한은 이복 형제였다. 아버지 홍현보洪鉉輔는 첫 부인이 홍봉한을 낳고 죽었다. 후처에서 홍인한 등 3형제를 낳았다.

"국영아. 어서 오너라. 네가, 웬일인고?"

홍인한이 먼저 보고 독수리눈을 하고 노려보다 외면했지만, 홍봉한은 그래도 부드럽게 나왔다. 국영은 홍봉한과 홍인한에게 큰절을 한 번씩 올렸다.

"이 혹서에 어떻게 지내시나 인사차 왔습니다."

홍봉한은 그래도 인자한 눈으로 바라 봤다.

"네가 이렇게 헌헌장부로 성장해서 기특하구나."

"큰 할아버지 빈손으로 와서 면목이 없습니다. 올 때 시원한 샘물이라도 길어 오려고 했으나 마땅한 그릇이 없었습니다."

홍봉한은 어이가 없는지 그 말에는 대꾸하지 않고 허허하고 웃었다.

"그래, 네 애비는 요즘 뭐하고 있느냐?"

홍봉한은 그래도 아버지 안부부터 물어 보았다.

"아버지께서는 무탈하게 잘 지내고 계십니다."

"큰일이구나! 나이 오십 줄인데, 여태 정신을 못 차리니. 참말로 걱정이구나."

"집안이 말이 아닙니다."

국영은 대답하지 않을 수가 없어서 한마디 했다.

"그래. 요즘 너희 집 살아가는 형편은 어떠냐?"

"이웃들 덕에 조반석죽으로 겨우 굶어 죽지는 않고 있습니다."

"아무래도 그럴 테지. 안타까운 일이구나. 내가 식량이라도 좀 보내마."

"쓰고 단것을 가릴 처지가 아닙니다. 할아버지께서 어디 자리를 하나 마련해 주십사 해서 찾아 왔습니다."

열려진 창문으로 마당을 무연히 바라보며 한참동안 말이 없던 홍봉한은 아우 홍인한을 쳐다보았다. 이판인 동생이 어디 한자리 알아서 해 달라는 표정이었다. 이판이 해 주고자 한다면 얼마든지 해 줄 수 있는 일이었다.

아우인 홍인한은 못들은 척 아무 반응이 없었다.

"이판. 어디 적당한 자리 하나 없겠는가?"

국영을 외면하고 잔뜩 화난 표정으로 앉아 있던 홍인한은 별안간 국영을 향해 삿대질을 했다.

"네 애비, 그 '배따라기' 낙춘이를 벼슬을 시켜 달라, 그런 말이냐?"

국영은 그 말을 듣는 순간, 아차, 싶었지만 머리를 숙이고 한 마디 했다.

"네, 작은 할아버지. 잘 부탁합니다. 살펴 주십시오."

"뭐? 부탁? 네 애비 같은 무지렁이 '배따라기'도 앉을 자리가 있다더냐? 있으면 어디 말해 봐라. 네 애비가 무얼 할 수 있는지?"

홍인한이 점잖지 못하게 볼썽사납게 나왔다. 보다 못한 형 홍봉한이 점잖게 한 마디 했다.

"이판, 그러는 게 아닐세. 국영아, 너희 집의 어려운 사정은 내가 잘 알고 있다. 시간을 두고 좋은 방안이 있는지 찾아보마."

그 말을 듣던 동생 홍인한은 펄쩍 뛰었다.

"그 얼간이 '배따라기' 낙춘이에게 벼슬자리라니? 형님, 그게 말이나 됩니까? 동네 골목의 개들도 웃을 일입니다. 절대 그것은 있을 수 없는 일입니다. 우리 풍산 홍씨 가문의 수치 중에 수치예요."

그래도 홍봉한은 얼굴 표정을 변치 않고 한마디 더했다.

"세상사를 그렇게만 보는 게 아니라니까. 낙춘이도 우리집안 조카 아니냐?"

형님 홍봉한의 말을 듣던 홍인한은 더욱 화를 냈다.

"인마, 너 들어봐. 벼슬이란 것은 인재를 등용해서 나라를 올바로 다스리고 백성을 편하게 하자는 것이야. 네 애비 낙춘이 같은 얼간이가 어떻게 그 일을 감당하겠냔 말이야? 아침부터 술청에 앉아서 '배따라기'나 부르고 있으면, 그 고을 꼴이 뭐가 되겠냐?"

고개를 숙이고 듣고만 있던 국영은 분을 꾹꾹 누르고 고개를 빳빳이 쳐들고 한마디 했다. 마치 항의하는 거나 다름없었다.

"작은 할아버지, 그러시면 저를 입에 풀칠이라도 하게 미관말직에라도 한 자리 좀 써주시지요."

홍인한은 얼굴이 벌게지더니, 벌떡 일어섰다가 도로 앉았다.

"뭐, 뭐라고? 저를 써주시지요? 이런 고이얀, 천하에 막된놈이 어디 안전이라고 그 따위 돼먹지도 않은 소리를 지껄이고 있냐? 네가 뭔데 너 따위를 써 준단 말이냐?"

국영은 주먹으로 방바닥을 내리치고 벌떡 일어섰다.

"작은 할아버지, 안 되면 그만이지, 이렇게 사람을 무시하고, 우리 집안을 깔아뭉개는 법이 어디 있습니까?"

홍인한은 옆에 있던 옥으로 만든 퇴침을 끌어당기면서 불호령을 내렸다.

"이런 고얀, 인간 말종 같은 놈, 썩 물러가지 못할까?"

홍인한은 얼굴이 붉으락푸르락하면서 고래고래 소리를 질렀다.

그대로 방안에 버티고 있다가는 퇴침이 날아와 얻어맞을 판이었다. 국영은 잽싸게 방문께로 비켜섰다.

무명스님에게서 검술을 배우는 동안 몸이 그래도 어느 정도 날렵해지고 상대를 잽싸게 읽을 줄 아는 능력이 생겨서 망정이지 그렇지 않았다면 큰 봉변을 당할 뻔했다.

홍인한은 그래도 분이 풀리지 않았는지 또 고래고래 소리를 질렀다.

"국영이, 너 이놈, 썩 물러가지 못할까. 너희 부자는 다시 내 눈 앞에 얼씬거리지 않게 해라. 꼴도 보기 싫다."

국영은 도저히 참을 수가 없었다.

"왜? 그렇게 우리 부자를 잡아먹지 못해 안달이십니까?"

"뭐? 이놈이 어느 안전인지도 모르고 덤벼. 여봐라?"

홍인한은 마침내 마당의 하인을 불렀다.

더 버틸 수 없는 상황이었다. 국영은 홍인한은 쳐다보지도 않고 홍봉한에게만 소생 물러갑니다. 하고 뒷걸음질 쳐서 방안을 물러나왔다. 그래도 점잖게 말하는 홍봉한 할아버지에게는 예의가 아닌 것 같아 꾹꾹 눌러 참고 인사를 하고 나왔다.

국영은 대문께로 나오면서 서글픈 생각이 들었다. 어쩌다 우리 집안이 이 모양, 이 꼴이 되었는지 슬픈 감정이 앞섰다. 맑은 하늘이 뿌옇게 보였다. 아버지가 집에 가만히 앉아 있기만 해도 이런 수모까지는 당하지 않았을 것이었다. 그야말로 만감이 교차했다. 양반이 벼슬을 못하면 사람 축에도 들지 못하는 세상이었다. 국영이 고개를 푹 숙이고 대문 밖으로 나오자, 청지기의 얼굴에 비웃는 표정이 역력했다.

국영은 못 본 척 아랑곳하지 않고 홍봉한의 집을 나왔다.

국영은 영조 24년(1748년 /戊辰年) 한양에서 태어났다.

서울 풍산 홍씨들의 비조격인 홍이상의 8대손, 선조와 인목왕후 김씨와의 사이에서 낳은 정명공주와 영안위永安尉 홍주원洪柱元의 6대손으로서, 역시 영안위 후손인 홍봉한, 홍인한 형제는 10촌 할아버지뻘이었다. 혜경궁 홍씨와는 11촌간의 같은 집안이었다. 조부 홍창한洪昌漢은 관찰사와 감사監司까지 지낸 인물이었고 백부인 홍낙순은 대과에 급제했고 숙부인 홍낙빈도 진사였다. 부친은 홍낙춘이었는데 벼슬을 하지 못한 백두였다.

홍국영은 그의 고조 홍중해는 인현왕후의 고종사촌이었고, 정순왕후 김씨의 8촌 형제인 김면주의 어머니는 홍국영의 5촌 당고모였다. 홍국영은 혜경궁과 정순왕후라는 두 외척과 모두 인척인 셈이었다. 세손과도 촌수를 따지면 12촌 형제였다. 혜경궁 홍씨가 쓴 '한중록'을 보면 영조가 홍국영을 보고 '내 손자로다.'라고 칭찬했다고 하는 것은 이런 연유에서였다.

홍국영 가계도

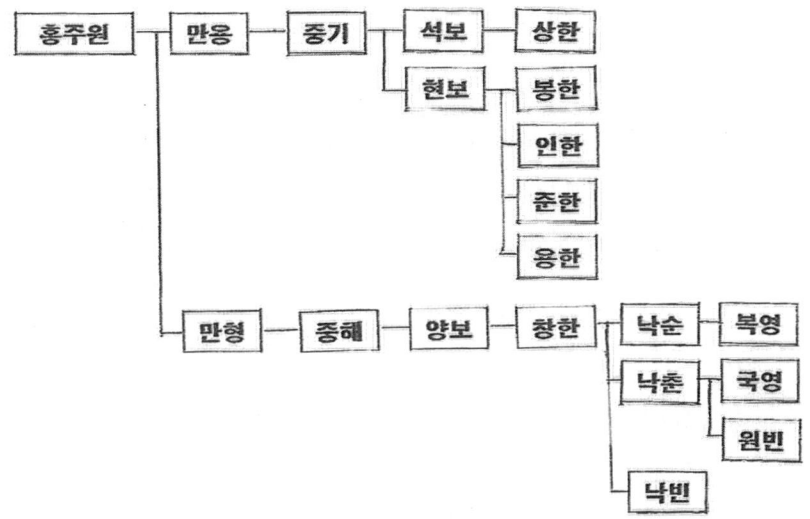

세손도 홍국영의 가문을 잘 알고 있었다. 세손은 홍국영이 노론에서 파견한 간자일지도 모른다고 속단할 정도였다. 그의 집안이 노론에 속해 있기 때문이었다.

그의 모친은 이유李維의 딸인 우봉 이씨牛峯 李氏였다. 그의 집안 자체는 당시 한양에 사는 최고의 문벌 집안인 소위 경화사족京華士族이었다. 그러나 그의 아버지가 벼슬을 하지 못하고 대낮부터 술에 취해 '배따라기'나 흥얼거리고 다니는 별 볼일 없는 백두白頭에 불과했다. 이런 아버지 때문에 국영은 어릴 때부터 숱한 설움과 무시를 당하면서 성장해야했다. 국영의 가슴 속에는 피멍이 켜켜이 쌓여 절치부심, 입신양명할 것을 다짐하면서 성장하게 되었다.
 성장하자 육척장신에 떡 버러진 어깨하며 외모가 당당했다. 더구나 얼굴까지 준수한 용모로 신수가 훤한 인물이었다. 눈빛은 날카로워 상대를 쏘아 보면 섬뜩할 정도였다. 누가 함부로 얕잡아 볼 수없는 그야말로 헌헌장부였다. 그는 글공부는 잘하진 못했지만, 두루 세상사에 아는 것이 많았다. 평소 점잖지는 않았고, 사람들 앞에서 잘난 척하기를 좋아해 주위로부터 빈축을 사기도 했다. 직감과 순발력이 뛰어나 임기응변과 두뇌회전이 빨랐다. 여러 사람과 어울리기를 좋아했다. 양반 서민을 가리지 않고 친분을 쌓아 세상 돌아가는 이치에 밝았다.
 '시장 바닥을 샅샅이 알아야 민심을 알 수 있다오.'
 남들 앞에서 이야기를 하는 것을 즐기기도 했다. 또 여색을 좋아해 돈푼이나 생기면 기방에 들르는 일이 자주 있었으며, 기방 여자들로부터 대단한 인기를 누렸다. 흥이 나면 노래를 부르면서 덩실덩실 춤을 추기도 했다.
 '나비야, 나비야, 청산 가자. 호랑나비야, 너도 또한 함께 가자…….'라는 창을 잘한다는 소문이 항간에 널리 퍼졌다. 아버지의 영향을 받은 집안 내림인지 특히 시조와 창을 잘했다. 어릴 때부터 시정잡배들과 함께 어울리며 술을 마시거나 내기 장기를 두기도 했다.
 훗날 혜경궁 홍씨의 한중록과 당시 암행어사였던 심낙수의 기록에서 홍국영의 외모나 행실 성격들에 대한 언급이 자주 있었다. 결론을 말하면 칭찬인지 욕인지 어쨌든 혜경궁 홍씨나 심낙수가 홍국영과 우호적

이진 않았다.

혜경궁의 한중록에도 얼굴이 잘 생겼다는 말은 있었다. 혜경궁은 홍국영을 싫어했다. 처음부터 그런 것 같지는 않았다. 홍국영이 중부인 홍인한을 처형하고부터가 아닌가, 사람들은 짐작하고 있었다. 한중록을 보면 홍국영에 대해 실컷 욕해 놓았으며, '하늘도 땅도 두려워하지 않는 인물'이라고 결론지었다.

혜경궁 홍씨뿐만 아니라, 공부는 하지 않고 시정잡배와도 어울리는 국영을 홍씨 집안에서도 몹시 창피하게 생각했다. 숙부인 홍낙빈은 그의 면전에서 심한 질책을 퍼붓기까지 했다.

"네가 무뢰배와 어울린다는 소문이 장안에 파다하다. 어찌 그렇게 집안 망신을 시키고 다니느냐?"

홍인한은 혜안이 있었는지 모르겠으나, 역시 가만히 있지를 않았다.

"우리 가문에서 저런 못된 놈이 나올 줄이야. 저놈이 우리 가문을 기어이 말아먹을 놈이야."

한탄하고 형 홍봉한에게도 국영을 두고 언짢은 소리를 해댔다.

"그 광증狂症이 있는 낙춘이에게 어찌 벼슬을 주어 등용하라고 하십니까? 국영이 역시 망나니로 벼슬을 줄 수가 없습니다."

강력하게 항의 한 적도 있었다. 사대부 집안에서 학문에 몰두하지 않고 게으름 피우는 것만으로도 커다란 허물이 되던 세상이었다. 더구나 유서 깊은 양반가 홍씨 일문에서 왕가와도 친인척 관계인데 세속적인 행각을 좋아할 리가 없었다. 집안에서는 눈살을 찌푸리는 일가친척들이

한 둘이 아니었다. 그러나 국영은 그런 친척들의 사갈시하는 눈초리들을 아는지 모르는지 전혀 개의하지 않았다.

"너무 걱정하지 마십시오. '이 천하가 장차 제 손아귀에 들어 올 날이 있을 겁니다."

그 말과 동시에 호탕하게 웃었다. 마치 어찌 보면 실없는 사람 같기도 했다.

하지만 국영에게 원한을 가질 법한 풍산 홍씨 사람이 아닌 남양 홍씨 南陽 洪氏인 홍대용은 그렇게 보지 않았다. 그가 쓴 '계방일기' 같은 것을 보면 심하게 촐싹거리는 모습을 나타내고는 있지만, 심성이 나쁘다고 기록되어 있지는 않았다.

국영은 몸도 민첩하고 힘도 충분히 쓰는 정도의 청년이었다. 더구나 무명스님으로부터 연마한 검술과 창술은 상당한 경지에 올라 있었다. 그런 수련이 있기 전에도 청계천을 지나가다가 시비를 걸어오는 건달 두 놈을 한 놈씩 집어 개천에 던져버린 적도 있었다. 일테면 험한 세상을 거칠게 살아가는 젊은이였다.

2. 과거科擧를 훔치다

그는 언덕길을 휘적휘적 걸어 내려왔다.

이제 찾아 볼 사람은 다 찾아보고 마지막 수까지 다 써버렸는데 어떻게 한다? 아무리 생각해 봐도 앞길이 막막한 어둠뿐이었다. 이 더러운 세상과 결별을 해야만 할 것 같았다. 오늘 밤 남산에 올라가 소나무 가지에 목을 맬까, 아니면 한강에 뛰어 들까 하는 끔찍한 궁리를 하면서 터덜터덜 걸어 내려 왔다.

오후부터 잔뜩 먹구름이 끼더니 갑자기 소낙비가 쏟아지기 시작했다. 국영은 비를 피할 생각이 없었다. 그냥 맞으면서 하염없이 걸었다. 정말 울고 싶게 울적한 날이었다. 주머니에 돈이라도 있으면 어디 기방에 들러서 실컷 술을 마시고 울고 싶은 날이었다. 기방은커녕 길거리 주막에서 막걸리 한 사발 할 엽전 몇 닢도 없었다.

이리 차이고 저리 차이고 지쳐빠져 집에 돌아왔다. 사랑채에서 술이 거나하게 취해서 흥에 겨워 혼자 '배따라기'를 부르던 아버지 홍낙춘이 창문을 열고 한마디 했다.

"비 오는 날 집에서 공부나 할 일이지, 어디를 그렇게 발정난 개처럼 쏘다니는 거냐?"

국영은 아버지 말에 대답도 하지 않고 안채로 들어가 그냥 자리에 벌러덩 들어 누워버렸다. 요즘 같으면 양반으로 태어난 것이 저주스러웠다. 그렇지 않으면 어디 가서 장작을 패든지, 물지게를 지든지, 아니면 어디 낯모르는 곳에 가서 개백정 노릇을 하더라도 이 보다는 나을 것 같았다. 무슨 일을 하든지 식구들 입에 풀칠은 할 수 있을 일이었다. 몰락한 양반은 이것도 저것도 아닌 입에 거미줄을 치고 누워서 굶어 죽을 수밖에 없는 세상이었다. 죽을 때 죽더라도 분해서 이대로는 죽을 수는 없었다. 하다못해 몇 놈이라도 박살을 내야 직성이 풀릴 일이었다.

국영은 첫닭이 울 때까지 잠을 이루지 못했다. 잠을 못자고 엎치락뒤치락 하는데 머리를 스치는 섬광이 번쩍 스치고 지나갔다. 이웃에 살고 있는 친구인 대제학 대감의 사위였다. 그는 날이 밝자마자 이른 아침부터 사위를 찾았다.

그는 아침 일찍 일어나서 책을 읽고 있었다.

"너, 그 동안 공부 많이 했지? 너, 이번 과거를 보는 거지?"

글공부나 해서 과거에 붙어 벼슬을 하지 않으면 다른 일은 할 수 없을 것 같은 약골이었다. 오뉴월 보리굴비처럼 삐쩍 말라있었다. 그 청년은 공부만 하고 잠을 별로 자지 못했는지 희멀건 얼굴에 국영을 초점 잃은 멀뚱한 눈으로 쳐다보았다.

"그래, 그런데. 너도 이번 과거를 보아야지."

"그래, 나도 이번 과거를 볼 생각이다. 너 친구로서 나 좀 살려다오."

국영은 그 큰 두 손으로 친구의 작고 가녀린 손을 덥석 잡았다.

"무슨 뚱딴지같은 소리야? 살려 달라 니, 그게 무슨 소리냐? 좀 자세히 말을 해야 알아듣지. 거두절미하고 살려달라고만 하면 내가 무슨 말인지 어떻게 알아듣겠냐?"

국영은 정색을 하고 친구에게 말을 했다.

"너는 대제학 대감의 사위가 아니냐? 그러니 반드시 사전에 극비로 무언가 핵심을 가르쳐 주실 것이 아니냐. 한 사람 살리는 셈치고 그걸 나한테도 좀 귀띔해 주라, 그 은공은 평생 잊지 않을게."

그 말을 들은 대제학 대감의 사위는 순간 얼굴에서 웃음이 싹 사라지고 잡혔던 손을 슬그머니 뺐다.

"어림없는 소리야. 대쪽 같은 대제학 대감 성격에 사위라고 해 봐줄 것 같으냐? 그런 엉뚱한 생각은 하지 말고 공부나 열심히 해라."

녀석은 국영에게 오히려 훈계까지 했다.

"아무리 대쪽이라 해도 사위를 떨어지게 가만 놔두겠냐? 어떻게든 묘방을 보내실 터인데 나도 좀 알고 같이 합격하도록 도와주라."
친구는 머리를 흔들며 어림없는 소리라고 펄쩍 뛰었다.
"그 대감님이 어떤 분이시냐. 내 빙장어른이시지만, 국영이 너도 그 어르신 성품을 잘 알고 있지 않아! 지금 우리 내자도 한 달 전부터 친정에 얼씬도 못하도록 금족령이 내려진 상태야. 어림도 없다. 과거가 끝나기 전에는 절대 오지 말라는 엄명이 내려진 지 한 달이 되었다."
엄살을 피워도 분수없이 피웠다. 청렴을 떨어도 정도껏 떨어야지. 한 대 쥐어박고 싶었지만 꾹 참았다. 어느 구름에 비가 올지 모르는 상황이었다.
국영은 친구에게 열심히 하라고 이르고 돌아섰다. 한두 발 걸음을 옮기다가 퍼뜩 생각나는 것이 있어서 다시 돌아섰다.
"너한테 한 가지만 물어보자. 화급을 다투는 일이 너의 처가에서 생기면 너한테 어떻게 연락이 오냐?"
친구는 그 말에 한참 멍청히 국영을 바라보다가 대답이라고 하는 소리가 가관이었다.
"그것은 왜? 그거야 청지기가 서신을 가지고 오기도하지."
더 이상 물어 봐야 동문서답만 늘어놓을 게 뻔했다.
"그래 그렇다면 할 수 없지. 괜한 청을 해서 미안하다. 너는 열심히 공부를 하니까 이번 과거에 꼭 합격해라."
"그래 고맙다. 나도 열심히 하마. 너도 열심히 해서 같이 합격하자."
국영은 알았다는 말을 남기고 미련 없이 친구와 헤어졌다.

집에 돌아온 국영은 집안을 샅샅이 뒤져 값 나갈만한 물건을 찾아냈다.

대갓집은 망해도 3년 먹을 것은 있다고, 왕희지, 안진경 체의 이름 있는 서예가의 글씨도 나오고 안평대군의 친필인지 모작인지 모를 글씨도 나왔다. 이름 있는 화원의 진경산수화와 관념 산수화도 두 점 보였다. 대단한 것은 아니지만, 조상대대로 내려오는 분청사기 작은 항아리도 있었다.

집안을 뒤지는 동안 사랑채에서 술에 거나하게 취해있던 아버지가 안채로 건너왔다.

"너 지금 온 집안을 뒤져 무엇을 찾고 있냐?"

"아무 것도 아니어요. 집안이 하도 어수선해서 정리를 좀 하느라고요."

"우리 집은 국영이 네놈이 다 말아 먹고 말거야. 너 때문에 망하고 말거야!"

홍낙춘은 소리를 질렀다. 국영은 못 들은 체 이것저것을 찾는데까지 찾아보았다. 찾아낸 값나가는 것들은 그럴만한 사람을 찾아다니며 팔았다. 그럭저럭 판 물건 값이 꽤나 되었다. 이 돈으로 선물을 하기에는 상평통보의 무게가 너무 무거웠다. 은화로 바꾸기로 작정했다. 은 1량에 상평통보 400문 정도이지만, 은화로 바꾸자 볼품없이 초라했다.

그 돈을 은화로 바꾸어 두 뭉치를 만들었다. 부피가 제법 크게 보였다. 백지로 포장을 하고 노끈으로 단단히 묶었다. 아무것도 아닌 것처럼 보이도록 했다. 그런 다음 날 대제학댁 청지기를 밤이 이슥한 시간에 조용히 사랑채로 불러들였다.

"도련님 이 야심한 시각에 소인네에게 무슨 볼 일이 있으십니까?"

청지기는 나이가 좀 있는 사람이었다.

"청이 하나 있어 이렇게 늦은 시간에 뵙자고 했습니다. 우선 이걸 받으시지요."

백지로 잘 포장된 은화를 그 청지기에게 안겼다. 무게를 가늠해 보던 청지기가 물었다.

"이게 뭡니까?"

"그게 은화를 조금 구했습니다."

청지기는 놀라서 은화를 던지다시피 국영이 앞으로 미뤄 놨다.

이정도면 대단히 큰 재산이었다. 시골에 내려가면 반듯한 집과 문전옥답을 장만할 수 있는 거액이었다. 청지기는 어리둥절해 국영을 바라보고 알 수 없다는 표정이었다.

"무슨 일인지 먼저 말씀을 해 주시지요. 그걸 모르면 받을 수 없습니다."

"대제학 대감께서 사위에게 보내는 서한을 받거든 중간에 나한테 살짝 보여만 주고 가지고 가서 전해 주라는 부탁입니다."

청지기는 말없이 국영을 물끄러미 바라다보았다.

"그 것뿐이요? 그런데 무슨 일 때문에 그러시는지 제가 알면 안 될까요?"

"그 이유는 지금은 알려 드릴 수 없고, 일이 끝나고 알려드리지요. 위태로운 일은 아닙니다."

"그럼, 무슨 일인지는 묻지 않겠소, 그런 일이라면 이건 너무 많은 것 같소."

청지기는 크게 놀라지 않았다.

국영은 은화를 다시 청지기 앞으로 밀어 놓았다. 청지기는 묵묵히 한참을 생각하더니 미심쩍은지 한 마디 했다.

"부탁은 그 것뿐이요?"

"단연코 그 것뿐입니다."

"알았소. 그럼 이만……."

청지기는 은화를 챙겨 조용히 물러갔다.

그 이튿날은 사위집 하인을 이슥한 밤에 불러들였다.

하인은 국영을 바라보면서 잔뜩 겁먹은 얼굴로 의아해하는 표정이었다.

"도련님, 무슨 일로 부르셨습니까?"

어서 용건을 말하라는 독촉이었다.

"자네에게 사소한 부탁이 하나 있어서 불렀네. 겁먹지 말게."

왜소한 체격의 하인은 국영의 체구만 봐도 겁을 먹고 있었다.

"양반댁 도련님이 저 같은 상것에게 무슨 볼 일이 있으십니까요?"

하인은 뭔지 몰라서 불안에 떠는 목소리였다.

국영은 어제 밤 대제학 청지기에 하듯이 은화 꾸러미를 하인에게 밀어 났다.

"이게 뭡니까?"

"그건 은화인데 어려운 살림에 보태 쓰게."

느닷없는 은화에 겁먹지 않을 수가 없는 일이었다. 손을 대려고도 하지 않았다.

"……"

"겁먹지 말고 안심하게. 자네한테 아주 작은 부탁이 하나 있다네."

그래도 그는 믿지 않는 얼굴이었다.

"무슨 부탁인데 이런 거금을……."

"그까짓, 그게 무슨 거금인가?"

국영은 하인이 진정하기를 기다렸다.

"다름이 아니고, 대제학 대감께서 사위에게 보내는 서한을 받거든 중간에 나한테 살짝 보여만 주고 가지고 가서 전하게."

하인은 고개를 갸웃했다. 이해가 되지 않는다는 표정이었다.

"쇤네한테 왜? 이러십니까요? 아무 죄 없는 저에게 무슨 목숨이 걸린 일입니까요?"

하인은 얼굴색이 파래지면서 입안의 침이 마르는지 연거푸 침을 삼키고 나서 물었다.

"도련님. 일이 잘 못되면 소인은 목숨 부지하기가 어렵습니다요. 쇤네가 정말 할 일이 그것뿐입니까?"

은화는 욕심이 나지만, 이 일로 발목이 잡히면 또 무슨 일로 올가미를 던질지 모르겠다는 의심하는 빛이 역력했다. 하인은 양반에게 당해보고만 살아서인지 믿지 못하겠다는 표정이었다.

국영은 온화한 얼굴로 하인을 구슬렸다.

"자네가 할 일은 오로지 그것뿐이야. 그 대신 입 밖에만 절대 내지 말게. 죽을 때까지 비밀로 해야만 하네."

"도 도련님. 이르다 뿐입니까? 무덤 속까지 비밀은 지키겠습니다요."

하인은 말을 더듬거리다가 떨리는 손으로 은화 꾸러미를 들고 일어섰다. 그러면서도 못내 믿지기 않는다는 눈치였다. 하인은 다리를 후둘 후둘 떨면서 문지방을 넘어섰다.

한 여름이 지나가자 고추잠자리가 한 낮의 하늘을 맴돌았다. 아침저녁으로 스산한 바람이 불기 시작했다. 며칠 전 가뭄 해갈이 될 만큼 비도 내려서 좀 더 시원했다

늦은 밤 사랑채 밖에서 '도련님 도련님!'하고 부르는 소리가 들렸다. 누군가 하고 내다 봤더니 대제학 대감의 청지기가 와 있었다.

"어서 들어오시오."

들어오자마자 품속에서 내미는 것은 대제학이 사위에게 보내는 서찰이었다. 서찰 속에는 뭔가 들어 있었다. 국영은 서찰을 받아 들고 풀칠한 부분을 조심스럽게 떼 내었다.

그 속에는 붓 한 자루가 들어 있었다. 서한도 있었으나 좋은 붓이 선물로 들어와서 너에게 보낸다는 말과 이 붓으로 이번 과거에 장원하라는 격려의 말뿐이었다. 편지를 본 국영은 온몸에 힘이 쏙 빠졌다. 실망이 이만저만이 아니었다. 그럴 리가 없었다. 시험이 임박했는데 뭔가 비밀이 있다고 믿었다.

한참 심사숙고한 국영은 청지기에게 부탁을 했다.

"이 서찰을 내일 아침에 가지러 오면 안 될까요?"

"소인네야, 아무렴 상관없지요. 흔적이 나지 않게 잘 보관해 주세요."

청지기는 미심쩍은 얼굴로 돌아갔다. 그렇게 좋은 붓도 아닌데 이걸 선물했다는 게 의심이 갔다. 국영은 한 밤중까지 안절부절 못하다가 갑자기 자기 무릎을 탁 쳤다. 그래, 그럴지도 몰라.

중종 때 유씨 일가가 붓 대롱 속에 과거 글제를 주고받아 합격자 여섯 명 중 집안사람들끼리 다섯 명이나 합격한 일이 있었다. 한사람은 순수한 자기 실력으로 합격했었는데 그게 바로 스님이었다. 세상에서는 '유씨 잔치에 중놈이 웬 말인고?' 하고 비아냥거렸다.

국영은 붓을 다시 꺼내서 붓 대롱의 뒤에 뚜껑을 조심스럽게 잡아 뽑았다. 그 속을 들여다보았다. 아니나 다를까, 과연 붓 대롱 속에 종이가 들어 있었다. 그 것은 은밀한 서간문이었다.

〈열심히 공부를 하여라. 이번 과거를 볼 때에는 시험지에 답을 쓰고 그 끝에 작은 동그라미를 그려놓아라.〉

대제학 대감이 사위에게 보내는 극비의 편지였다. 그는 그 서한을 몇 번 훑어보고 날이 새도록 글씨체를 반복해서 모작을 했다.

청지기는 아침에 일찍 들렀고, 잘 봤다는 말을 하고 돌려주었다.

국영은 그날부터 대제학 글씨체 모사 연습을 해 보았으나, 쉽게 되지 않았다. 그러나 안심이 되는 것은 가짜 서찰을 보내도 대제학 대감이 직접 보지 않고 친구인 사위만 볼 거라는 생각이었다.

국영은 뭔가 집히는 데가 있어 집안을 샅샅이 뒤졌다. 그러자 조부의 유품 속에서 대제학이 써준 이백의 시가 나왔다. 지금의 힘 빠진 글씨보다는 훨씬 힘이 있어 보이는 젊은 시절의 글씨인 듯했다. 그걸 찾아낸 국영은 왠지 앞길이 열리는 것 같은 서기를 느꼈다. 국영은 두문불출하고 방에 틀어박혀 이것을 내놓고 지금 글씨를 떠올리면서 밤낮으로 글씨 모사 연습을 했다. 연습을 계속하자 국영이 보기에도 언뜻 대제학의 글씨와 엇비슷해졌다.

여름의 무더위가 계속되었다.

지겨운 여름이 저물어 가자 과거 날자가 잡혔다. 과거가 임박하자 국영은 필방에 들러서 지난번과 비슷한 붓을 한 자루 샀다. 그리고 그 속에 대제학의 이름으로 친구인 사위에게 가짜 서찰을 만들었다.

〈지난번 서한에서 말한 동그라미는 아무래도 남의 눈에 띠면 의심이 갈 것 같다. 그러니 동그라미 대신 시지 마지막에 방점을 연속 두 개를 찍어놓아라.〉

서찰을 붓 대롱 속에 넣고 뚜껑을 닫았다. 붓을 지난번처럼 백지 봉투 속에 넣고 풀칠을 했다. 그리고 늦은 밤 품속에 넣고 친구 집 하인이 기거하고 있는 방문에 작은 돌을 던졌다.

하인이 알아들었는지 즉각 밖으로 나왔다.

"아이고, 도련님 이 야심한 시각에 무슨 일이 십니까?"

하인은 뻔히 알면서도 너스레를 떨었다.

"이걸 내 친구에게 내일 오후에 전하게."

하인은 안색이 변하고 손을 가볍게 떨었다. 뻔히 가짜 편지라는 것을 알고 있기 때문이었다.

"아이구, 도련님 들통이 나면 저는 맞아 죽습니다요."

순간, 국영은 이놈이 전하지 않을 수도 있다는 생각이 퍼뜩 들었다.

"너, 이걸 순순히 전할래? 아니면 들통이 나서 맞아 죽을래?"

국영은 하인의 멱살을 잡아 흔들었다. 하인은 몸집이 작아서인지 국영의 손아귀에서 꼼짝을 못하고 버둥거렸다.

"앞으로 자꾸 이러시면 저는 결국 죽습니다요."

국영은 그렇지 않아도 날카로운 눈빛인데 청지기를 무서운 눈으로 째려 봤다. 어두워서 잘 보이지는 않았지만 하인은 살기를 느꼈다.

"너한테 부탁하는 것은 이것이 마지막이다. 알아들었냐?"

국영은 잡았던 멱살을 풀었다. 하인은 그제야 화색이 돌았다.

"도련님. 정말 그렇습니까요? 분부대로 잘 전하겠습니다요. 정말 이것이 마지막이지요."

"너는 당장 이 순간부터 이번 일과 나를 아주 잊어버려도 상관없다."

청지기는 서찰을 들고 마음이 놓이는지 집안으로 조용히 사라졌다.

들통이 나지 않고 잘 되기를 하늘에 빌었다. 만일 일이 잘 못되어 저 불쌍한 하인이 몽둥이 찜질이라도 당한다면 가슴 아플 일이었다. 그 뿐 아니라, 일파만파의 파장이 시끄러울 수도 있었다. 조용히 잘 끝나기를 천지신명에게 빌었다.

영조 48년 중구重九가 지난 지 얼마 되지 않아서 아침저녁으로 바람이 제법 서늘해 졌다. 그러나 한낮의 태양은 뜨겁게 내리쪼였다. 아직도 한여름의 열기가 한자락 남아 있었다.

9월 20일 정과가 치러졌다.

경희궁은 오늘 따라 큰 잔치가 벌어졌다. 인왕산 줄기를 타고 내려 산세가 나지막한 곳에 자리 잡은 집경당 마당에는 백파가 출렁이는 것 같았다. 흰옷을 입은 선비들이 한양과 팔도강산 시골 곳곳에서 몰려와 과거를 보기 위해 앉아있었다. 과장에 모인 유생들은 전국적으로 수백 명이었다. 과거 때마다 그랬듯이 당상에는 대신들이 좌우로 시립해 있었고 약간 위에 한가운데 후덕하게 생긴 영조가 좌정해 있었다. 임금이 지척에 계시니 대신들과 과거 응시생들은 숨소리마저 죽이고 있었다. 땅바닥에 엎드린 젊은 선비들은 지필묵을 펼쳐 놓고 가만히들 있었다.

일정 시간이 지나자 오늘 치러야할 과거의 글 제목이 나붙었다. 글제가 나붙자 곧바로 붓을 놀려 백지에 써내려가고 있는 선비가 있는가 하면, 눈을 지그시 감고 한참동안 앉아 있는 선비도 있었다. 시험관들도 부정행위가 있지 않나 주위를 살피면서 왔다 갔다 하는 동안에도 누구

하나 입을 열거나 기침 소리를 크게 내거나 하는 사람도 없었다.

당시의 과거제도는 시험지도 특수 제작하고 확인 도장이 찍힌 답안지만 유효하다고 인정했다. 수험생들은 시험을 볼 때 일정 간격으로 떨어져 앉아야 했다.

과거응시자들이 제출한 답안지 혹은 채점지를 시지 또는 명지名紙라고 불렀다. 시권의 종류는 시험의 종류에 따라 제술製述 시권, 강서講書 시권, 사자寫字, 역어譯語 시권으로 나누었다.

제술은 문장 구사능력과 대체의 요점을 파악할 수 있는 인물을 선발하는 시험으로서 시詩·부賦·송頌·책策 등을 시험하였다. 따라서 제술 시권은 시험 과목이나 내용에 관계없이 응시자 자신이 스스로 창안해서 작성하는 논술시험 답안지인 셈이었다. 글을 시권에 쓴다는 의미에서는 잡과雜科의 사자 시권과 같은 성격을 지니지만, 사자가 단순히 출제부분의 내용을 베껴 쓰는 데 비하여 제술은 응시한 당사자가 새로운 글을 창작했다는 점에서 차이점이 있었다.

그렇게 엄격하게 관리하는데도 세도가의 자제들 중에는 잘 아는 서리를 등록관이나 봉미관으로 보내고 자기의 하인이나 노복들을 장옥場屋·과거시험장의 군졸로 보내어 역서할 때 서리로 하여금 시권을 고치게 하는 경우도 있었다. 이외에도 다양한 방법의 부조리가 있었다고 야사野史에 기록이 남아있다.

긴장된 분위기 속에서도 국영은 느긋한 마음으로 붓을 놀렸다. 답안을 다 쓰고 끝에 동그라미만 하나 그리면 붙을 수 있는 과거였다. 그는 생각나는 것만큼 충실히 쓰고 끝에 동그라미를 그렸다. 그리고 마음속으로 간절히 기도했다. 합격시켜 달라고. 회심의 미소가 절로 나왔다. 밝혀지면 소위 임금을 속이면 안 된다는 기군망상欺君罔上죄로 능지처참陵遲處斬은 면할지라도 극형을 당할 가능성도 있었다. 굶어 죽으나 맞아 죽으나 죽기는 마찬가지였다. 죽임을 당하면 어떠랴! 까짓것 천운에 맡기는 수밖에 남자로 태어나서 비굴하게 살 바에는 이 세상을 최선을 다 해보고 깨끗이 하직하고 싶었다. 방법이야 어찌 되었든 무슨 상관이겠는가? 아무려면 어떠랴. 합격만 하면 되었지!

당상을 지키고 앉아있던 영조 임금이 일어서서 거동을 했다. 중일청中日廳에서 시행하고 있는 무과武科의 과장으로 가서 직접 관람하겠다고 자리에서 일어섰다. 과장 안에서 답안을 쓰고 있던 선비들은 붓을 놓고 납작 엎드렸다. 영조는 과장을 한 바퀴 돌고 빠져 나갔다.

임금이 자리를 비우자 장내는 웅성거리고 사람들의 말소리가 들렸다.

국영의 귀에는 여태까지 들리지 않던 사람 목소리는 물론이고, 참새가 짹짹거리는 소리도 들렸다.

그는 가슴을 풀어 헤치고 소리라도 지르고 싶은 심정으로 주위를 둘러보았다. 저쪽에서 부지런히 붓을 놀리는 친구인 대제학 대감의 사위를 먼발치로 바라보았다.

'너는 공부를 열심히 했으니까 합격할 것이다. 그러나 낙방한다면, 미안하다. 너는 다음에라도 되겠지만, 나는 가세가 너무 절박하다. 용서해라.'

국영은 마음속으로 천지신명에게 조용히 기원했다.

영조英祖 48년(1772년)의 문과 정시庭時 합격자 목록

인명	자	호	생몰년	본관	합격등급
서유신 徐有臣	순오(舜五)		1735~1800	대구(大丘)	갑과(甲科)1 [壯元]위
이성오 李性吾			1719~?	전주(全州)	을과(乙科)1 [亞元]위
김사목 金思穆	백심(伯深)	운소 雲巢	1740~1829	경주(慶州)	을과(乙科)2 [探花郞]위
윤득의 尹得毅	사홍(士弘)		1730~?	해평(海平)	을과(乙科) 3위
이경양 李敬養	성호(聖浩)	가와 可窩	1734~1790	경주(慶州)	병과(丙科) 1위
김우진 金宇鎭			1754~?	강릉(江陵)	병과(丙科) 2위
강인(姜)	자천(自天)		1729~?	진주(晉州)	병과(丙科) 3위
정일겸 鄭日謙			1747~	영일(迎日)	병과(丙科) 4위
이태영 李泰永	사앙(士仰)		1744~	한산(韓山)	병과(丙科) 5위
유명균 柳明均			1746~?	문화(文化)	병과(丙科) 6위
이유경 李儒慶	이선(而善)	청심옹 淸心翁	1748~1818	함평(咸平)	병과(丙科) 7위
민창열 閔昌烈	여대(汝大)	신옹 信翁	1740~1813	여흥(驪興)	병과(丙科) 8위
정우순 鄭宇淳	군계(君啓)		1720~1789	동래(東萊)	병과(丙科) 9위
조원진 曺遠振	구여(久汝)		1746~?	창녕(昌寧)	병과(丙科) 10위
홍국영 洪國榮	덕로(德老)		1748~1781	풍산(豊山)	병과(丙科) 11위
15 명					

한국학중앙연구원 자료

며칠 후, 이번 과거에 급제한 사람들이 이름이 방榜으로 나붙었다. '홍국영'이란 이름은 끝에서 겨우 찾아볼 수 있었다. 꼴찌로 턱걸이를 한 것이었다.

'꼴찌면 어때. 합격만 하면 되는 것이지!'

국영은 혼자 중얼거렸다. 그리고 하늘을 향해 미친 사람처럼 껄껄 소리 내어 웃었다. 주위에 서 있던 사람들이 웬 미친놈이냐는 식으로 쳐다보았다. 세상이란 참으로 별거 아니라는 생각이 들었다. 동그라미 하나 그린 게 합격을 하다니. 국영은 하늘로 붕 떠서 날아가는 것 같은 환희를 느꼈다. 정말 하늘로 훨훨 날아가고 싶었다.

그러나 안타깝게도 친구인 사위의 이름은 없었다. 성적은 신통치 않아 갑과甲科에는 물론, 을과乙科에도 들지 못하고 병과丙科에서도 끝에 겨우 이름 석 자가 있었다. 말도 아닌 실력으로 붙긴 붙었다. 국영도 자기 실력으로는 합격하지 못했으리라 믿었다. 아무래도 그 동그라미의 장난으로 겨우 끝자리에라도 매달린 듯했다. 아무려면 어떠랴, 정시 문과에 당당히 합격한 것을. 그동안 공부를 등한히 하고 무명스님을 찾아가 매일 칼싸움이나 창 쓰기를 했으니, 빤한 일이었다. 턱걸이, 그것도 끝에라도 붙기는 붙었으니, 벼슬길이 열린 것이었다. 국영은 회심의 미소를 머금고 비실비실 웃으며 실성한 사람처럼 돌아섰다. 발이 땅에 닿지 않고 경중경중 공중에 떠가는 것 같이 발걸음이 가벼웠다.

'그래, 어디 두고 보자. 이 썩을 놈의 세상을 확 뒤집어엎어야지!'

문무 30여 명의 과거에 급제한 사람들은 경희궁의 정전인 숭정전崇政殿으로 줄을 서서 불려 들어갔다. 만조백관이 동서로 갈라서 도열해 있었다. 전정 가운데 일렬로 늘어선 30여 명은 당상을 향해 네 번 큰절을 올렸다.

동쪽에는 이조정랑, 서쪽에는 병조정랑이 각각 합격자 명단을 들고 서 있었다.

이조정랑이 먼저 문과에 합격한 사람들을 호명했다.

"갑과 제일인 서른일곱 살, 대구 서지수의 아들 서유신徐有臣."

호명 소리가 실내에 우렁차게 퍼지자 주악이 울리고 선비가 앞으로 나아갔다. 장원급제라 모든 시선이 그에게 쏠릴 수밖에 없었다. 일류 백정이 달려들어도 살 한 점 발라낼 곳이 없는 삐쩍 마른 선비는 관리들이 안내하는 대로 옆 층계로 흐느적거리며 올라가 당상에 납작 엎드렸다. 힘이라고는 하나도 없이 휘청거리는 꼴이 중늙은이라기보다 노인에 가까웠다. 그 나이에 합격을 했으면, 그 동안 공부를 20여 년 넘게 했을 것이었다. 과장에 매년 한 번씩 왔을 터인데 신물이 날 일이었다. 선친들의 명성과 집안의 기대를 저버릴 수 없어 피를 말리는 세월이었으리라. 그래도 늘그막에 장원을 했으니, 천만 다행한 일이었다. 주위에서 숙덕거렸다. 5대째 벼슬하는 집안이라고 했다. 대대로 문벌 있는 집안의 자제였다. 5대조로부터 영의정을 비롯하여 좌의정 우의정 판서 등을 역임한 대단한 집안이었다.

'그래, 잘해 봐라. 너도 네 할아버지, 아버지처럼 벼슬을 두루 섭렵해

라. 손자나 어르고 있을 일이지 다 늙어 빠져서 과거가 다 뭐냐?'

국영은 혼자 입속으로 중얼거렸다. 병과의 끝에 차하次下로 달랑달랑 붙은 자기도 참 한심했다. 그것도 겨우 사술詐術로 합격을 했으니, 들통이나 나지 않으면 다행한 일이었다.

갑과 1등과 을과 1,2,3등을 부르고 병과 1등에서 10등까지를 부르고 주저앉고 싶을 만큼 지루한 시간이 지나고 나서야 국영을 불렀다.

"병과 제 열한 번째 나이 스물다섯 살, 한양 홍낙춘의······."

이조정랑은 호명을 하다말고 말을 멈췄다. 국영이 감았던 눈을 뜨고 바라보니, 이조정랑이 옆에 선 대감들과 조용히 말을 주고받더니 국영이 앞으로 조심스럽게 다가왔다.

"자네 부친의 함자가 뭔가?"

"낙자, 춘자, 올시다."

그 말을 듣던 이조정랑은 입 꼬리가 이상하게 일그러지더니 히죽이 웃었다.

"아니, 그러면 자네가 그 장안에 유명한 '배따라기' 홍낙춘의 자제란 말인가?"

국영은 아니라고 할 수가 없었다.

"예. 대감, 그렇습니다."

정랑은 이빨을 드러내지 않고 아까처럼 비웃었다.

"허, 이거, 이런 난감한 일이 있나! 잘못돼도 한참 잘 못 되었는데······."

국영은 그와 마주 선 자리에서 눈을 감았다. 그래 '배따라기' 홍낙춘의 아들이다, 어쩔 테냐? 소리치고 싶었으나, 꾹 참았다. 그리고 조용히 뱃심에서 우러나오는 소리로 한마디 했다.
"대감, 왜? 제가 잘 못한 거라도 있습니까? 있으면 하교하시지요."
이조 정랑은 아니꼬운 눈으로 국영을 위 아래로 훑어보았다.
"……"
이조 정랑은 아무런 대답도 하지 못했다. 그때 당상에서 굵직한 목소리가 울렸다.
"무슨 변고인고?"
이조정랑은 돌아서 머리를 숙였다.
"장안에서 이름난 '배따라기' 홍낙춘의 자제가 과거에 합격했습니다."
귀가 잘 안 들리는 영조는 알아듣지 못했다.
"'배따라기' 홍낙춘의 아들이 과거에 합격했습니다."
영조에게 들리도록 다시 한 번 크게 소리쳤다.
"허허허……"
임금이 소리를 내어 껄껄 웃자, 엄숙하던 장내는 여기저기서 웃음소리도 나고 웅성거리기 시작했다. 국영의 귀에는 다른 소리는 들리지 않았다. '배따라기'니 '낙춘'이니 하는 소리만은 들렸다. 국영은 어금니를 지그시 깨물었다.
'천하에 못된 인간들, 마음대로 지껄여 대라! 언젠가는 내 손아귀에 들어 올 날이 있을 것이다.'
국영은 혼자 중얼거리고 이를 악물었다.

"……하여튼 올려 보내시오."

승지가 이조정랑 곁으로 와 귓속말을 했다. 이조정랑은 목소리를 높여 길게 외쳤다.

"이제 마지막 합격자를 호명하겠습니다. 병과 제 열한 번째 나이 스물다섯 살, 한양 홍낙춘의 자제 홍, 국, 영."

호명이 떨어지자 이쪽저쪽에서 낄낄대고 웃었다. 잠시 멎었던 주악이 다시 울렸다. 국영은 고개를 숙이고 당상으로 의젓하게 걸어 올라섰다. 신언서판身言書判이라고 했던가? 훤칠한 신장에 수려한 이목구비. 과거까지 합격했으니, 나무랄 데 없는 헌헌장부였다. 호랑이에게 날개까지 달아주는 순간이었다.

국영은 네 번 절하고 엎드렸다.

"고개를 들라."

임금의 옥음이 울려 퍼졌다. 국영은 고개를 들어서 영조 임금을 똑바로 쳐다보았다. 금년에 일흔아홉 살. 자그마한 백발노인의 인자한 용안이 보였다.

"키도 훤칠하고 이목구비가 수려하구나! 그만하면 어디다 내 놓아도 헌헌장부로다. 출중하게 생겼구나!"

영조 임금의 한마디에 숭정전 안이 조용해지다 못해 엄숙해졌다.

"너의 조부를 많이 닮았구나. 네가 너의 집안을 할아버지 때처럼 잘 일으켜 세워야 한다."

끝장나는 게 아닌가했던 운명이 임금의 한마디로 탄탄하게 굳어졌다.

아무리 양반이라 해도 벼슬에 나가지 않고는 선비 축에도 끼지 못하는 세상이었다. 아니 사람 축에도 끼지 못하는 세상이었다. 이제야 사람 구실을 할 수 있게 된 것이다. 국영은 절차가 끝나자 아까의 자리로 되돌아왔다. 그러나 국영의 가슴 속에서부터 불덩이가 밀고 올라와서 기쁘기만 한 것은 아니었다. 오늘 이 자리에 못생긴 상판대기를 쳐들고 비웃던 이 인간들을 싹 쓸어버리고 싶었다. 이 형편없는 인간들에게 복수할 날을 기다리며 울분을 삭힐 수밖에 없었다. 가슴께로 치밀어 올라오는 불덩이를 억누르면서 참고 참아야만 했다.

문과에 합격한 사람들의 호명, 절하기, 최종합격자까지가 끝났다. 다음은 무과 합격생들에게도 같은 절차가 진행되었다.

이제 국영에게는 아무 소리도 들리지 않았다. 한 없이 지루한 시간이 지나자, 모든 절차가 끝났다. 예조정랑의 구령에 따라 합격생들 모두 당상을 향해 또 네 번 큰절을 했다. 이런 절차를 사은숙배라고 했다. 이어서 나이가 많은 도승지가 큰소리로 영조 임금의 말씀을 전했다.

'홍범洪範書經에 이르기를 편벽되지 말 것이며, 파당을 짓지 말 것이니 왕도王道란 원래 탕탕蕩蕩하고 평평平平한 것이라고 했느니라. 짐이 일찍이 즉위 초부터 탕평책蕩平策을 내세우는 그 깊은 뜻은 파당을 초월하여 넓고 공평한 정치가 이루어지기를 바라는 간절한 바람이렷다. 특히 오늘 과거에 오른 문무관들은 내 깊은 뜻을 받들어 붕당을 짓거나 파당에 쏠리는 일이 없기를 바란다. 항상 넓고 공정한 마음으로 나라에 충성을 다하고 백성을 편안하게 할 일이로다.'

영조 임금을 모시고 옆에 서 있던 어린 왕세손이 어전에 나아가 네 번 절하고 층계를 내려왔다. 세손이 백관의 앞에 서자, 예조판서의 구령이 울렸다.

"일동 배(拜-절하라)."

모든 사람이 엎드려 큰절을 했다. 국영도 옆 사람의 눈치를 보아가며 남이 하는 대로 엎드려 큰절을 했다.

"일동 흥(興-일어나라)"

모두 일어서라는 구호였다. 이렇게 또 다시 세 번을 엎드리고 세 번을 더 일어서니 오늘의 모든 절차가 끝이 났다. 의식이 끝나자 임금은 안으로 들어갔다. 국영은 오늘 의식을 보고 궁중이란 참으로 절을 많이 하는 곳이라고 느꼈다. 식이 진행되는 동안 사배를 네 번이나 했다. 전부 합해서 열여섯 번 절을 한 셈이었다. 이런저런 시답지 않은 생각을 하면서 합격생들 틈에 끼어 몰려나왔다. 가슴께에서 치밀어 오르는 불덩이가 바깥으로 나오자 조금 사위어 들었다.

국영은 전각 모퉁이를 도는 순간 원수는 외나무다리에서 만난다는 말이 실감났다. 집안 작은 할아버지 되는 홍인한과 딱 마주쳤다. 허리를 굽혀 정중이 인사를 했으나, 받지도 않고 아니 곱다는 표정으로 위아래를 훑어보았다.

"네놈이 어떻게 합격을 했냐? 너 같이 멍청한 놈이 합격을 다 하다니. 이건 철저히 조사를 해 봐야할 일이다. 너 같은 망나니 놈이 들어 올 자리가 아니야!"

"작은 할아버지, 소손 잠 안자고 불철주야 열심히 공부해서 겨우 합격했습니다. 할아버지 너무 깎아 내리지 마십시오. 나도 풍산 홍가 아닙니까! 집안을 빛내고 가문을 빛낼 겁니다. 지켜 봐 주세요."

국영은 잠자코 지나치려다 읍소에 가까운 한마디를 했다.

그러나 홍인한은 국영이에게 들리도록 막된 말을 퍼 부었다.

"가문을 빛내? 너 같은 놈이……. 저런 개망나니 꼴을 눈뜨고 어떻게 보지!"

국영은 이를 부드득 갈면서 홍인한을 완전히 무시하고 가던 방향으로 발걸음을 재촉했다.

소식을 전해들은 무명스님이 축하한다는 서찰을 보내왔다. 우선 긴급한대로 쓰라고 약간의 돈과 오래된 산삼 한 뿌리를 사미승 편에 들려서 보냈다. 국영은 사미승 편에 일간 스님을 찾아뵙겠다고 말만 전했다. 무명스님은 국영의 심신만 단련해 준 것이 아니라 국영의 성격을 잘 알고 항상 자중 자애하라고 타일렀다.

적어도 국영에게 있어서 과거 합격 전과 후는 약간의 차이는 있었다. 전에는 되는 일도 없었고 온 세상이 어두컴컴했으나, 요즈음은 앞길이 좀 트이고 세상이 어느 정도 밝아오는 여명 같은 느낌이었다. 장안에 사람은 많아도 안국방 '배따라기' 홍낙춘의 집에는 사람은 고사하고 강아지 한 마리도 얼씬하지 않았었다. 이제 과거에 합격하고 나자 어떤 사람은 없는 일을 만들어서라도 심심치 않게 찾아들었다. 그것도 맨손으로 오지는 않았다. 하찮은 것이지만 계란 한 줄, 술 한 병은 들고 오는 사람도 있었다. 어떤 사람은 먼 일가붙이라고 하면서 하인에게 쌀말이나 하고 굴비 한 두름을 짊어지어 가지고 오는 사람도 있었다.

이제 국영이네 집도 사람 사는 집 같이 따뜻한 김이 피어올랐다. 아침밥을 먹으면 점심은 건너뛰고 저녁은 식구들 굶기지 않으려고 쌀을 구하러 이집 저집 구걸하러 다니던 어머니. 주린 배를 샘물 한 바가지로 채우고 자식 남매와 아직 어린 며느리, 칠푼이 남편의 연명에 헌신하던 국영 어머니 우봉 이씨牛峯 李氏는 기쁨의 눈물로 앞을 가렸다.

"국영아. 이제는 우리 집도 ……사람 사는 집 같구나!"

어머니는 울먹이면서 말을 제대로 잇지 못했다.

어린 아내 덕수 이씨德水 李氏는 잠자리에서 귓속말로 속삭였다.

"당신은 이제 큰 사람이 되셔야 해요. 그래서 몰락한 가문도 일으켜 세우고 조부님 때 우리 가문의 영광을 되찾도록 해야지요."

국영의 부인은 덕수 이씨 정모鼎模의 딸이었다. 부모에게서 착하게 큰 규수였다. 중신애비의 꼬임에 빠져, 양반댁이라는 말만 듣고 부모님들이 시집을 잘 못 보내고 말았다.

어머니는 없는 살림이지만, 조촐한 집안 잔치를 베풀었다. 그동안 쌀되라도 꾸어준 동네 아낙네들을 불러 대접하는 자리를 마련했다. 말이 빌려 준 것이지 다시 받을 수 있으리라고는 상상할 수도 없는 처지에 빌려준 것이니 감사하지 않을 수 없었다. 사람들은 국영의 어머니인 우봉 이씨가 사실상 구걸하러 온 것으로 취급한 집들도 있었다. 다정한 이웃들이 모여 서로 덕담을 나누고 화기애애한 잔치였다.

술자리를 찾아다니며 눈치코치 없이 공짜 술을 얻어 마시고 거나하게 취하면 '배따라기'를 부르던 아버지 홍낙춘은 이제 밖으로 나가지 않아서 좋아했다. 술친구들이나 집으로 끌어들여 아침부터 술타령을 하면 세상 부러울 것 없이 살아 갈 일이었다.

"내 그럴 줄 알았다. 국영이 저 놈이 큰일을 해낼 줄 알았어. 태몽에 금빛의 누우런 황룡이 눈이 부신 여의주를 물고 우리 집으로 들어오더라고……."

아버지의 터무니없는 태몽 이야기였다. 지금까지 그런 이야기를 단 한 번도 들어 본 적이 없었다. 순전히 꾸며낸 뚱딴지같은 이야기였다.

아버지 홍낙춘은 술을 마시고 취해서 큰소리로 떠들어 댔다.

"살다보니 이런 세상도 있어. 국영이 저놈을 키우고 가르치느라고 내가 얼마나 고생을 했다고. 이제야 쥐구멍에도 햇볕이 드는 모양이야."

어머니는 식구들을 먹여 살리느라 말 못할 수모와 고생이 많았었다. 하지만 아버지인 홍낙춘은 아들 국영을 위해 아무것도 한 일이 없었다. 단 교훈이 있었다면 국영이가 아버지를 볼 때마다 나는 저렇게 되지는 말아야지 하는 각오를 단단히 하게 한 간접효과는 상당히 있었을 것이다.

작년만 해도 엄두도 내지 못했던 기름진 술안주에 술판을 벌이고, 앉아 흰소리만 작작해댔다. 이따금 애비라고 시도 때도 없이 국영을 불러 앉히고 문자를 썼다.

"학야는 록재기중學也 祿在其中이라. 공부를 하면은 국록國祿은 저절로 들어오게 마련이거든. 우리 집의 없는 살림에 국영이 너를 학문을 시키느라 이 애비가 얼마나 고생했는지 알고나 있느냐? 그걸 모르면 너는 사람도 아닌 불효막심한 놈이다."

국영은 '배따라기' 홍낙춘이 아버지인 것이 얼굴을 들고 다닐 수 없는 수치였다. 정말 길에서라도 한겨울에 객사라도 했으면 하는, 나쁜 마음을 먹었을 때가 한두 번이 아니었다. 그래도 어쩌랴! 내 아버지인 것을. 국영은 덮어놓고 머리를 조아렸다.

"예. 모든 것이 아버지의 올바른 교육 덕분이었습니다."

국영은 차마 나오지 않는 마음에 털끝만큼도 없는 말을 했다. 돌 때 얻어먹은 백설기가 다 넘어오려고 하는 욕지기를 꾹 참았다.

"암. 그래야지. 그러고말고."

국영으로 하여 집안 꼴이 조금 펴지자 배따라기 홍낙춘은 이래저래 아침부터 저녁 잠자리에 들 때까지 곤드레만드레 취해 지냈다. 정말 가물의 올챙이가 비를 만난 격이었.

세상이 과거에 합격했다고 즉시 벼슬길에 나가게 되는 것은 아니었다. 우선 하루 세끼 굶을 걱정은 안 해도 되었다. 과거에 합격만 하면 빠르고 늦은 차이는 있어도 벼슬은 하도록 제도가 마련되어 있었다. 벼슬 전이라도 작게나마 국록은 나오게 되어 굶지 않고 입에 풀칠이라도 할 수 있었다.

국영은 아주 느긋한 마음으로 유유자적하면서 가을과 겨울을 보냈다. 무명스님은 누구보다 기뻐했다. 아침이면 북한산에 올라 무명스님과 매일 검술과 창술을 익혔다. 간혹 활시위도 당겨 보았다. 국영은 활시위보다는 창과 검술에 더욱 열심이었다.

국영과 함께 과거에 합격한 선비들은 성균관이나 교문관으로 벼슬길에 올라 하루가 멀다 하고 나아갔다. 그러나 국영에게는 아무런 소식이 없었다. 처음에는 성적이 마지막이어서 그런가 보다 믿고 있었다. 아무래도 소식이 없자, 홍인한이 방해를 놓는 것 같았으나, 자세한 것은 알 수가 없었다. 그동안 벼슬이 높아져 좌찬성이 된 홍인한이 훼방을 놓는다는 소문도 들렸다.

국영은 누구에게 애걸복걸하지도 서두르지도 않았다. 지어놓은 농사 수확철이 되면 자연이 씨 뿌린 자에게 들어오게 되리라고 굳게 믿었다. 그건 농자천하지대본農者天下之大本과 함께 만고불변의 원칙이었다. 나라에서 주는 벼슬을 스스로 싫다면 몰라도, 과거에 합격하고도 벼슬을 못한 예는 지금까지 없었으니, 미워도 주지 않고는 못 배길 일이라는 확신에는 변함이 없었다.

해가 바뀌어 새해가 되어 영조 49년이 되었다. 신년 하례를 받았다. 영조는 전 임금 경종景宗이 4년여 만에 갑자기 승하하자 그 뒤를 이어 왕위에 올랐다. 다음 해부터 영조 1년으로 계산하여 금년이 49년이었다. 실지로 즉위한 것은 그 전해이고 보니 실지 왕위에 오른 지 50년이 되는 해였다. 춘추 80세. 등극 50년을 맞은 영조 임금은 일찍이 없는 경사라고 궁 안뿐 만 아니라 온 나라가 떠들썩했다. 경희궁에서는 정초부터 여러 가지 축하행사가 벌어졌다. 축하 행사 중에는 특별과거(增廣試)도 있어 정민시鄭民始 등 10여 명이 뽑혀 들어왔다.

국영은 26세의 혈기 방장한 봄을 맞았다. 늦어도 연내에는 좋은 소식이 있으리라고 잔뜩 기대했던 작년에 해를 넘기도록 소식이 없었다. 거기다 또 특별과거를 보아 새로운 합격자들이 많지는 않지만, 대기하고 있었다. 이대로는 안 되는 것이 아닐까 하는 걱정이 앞섰다. 걱정은 차츰 불길한 망상이 되어 흑 구렁이처럼 머리를 쳐들기 시작했다. 이러다가 벼슬을 영영 못하는 것이 아닌가? 국영은 한숨이 절로 나왔다. 오늘도 망상을 떨쳐버릴 겸 북한산에 올라 무명 스님으로부터 무술을 연마했다. 내려오다가 날로 산천에 새싹이 돋아나는 것을 보면서 나도 언제 저렇게 열리는 날이 있을까 하는 깊은 사념에 사로잡혔다. 주역에 밝은 무명스님은 기다리면 좋은 일이 있을 거라고 위로의 말을 건네기도 했다. 그 말끝에 부디 매사에 자중하라는 당부를 잊지 않았다. 아마 금년에는 운이 풀릴 것 같다는 스님의 말이 헛되지 않기를 은근히 기대했다.

국영은 부인 덕수 이씨의 처가 쪽 주선으로 새로 이조판서에 오른 정판서를 찾아가 보았다. 내키지 않는 일이었으나 물에 빠진 사람이 지푸라기라도 잡으려는 심정으로 찾아가 보았으나 아무런 도움이 되지 못했다.

정월과 2월. 두 달 동안 찾을 만한 데는 다 찾았으나 가망이 없었다. 이제 남은 것은 좌찬성 홍인한을 두고 따로 없었다. 그는 불호령쯤은 들을 각오를 하고 그의 집을 찾았다.

"국영이 네가 올 줄 알았다. 못난 놈 같으니라고. 오늘은 무슨 일로

찾아 왔냐?'

아예 쳐다보지도 않고 첫마디에 이렇게 핀잔을 주었다.

어떻게 새겨들어야 할지 몰라 덮어놓고 엎드렸다.

"할아버지 그 동안 강녕하셨습니까?"

"그래, 잘 있다. 요즘은 부자 판에 못나게 굴고 다닌다지?"

한마디 한마디에 가시가 돋고 오금을 박는 말이었다. 상처를 저미고 소금을 뿌리고 휘저었다.

"할아버지, 그게 무슨 말씀이십니까?"

"너, 이 사람 저 사람 찾아다니며 찰거머리처럼 들러붙어 벼슬을 달라고 구걸을 한다고 소문이 파다하다."

"……?"

국영은 할 말이 없었다. 어이없는 질문이었으나, 사실은 사실로 인정할 수밖에 없는 일이었다.

"그래. 국영이 네 마음대로 잘 될 줄 알았더냐?"

"작은 할아버지께서 안 된다면 안 되겠지요!"

국영은 무슨 일이 벌어져도 참아야 된다고 마음속으로 다짐을 두었다. 무명스님이 항상 자중하라는 말이 떠올라서 참고 참았다.

"너는 내 눈에 흙이 들어가기 전에는 벼슬길에 나설 생각을 아예 하지 마라."

소문은 헛말이 아니었다. 홍인한 때문에 안 된 것이었다. 분을 삭이느라 한참 진정을 하고 나서 물었다.

"좌찬성대감님. 아니, 조부님. 어떻게 하면 되겠습니까?"

좌찬성 대감을 불렀다가 조부님을 덧붙였다. 국영도 왜? 그랬는지 알 수 없었다. 아마 혈육을 강조하고 싶었는지도 모른다.

"너희 부자는 우리 홍씨 가문의 우환거리다. 집안의 망신도 이만저만한 망신이 아니다. 벼슬은 무슨 얼어 죽을 벼슬이냐?"

홍인한은 사뭇 비아냥거리고 있었다.

"……"

국영은 대답할 말을 잃었다.

"내가 노자를 충분히 줄 터이니, 너의 일가가 제주도로 건너가서 터를 잡고 다시는 한양에 나타날 생각도하지 마라."

국영은 이 인간이 살아 있는 한 가망이 없다는 것을 느꼈다. 가슴속에서는 화승총 심지의 불꽃이 활활 타 들어가고 있었다. 참고 참았으나 더 이상 어떻게 억제할 수가 없었다.

"좌찬성 대감님. 요즘 기력은 어떠하십니까? 식사는 원만하게 하십니까?"

홍인한은 무슨 의미인지 몰라 국영을 빤히 쳐다보고 되물었다.

"그건 왜 물어? 그래, 식사도 잘하고 기력도 팔팔하다 왜? 묻는 것이냐?"

국영은 일어서면서 중얼거렸다.

"작은 할아버지께서 돌아가시는 날이 언제쯤일까 해서 말입니다. 그 전에는 벼슬길에 나가기는 글렀으니까요!"

"저, 저러언……. 천하에 발칙하고 못된 놈. 게 누구 없느냐?"

홍인한은 갑자기 큰 소리로 마당을 향해 소리를 질렀다.

국영을 쳐다보는 홍인한은 얼굴이 노기로 가득차고 온몸을 부르르 떨었다.

"저런, 고이 한, 천하에 인간 말종 같은 놈,"

홍인한은 분을 이기지 못하고 앉았다 섰다를 반복하면서 다시 소리를 질렀다.

"게 누구 없느냐?"

국영은 덜미를 잡히기 전에 잽싸게 뛰쳐나왔다. 그러나 대문을 지키고 있는 하인들에게 붙잡혔다. 손을 쓸 겨를도 없이 몽둥이찜질을 당했다. 온몸이 터지고 왼쪽 다리 아래쪽이 부러졌는지 도저히 일어 설 수가 없었다. 부러진 다리 때문에 움직일 수가 없었다. 겨우 손을 짚고 밖으로 기어 나와 행인의 도움을 받아 집으로 돌아왔다.

이가 부러지도록 갈았다. 어디 두고 보자. 이 고통과 치욕을 이겨내야 한다는 생각뿐이었다.

'언젠가는 백배로 갚으리라. 죽어도 잊지 않으리라.'

국영은 알 수 없었다. 홍인한 그 작자가 같은 집안인데 우리 집안과 무슨 억하심정이 있기에 이렇게까지 모질게 핍박을 가할까? 다리가 낫는 대로 가만 놔두지 않겠다고 몇 번이나 다짐을 했다. 이 인간부터 요절을 내 버리지 않고는 이 세상을 살아 갈 수가 없다고 판단을 했다.

3월 한 달은 집에서 처박혀 꼼짝하지 못했다. 우선 다리가 말을 듣지 않으니 어떻게 할 도리가 없었다.

　소식이 없자, 무명스님이 사미승을 보내 안부를 물어 왔다. 사정을 전해들은 무명스님이 이튿날 바로 약을 구해 직접 내려왔다. 산에서만 구할 수 있다는 '산골'도 구해 왔다. 뼈가 부러진데 좋다는 약이었다. 또 일어서기 전에 바랑에서 글씨 한 점을 꺼내 주고 갔다. 전지에 참을 인 자忍字 한자가 크게 쓰여 있을 뿐이었다.

　어쩔 수 없이 다리가 나을 때까지 견디고 있어야만 했다. 분통이 터져서 참고 살 수가 없었다.

　'나 죽기 전에 기어이 이 대가를 치르게 하리라.'

　절치부심, 하루하루를 육체적 고통보다 정신적 고통을 참고 견디기가 너무도 힘들었다.

　'내가 노자를 충분히 줄 터이니, 너의 일가가 제주도로 건너가서 터를 잡고 다시는 한양에 나타날 생각도하지 마라.'

　이 말이 귓가에 쟁쟁했다. 그 생각만하면 치가 벌벌 떨리고 소름이 돋았다. 벼슬길도 막히고 정말 제주도에 가서 세상을 잊고 파묻혀 살고 싶은 생각이 굴뚝같았다.

　작년 겨울이었다. 이웃의 행세하는 김 대감 집에서 귤을 한 줄 보내온 것이다. 한 줄이라야 열 개였으나 보통 팔자로는 구경하기도 어렵고 입에 넣는다는 것은 적어도 조선 천지에서는 대운을 타고나지 않고는 안 되는 것이 귤이었다. 이웃 어른은 귤을 보내면서 그 유래도 간단히 적어 보냈다. 원래 우리 조선에는 귤이라는 과일은 없었다.

숙종 때 중국에서 귤 씨를 얻어다, 제주도에 심게 한 것이 귤 농사의 시초였다. 우여곡절 끝에 성공하여 열매를 수확하게 되니, 그 후부터 제주목사는 해마다 조정에 진상하게 되었다. 조정에서는 이 희귀한 열매가 오면 신하들에게 나눠 주고, 감시柑試라 하여 임금이 직접 관원들을 모아 시험을 보게 했다. 이 시험에 들면 출세는 보장된 것이니 자네도 이것을 맛보고 장차 감시에 들어 큰 벼슬을 하라, 이런 사연이었다.

그때는 그저 과거에 오른 덕분이라고 어깨가 으쓱했고, 딴 생각은 없었다. 그러나 해가 바뀌어도 벼슬은 안 되고 가는 데마다 막히다보니, 가끔 귤 생각을 했다. 제주도에 건너가서 귤 농사를 하면 어떨까? 그러나 자신이 없었다. 생전 해보지 않은 귤 농사를 한다는 게 도저히 엄두가 나지 않았다.

육지로부터 멀리 떨어진 고장이라 감사 홍창한의 손자를 알아볼 사람도 없을 것이다. 귀한 과일이라 큼직하게 판을 벌여 한양에 싣고 오면 세상없는 거상이 될 수도 있을 일이었다. 여기서 쩨쩨한 것들을 상대로 이러니저러니 하는 것보다 백배는 나으리라. 그대로 신통치 않으면 바다를 건너 멀리 남쪽 유구국流球國 쯤으로 사라지면 그만이 아니겠는가?

지루한 겨울이 가고 4월이 오자 뜻하지 않은 기별이 왔다. 작년 가을과 금년 봄, 두 차례의 과거에서 문과에 급제한 사람은 이미 벼슬에 오르고 안 오르고를 막론하고 전부 경희궁에 모이라는 전갈이었다.

지난번의 시험이 부실해서 다시 보인다는 말도 있었다. 국영은 도둑놈 제 발 저리기로 가슴이 뜨끔하게 느껴지는 게 있었지만 개의치 않았다. 과거 합격을 없던 일로 한다고 해도 별로 억울할 게 없었다. 소문은 다시 꼬리에 꼬리를 물고 퍼졌다. 그게 아니고 선비를 좋아하는 임금이 연회를 베푼다는 소문이 들려왔다. 어느 쪽이든 국영으로서는 가고 싶은 마음이 없었다. 과거 급제가 무시되는 것도 기분 좋을 리 없는 일이었다. 또 임금으로부터 금잔에 술 한 잔 얻어 마셨다고 온몸이 순금덩이가 될 일도 아니었다.

영조 49년 사월 초닷새. 그동안 부러진 다리 양쪽에 댔던 부목을 다시 단단히 묶고 몸을 간신히 추슬러 지팡이에 의지해 그럭저럭 운신하게 되었다. 그동안 무명스님이 기운차리라고 사미승에게 보약을 두 번이나 내려 보냈었다. 그래서 조금 회복이 빨랐던 것 같다. 그래도 아직 활발하게 보행하기에는 상당히 불편했다.

국영은 경희궁 앞까지 지팡이를 짚고 갔다가 적당한 곳에 감춰 두고 궁 안으로 약간 절뚝거리면서 들어갔다. 매년 이맘때가 되면 흥인지문興仁之門 밖의 우사단雩祀壇에 나가 기우제를 지내는 것이 관례였다. 그러나 팔십 고령의 영조 임금의 거동이 불편하여 숭정전崇政殿의 동월대東月臺에서 기우제를 지내는 것이라고 했다. 더구나 그동안 겨울 가뭄이 초봄까지 계속되어 우선 기우제를 지냈다.

영조 임금이 백관을 거느리고 하늘에 제사를 지내는 동안, 국영은 다른 합격자들과 함께 남이 하는 대로 절하고 일어섰다. 우선 몸도 불편한 데다가 내키지 않는 동작을 되풀이하다 보니 피곤했다. 다친 다리도 무리를 해서인지 욱신거리고 아팠다. 머릿속에서는 잡생각이 가득 차 있었다. 차라리 제주도에나 갈까 하는 생각뿐이었다. 어차피 벼슬은 물 건너간 모양이나 어명이라고 하니 안 나올 수도 없어서 나오기는 나왔지마는 마음은 내키지 않았다. 장시간의 기우제가 끝나고 임금이 내전으로 들어가자, 푹 삶은 돼지고기 한 접시에 술 한 잔씩이 돌려졌다. 봄볕이 뜨거워서 모였던 사람들이 나무 그늘을 찾아 이리저리 흩어지는데 예조의 관리들이 돌아다니며 큰소리로 알렸다.

"음복을 하시고 돌아가지 마시고 모두 대기하시랍니다. 성상께서 친히 한주시翰注試를 실시하십니다."

영조 임금께서 직접 한주시를 보인다는 통문이었다. 이게 무슨 뚱딴지같은 소리인가?

한주시란? 한림(翰林-주로 검열 업무)과 주서(注書-승정원의 벼슬)를 뽑는 시험이었다. 한림은 예문관藝文館 검열의 별칭이었다. 임금의 말씀이나 지시를 글로 받아 써 성문화하는 직책을 맡게 되고 벼슬의 품계는 정9품이었다. 그야말로 미관말직이었다. 주서는 임금의 직속인 승정원承政院의 벼슬아치로 정7품이었다. 다 같이 임금을 가까이 모시는 영예로운 자리였다. 그중에서도 주서는 당장 정7품으로 발탁되는 자리였다. 만일 주서로 뽑힌다면 대단한 경사요 예사로운 일이 아니었다. 그야말로 가문의 영광이었다.

오늘따라 화창한 봄 날씨였다. 요즈음은 비 소식 없이 가물다 보니 초여름 같은 무더위가 계속되고 있었다. 궁 안에는 봄에 피어야할 꽃들이 앞 다투어 피고 그 향기가 궁 안에 가득했다. 또한 벌 나비들이 꽃을 따라 이리저리 채밀하기에 바빴다.

궁궐 안에 들어가 한참 쉬고 나온 영조 임금이 사방으로 트여 있는 정자에 신하들을 거느리고 자리에 좌정하자 시험이 시작되었다.

시험은 복잡하거나 어려운 것은 아니었다. 임금이 교의에 몸을 의지하고 앉아 있었다. 그 앞에 앉은 시험관인 신하들이 지난번 과거 때 제출한 시지試紙를 뒤적이며 몇 마디 질문하면 그것으로 끝이었다. 급제한 선비에 따라서 글로 적어 보라고 하는 경우도 있었다. 귀찮아서인지 아예 한마디도 묻지 않고 손짓으로 물러가라하기도 했다. 영조 임금은 그냥 즐거운지 미소를 띠고 지켜보기만 하다가 때로는 옆에 있는 영상에게 말을 건네기도 했다.

국영은 먼발치로 정자 안을 살펴보았다. 영의정 김상복 이하 고관들이 즐비한 가운데 이조참의가 된 홍인한도 보이고, 대사헌도 보였다. 국영은 홍인한의 얼굴을 보는 순간 다 틀렸다고 생각했다. 과거의 성적이 바닥을 헤매기도 했지만, 홍인한이 눈을 시퍼렇게 뜨고 저렇게 버티고 있는 한 어림도 없는 일이었다. 국영은 북한산 무명스님이 있는 암자와, 한 번도 가보지 못한 제주도란 섬이 눈앞에 번갈아 어른거렸다.

순서에 따라 어전에 불려 나가 답변도 잘하고 잘된 선비들은 만면에 웃음을 띠면서 활개를 펴고 물러 나왔다. 그렇지 못한 선비들은 양어깨가 축 늘어져 땅만 보고 비실비실 걸어 나왔다. 국영은 별로 흥미가 없어 초점 잃은 눈으로 건너편을 무연히 바라보고 있었다. 몸이 완쾌되는 대로 제주도로 내려가서 호구지책을 세우고 올라올 생각이었다.

오래 기다리자, 드디어 국영의 차례가 되었다. 국영은 정자에 올라 승지가 시키는 대로 어전에 사배를 올리고 무릎을 꿇고 앉았다. 그런데 좌우에서 소리는 내지 않았으나, 좌중의 관리들은 그를 바라보고 정신이 상자같이 시물시물 웃었다. 오직 홀로 웃지 않고 성난 얼굴로 앉아 있는 한 사람이 있었다. 이조참의 홍인한 대감이었다. 뭐가 마땅치 않은지 잔뜩 찌푸리고 있었다. 국영에게 만고에 도움이 되지 않는 인물이었다. 국영이 움직이는 곳마다 걸림돌이 되어 길을 막았다. 그야말로 악연도 이런 악연이 있을 수 없었다. 국영에게는 암초 중에 암초였다.

이조참의 홍인한은 옆에 앉은 관리들에게 물어 보았다.

"사람도 많은데 구태여 물어볼 것도 없겠지요?"

좌우에서 고개를 끄덕이자 홍인한은 너를 보는 것만으로도 불쾌하다는 식으로 쳐다보지도 않고 나가라는 손짓만 했다.

"……."

국영은 억장이 무너지는 심정으로 한마디 말도 못하고, 어이없이 물러 나 올 수밖에 없었다. 홍인한의 면상에 가래침이라도 뱉어 주고 싶었으나, 참고 일어섰다. 돌아서려는데 국영의 귀에 영조 임금의 가냘픈 목소리가 울렸다.

"가만, 가마안 있자, 어디서 본 듯한 얼굴인데 누구더라."

국영은 엉거주춤 두 손을 모아 쥐고 서 있었다. 주변에서 누군가 앉으라고 손짓을 했다. 서 있을 수만 없어서 다시 앉았다. 작년 가을 과거 때 온 조정 관리들이 다 웃었으니, 영조 임금의 기억에도 아직 남아 있는 모양이었다. 그 보다도 외모가 워낙 출중한 국영을 임금이 확실하게 기억하고 있는지도 모를 일이었다. 누가 먼저 말은 하지 않아도 좌중은 또 시물시물 웃었다.

"상감마마. 작년 가을 과거에 급제한 홍낙춘의 자제이옵니다."
영의정 김상복이 아뢰었으나, 영조 임금은 알아듣지를 못했다.
"뭐? 뭐라고 했는고?"
팔순의 영조 임금은 청력이 점점 떨어졌다. 귀가 밝지 못하다 보니, 일상 언어도 잘 못 알아들었다. 두어 번 같은 소리를 반복하던 영의정 김상복은 답답했는지 붓을 들어 백지에 써보였다.
"배따라기 홍낙춘 지자야排打羅其 洪樂春 之子也."
"허허허……"
그제야 임금이 크게 소리를 내어 웃었다. 신하들도 억눌렸던 웃음을 터뜨리고 온 정자 안이 웃음소리로 가득 찼다. 국영은 이 순간 마룻장 아래로 꺼져 들어갔으면 하는 게 소원이었다. 좌우를 옆 눈으로 둘러보고 이를 갈았다. 그래, 맘껏 웃어라. '배따라기'가 어쨌다는 거냐? 임금이 앉아 있는 어전만 아니면 한 놈쯤 대갈통을 깨부수고 싶었.
"허허허. 애비는 애비고, 자식은 자식이렷다. 헌헌장부가 아니드냐!"
장내 소동이 가라앉자 임금이 중얼거리면서 시지를 가져 오라고해 뒤적이기를 계속했다.
"글씨를 보니 제법 서법에 맞게 썼구나, 들어 올 때 보니까 총명하게 생겼다. 내 옆에 두고 주서로 쓰면 어떨까?"

갑자기 온 장내가 한순간 물을 끼얹은 듯 조용해졌다. 신하들이 영의정 김상복을 비롯하여 이조참의 홍인한 등이 서로 눈짓을 하더니 납작 엎드렸다.

"상감마마. 그건 아니 되옵니다."

화음이 잘 맞는 합창으로 목소리를 높였다.

"'배따라기' 홍낙춘의 자식이 주서가 되는 것은 천부당만부당한 처사이옵니다."

큰일이나 일어난 것처럼 여기저기서 들고 일어나 이구동성으로 목소리를 높였다.

"지금까지 그런 일은 전무후무한 일이옵니다. 만일 '배따라기' 홍낙춘의 자식이 주서가 된다면 조정의 체통이 바로 서지 않을 일이옵니다."

국영은 혼자 생각했다. 정말 단매에 쳐 죽일 놈들이었다. 무슨 놈의 체통이 어쨌단 말인가? 할아버지 대에는 번듯한 집안이 어쩌다가 '배따라기' 부친으로 하여 이런 똥물을 뒤집어쓰는 수모를 당해야 한단 말인가? 얼굴을 들 수 없이 창피하고 괴로운 일이었다. 정말 이 자리에서 연기처럼 산화되어 버리고 싶은 치욕의 순간이었다.

"……"

영조 임금의 어두운 귀에는 잘 들리지 않아서인지 가타부타 대답이 없었다. 그렇지만 눈치는 알아차린 모양이었다.

"신들이 그렇게 반대한다면 한림으로 서용敍用하리로다. 더 이상 반대 의견을 용납하지 않을 것이다."

반대 의견은 천정까지 치솟았다가 중구난방으로 떠드는 바람에 곤두박질을 쳤다. 그렇다고 완전히 소멸 된 것은 아니었다.

국영은 정7품 주서자리에서 정9품 한림으로 두 단계를 곤두박질 쳐졌다. 그래도 다행인 것은 벼슬자리를 한자리 얻었다는 안도감이었다.

그래, 두고 보자 이 치욕을 잊지 않으리라. 국영은 다시 한 번 이를 악물었다.

3. 세손 시강원侍講院의 설서說書가 되다

　　세상사란 정말 한치 앞을 알 수 없는 짙은 안개 속이었다. 어제만 하더라도 일이 이렇게까지 급변하리라고는 상상도 못했다. 이제 북한산 입산이고, 제주도 귤이고 포기하고, 오기로라도 벼슬길에 나서야 할 참이었다. 기어이 출세 가도를 헉헉대고라도 천리마처럼 달려서 이 수모를 백배로 갚아 주리라. 용서하고 넘어가기에는 그동안 겪은 수모가 너무 깊어 뼈에 사무쳤다. 가슴 속에는 억누를 수 없는 분노가 들끓었다. 국영은 새삼 다시 이를 갈았다. 당대에 안 되면 네놈들 자식 대에까지라도 잊지 않고 갚아 주리라 마음속으로 단단히 다짐을 두었다.

국영은 따가운 눈총 속에 영조 임금에게 사은숙배를 올리고 물러 나왔다.

일어서면서 홍인한을 얼핏 쳐다보았다. 벌레 씹은 얼굴에 독사눈으로 쨰려보고 있었다.

국영은 자기도 모르게 눈물이 핑 돌았다. 그 동안의 고생이 빠르게 머릿속을 훑고 지나갔다. 먼저 헌 누더기 같은 옷을 입고 바가지를 들고 이웃집에 곡식을 구걸하러 가는 어머니의 처량한 모습이 떠올랐다.

'어머니. 이제 우리는 더 이상 거지가 아니어요. 어머니…….'

국영은 그 자리에 주저앉고 싶었다. 그래 꿋꿋이 일어서자. 당당하게 일어서자. 마음 속 깊이 다짐을 굳게 두었다.

이번 30여 명의 시험생 중에서 주서에 세 사람, 한림에 네 사람이 뽑혔다.

국영은 그중 과거는 자기보다 한 발 늦었지만, 이번 한림에 오른 정민시鄭民始란 사람과 차츰 가까이 지내게 되었다. 국영보다 세살 위인 스물 아홉 살이었다. 하루 내내 있어도 말을 잘하지 않는 지극히 말수가 적은 청년이었다. 더구나 심성이 착했다. 다른 선비들은 못난이 '배따라기' 홍낙춘의 자식이라고 은근히 비웃고 가까이 하려 하지 않았다. 정민시는 그런 내색 없이 진중한 사람이었다. 나이가 약간 많아서인지 국영이를 늘 친아우 대하듯 자상하게 대해 주었다. 혹시 국영이 실수라도 하는 난처한 일에는 발 벗고 나서서 감싸주었.

한림과 주서는 다 같이 역사를 기록하는 사관이었다. 영조 임금의 말씀과 신하와의 대화도 모두 역사인지라 국영은 다른 동료들과 함께 번 갈아 들어가 영조 임금을 모시고, 말석에 부복해 착실히 붓을 놀리는 게 일과였다.

 국영은 매일 안국방 집에서 걸어서 경희궁으로 출근했다. 때로는 영조 임금의 행보를 따라 창경궁이며, 창덕궁, 창의궁에 나들이도 했다. 다른 선비들은 영광된 자리라 하여 부러워하였다. 그러나 따지고 보면 고달픈 자리였다. 숨도 크게 쉴 수 없는 어전 앞이라 항상 조심해야 했다. 다행인 것은 영조임금도 호의를 가지고 이따금 선물을 하사하기도 하는 게 위안이라면 위안이었다. 국록은 꼬박꼬박 때가 되면 들어오고 간혹 주위에서 선물도 들어와 지낼만한 자리였다.

 국영의 어머니인 우봉 이씨가 바가지를 들고 이집 저집 기웃거리는 일은 이제 없어졌다. 집안 형편은 조금씩 나아졌다. 어머니가 조석 지을 양식 걱정을 하지 않아도 되었다. 어머니의 얼굴이 편안해지고 가난이 덕지덕지 묻어나던 세월은 비껴간 듯했다. 집안에는 조금씩 온기가 돌고 갈수록 온화한 화기가 넘쳐났다.

 그러나 밖에서는 도무지 기를 펼 수가 없었다. 궁중의 법도와 격식은 너무나 엄격했다. 궁중 안의 길을 걸어갈 때도 중앙을 피해 가장자리로 걸어야만 했다. 출입문도 임금과 신하들이 드나드는 문이 따로 구분되어 있었다. 이 엄격한 규율을 위반했다가는 목이 떨어진다고 했다.

 글방에서 글보다는 북한산에서 무명스님의 검술을 익히고 호연지기를 기르던 국영이 궁 안에서 길들여지기에는 상당 기간이 걸릴 일이었다. 익숙해지기까지는 아마 여러 달이 지나야 될 것 같았다. 국영은 번거로워도 이 거대한 궁궐의 법도를 따라야지 다른 도리가 없었다. 국영에게는 선택권이 없는 오로지 이 길로 매진할 수밖에 없는 처지였다.

어떤 선임자는 국영에게 타일렀다.

"궁 안에서는 고개도 함부로 들어서는 절대로 안 된다네."

또 겁을 주기도 했다.

"왕조 3백여 년에 고개를 잘못 쳐들었다가 떨어진 머리가 열 개를 넘으면 넘었지 부족하지는 않을 걸세. 명심하시게."

더구나 어전에 나가면 고개를 들라고 해야 들지, 함부로 고개를 들었다가는 무엄하다고 무슨 불벼락이 떨어질지 알 수 없는 일이었다.

임금은 항상 인자하게 대해 주었으나, 변덕이 심한 것이 흠이었다. 그냥 변덕인지 매병(呆病·치매)인지 알 길이 없었다. 금방 한 말도 아니라고 윽박지르는 일이 더러 있었다. 그보다 가끔 매병 증세 같은 이상한 행동을 할 때는 감당할 재간이 없었다.

한번은 이런 일도 있었다.

영조 임금이 여러 신하들과 함께 창경궁으로 행차를 했다. 그런데 연못가를 지날 때 발을 헛디뎠는지 갑자기 연못으로 풍덩 빠져 버렸다. 실수로 실족을 했는지 일부러 뛰어 들었는지 누구도 그 속내를 알 수 없었다. 백발노인이 허우적거리기만 하고 나오지를 못했다. 아무래도 익사할 것만 같아 모두 달려들어 끌어내려고 하는데 불호령이 떨어졌다.

"무엄하도다. 내 이놈들. 내 허락 없이 내 몸에 함부로 손을 대는 놈은 능지처참을 할 것이다."

영조 임금을 수행한 관리들은 겁에 질려 한 걸음 뒤로 물러섰다. 허락 없이 임금의 옥체에 손을 대는 것은 죽을죄에 해당하는 큰 죄목이었다.

영조 임금은 이제는 물속에 목만 내놓고 주저앉아 고래고래 소리를 질렀다.

"나는 이제 죽는다. 네놈들 소원대로 이제 죽는단 말이다. 네 놈들 마음대로 해라."

영조 임금은 사지를 버둥거리며 익사 직전이었다. 국영의 눈에는 어떤 노인네가 익사 직전일 뿐이었다. 임금이고 뭐고 목숨을 구해야 했다. 단지 물에 빠져 죽어가는 백발노인이 보일 뿐이었다. 생각할 겨를도 없이 옷을 입은 채로 물속에 풍덩 뛰어들어 영조 임금을 무조건 번쩍 들어 안고 나왔다. 영조 임금은 옷에서 물이 줄줄 흐르는 상태로 누군가 급히 가지고 온 간이 의자에 좌정하고 앉았다. 영조 임금은 가쁜 숨을 한참 몰아쉬었다. 이제 좀 안정이 되었는지 좌우를 돌아보았다. 그러더니 앞에 부복하고 있는 홍국영을 손가락으로 가르쳤다.

"너 좀 이리 오너라."

국영은 가슴이 철렁 내려앉았다. 임금을 통째로 들었다가 놓았으니, 능지처참을 열 번 당해도 싼 일이 벌어진 것이었다. 땅바닥에 엎드린 다른 사람들도 힐끗힐끗 곁눈질만 하고 무서워서 벌벌 떨었다. 혹시 홍국영을 극형에 처하라고 엄명을 내리지 않을까 하는 두려움이었다. 주위에 부복해 있는 사람들은 알 수 없는 하회를 기다리는 동안 전전긍긍하는 눈치였다. 그러나 국영은 이제 죽는구나 하고 자기를 포기하는 순간 마음이 편안해 졌다. 국영은 떨리지도 않았다. 물이 줄줄 흐르는 관복을 입은 채 엎드려 이제 죽음만 기다릴 수밖에 없었다.

"국영아, 역시, 네가 충신이로다."

영조의 뜻하지 않은 말이 터져 나왔다. 국영은 자기 귀를 의심했다. 이게 무슨 뚱딴지같은 말인가?

영조 임금은 물가에 엎드린 신하들을 좌우로 내려다보았다.

"짐이 물에 빠져 죽게 되었는데, 수수방관만하는 신하가 세상 천지간 어디에 있단 말이냐? 이 천하에 못된 것들."

엎드린 신하들은 이마를 땅에 닿도록 부딪고 숨도 제대로 쉬지 못했다. 조금 전에는 '무엄하도다. 내 이놈들. 내 허락 없이 내 몸에 함부로 손을 대는 놈은 능지처참을 할 것이다!'라고 하더니 이제 엉뚱한 소리를 했다. 부복해 있는 신하들은 영조 임금의 종잡을 수 없는 변덕을 알 수가 없었다. 그 깊은 심중을 알 길이 없이 헷갈릴 뿐이었다.

"국영이야말로 충신 중에 충신이로다."

"성은이 망극하옵니다."

"국영아, 네 소원이 무엇이냐? 어려워 말고 말하거라."

국영은 어리석은 바보가 아니었다. 외모만 출중한 게 아니라 머리가 비상하고 회전이 빠른 사람이었다. 이런 때 섣불리 헛된 욕심을 부렸다가는 화를 불러일으킬지도 모른다는 것을 잘 알고 있었다. 숙인 머리를 더 깊이 숙이고 목청을 가다듬었다.

"전하, 성상을 가까이에서 모시온데 더 이상 무슨 소원이 있겠나이까? 소원이라면 전하께서 만수무강하시는 일이옵나이다."

그 순간, 주름살이 가득한 임금의 만면에 웃음을 띠었다.

"허허허……, 짐의 안목이 틀림이 없구나. 너 같은 충신은 내가 죽은 후에도 나라의 기둥이 되어 주어야 한다."

"성은이 망극하옵니다. 이 목숨 다할 때까지 명심하겠사옵니다."

임금은 다시 하교를 내렸다.

"국영이 너는 나의 뒤를 이을 동궁 가까이 있는 것이 좋겠구나. 오늘부로 동궁 시강원의 설서를 겸하게 하는 터이니 열흘 간격으로 예문관과 동궁 일을 번갈아 보도록 하여라."

국영은 이 일이 꿈인지 생시 인지 알 수가 없었다. 몸이 공중으로 부양하는 것 같은 착각을 일으켰다. 세상에 이런 어처구니없는 일도 있는가해서였다. 시강원의 설서라는 자리는 동궁을 보필하는 자리로 정7품이었다. 국영은 금년 봄 숭정전의 동월대에서 기우제를 지낼 때의 악몽이 떠올랐다. 그때 영조 임금은 국영을 보고 한 말씀했다.

'글씨를 보니 제법 서법에 맞게 썼구나, 들어 올 때 보니까 헌헌장부에 총명하게 생겼다. 내 옆에 두고 주서로 쓰면 어떨까?'

영의정 김상복을 비롯하여 이조참의 홍인한 등이 목숨을 걸고 반대하고 나섰다.

'배따라기 홍낙춘의 자식이 주서가 되는 것은 천부당만부당한 처사이옵니다.'

반대 의견은 천정을 뚫고도 남았다. 마치 북방의 오랑캐가 쳐들어오는 것처럼 호들갑을 떨었다. 국영은 '이 가증스러운 인간들'하고 어금니를 지그시 물었던 일이 다시 떠올랐다. 아울러 염량세태에 민감한 세상사에 서글픈 생각이 들었다.

그날 국영은 주변에서 천방지축 떠드는 바람에 정7품 주서자리에서 정9품 한림으로 두 단계를 곤두박질쳤다. 그날 반대하던 목소리가 아직도 국영의 귓가에 쟁쟁했다.

오늘은 그때, 영조 임금이 동궁 시강원의 설서로 '배따라기'의 아들 홍국영을 쓰겠다고 할 때 이구동성으로 '아니 되옵니다.'하던 무리들이 그대로 있는데 누구도 그런 말을 꺼내는 사람은 없었다. 그들은 감히 입을 떼지 못했다. 주변은 쥐 죽은 듯이 찍소리 없이 너무도 조용했다. 국영은 벼슬길에 나선 지 두 달 만에 2단계를 뛰어오르게 된 것이다. 연못에 빠진 상감을 안고 나올 때는 죽을 지 살지 모르는 기로였으나, 이런 행운이 될 줄은 꿈에도 예측하지 못했다.

동궁은 뒤주에 갇혀 무참히 죽은 사도세자의 아들 산祘을 말하는 것이었다. 임금 영조의 손자이니 정식으로는 왕세손王世孫이었다. 그러나 임금의 특명으로 동궁이라고 부르라고 했다. 그래서 누구나 그렇게 불렀다.

홍국영의 이일은 예삿일이 아니었다. 일찍이 전례가 없었던 대사건이었다. 벼슬이 2단계나 올라가기도 했지만, 동궁을 옆에서 보좌하게 되었으니, 그런 영광이 없었다.

말하기 좋아하는 사람들은 국영의 영화는 다음 대에도 계속될 것이라고 했다. 장차 영의정에 오르는 것도 훤히 내다보이는 일이라고 이 사람 저 사람이 덕담을 했다.

국영의 집에서는 가까운 친척들이 모여 조촐한 잔치를 벌였다. 국영의 아버지는 '배따라기'를 부르다가 흥이 고조되자 엉덩춤을 추면서 크게 호기를 부렸다.
"아들이 열 놈이면 뭘 할 것이냐? 일당백이라고, 우리 외아들 국영이를 당할 놈이 있으면 나와 보라고 해라."
동궁은, 같은 경희궁 안에 있는 존현각尊賢閣을 쓰고 있었다. 국영은 임금이 거처하는 집경당緝敬堂과 존현각을 열흘 간격으로 옮겨 다니면서 일을 보게 되었다.
국영은 같은 또래의 동궁에게 크게 기대를 했으나, 기대와는 달랐다. 동궁은 국영보다 네 살 아래인 스물두 살의 어린 나이였다. 처음 등청하여 인사를 드렸을 때도 고개만 까딱할 뿐, 말 한 마디 없었다. 첫 인상은 싸늘하고 어딘가 어두운 그림자가 드리워져 보였다. 도무지 말이 없고 웃지도 않는 인물이었다. 며칠 두고 보니까 동궁은 국영 자기에게만 그러는 것이 아니라 주변의 누구하고도 마찬가지였다. 보덕(輔德 종3품) 이상건李商建이라는 분이 스승이었다. 백발이 허연 그 노인이 들어와서야 겨우 입을 열었다. 그것도 글을 가르치면 묵묵히 듣다가 의문이 나는지 가끔 질문하는 것이 고작이었다.

하루 내내 있어야 두세 마디 하면 많은 편이었다. 말없이 책을 보거나 붓글씨를 쓰면서 하루를 보냈다.

당시 세손의 교육을 담당한 이는 유선 박성원朴聖源, 찬선 송명흠, 김원행, 보덕 이보관, 심이지, 심관지, 필선 신광리, 홍수보, 문학 민종열, 익찬 조명억, 사서 정슬조, 유언호 설서 권진, 조영진 등이 있었다. 정조는 훗날 박성원의 공로를 특히 치하했다.

그렇다고 아랫사람을 힘들게 하지도 않았다. 조부 영조 임금을 닮아 눈에서 광채가 나는 것이 총명한 인물임에 틀림없었다. 갸름하고 준수한 얼굴에는 항상 어두운 그늘이 드리워져 보이는 게 안타까웠다.

어떤 날은 답답한지 사장射場에 나가서 활을 쏘기도 했다. 활을 쏘아 울분을 삭였을지는 몰라도 겉으로 나타내지는 않았다. 활쏘기는 대단한 실력을 과시했다.

무예를 연마하는 연무장인 봉황정鳳凰亭에 아청색鴉靑色 융복을 입고 당당한 모습으로 활을 잡으면 다른 사람들은 기에 눌렸다. 보는 사람들이 숨을 죽이는 순간 팽팽히 당겨진 활시위를 떠난 화살은 허공을 향해 떠났다. 이어서 과녁의 호랑이 면상이 그려진 정수리를 맞추는 '딱'하는 둔탁한 소리가 들렸다.

"관중이요."

영조의 가계도

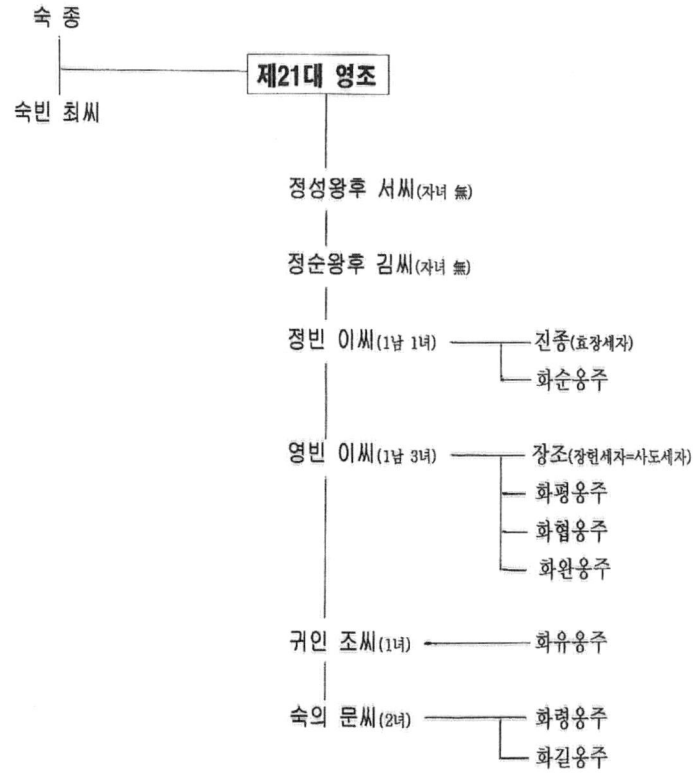

그 말과 동시에 과녁 가까이 서있는 익위사 기수의 깃발이 올라갔다.
세손은 한번 활을 잡으면 10순을 쏘았다. 1순은 5발이므로 50발을 쏘게 되는 것이었다. 그중 49발을 호랑이 과녁 이마에 명중시키는 명사수였다. 그럴 때 마다 '관중이요' 하는 익위사 병사의 구호가 들렸다. 단,

한 발도 '변중이요'하는 말은 들리지 않았다.

그러나 무슨 이유에서인지 마지막 한발은 허공을 향해 활시위를 힘껏 당겨 쏘고는 한참 날아가는 화살을 응시하다가 돌아섰다. 말은 하지 않았지만, 그 한 발에 모든 울분을 실어 보내면서 자중하는 것 같았다. 그 한 발에 대한 수수께끼는 동궁만 알지, 아무도 알 수가 없는 일이었다.

동궁은 50발을 쏘고 나면 더 이상은 쏘지 않았다. 무예에도 대단한 절제력을 나타냈다.

동궁이 왜? 웃음을 잃고 살아가는지는 누구나 알지만 입도 벙긋하지 못했다. 동궁의 아픈 상처를 헤집고 쓰라리게 할 수는 없는 일이었다.

동궁의 아버지인 사도세자를 모함한 대신들 중에는 이미 세상을 떠난 사람들도 있었다. 주로 벽파인 그들은 여전히 권좌에 앉아 있었다. 극상의 영화를 누리는 축도 있었다. 이들은 서로 연대하여 동궁을 눈엣가시같이 미워했다. 자기들이 갖은 술수를 다 부려 죽인 사도세자의 아들이 동궁으로 있으니 숨 쉬고 사는 것이 불편했다. 만일 그가 임금 영조의 뒤를 이어 왕위에 오른다면 어떤 보복이 올지 몰라 전전긍긍한다는 소문이었다. 그들은 그런 날이 온다면 피바람이 불 게 빤하다고 믿고 있었다. 마치 목에 걸린 생선가시가 숨을 쉴 때마다 불편하게 하는 것과 같은 상황이었다.

영조의 첫째 아들은 효장세자였으나 10살 때 돌림병으로 일찍 죽었다. 둘째 아들은 영빈 이씨가 낳은 사도세자(思悼世子는 사후 붙여졌음)였다. 사도세자를 죽도록 모사를 꾸몄던 모략꾼들은 머리를 맞대고 궁리, 궁리 끝에 영조를 부추겨 동궁을 일찍 죽고 없는 사도세자의 형 효장세자 孝章世子의 아들로 입적을 시켰다. 동궁의 친아버지 사도세자라는 사람은 아예 이 세상에 태어나지도 않은 것으로 만들어 버렸다. 행여 사도세자의 이름이라도 입 밖에 내는 자가 있다면 당장 목이 달아나게 되어 있었다. 역적의 자식은 왕이 될 수 없다는 규정을 회피해 가는 수단이기도 했다.

효장세자란? 어린 나이에 죽은 영조의 맏아들이었다. 이름은 행澤 자는 성경聖敬이었다. 정빈靖嬪 이씨에게서 태어난 첫째 왕자였다. 영조가 즉위하던 해에 왕세자 경의군敬義君으로 책봉하였다. 그때 나이 겨우 6살이었다. 10살이 되자, 혼인을 하게 되었다. 좌의정 본관이 풍양인 조문명趙文命의 딸과 혼인을 했다. 그가 효순왕후孝純王后였다. 그러나 행은 10살 때 홍역을 앓다가 안타깝게 죽었다. 효순왕후는 신방 한번 꾸미지 못하고 궁 안에서 37살까지 외롭게 살다가 쓸쓸하게 생을 마감했다. 세손 산은 이분들의 양자가 된 셈이었다.

영조 재임 38년 윤달 오월 열사흘 오후에 영조 임금은 창경궁에 거동했다. 미리 예고하지도 않았고 갑자기 이루어진 일이었다.

창경궁에 살고 있는 세자는 영조 임금이 궁내의 휘령전徽寧殿으로 오라는 급한 전갈을 받았다. 세자는 불길한 예감이 들었다. 세자는 급히 휘령전으로 달려와 영조 임금 앞에 네 번 절하고 부복했다. 영조 임금은 칼을 세자 앞에 던져 주었다.

"신하들은 들었는가? 신령의 말을 들었는가? 정성왕후께서 나에게 일러 주었다. '반란이 한 호흡 사이에 달려 있다.' 고 했다."

영조는 창경궁에 오자마자 선왕들의 어진과 족보가 모셔져 있는 선원전璿源殿에 가서 참배하면서 자신의 결심을 선왕들에게 고해 바쳤다. 그리고 정성왕후 서씨의 위패가 모셔져 있는 휘령전으로 오라고 했다. 정성왕후는 세자의 생모는 아니지만, 자식을 낳지 못해 법통상으로 맺어진 어머니였다. 사도세자를 낳은 영빈 이씨도 아직 살아있었다.

"세자의 병이 점점 깊어 바라는 것이 없사옵니다. 소인이 이 말씀은 차마 어미 된 정리로 못할 일이지만, 성궁(聖躬-임금)을 보호하고 세손을 건져 종사를 편안히 하는 일이 옳으니, 큰 처분을 하옵소서. 하오나 부자 사이 정으로 차마 이리하시지만, 다 세자의 병입니다. 병을 어찌 책망하겠나이까? 처분을 하시나, 은혜를 끼치시어 세손 모자를 평안하게 하여 주소서."

영빈 이씨는 영조 임금에게 눈물로 호소했다. 사도세자에 대한 영조 임금의 고민을 알고 어미로서 도저히 해서는 안 되는 피맺힌 간언을 했을 때, 그녀의 가슴은 갈가리 찢어졌을 것이다. 오직하면 그리하였겠는가!

영빈 이씨는 본관이 전의全義로써 어려서 궁녀로 들어왔다가 영조의 성은을 입어 귀인이 되었다. 34세에 화평옹주를 낳고 37세에 영빈으로 책봉되었다. 그 후 38세에 화협옹주를 낳고, 늦깎이로 40세에 문제의 사도세자를 얻게 되고 43세에 화완옹주를 또 낳았다.

그리고 67세에 사도세자를 떠나보내고 견디기 힘들었던지 가슴에 한을 떠안고 2년 후 69세로 이 세상을 하직했다. 자기가 낳은 자식을 자기기 기르지 못하고 100일 만에 빼앗기다시피 정성왕후에게 맡겨졌으나, 나인들에게 떠넘기고 아무도 관심조차 없었다. 무인 기질을 타고난 출중한 왕자는 결국 잘못된 성장과정을 거치면서 폐인이 되었다.

자기가 낳은 자식을 없애라고 남편인 영조 임금에게 '용단을 내리시오소서'라고 했을 때의 심정이 과연 어땠을까. 타인은 누구도 짐작할 수 없는 간장이 녹아 내리는 고통이었을 것이다. 영빈 이씨가 그것을 모를 리 없었다. 피 눈물로 얼룩진 한 많은 여생을 보내고 말았다.

세자는 세손이 가례를 치른 2월 무렵부터 광증이 더욱 심해져서 누이인 화완옹주를 납치하여 괴롭히는가 하면, 궁 안에 무덤처럼 생긴 땅집을 짓고 진치를 벌이면서 모여을 의심하게 하는 광태를 보였다. 또 생모에게 효도한다는 이유로 잔치를 크게 하고 가마를 태워 악대가 음악을 연주하면서 세자궁을 행진하게 하였다. 생모인 영빈 이씨는 뭔가 두려워서 사양했으나 막무가내였다.

영조의 심중에 불을 지른 것은 세자가 역적모의를 하고 있다는 고변 사건이었다. 휘령전을 이중 삼중으로 무장 병력을 동원해 철통같이 수비하게 했다. 그리고 누구도 들여보내지 말라고 엄명을 내렸다. 단, 영의정 신만申晩이 들어왔을 뿐이었다.

영조 임금은 세자에게 신발과 관복을 벗고 머리를 땅에 조아리게 했다. 세자의 이마에서 피가 흘렀다. 영조 임금은 세자에게 빨리 그 칼로 자결하라고 독촉이 성화같았다. 아무래도 임금은 제정신이 아니었다. 마치 반란군을 진압하려는 선봉장군 같았다.

급보를 전해들은 장인 홍봉한이 놀라서 달려왔다. 그러나 영조 임금의 표정에서 살벌한 분위기를 느끼고 아무 말도 하지 못했다. 며칠 전 세자의 죄를 용서해 달라고 했다가 영의정에서 좌의정으로 좌천된 악몽 때문이기도 했다.

승지 한광조, 도승지 이이장, 판부사 정휘량이 들어왔으나, 누구도 말을 꺼낼 수가 없었다. 분위기가 감히 말을 꺼낼 수 없도록 살벌했다. 오월인데도 영조의 얼굴에서는 서리가 펄펄 날렸다.

영조 임금은 그 자리에 서 있는 신만 이하 대신들을 모두 파직시키고 밖으로 내몰았다.

빨리 자결하라고 세자를 겁박하는 영조의 눈빛은 광기에 사로 잡혀있었다.

세자는 사태의 심각성을 이제야 깨닫고 살려 달라고 애원했다.

"아바마마, 죽을죄를 지었사옵니다. 이제 아바마마의 어떤 지시라도 성실히 따르겠사옵니다."

세자가 울면서 애원했으나, 영조 임금의 어서 자결하라는 추상같은 불호령만 궁내에 쩌렁쩌렁 울렸다. 세자를 용서해 줄 기미는 전혀 보이지 않았다.

이 엄청난 소식을 전해들은 세손이 달려와 아버지인 세자 뒤에 엎드려 아버지를 살려 달라고 울면서 할아버지인 영조 임금에게 애걸했으나, 노염을 풀지는 못했다. 그때 세손의 나이는 열한 살이었고 작년에 혼인을 했었다. 궁중의 법도에 따라 열다섯 살이 되어야 합방을 하도록 되어 있어서 아직은 따로 생활을 하는 중이었다.

세손이 계속 울면서 아버지를 살려 달라고 읍소를 하자 영조 임금은 강서원講書院 관원을 급히 불렀다. 관원이 도착하자 세손을 안아다가 빨리 강서원으로 보내고 다시는 들어오지 못하게 하라고 엄명을 내렸다.

영조의 독촉이 거세지자 세자는 도저히 버틸 수 없어 자결을 결심하게 되었다. 자결을 하려고 칼을 뽑아 들자 세자의 시강원 관리가 나서서 가로 막고 죽음을 무릅쓰고 만류했다.

영조의 노염은 시간이 갈수록 수그러들기는커녕 높아만 갔다.

"세자를 오늘부로 폐하여 서인庶人을 삼는다. 누구도 이의를 제기하면 죽음을 면치 못하리라."

궐내는 더운 날씨인데도 한겨울의 냉기가 감돌았다.

이때 대궐 문이 살짝 열리고 아까 쫓겨났던 홍봉한, 신만, 정휘량이 다시 들어왔으나, 서슬 퍼런 영조 임금의 기에 눌려 아무 말도 꺼내지 못했다.

영조는 또 시강원 관리들까지도 전부 강제로 내보냈다.

"지금 곧 뒤주를 가져 오너라."

세자를 뒤주에 가둘 요량인 듯했다.

사태는 점점 악화되어 갔다.

어린 세손은 아버지 사도세자를 살려달라고 대궐 문전에서 지나가는 대신들의 옷자락을 붙잡고 애걸했다. 그러나 아무도 관심을 두지 못했다. 아니, 관심을 둘 수도 나설 수도 없는 그야말로 엄중한 순간이었다. 말 한마디 잘 못했다가는 영조의 분노를 촉발해 목이 달아날지 귀양을 갈지 알 수 없는 노릇이었다.

이때 다시 혜경궁 홍씨가 세손과 같이 들어와 세자를 용서해 달라고 애원했으나, 영조의 노염은 수그러들지 않고 혜경궁 홍씨와 세손을 친정인 홍봉한의 집으로 강제로 쫓아 보냈다. 혜경궁은 오라비 홍낙인이 들어와 가마에 태워 친정으로 돌아가다가 졸도했다. 상궁이 몸을 주물러 겨우 깨어났다. 세손은 외삼촌인 홍낙신과 홍낙임이 강제로 남여藍輿에 태워 외가인 홍봉한의 집으로 데려갔다.

날은 이제 점점 어두워지고 있었다. 숲속에서는 세자의 고통을 모르는 이름을 알 수 없는 밤새들이 구슬피 울어댔다.

뒤주는 처음에 소주방燒廚房에서 가져 왔으나, 작아서 세자가 들어 갈 수가 없자, 다시 어영청에서 큰 뒤주를 징발해 왔다.

어영청御營廳의 뒤주를 징발하도록 홍봉한이 건의했다고 해서 죽을 때까지 그 혐의를 벗지 못했다. 홍봉한은 아니라고 했으나, 아무도 믿어주지 않았다. 이 세상에 누가 사위를 죽이고자 하겠는가! 홍봉한은 딸인 혜경궁과 세손인 산祘이라도 살려야 되겠다는 사태 파악을 냉철하게 했을 가능성이 있는 일이었다. 비정한 일이지만, 홍봉한으로서는 어쩔 수 없는 선택이었을 것이다.

"어서 뒤주로 들어가지 못할까."

영조 임금의 불호령은 궁 안에 쩌렁쩌렁 울렸다. 어명을 이기지 못한 세자는 뒤주 안으로 들어갔다.

"그 뒤주에 철저히 못질을 해 나오지 못하게 하라."

뒤주는 선인문 부근으로 옮겨졌고, 세자는 여드레 동안 물 한 모금 먹지 못했다.

영조 34년 무인년에도 사도세자를 폐 세자하려 한 일이 있었다. 그때는 남인南人 채제공蔡濟恭이 목숨을 걸고 나섰다. 그가 소속된 남인의 정치적 지향은 왕권을 강화해 개혁과 발전을 이루는 것이었다. 따라서 남인은 다음 국왕으로 오를 위치에 있는 사도세자의 폐위를 극력 반대했다. 남인인 채제공은 그런 노선을 앞장서 실천했다. 그는 도승지가 된 해에 사도세자를 폐위시키려는 영조의 비망기(備忘記 임금이 명령서)가 내려오자 죽음을 무릅쓰고 막았다.

훗날 영조는 이런 면모를 기억하면서 세손에게 '참으로 채제공은 나의 사심 없는 신하이자 너의 충신'이라고 말했다. 그 뒤 그가 정조의 가장 중요한 신하가 된 까닭은 이런 태도가 깊은 인상을 준 것이 크게 작용했다고 보아진다.

세자가 뒤주에 갇힌 지 여드레째 되는 날 이른 아침이었다.

"전하, 한성부윤을 지낸 채제공이 궐문 밖에 부복하고 있사옵니다. 어찌하오리까?"

"채제공이 어인 일로?"

채제공은 모친상을 당하여 고향에 물러나 시묘살이를 하고 있는 처지였다. 영조 임금은 채제공의 출현에 의문을 가질 만도 했다.

"폐 세자의 소식을 접하고 상복을 입은 몸으로 달려와 폐 세자의 불가함을 외치고 있는 줄로 아옵니다."

"허허허 참!"

영조는 역정을 내지 않았다. 채제공은 평소 아끼는 신하였다. 노론의 벽파가 판치는 세상에 유일하게 남인인데도 기회가 있으면 중용해 볼 생각으로 낙점해둔 신하였다.

벽파僻派란?

이 정파는 노론老論 계열이었으며 사도세자 사건을 중심으로 벌어졌던 당쟁에서 세자를 배척한 당파였다. 이때의 당쟁은 노론과 남인 그리고 노론과 소론의 대결이었다. 시파時派도 있었는데 그 뿌리는 남인이어서 시파·벽파의 당쟁은 결론은 남인과 노론의 대결로 귀결된다.

남인, 즉 시파는 사도세자가 폐위되고 뒤주 속에서 죽게 된 것을 억울하게 죽었다고 세자 동정론을 펼치는 당파였다. 그런가하면 노론, 즉 벽파는 사도세자가 광패狂悖하여 왕위에 오른다면 나라꼴이 말이 아니게 될게 빤하다고 믿었다. 그래서 마땅히 폐 세자하여야 하고 추호도 동정할 필요가 없다고 주장하는 당파였다.

이것은 각 당파가 내세운 표면적 이유일 뿐. 정치의 주도권을 잡기 위해 꾸준히 이어져 오는 뿌리 깊은 당쟁사의 비극이었다.

영조는 즉위 초부터 탕평책으로 당쟁을 막아보고자 했지만 오히려 당쟁의 가장 큰 피해자가 되고 말았다.

채제공이 고향에서 시묘살이 중에 폐 세자의 소식을 듣고 이틀을 걸어서 꼭두새벽에 궁궐 앞에 도착해 부복하고 있었다.
"간밤에 비가 많이 왔는데 옷이 젖지나 않았는지 살피고 씻은 연후에 궐내 와서 부복하라고 하여라."
씻기를 거부한 채제공이 궐내 들어와 부복했다.
"전하, 신이 씻는 것은 급한 일이 아니옵고 폐 세자의 전지를 거두시옵고 저하를 뒤주 속에서 촌각을 다투어 나오시게 하심이 시급한 일이옵니다. 통촉하여 주시오소서."
영조도 많이 후회하고 있었다. 그렇다고 명분 없이 세자에게 내린 처벌을 그만 두라고 할 수도 없는 일이었다. 마침 채제공의 말을 듣고 못 이기는 척 뒤주 열기를 윤허했다.
뒤주를 여드레 만에 열었다. 그러나 어쩌랴. 사도세자는 이미 싸늘한 시체로 변해 있었다.
그의 나이 겨우 스물여덟.
계속되었던 세자의 비정상적인 돌출행동은 마침내 반역으로까지 몰려 비참한 최후를 맞았다.
채제공이 시묘살이만 가지 않았더라도 일이 이 지경에 까지 이르지는 않았으리라. 채제공은 시묘살이로 소식을 너무 늦게 들었던 것을 후회하면서 피 눈물을 뿌리고 다시 고향으로 돌아갔다. 영조에게도 채제공에게도 천추의 한으로 남았다.

사도세자가 숨이 떨어졌다는 소식을 듣자 영조는 화가 난 사람처럼 지시했다.

"세자가 궐 안에 들인 기생과 승려, 동궁에 딸린 내시, 별감, 색장色掌 나인 그리고 출입한 무녀까지 전부를 당장 끌어내어 참형에 처하라."

영조는 평소와 달리 대노했다. 영조 임금은 자식을 굶겨 죽이고 제 정신이 아니었다.

이런 과정을 거친 이 사건은 조선왕조에 엄청난 사건으로 기록되게 되었다. 자식을 죽인 왕인 아비. 더구나 좁은 뒤주에 왕자를 가두어 죽이는 천인공노할 사건이 벌어지고 만 것이었다.

세자의 장례는 규정에 따라 3개월 장을 치러 7월 23일에 상여가 떠났다. 세손에게는 그 동안 별 일이 없었다. 영조 임금은 장례 다음 날 세손을 동궁이라 부르게 하고 세손 교육기관 강서원을 춘방 즉 시강원으로 격상시켰다. 세손을 호위하는 기관을 계방 즉 세자익위사로 부르게 하여 세손을 세자의 직위로 격상시켰다. 세자의 빈 자리를 세손으로 메운 것이라 볼 수 있다.

영조 임금은 늘 권도權度를 쓸 줄 아는 인물이었다. 권도란? 왕이 옳다고 판단되는 일을 위해서는 정도에 벗어나는 일도 할 수 있는 임금의 초법적 권한을 말하는 것이다.

영조는 세자를 위해 중국의 고전 뿐 아니라 임금 자신이 세자를 가르치고자 고전에서 아름다운 말을 추려 만든 심감心鑑, 상훈常訓, 경세문답警世問答, 자성편自省篇 등의 책을 만들었다. 세손에게도 어린 세손과 문답을 나누었던 군감君鑑이란 책을 만들어 읽게 했다. 자식은 실패했지만. 손자는 성군을 만들고자 하는 위대한 꿈이 있었다.

이해가 임오년이어서 '임오화변壬午禍變'이라고 역사학자들은 명명했다.

영조 임금은 아들인 사도세자의 광기를 보고 도저히 제왕의 재목이 아니라고 판단하게 되었다.

사도세자는 영조가 42세가 되던 영조 11년(1735년) 1월 21일에 태어났다. 영조가 세제世弟가 되기 전 15세 되던 숙종 30년 2살 연상의 정성왕후 서씨와 혼인을 했었다. 그러나 정성왕후는 후사를 잇지 못했다.

영조는 정빈 이씨에게서 첫 아들을 낳았으나 10살에 죽고 말아서 초조해 하고 있었드.

서열로 따지자면 당시 세 번째인 녕빈 이씨가 아들을 낳자 영조는 비로소 기뻐했다. 나이 먹어서 얻은 아들이어서 마음이 조급해졌다. 두 살이 되자 기다렸다는 듯 세자로 책봉을 했다. 새로 태어난 아들을 누가 길러야 하는지의 문제가 대두되고 정비인 정성왕후가 키워야 된다는 노론 조현명의 주장에 따라 그렇게 했다.

이때 세자를 낳은 생모가 길러야 한다는 주장을 편 사람이 한 사람이 있었다. 다름 아닌 암행어사로 산천을 떨게 하는 것으로 유명한 소론의 박문수朴文秀였다. 그러나 노론의 기세에 몰려 더 이상 주장을 관철시키지 못했다.

평소 임금과 금슬이 좋은 후궁 영빈 이씨를 정성왕후는 좋게 보지 않고 투기를 하고 있었다. 그래서 후궁이 낳은 자식을 친자식처럼 아끼고 사랑할 마음이 전혀 없었다. 정성왕후에게로 간 세자는 결국 상궁이나 나인이 맡아서 기르게 되었다. 사도세자가 친 엄마의 품을 떠난 100일 때부터 상궁이나 영빈 이씨의 험담을 입에 달고 사는 어리석은 나인들의 손에서 자란 것은 세자의 정서에 크나큰 악영향을 미쳤다고 보아진다. 아침저녁으로 듣는 이야기는 환관과 궁녀들의 잡담뿐이었다. 세속의 쓸데없는 잡소리나 들으면서 성장했다.

원래 왕자를 키우는 데에는 일정한 법도가 있었다. 호의호식을 금하고 한겨울에도 따뜻한 곳을 피하고 검소한 것을 일찍이 가르쳐 백성을 사랑하는 임금의 자질을 가르쳐야했다. 부모의 사랑과 엄격함이 조화를 이뤄 학업에 열중하도록 하는 게 원칙이었다. 그러나 세자는 호의호식하고 무식한 궁녀들의 손에서 제멋대로 하고 싶은 대로 성장했다. 세자의 학문을 담당한 박필간(朴弼幹)은 보다못해 세자가 타고난 자질은 우수하나 궁녀와 환관들 사이에서 잘못된 교육을 받고 있다고 영조 임금에게 직언을 하였으나, 바로잡아지지 않았다.

여덟 살 위의 화평옹주는 세자를 잘 보살펴 주었는데 불행하게도 세자가 14세일 때 22세로 이 세상을 떠났다. 그 후 여동생 화완옹주가 가까이 지냈다. 그래서 세자가 온양온천을 몰래 다녀오는 것도 옹주의 주선이었다. 하지만 화완옹주가 정치달에게 시집가고 점차 세자와의 관계가 나빠졌다. 영조 임금의 세자 교육은 결국 실패하게 되었다. 영조는 세자가 어릴 때부터 소학(小學)을 가르쳤다면 안일과 방종으로 흐르지 않았을 것이라고 후회했다.

출중한 외모와 뛰어난 자질을 타고 난 세자는 타인들이 맡아서 애정 없이 기르면서 '그런 일을 하면 안 된다.'는 말을 한 번도 들어 보지 못하고 자랐다. 천성이 무인 기질을 타고 난 것으로 보이는 세자는 글공부를 멀리하고 오히려 무술에 관심이 점점 많아졌다.

세자는 어려서부터 말 타고 칼을 휘두르고 활을 쏘는 군사놀이를 좋아했다. 무예에도 뛰어나 열다섯 살에 이미 무예 6기六技에 12기를 더하여 18기를 무예도보(武藝圖譜 그림교본)로 만들어 강습하기도 했다.

세자는 그뿐 아니라 그림 그리기를 좋아했다. 수많은 그림을 그렸으나 현재 남아 있는 것은 북종화의 대가 김두량(金斗樑)의 흑구도의 영향을 받은 선노(犬圖)가 유일하게 남아 있다. 그런데 그 그림에는 얼룩무늬를 가진 어미와 가까이 다가오지 못하는 강아지 두 마리를 그리고 있어서 그림 해석이 분분하다. 더구나 당시 얼룩무늬 개(달마시안과 유사)가 명나라를 통해 들어왔다는 설과 상상으로 그렸다는 설이 있지만 명확한 사실 확인이 되지 않은 사항이다.

글공부를 게을리하는 세자를 못마땅하게 여긴 영조는 볼 때마다 공부를 하라고 윽박질러 기를 펴지 못하게 하였다. 임금과 세자의 간격은 점점 멀어져 가고 세자의 성격은 차츰 비뚤어져 갔다.

그런데 세자가 15세, 영조 25년 1월 22일, 56세의 영조 임금은 느닷없이 임금 자리를 세자에게 선위하겠다고 선위교지를 내렸다. 영조 임금은 그 이유를 들었다.

하나, 죽어서 형인 경종을 뵙고자 하는 것,

둘은 정치가 싫다는 것,

셋은 건강이 나쁘다는 이유에서였다.

그러나 세자에게는 영조의 깊은 마음을 알 수도 없어 엄청난 부담을 안겨 줄 뿐이었다.

거기에 세자를 없애려는 세력까지 개입하여, 세자의 일거수일투족을 영조에게 나쁘게만 고자질하면서 점점 빠져 나갈 길이 없어졌다.

비뚤어질 대로 비뚤어진 세자의 손에 죽은 사람이 한두 명이 아니었다. 세자가 24세가 되고 원손이 7세가 되던 해부터 병이 더 심해졌다. 영조 임금으로부터 심한 꾸중을 듣고 나면 그 분노를 아랫사람들을 학대하는 것으로 해소했다. 내시들을 심하게 매질하고, 내관을 죽이기도 했다.

내시 김한채가 첫 희생자였는데, 세자는 김한채의 목을 쳐서 머리를 들고 나인들에게 보여 주면서 겁을 주었다. 내시 뿐 아니고 나인들도 여러 명을 죽였다.

세자는 그 무렵 옷 갈아입기를 무서워하는 의대병衣襨病이 생겼다. 결국 의대병은 세자가 아끼고 사랑하던 경빈 박씨까지 죽이고 만다. 사건이 난 날은 아주 사소한 일로 살인을 저질렀다. 세자가 궁궐 밖으로 미행하기 위해 옷을 내달라고 하자 또 무슨 일을 저지를 것 같은 기미를 느낀 경빈 박씨가 만류하다가 불상사가 일어났다.

사도세자는 은전군과 청근옹주를 낳은 세자의 세 번째 여자인 경빈 박씨를 무참히 타살하는 불상사가 벌어졌다. 그녀는 본래 숙종비인 인원왕후 김씨의 빙애라고 불리는 침방나인이었다. 인원왕후가 죽고 나자 영조 33년 사도세자가 데려다가 아버지인 영조 임금 몰래 합방을 하고 동거를 시작했다. 영조가 두 사람 관계를 알게 되어 갈라놓으려고 했으나, 그때는 빙애가 이미 임신을 했음으로 어쩔 수 없이 묵인할 수밖에 없었다. 죽은 뒤에야 경빈으로 추증시켰다. 아버지의 눈과 귀를 속여 가면서까지 사랑했던 여인을 순간의 충동으로 살해한 사건을 사람들은 경악을 금치 못했다. 사도세자는 빙애에게 너무나 집착한 나머지 혜경궁 홍씨의 많은 미움을 샀다.

혜경궁 홍씨는 빙애의 사람됨이 요악스러웠다고 기록하고 있다. 빙애를 좋게 봐 줄 리기 없었다. 그때 세자는 빙애에게 완전히 빠져 있었다. 세자는 빙애를 위해 내수사內需司를 통해 재물을 조달하고 낭비하기도 했다.

그 뿐이 아니었다. 궁중에 여승을 불러들이고, 기녀 가선이를 비롯하여 무녀와 천예賤隸의 계집까지 불러 들여 지하 궁전을 마련, 사흘이 멀다 하고 잔치를 하고 질펀하게 놀았다.

그런 사실들을 영조 임금이 총애하는 문숙의의 오라비인 문성국이 빠짐없이 고자질해서 세자를 어렵게 만들었다. 문성국은 수려한 외모로 세자궁의 나인들을 유혹해 세자의 사소한 일까지 다 알고 있었다. 거기에 한술 더 떠 세자를 모함해 문숙의에게 전달했다.

사도세자가 뒤주에 갇히기 전까지 살해한 사람만 백여 명이라는 설도 있었다.

세자 주변에는 권세를 잡고 있는 노론의 김상로金尙魯 등 청풍 김씨 일파와 또 김한기金漢耆, 김귀주 부자 등 경주 김씨 일파, 신만申晩, 신회申晦 등 평산 신씨 일가들이 숨도 쉴 수 없을 만큼 에워싸고 있었다.

사소한 일로 그렇게 아끼던 애첩을 죽였다는 사실을 알게 된 영조는 세자에 대한 실망이 이만 저만이 아니었다.

그 실망이 극에 달한 것은 역시 나경언羅景彦의 고변 사건이었다.

5월 22일이었다. 나경언은 형조판서인 윤급尹汲의 청지기이자 궁중 액정서掖庭署의 별감別監 나상언羅尙彦의 동생이기도 했다. 세자의 비행을 열 가지나 적어서 형조에 고발한 사건이었다. 그 고변 사건 중에는 세자가 궁중의 내시들과 모역을 도모하고 있다는 내용이 읽는 사람으로 하여 깜작 놀라게 하는 대목이었다. 왕권을 뒤엎으려는 역적모의를 했다는 죄목만으로 삼족을 멸하는 엄한 세상에서 감히 세자를 고변하는 일은 청천 벽력같은 일이었다.

신분이 낮은 그가 세자의 비행을 낱낱이 적어서 고발한 이 사건은 매우 이례적인 사건으로 누군가 배후가 있다고 짐작되는 사건이었다. 배후로 의심 받는 사람은 영조의 계비인 정순왕후와 그 배후 세력이었다.

영조 35년 6월이 되자 왕실에 큰 변화가 일어났다. 정성왕후 서씨의 3년 상을 치른 영조는 계비를 맞을 준비를 했다. 왕비는 국정 운영에 없어서는 안 될 주요한 존재였다. 내명부의 모든 질서를 다잡아야 하는 게 왕비의 책임이었다.

6월 9일에 삼간택을 하여 경주김씨 유학 김한구와 모친인 원주 원 씨의 사이에서 태어난 딸을 계비로 정하였다. 6월 22일 어의궁於義宮에서 친영례親迎禮를 치렀다. 그가 바로 정순왕후貞純王后였다. 그녀는 1745년 11월에 태어났는데 충청도 서산이 고향이었다. 1759년 15세에 왕비에 책봉되어 66세의 영조와 가례를 올렸다. 무려 나이차이가 51세나 되었다. 당시 사도세자의 나이 25세였다. 세손의 나이는 8세 때였다. 혜경궁 홍씨의 나이 역시 25세로 열 살이나 어린 시어머니를 맞이하게 된 것이다.

전례에 따르면 사도세자를 낳은 후궁 영빈 이씨가 정비가 되어야 하나 본인이 극구 사양했다.

이 일은 숙종조에서부터 그 원인을 찾을 수가 있다.

영조의 아버지 숙종이 후궁을 정비로 할 수 없도록 엄명을 내린 일이 있었다. 장희빈 사건으로 그런 제도가 생긴 것이다. 숙종은 영조를 낳은 최 숙빈을 정비로 승격시키고자 했으나, 본인이 이를 사양할 뿐만 아니라 아예 후궁을 정비로 맞지 못하도록 제도화시키기를 간청했다. 영빈 이씨는 평소 덕망이 높아 주변에서 존경 받았지만, 이 일로 더욱 칭송이 자자했다.

어린 정순왕후가 무엇을 알겠는가? 그의 아비 김한구와 오라비 김귀주가 설쳐대기 시작했다. 이들은 영의정 김상로, 홍계희, 윤급 등 노론 벽파와 한통속이 되어 세력 확장에 혈안이 되었다.

영조가 죽고 나자 정조는 자기 아버지 사도세자의 죽음에 동조하였다 하여 할마마마와 사이가 좋지 않았다. 그 후 정조가 죽자, 손자인 어린 순조의 대왕대비로 수렴청정을 4년 동안하면서 정조가 길러낸 인재들을 사그리 몰아내고 벽파를 등용하였다. 완전 벽파의 세상이었다. 그 뿐만 아니라 천주교에 대한 대대적인 박해를 가했다. 순조가 15세가 되어서야 수렴청정에서 물러났다. 그녀 이후 외척들의 발호가 심해져서 순조의 장인인 김조순으로부터 시작되는 안동 김씨의 세도정치가 들어서 19세기 수많은 민란의 단초가 되기도 한다.

세자는 나경언 사건 후에도 칼을 들고 궁궐을 탈출하는 모역사건까지 터지는 악재가 계속되었다. 단순한 사건이 아니었다. 세자는 칼을 들고 수구를 통해 큰 대궐로 가려고 했다고 혜경궁 홍씨가 기록에 남기고 있다.

정순왕후의 뒤에는 아버지 김한구를 비롯하여 숙부 김한신, 김한록, 오라비 김귀주, 김한록의 아들 김관주 등 경주 김씨 세력들이 진을 치고 있었다. 이들은 충청도 서산 사람들이었는데 오라비 김귀주 종숙부인 김한록과 그의 아들 김관주는 권력에 대한 야심이 대단한 사람들이었다.

이들은 세손이 죄인의 아들이므로 왕위를 계승할 수 없다고 왜곡시키고자 했다. 아울러서 왕비에게 종친 중에서 양자를 세우고 그를 왕위 계승자로 하려는 꿈을 키우고 있었다. 역심은 동조자를 모으고 은언군 이인이나 그의 아들 이담을 주목하고 있었다.

이 사실을 알게 된 세자는 나경언을 붙잡아 심문을 했지만 그는 절대 입을 열지 않았다.

이 사건은 단순한 사건이 아니라 당시 정치 역학이 작용한 사건이 아닐 수 없었다. 표면적으로는 단순하게 보이지만, 그 뒤에는 노론이라는 거대 조직이 이무기처럼 도사리고 있었다.

평소 세자와 임금 사이를 이간하는데 혈안이 되었던 정순왕후의 아버지 김한구와 왕후의 오빠 김귀주, 김상로, 홍계희洪啓禧 등이 의심 받는 노론의 거두들이었다.

김상로는 중국의 고사를 들어 세자가 스스로 죽기를 바라고 있는 음흉한 인물이었다. 혜경궁도 그를 음흉한 사람이라고 『한중록』에 적고 있다.

또 세자의 비행을 수시로 영조 임금에게 일러바치는 영의정 신만과 아들인 신광수申光綬도 있었다. 세자는 평소 이들을 증오하고 있었다.

나경언의 발고發告 사건은 그 문서가 불태워져 남아 있지를 않아 열 가지가 무엇인지 정확히 알 수는 없다.

중대 사건을 간추리면 네 가지로 압축되었다.

첫째 궁중에 병장기를 은닉하고 내시들을 동원해 역모를 꾸미고 있다.

둘째 작년에 평안도에 임금의 허락 없이 유락遊樂을 즐기고 기생들을 달고 왔다.

셋째 내수사와 사궁四宮의 재물부족을 빙자해 시전상인들의 재물을 갈취했다.

넷째 왕손 은전군 이찬을 낳은 그 어미인 경빈 박씨를 무참히 타살했다.

영조 임금은 역모 사건이라고 하자 적이 놀란 나머지 '반란이 호흡 사이에 있다.'고 하면서 대궐문을 굳게 닫고 지키게 하여 백성들을 놀라게 하였다.

영조는 나경언과 그의 형 나상언 등을 잡아다가 심문하고 시킨 사람이 누구인지 캐묻고 배후를 조사했으나, 그들은 입을 굳게 다물었다. 연루된 사람이 누구인지 짐작은 되었으나, 영조는 세자가 관련된 사건이므로 확대할 생각은 없었다. 그러나 짐작하기는 소론과 가까이 지내는 세자가 장차 왕이 되면 찬밥 신세가 될 노론들의 수작이라는 게 유리알처럼 뻔히 들여다보이는 사건이었다. 이 사건을 들추면 그 배후 세력이 노론 벽파와 왕비가 연결되어 있어서 더 이상 확대 시키지 않고 진화하기에 급급했다.

세자의 작년 평안도 유람 사건도 관련자들을 처벌할 수가 없었다. 그 일을 주선해준 사람이 영조가 아끼는 화완옹주인 데다가 현지에서 도와준 사람은 화완옹주의 시 삼촌인 평안도 관찰사 정휘량이었다. 이 사건도 이 사실을 은폐한 죄 없는 내시들만 처벌했다.

그 다음 경빈 박씨를 죽인 일은 영조도 이미 알고 있는 안타까운 일이었다. 나머지 시전 상인들의 빚은 일일이 파악해서 갚아 주고 일단락 지었다. 상소를 올린 나경언을 영조는 충신으로 생각하고 살려 줄 생각이었으나, 수많은 대신들이 죽여야 한다고 우겨대자 처형할 수밖에 없었다.

대를 이어야할 자식 놈이 이 모양이니 실망이 이만저만이 아니었을 뿐만 아니라, 장차 나라의 안위가 걱정되었다. 그러나 크게 걱정하지는 않았다. 마음속에는 이미 왕재王才가 아니라고 판단하고 세자를 지워버린 후였다. 오직 손자에게 기대를 걸 수밖에 없었다. 세자는 세손의 가례가 치러진 2월 무렵부터 마치 실성한 사람 같았다. 아버지의 본심이 손자, 즉 자기의 아들인 산祘에게 가 있다는 것을 눈치로 이미 짐작하고 있었다.

영조는 죽은 세자의 지위를 서인 그대로 놔둔다면 세손은 평민의 아들이 되므로 복권시킬 수밖에 없었다. 세자로 회복시켜주고 사도세자思悼世子라는 시호를 내려 주었다. '사도'란 임금의 마음이 슬프다는 뜻이었다.

사도세자는 공적으로 죄인이기 때문에 죄인의 아들은 왕위를 물려받을 수가 없었다. 그래서 2년 뒤 영조 40년 2월 20일에 세손을 사도세자의 이복형으로서 열 살 때 세상을 떠난 효장세자의 아들로 입양시켜 종통宗統을 잇도록 만들었다. 그런데 효장세자의 아들이 되면 효장세자의 부인인 조문명의 딸이 공적으로 어머니가 되어야 했다. 그러나 세손이 받을 정신적인 충격을 고려하여 사도세자의 사당인 수은묘를 참배하는 일을 허락하여 생부에 대한 효도를 하도록 배려했다.

사도세자를 죽음으로까지 몰아넣은 모략 꾼들은 내친김에 그 아들인 세손까지도 죽일 기회만 호시탐탐 노리고 있었다. 그들은 늘 모여서 어떻게 자기들이 발을 뻗고 잘까 하는 궁리만 했다.

동궁의 어머니 혜경궁 홍씨는 피를 말리는 하루하루였다. 언제 저들이 어린 아들에게 비수를 꽂을지 알 수 없는 공포의 나날이었다. 모략꾼들은 그들대로 자나 깨나 안심이 되지 않았다.

혜경궁 홍씨는 궁리 끝에 어린 아들을 친정으로 내 보냈다. 친정은 바로 홍봉한의 집이었다. 친정아버지인 홍봉한이 외손자인 동궁을 위해하지는 않으리라고 믿었기 때문이었다. 동궁은 영문도 모른 체 화려한 궁을 버리고 외가에 가서 한동안 살았다. 어느 정도 성장하자 영조 임금의 명으로 다시 궁중으로 들어와 살게 되었다.

이제 임금 영조는 팔십 줄이었다. 언제 천아성이 궁성에서 울려 퍼질지 아무도 모르는 일이었다. 영조가 죽으면 동궁이 대를 이을 게 확실한 사실이었다. 그러면 피비린내 나는 보복이 시작될 것도 예측되는 일이었다.

임금 영조가 죽기 전에 촌각을 다투어 동궁을 없애야만 했다. 왕족인 전주 이씨 중에 지능이 모자란 왕족을 하나 들여앉혀야 목숨이나마 부지할 수 있을 일이었다. 날이면 날마다 초조하고 불안한 날들이 계속되었다. 그들 집단은 무슨 트집이건 잡으려고 혈안이었다. 동궁 주변에는 밤낮없이 알 수 없는 묘한 인간들이 서성거리고 있었다. 두 옹주도 아침 밥숟가락만 놓으면 아버지인 영조 임금 턱 밑에 앉아서 친조카인 동궁을 헐뜯는 입방아를 찧어 댔다. 친 고모가 해서는 안 될 일을 하면서도 부끄러운 줄도 몰랐다.

국영은 처음에는 젊은 동궁이 평소 말이 없고 감정을 얼굴에 나타내지 않는 이유를 자세히 알지 못했다. 이제야 동궁이 누구에게나 의심의 눈초리로 보는 깊은 마음을 알만했다.

국영의 친구 중에는 은근히 충고하기도 했다. 아무리 생각해 봐도 동궁은 살아남지 못할 것이다. 차라리 일찍이 동궁으로부터 멀리 떨어져서 살아남을 궁리를 해라. 동궁을 죽이려는 사람들이 너라고 살려 둘 것 같으냐? 살려거든 일찍 도망을 가거라. 살얼음판 같은 판국을 꿰뚫어보는 친구였다. 누가 봐도 동궁은 살아남기 어려운 환경이었다. 천운을 타고나서 하늘의 도움이나 기대해 볼 수 있는 일이었다. 그런 불상사가 발생하면 살아남는다 해도 그의 측근으로 몰려 패가망신하기에 십상이었다. 그 친구 말저럼 무슨 수를 써서라도 다른 자리로 옮기는 게 맞는다는 사실을 국영도 모르지는 않았다. 그러나 그것도 마음대로 되는 일이 아니었다. 그 친구는 잔재주까지 알려 주었다. 도저히 방법이 없으면 칭병稱病하고 출근하지 말라고 까지 했다.

국영은 이제 물러설 수가 없었다. 잘못되어서 이들의 먹이가 되어 어육이 되는 한이 있어도 이것은 타고난 운명이라고 믿었다. 남자로 태어나서 비굴하게 죽고 싶은 생각은 추호도 없었다. 국영은 어쩔 수 없이 돌아설 수 없는 길에 들어섰다고 판단이 되었다. 생사람을 모함해서 때려잡고 그 어린 아들마저 없애려고 드는 이 천인공노할 인간들을 사그리 도륙을 내야할 무리들이었다. 허나 방법도 없고 힘도 없었다. 그야말로 속수무책이었다.

국영에게도 '배따라기' 홍낙춘의 자식이 과거에 급제했다고 망신을 주던 그것도 두 번씩이나 드러내놓고 개망신을 시키던 그 무리를 짓밟아 버리고 싶지만, 지금은 자기에게 그럴 만한 힘이 없음을 통탄했다.

국영은 그렇다고 동궁과 말이 통하거나 마음이 가는 것도 아니었다. 한 달이 지나도록 말 한번 건네거나 눈길 한번 준 일이 없었다. 마주치면 서리가 펄펄 날리는 이 나이 어린 청년이 상감이 된다고 해도 국영에게 이로울 것도 있음직해 보이지도 않았다.

그렇다고 벼슬자리란 마음대로 옮길 수 있는 것도 아니었다. 엉거주춤 근무하고 있는 사이에 세월은 쉬지 않고 지나갔다.

4. 왕자王子는 가고 왕손王孫도
위태로운 나날들

　어느덧 여름인가 했더니 가을이 다가 오고 있음을 알리는 빨간 고추 잠자리가 한낮에는 떼를 지어 날아다녔다. 길섶에는 개망초가 흐드러지 게 피고 개미취도 피어났다.
　날마다 팽팽한 긴장된 나날들이 속절없이 지나갔다.
　영조 50년 9월 16일이었다. 동궁은 매일 쉬지 않고 공부에 몰입했다. 요즘은 통감강목通鑑綱目을 공부하는 중이었다. 통감강목이란? 중국 남송南宋 시대의 주희朱熹란 사람이 지은 역사책이었다. 사마광司馬光의 자치통감資治通鑑을 강綱으로 나누고 다시 목目으로 나누어 새로 펴낸 책이었다. 주희가 손수 만들었던 범례에 의해 조사연趙師淵 등이 전편 쉰아홉 권을 편찬했다. 본 명칭은 '자치통감강목'이라고 하지만 줄여서 '강목'이라고 통상 불렀다.

동궁은 오늘 한漢나라 제5대 황제 문제文帝 편을 읽고 있었다. 원문을 한번 읽어보고 스승인 보덕 이상건이 그의 성장 과정, 인물과 치적에 대한 설명을 자세히 강론했다.

문제는 겸손하고 어진 황제로 국내 정치로는 백성들을 중히 여기고 세금과 부역을 탕감했었다. 국외적으로는 북방의 흉노족에 대해서도 유화정책을 펴서 우호를 증진해 전쟁이 없었다. 모처럼 태평성대를 이어 갔다.

문제의 손자 무제武帝가 등극하자 북방을 정벌하여 한나라를 대제국으로 중흥시켰다. 그 기초는 조부 되는 문제가 탄탄하게 기초를 쌓았기 때문에 가능한 일이었다.

동궁의 스승 이상건의 강론은 동궁이 듣는데 흥미를 잃지 않도록 재미있게 했다. 국영도 동궁을 모시고 옆에서 듣고 있지만, 늘 감명을 받았다. 강론을 듣고 난 동궁도 느끼는 바가 큰지 스승 이상건이 물러간 후에도 한참 동안 눈을 감고 앉았다가 일어섰다.

오늘도 해가 뉘엿뉘엿 기울었다. 매일 이 시각이면 동궁은 집경당으로 건너가서 조부인 영조의 저녁 수라를 드시는 자리에 배석하고 있어야 하는 게 일과였다.

국영은 오늘 밤은 숙직이었다. 자리를 지키다가 동궁이 집경당으로부터 돌아오면 별당으로 물러가 식사를 하고 일과를 마치도록 되어 있었다. 팽팽히 긴장했던 하루 일과를 접고 잠자리에 들면 오늘도 무사히 끝났구나, 하고 안도의 숨을 내쉬었다. 그는 편안한 마음으로 동궁이 오늘 공부했던 '통감강목'을 다시 한 번 훑어보았다.

집경당으로 올라간 동궁은 임금 영조 앞에 평일처럼 인사를 올리고 무릎을 꿇고 앉았다. 평소 같으면 수라상이 들어와야 하는데 들어오지 않았다. 수라상이 들어오기까지 좀 기다려야 할 모양이었다. 무엇 때문에 늦어지는지 알 수는 없었다. 그러나 아직 동궁이 그것까지 챙길 일은 아니었다.

임금은 동궁이 들어와 앉을 때까지 도끼눈으로 위아래를 훑어보는 것이 평소와 달랐다. 약간 매부리코인 영조의 얼굴에서 살기까지 느끼게 했다. 그러나 동궁은 마주쳐다보지 않고 있어서 알아채지 못하고 있었다.

매병을 앓고 있다는 영조 임금은 이따금 변덕이 있었으나, 요 며칠은 아주 정상이었다.

구월 열사흘은 팔십 회 생일로 거창한 연회도 있었다. 온 나라에서 축시祝詩와 별별 선물이 진상되어 올라왔다. 영조는 진상품보다 팔십 회 생신을 축하한다는 시를 좋아했다. 그 많은 시를 영조 임금이 모두 읽어볼 수는 없었다. 홍문관弘文館의 선비들이 잘 써졌다고 판단되어 우수작이라고 골라 바친 것만도 수백 편이 넘어서 일별해 보려면 아마 일 년은

넉넉히 걸리리라는 주변 이야기였다. 영조는 자기 자리 옆에 시를 놔두고 주위에 사람이 있거나 말거나 축시를 뒤적이고 읽었다. 읽어 보고 흥에 겨우면 큰소리로 읊어 보고 한 마디하기도 했다.

'아주 잘 쓴 시로다!'

그런데 오늘은 시도 보지 않고 아무 말씀이 없어서 잠깐 할아버지를 쳐다보았다. 이상한 눈으로 동궁을 훑어보고 있었으니, 웬일일까? 동궁은 등골이 오싹했다. 동궁은 짐작 가는 일이 없었다. 잔뜩 찌푸린 얼굴로 동궁을 째려보았다. 영조는 한참만에야 아주 불쾌하다는 듯 입을 열었다.

"동궁, 오늘은 무슨 책을 읽었는고?"

영조의 평소와 다른 목소리와 뭔가 알 수 없는 착 가라앉은 분위기가 방안공기를 무겁게 했다. 영문을 알 수 없는 동궁은 불안감을 감추지 못하고 모깃소리같이 작은 목소리로 대답했다.

"강목을 읽고 있는 중입니다."

"오늘 읽었던 부분이 어느 부분인고?"

"……?"

동궁은 할아버지가 묻는 의도를 알 수가 없어 대답하지 못했다.

"오늘 한문제漢文帝 편을 읽었다는데 사실이더냐?"

할바마마의 분명한 화난 목소리였다. 동궁은 이제야 임금이 화난 이유를 알아 차렸다. 자기의 일거수일투족이 할아버지인 임금 영조의 귀에 들어간다는 것은 평소 잘 알고는 있었으나, 이렇게 빠를 줄은 몰랐다.

도대체 누가 고자질을 했을까? 동궁은 짐작되는 사람이 없었다. 우선 국영은 시종 옆을 떠나지 않고 지키고 앉아 있었으니 그는 아닐 것이었다. 그렇다면 간자는 옆방에 있던 동궁 관원 중에 누군가 있음이 분명했다. 어느 못된 인간일까? 그 생각에 빠져 있는데 임금 영조가 언성을 높였다.

"왜? 대답이 없는고? 이실직고 하렸다."

"네. 할바마마 한나라 문제 편을 읽었사옵니다."

"으음, 한문제는 남월南越로 보낸 국서에 자기는 한고조의 측실 소생이라고 적고 있는데 이 대목을 너는 어떻게 생각하는고?"

동궁으로서는 참으로 대답하기가 난처한 질문이었다.

영조는 자기가 무수리의 소생으로 출생에 대해서 늘 자격지심에 시달렸고, 그 부분에 필요 이상으로 과민 반응을 보였다.

그는 숙종의 넷째아들로 대이났다.

영조는 그와 같은 자기의 출생을 부끄럽게 생각했다. 잊어버릴 때도 되었는데 일생 동안 열등감이 몸에 배어 있었다. 그리하여 그가 상감이 된 후로는 궁중에서 무수리, 측실, 소실 같은 말은 입 밖에 내지 않는 게 불문율로 되어 있었다. 함부로 그런 말을 뱉었다가는 무슨 변을 당할지 예측할 수 없는 일이었다.

"그런 대목은 없애버리고 읽지 않았사옵니다."

동궁은 자기도 모르게 거짓말이 튀어 나왔다. 아뿔싸. 순간 후회했으나, 취소할 수가 없었다. 금족령이 내려진 지역을 자기도 모르게 들어가고 만 것이다. 할바마마의 의도를 거역할 마음은 전혀 없었다. 무의식적으로 그 부분을 읽고 만 것이었다. 동궁은 자신이 놀라면서 할바마마의 표정을 살펴보았다. 무사히 넘어가 주기를 간절히 빌었다. 그쯤으로 그만 둘 줄 알았으나, 영조 임금은 밖에 항상 대기하고 있는 무감을 불렀다.

"너, 즉시 존현각에 가서 오늘 동궁이 읽던 통감을 득달같이 가져오렸다."

동궁은 눈앞이 캄캄하고 현기증이 일었다. 정신이 몽롱해지는 명현현상이 왔다, 아무리 정신을 똑바로 차리려 해도 의식이 가물가물했다. 아마 서 있었다면 쓰러졌을 것이다. 다행이 무릎을 꿇고 앉아 있어서 버틸 수는 있었다.

이건 기군지죄欺君之罪에 해당하는 일이었다. 임금을 속이는 것은 죽을 죄, 즉 사죄死罪에 해당하였다. 동궁이라고 용서될 수 없었다. 거짓말이 탄로나면 죽거나 궁 안에서 폐 세손이 되어 내 쫓길 판이었.

자기 대를 이어 왕위에 오를 적장자를 동서고금에 듣도 보도 못한 뒤주에 가두어 죽게 한 잔인 무도한 왕이었다. 자기 아들을 유례없이 끔찍한 방법으로 죽인 왕이 손자라고 죽이지 못한다는 법은 없을 것이었다. 동궁은 명치께가 꽉 막히고 생 땀이 나기 시작했다. 손발까지 벌벌 떨리면서 정신이 점점 혼미해져 갔다. 다행히 세손은 부복하고 있어서 다른 사람들 눈에 쉽게 띄지는 않았다.

세손은 금기사항을 망각하고 오늘 강목을 무심히 읽었다.

그 사실을 정후겸의 간자들이 즉시 보고를 했다. 그 다음 단계로 화완옹주를 통해 영조에게 득달 같이 고자질하게 되었다. 그 말을 들은 영조 임금은 대노했다. 동궁이 할바마마에게 문안하러 들어오자, 영조는 최근 어떤 책을 읽고 있느냐고 세손을 닦달하기 시작했다. 세손은 할바마마의 예측 못한 질문에 당황해 자기도 모르게 해당 부분을 읽지 않았다고 거짓말을 하고 말았다. 이미 보고를 받아서 알고 있는 영조 임금은 그 말을 믿지 않았다.

무슨 일이 벌어질지 모르는 일촉즉발의 순간이었다.

동궁은 얼떨결에 거짓말을 했으나, 이미 되돌릴 수 없는 쏟아진 물이었다.

그 말을 전해들은 화완옹주와 정후겸, 홍인한 등은 쾌재를 불렀다. 쩔쩔매는 세손을 보면서 이제 마지막이라고 단정했다. 그들은 회심의 미소를 짓고 있었다. 이번에는 도저히 빠져나가지 못하리라. 드디어 폐 세손의 꿈이 이루어지는 것으로 속단하고 있었다.

한편. 국영은 세손을 기다리면서 세손이 오늘 공부한 '통감'을 이리 뒤적 저리 뒤적 뒤적거리고 있었다.

인간사를 들여다보면 별것이 아닌 인간이 어느 날 운이 트여서 출세가도를 달리기도 했다. 중국에 별 볼일 없는 남자와 허튼 여자 사이에 태어난 천한 신분의 박희薄姬라는 여자가 있었다. 얼굴은 반반하게 생겼으나 천출이었다. 길거리 주막에서 허드렛일을 하다가 어느 날, 그 길을 지나는 유방劉邦 휘하 위표魏豹 장군의 눈에 띄어 그의 아내가 되었다. 위표는 나중에 유방을 배반하고 항우와 손을 잡았다. 결국, 위표는 유방의 군대에 포로가 되고 목이 잘렸다.

 그의 처 박희는 궁중에 끌려가서 종이 되었다. 직실織室에서 천을 짜면서 천대를 받을 수밖에 없었다. 그 박희가 궁내를 시찰하던 황제 유방의 눈에 띠었다. 여자라면 청탁을 가리지 않는 호색한으로 역사에 남는 황제 유방과 하룻밤을 그의 품에 안겨 보내게 되었다. 운이 있었던지 하룻밤 운우의 정을 나누게 된 것이 아들을 낳게 되었다. 황실에 적자가 마땅치 않자 박희의 아들이 황제가 되었다. 문제文帝라는 황제가 그렇게 등극한 것이었다. 인간의 운명이란 남녀 합환의 순간에 결정이 된다면 참 희화적이었다. 그는 한고조 유방의 둘째 아들이었지만 황제 자리를 계속 사양했다. 악명 높은 유황후에게 언제 벼락을 맞을지 몰라서였다. 드디어 유황후가 저 세상으로 떠난 후 한나라 5대 황제 문제가 되었다. 천덕꾸러기 박희의 팔자도 당연히 활짝 펴게 되었다.

 영조도 중국의 한나라 문제와 비슷한 출신이라는 자격지심에 늘 시달리고 있었다.

 유방은 중국 역사에서 보면 처지가 훗날 주원장 보다야 낫지만, 전혀 제왕이 될 재목은 아니었다. 세상을 시끄럽게 하는 건달에 호색한에 불과했다. 그런 유방이 미관말직에서 국가 녹을 먹고 있었다. 그것마저도 성실히 이행하지 못하였다. 죄수를 호송하는 과정에서 주막에서 술에 취해 잠든 사이 죄수들이 도망가 버렸다. 그 사건으로 알량한 호송관직도 그만 두게 된 인물이었다.

　난세가 되자 '왕후장상王侯將相의 씨가 따로 있나?'라는 허튼 소리 한마디로 깃발을 들고 일어섰고 그 깃발아래 사람들이 모여들었다. 그 중에 장량張良, 소하蕭何, 한신韓信 같은 대단한 인물들이 찾아와 위용을 갖출 수 있었다. 그러나 한신은 맹장이었으나, 오합지졸로는 항우와 100전 99전을 패했다고 한다.

　단 한번 최종 이겼다고 사가들은 기록하고 있다.

　유방은 항우에게 날마다 정신없이 쫓기면서도 저녁마다 새로운 계집을 끼고 잤다. 유방은 그 일이 자기도 민망했던지 장자방을 불러 하소연을 했다.

　"승상. 내 명이 명재경각인데 저녁마다 여자 없이는 잠을 이룰 수 없으니 승상 보기도 참으로 면구스럽고 부끄러운 일이로소이다."

　"폐하. 그렇게 민망해 하실 필요가 전혀 없사옵니다. 사람이 위기에 처하면 종족 번식의 강한 욕구를 느끼게 되어 있사옵니다."

　그 말을 듣고 난 유방은 껄껄 웃고 그때부터 부끄러워하지도 않았다. 그는 매일 밤 종족번식을 위해 더 열심히 땀을 흘렸다.

　국영의 운명은 좀 모자라는 배따라기 홍낙춘이라는 사내가 우봉 이씨 처자를 만나는 순간 이미 결정되었다. 국영에게는 선택권이 전혀 없는 일이었다. 주춧돌로도 쓸 수 없어 버려진 길바닥의 돌멩이처럼 이리저리 굴러다니다가 술수로 과거에 겨우 턱걸이해서 붙었다. 운이 좋아 감투도 얻어 썼으나, 자칫하면 사지死地에 떨어질 위기에 놓여있었다. 동궁과 반대파의 싸움에 휘말려 누구 손에 맞아 죽을지 아무도 모를 일이었다.

국영은 앞으로 어떻게 처신해야만 살아남을 수 있을 것인가, 깊이 숙고하고 있는데 무관이 숨을 헐떡거리면서 달려왔다.

"무슨 일이냐?"

"동궁마마가 읽으시던 통감을 가져오랍니다."

바로 자기가 무심하게 넘겨보고 있는 '통감'을 달라고 했다. 분명 영조 임금에게도 통감이 없을 리 없었다. 왜 하필 이 통감을 가져오라고 하는 것일까? 무슨 곡절이 꼭 있는 일이었다.

"누가? 무슨 일로 통감을 가져 오라하더냐?"

"저야 모르지요. 상감마마가 직접 즉시 가져 오랍시는 급한 어명입니다."

답답해서 무관에게 물어보았지만, 그도 알 수 없는 일일 것이다.

"상감의 용안이 웃는 얼굴이시더냐. 아니면 화난 용안이시더냐?"

"아주 노기가 등등한 용안이셨습니다."

국영은 머리를 상하 좌우로 굴려 봤다. 순간, 국영의 머릿속을 섬광처럼 관통하는 것이 있었다. 틀림없이 오늘 공부한 한나라 문제 편에 있을 일이었다.

국영은 다시 방으로 들어가 그 한나라 문제 편의 부분을 칼로 베어 소맷자락 속에 깊이 감추었다. 그리고 책을 가지고 태연히 밖으로 나와 아무렇지도 않게 무관에게 넘겨주었다.
"여기 있다. 어서 가져가거라."
무관은 정신없이 달려가 도승지에게 전하고, 도승지는 지체하지 않고 상감마마에게 전했다. 동궁은 바짝 엎드려서 자포자기 상태였다. 진땀이 온몸에서 비 오듯 하고 전신의 힘이 쭉 빠져나갔다. 곧 쓰러질 지경이었다. 머릿속이 하얗게 비워져가면서 의식이 가물가물해졌다.
할아버지인 영조는 '통감'을 받아들고 펄럭펄럭 넘겼다. 주위는 모두 숨을 멈춘 듯 조용했다. 동궁은 목이 서늘했다. 이제 별 수 없이 죽는구나! 아버지의 처참한 모습이 떠올라 정신을 어지럽혔다.
한참동안 침묵의 시간이 지났다. 일 년보다 더 긴 시간이었다.
"허허허, 동궁. 너는 진정 착한 내 손자로다!"
'통감'을 받아 펼쳐 보던 영조 임금은 고개를 끄덕이고 얼굴 표정이 환히 밝아시면서 한마디를 하고 책을 동궁에게 넘겨주었다.
"이제 물러가거라. 오늘도 수고했다. 가서 편히 쉬어라."
떨리는 가슴으로 머리를 들지 못하고 있던 동궁은 겨우 일어났다. 다리 힘이 풀려 걸을 수가 없었다. 비틀거리며 뒷걸음으로 물러나오는데 한마디 더했다.
"너 같이 착한 아이가 내 뒤를 잇게 되었으니 기쁘도다. 나는 지금 죽어도 여한이 없구나. 너는 이 나라 억조창생을 위해 하늘이 낸 사람이로다!"
영조는 평소와 달리 동궁을 극구 칭찬했다. 동궁은 할바마마의 매병이 더 심해진 것이 아닌가, 의심할 정도였다.

오늘의 이 일이 후세까지 사실이니 아니니 하면서 길이 전해져 오는 그 유명한 '강목사건'이었다.

동궁은 물러 나오자마자, 그 부분을 펼쳐 보았다. 오늘 읽었던 문제편의 그 대목이 보이지 않았다. 다시 한 번 그 부분을 확인해 보았다. 그러나 틀림없이 오늘 읽었던 부분이 감쪽같이 없어지고 보이지 않았다. 동궁은 하도 미심쩍어서 낮에 분명 보았던 부분을 다시 또 확인해 보았으나, 확실히 보이지 않았다. 이상한 일이었다. 아니, 귀신이 곡할 노릇이었다. 저절로 긴 안도의 한숨이 나왔다. 동궁은 평소 귀신이라는 것을 믿지 않았다. 그런데 이것은 귀신이 도운 일이지 인간의 소행일 수 없는 일이었다. 동궁은 온 몸에 힘이 쭉 빠진 허탈한 모습으로 비틀거리면서 존현각으로 돌아왔다. 동궁은 힘이 빠져서인지 넋이 나가서인지 국영을 한참 동안 초점 잃은 눈으로 멀뚱하게 바라만 보았다. 그리고 겨우 입을 열어서 조용히 물었다.

"무감에게 누가 이 통감을 내주었소?"

혼자 방을 지키고 있던 국영에게 물었다.

"여기 누가 있습니까? 제가 내주었습니다."

동궁은 국영을 물끄러미 쳐다 만 볼 뿐 아무 말이 없었다. 국영은 동궁의 깊은 의도를 알 수 없었다.

"저하邸下, 뭐가 잘 못 되었습니까?"

국영은 동궁에게 반문해 물었다.

"여기 문제文帝편 부분을 없애버린 게 홍설서가 한 일이요?"
"제가 없애버렸습니다. 필요하시면 여기 있습니다."

국영은 대답하면서 옷소매에서 그 문제 편 부분을 꺼내 동궁에게 보이고 눈치를 살폈다. 동궁은 받지 않고 손사래를 쳤다. 잘한 일인지 못한 일인지 말이 없으니 짐작이 가지 않았다. 좋건 싫건 간에 겉에 표정이 나타나지 않으니, 알 수 없는 노릇이었다. 동궁은 나이도 어린데 대단한 인내력의 소유자였다. 동궁은 한참 동안 말이 없이 국영의 얼굴을 뚫어져라 쳐다볼 뿐이었다. 뭔가 일이 잘못된 모양이라고 국영은 짐작했다.

"뭘 몰라서 죄송합니다."

동궁은 할바마마가 그 문제편의 '이모비야' 부분이 없다니 귀를 의심하지 않을 수 없다.

영조는 세월이 갈수록 심리적인 압박을 이기지 못했다. 누군가 늘 손가락질을 하는 것 같은 착각에 빠졌다. 그래서 '자치통감강목自治通鑑綱目'의 강목 중 '이모비야爾母婢也·네 어미는 종년이다'라는 어구가 있는 그 부분을 누구라도 읽지 못하게 했다.

마치 거미줄에 걸려 파닥거리던 어린 새 같은 세손은 그야말로 홍국영의 도움으로 위기를 모면했다. 아니, 어쩌면 신의 도움으로 간신히 폐세손의 위기에서 벗어났다고 보아야 할 사건이었다. 창공을 날아야 할 어린 새가 하찮은 거미줄에 걸려 고전하는 것을 불쌍히 여긴 신이 도왔는지도 모를 일이었다.

국영은 머리를 숙였다. 퇴청하겠다는 말도 하지 못하고 엉거주춤 서 있었다.

"홍설서, 우리 오늘 퇴청을 미루고 술이나 한잔 할까?"

동궁의 입에서는 국영이 생각지도 못한 천만 뜻밖의 말이 튀어 나왔다.

국영은 귀를 의심했다. 무슨 중대 이야기가 있든지 아니면 그만두라는 이야기가 있든지 할 것 같았다. 지금까지 동궁과 술잔을 나눴다는 사람은 듣지도 보지도 못했다.

"동궁마마. 언감생심 제가 어떻게 동궁마마와 술자리를 같이하겠사옵니까. 죄송하옵니다. 용서하시옵소서."

"괜찮소. 오늘은 그대와 단 둘이 한잔하고 싶소."

동궁은 평소와 달리 다정한 음성이었다.

"동궁마마. 황공하옵니다. 그럼······."

국영은 항상 말도 없던 동궁이 술자리를 같이하자니 무슨 일인지 몰라도 어리둥절할 수밖에 없었다. 국영은 동궁과 단둘이 마주 앉아 술잔을 기울이게 되었다. 술잔을 대작하면서도 한참 동안 말이 없던 동궁이 드디어 무거운 입을 열었다.

"임자는 예사 사람이 아닌 듯하오. 나는 오늘 천길 지옥에 떨어졌다가 홍설서의 기지로 간신히 살아서 나왔소."

동궁은 아무리 생각해도 보통 인간의 머리에서는 그런 기지가 나올 수 없다고 생각했다. 이 인간은 도대체 할바마마가 화를 내는 이유를 어떻게 알았을까? 국영이야말로 하늘이 자기를 지켜주기 위해서 내려 보낸 사람이 분명했다. 더구나 국영이 오늘 당직이어서 퇴청하지 않아 망정이지 다른 사람이 있었다면 꼭 죽었을 일이었다. 동궁은 조금 전 일을 생각하면 목이 뻣뻣하게 굳어져왔다.

열한 살에 부친 사도세자의 비참한 죽음을 두 눈으로 똑똑히 보았다. 그 후 줄곧 피를 말리는 바늘방석에서 고달픈 세월을 견뎌오는 동안 자기는 조상의 버림을 받은 인간으로 믿어왔다. 부친 사도세자를 죽게 한 무리는 더욱 기승을 부리고 호시탐탐 기회를 노리고 있었다. 동궁은 어느 날엔가 자기도 부친과 같은 운명을 밟는 것이 아닐까하는 불안감이 머릿속을 떠난 날이 없었다.

그런데 오늘 목숨이 그야말로 백척간두百尺竿頭에 섰는데 구원을 받았다는 것이 믿어지시가 않았다. 하늘의 뜻이 아니고시야 이렇게 시람이 상감의 깊은 마음을 알고, 그것을 방지했다는 게 믿기지 않을 수밖에 없었다. 동궁은 평소 생각을 바꾸었다. 하늘이 아직은 자기를 버린 것이 아니라는 확신이 섰다. 깊은 마음속에서 나도 살 수 있다는, 실낱같은 한줄기 빛을 본 것이다. 비로소 삶에 대한 자신감이 움트기 시작한다고 믿었다.

"아니올시다. 저는 그냥 평범한 필부에 지나지 않사옵니다."

국영이 머리를 조아렸으나, 동궁은 또 한참 동안 생각하고 나서 말을 이었다.

"나는 여러 번 위기를 겪었고 앞으로도 험난한 일을 수시로 겪게 될 것이오. 나는 등극을 하고 못하고가 아니고, 내가 과연 이 지옥 속에서 살아남을 수 있을까 없을까 하는 불안을 떨쳐버릴 수가 없소. 기왕 이렇게 위기를 구해 주었으니, 끝까지 도와줄 수 있겠소?"

동궁은 드디어 속마음을 활짝 열어 보였다. 마침내 육중한 철문을 활짝 열고 손 건넴을 했다. 자기를 호시탐탐 노리는 세력들의 의도를 누구보다 잘 알고 있었다. 오늘 일만 해도 누군가 간자가 있어, 즉각 그들에게 보고를 했고 그 일을 비선을 타고 임금 영조에게 즉시 일러바친 것이 분명했다.

그들은 기회만 있으면 술수로 이미 치매가 시작된 영조 임금의 성총을 흐리게 하고 있었다. 손에 피 한 방울 묻히지 않고 사도세자처럼 영조 임금의 손을 빌려 동궁마저 축출하거나, 처단하도록 술책을 부리고 있는 것을 피부로 느낄 수가 있었다. 그 무리들은 오늘 일로 틀림없이 동궁이 폐출 되리라고 믿었을 것이었다. 그런데 엉뚱하게 동궁 옆에 천둥벌거숭이 같은 홍국영이라는 설서가 나타나서 뒤엎을 줄이야 상상을 못했다.

그들은 지금쯤 이번 실패에 대해 갑론을박하고 있을 것이 분명했다. 그들은 자기들 뜻대로 되지 않을 경우 동궁을 귀신도 모르게 제거해 버릴 작정으로 기회를 노리고 있었다. 동궁의 교육을 맡은 시강원의 관리 중에도 그들의 패거리가 분명 있었다. 동궁 주변에는 정체를 알 수 없는 사람들이 항상 세손의 일거수일투족을 감시하고 있는 것으로 짐작이 되었다. 확실히 누구누구인지 알 수는 없는 일이지만, 이번 사건으로 여실히 증명되었다.

국영은 일어나 동궁에게 큰 절을 올렸다. 그리고 부복하고 납작 엎드렸다.

"동궁 저하. 소생은 힘도 능력도 없는 사람이옵니다. 그러나 이 순간부터 소생의 목숨을 동궁 저하에게 바치겠사옵니다."

국영은 마음속으로 단단히 결심을 하고 동궁 앞에 명세를 했다. 인간의 성패는 오로지 하늘에 달려 있을 것이었다. 남자로 태어나 의리를 지키다가 죽는 한이 있어도 여한이 없는 일이란 생각이 들었다.

제갈량은 모사謀事는 재인在人이요, 성패는 재천在天이라고 하지 않았던가. 인간이 기를 쓰고 덤벼들어야 참봉參奉벼슬 한자리라도 얻어 차지, 뜨뜻미지근한 자를 누가 하찮은 벼슬이나마 한자리 주겠는가? 더구나 동궁은 등극으로 가는 험난한 길의 위기를 넘기기만 하면, 대를 이어 영조 임금 다음을 이을 사람이 분명했다. 만일 잘못된다면 몽둥이에 맞아 죽거나 칼에 도륙이 나거나 할 것이다. 남자로 태어나서 아무려면 어떠랴! 어차피 한번 죽을 목숨인데 국영은 죽음에 대한 미련은 버렸다. 죽어도 같이 죽고 살아도 같이 살 각오를 단단히 했다.

만일 잘되기만 한다면 태어나서 최고의 영화를 누릴 수도 있을 것이었다. 어차피 인생은 태어날 때부터 도박인데, 이것은 해볼 만한 한판 도박이라고 국영은 위안을 삼았다.

"홍설서. 어서 일어나 앉으시오. 정말 고맙소."

국영은 일어나 다시 앉았다. 동궁은 깊은 한숨을 내쉬고 그 말을 끝으로 별말이 없었다.

밤은 쥐 죽은 듯이 조용하고 두 사람은 불안한 마음을 가라앉히면서 말없이 술잔을 기울였다.

국영은 몇 날이고 옷을 벗지 못한 채 새우잠을 잔 일이 한두 번이 아니었다. 불안하던 지난날은 이루 다 말할 수가 없었다. 훗날 왕위에 오른 정조 임금은 회고했듯이 이 무렵의 동궁 시절은 생명의 위협에 떨고 있었다고 말했다.

그 사건이 있고 나서 국영과 동궁은 어느 정도 교감을 트고 지냈다. 국영이 동궁에게 청을 넣었다.

"동궁마마. 예문관에 정민시라는 한림이 있사옵니다. 그 사람이 본시 착한 사람이어서 시강원에서 함께 일하게 해주시지요."

국영이 청을 드렸으나 동궁은 고개를 저었다.

"명색이 동궁이지, 미관말직 하나 어쩔 수 없는 형편이오. 시강원으로 사람을 데려온다면 설서는 되어야 할 터인데 이제 과거에 급제한 사람을 데려오기가 퍽 어려운 일이 아니오."

동궁 시강원은 아무나 올 수 있는 자리가 아니었다. 지체가 약간 높은 곳이어서 최 하위직이 정7품 설서였다. 이제 과거에 급제한 관리는 정9품이어서 품계가 맞지 않아 시강원에 들어 올 수가 없었다.

사람을 믿지 않는 동궁은 누구도 믿지 않았다. 만사 몸을 사리고 조심하는 습성이 몸에 철저히 배어 있었다.

"여기 꼭 필요한 사람이옵니다. 전하께 주청 드려 보시지요."

국영은 한 번 더 건의해보고 아니면 그만둘 생각이었다.

"설서의 정원은 한 사람이지 않소."

동궁은 안 된다는 방향으로만 생각하는 것 같았다.

"저하, 겸설서란 제도가 있습니다. 그래서 한 사람을 더 둘 수 있사옵니다."

"그런 제도가 있었던가? 글쎄……?"

여전히 자신은 그런 일에 관여하지 않겠다는 담담한 말투였다.

여러 날을 기다려 봤으나 동궁은 감히 영조 임금에게 주청을 드리지 못하고 있는 눈치였다. 험한 환경 속에서 일의 대소를 불문하고 자기의 의사를 드러내지 않는 것이 동궁으로서는 일신을 보전하는 안전한 길로 믿고 있었다.

국영은 기왕에 발 벗고 나서기로 한 이상 자신이 나서는 수밖에 없다고 각오를 단단히 했다. 집안 할아버지이자 세손의 외할아버지인 홍봉한을 은밀히 찾아갔다.

사도세자인 사위가 죽게 되었는데 자기 안위만 생각하고 상감 앞에 변명 한마디 하지 않았다는 비난을 아직도 여기저기서 받고 있었다. 더구나 일물(一物·뒤주)을 받쳤다고 비난하는 무리들도 있었다. 그렇지만 사위가 죽는 것을 좋아할 장인은 이 세상 천지에 어디에도 없을 것이었다. 홍봉한도 불티가 자기에게 튀어서 집안이 피해를 보면 혜경궁 홍씨마저 퇴출당할까 봐 부득이 그랬을 것이었다.
　동궁은 사도세자의 아들이고 홍봉한에게는 외손자였다. 그도 외손자가 무사히 위기를 넘기고 등극하기를 바라지 않을 까닭이 없었다. 다행히 근년에 와서야 영조 임금은 아들 사도세자를 그렇게 무참히 죽인 것을 후회하고 있는 것 같이 보였다. 그래서 그런지 동궁을 그전보다 아끼고 있는 듯했다. 심약한 홍봉한도 이제 좀 힘을 내지 않을까 하는 게 국영의 판단이었다. 국영은 홍봉한을 찾아가서 넙죽 큰 절을 올렸다.
　"네가 웬일이냐?"
　그 전보다는 부드러운 표정이었으나, 반가와 하는 것 같지는 않았다.
　"할아버지. 어려운 부탁이 있어서 찾아뵈었습니다."
　의아한 표정으로 한참을 쳐다보다가 한 마디 했다.
　"동궁 일은 잘하고 있느냐? 그런데 느닷없이 그게 무슨 말이냐?"
　국영은 진지하게 저간의 사정을 이야기하고 부탁을 했다.
　"동궁을 보호하자면 저 혼자의 힘으로는 역부족입니다. 설서를 한 사람 더 둬서 겸설서로 하도록 상감께 주청을 드려주시지요."
　"내 힘으로 가당하겠느냐? 도대체 누가 적임자냐? 이름이나 들어 보자."
　"한림으로 있는 정민시라는 사람입니다."
　국영은 홍봉한에게 한림으로 있는 정민시를 천거했다. 꼭 시강원으로 들어와야 한다고 거듭 강조를 했다.
　"음……."

국영의 청을 들은 홍봉한은 신음만 낼 뿐 가타부타 말이 없었다.

"할아버지 믿어도 되겠습니까?"

"……."

한참을 기다려도 홍봉한은 아무 대답도 하지 않았다. 다 틀렸구나 생각하고 국영은 일어섰다.

"아무튼 기다려 보거라. 큰 기대는 하지 말고."

홍봉한은 묘한 선문답 같은 대답을 하고 국영을 잘 가라고 했다. 국영은 홍봉한의 집을 나오면서 이 생각 저 생각에 골몰했다. 왠지 대답이 시원치 않았다. 깊은 뜻이 있는 듯도 하지만, 어찌 보면 아예 그런 일에 상관하지 않겠다는 뜻 같기도 했다. 그 깊은 속을 알 길이 없었으나, 더 이상 캐물을 수도 없는 형편이었다. 국영은 물러나올 수밖에 딴 도리가 없었다. 그러나 포기할 수 없는 일이었다.

국영은 그 길로 수표교로 향했다. 오랜만에 광문이를 만나서 세상 돌아가는 이야기를 듣고 싶어서였다. 광문이는 다행이 집에 있었다.

"아이고, 이거 오랜만이십니다. 저를 잊어버린 줄 알았습니다."

광문은 국영을 반가이 맞았다.

"내가 아무려면 자네를 잊어버리기야 하겠는가? 잘 있었지?"

"예, 무탈합니다."

"요즘 세상인심이 어떻게 돌아가고 있더냐?"

"잘은 모르지만 시전 상인들이 세손 산이 왕이 되기는 틀렸다고들 합니다. 여덟 자, 열여섯 자 흉한 말을 김귀주 영감이 시전에서 떠드는 것을 들었습니다. 산은 절대로 왕이 될 수 없다고 떠들었습니다. 아무리 왕재가 없어도 역적의 아들이 왕이 되어서는 안 된다고 게거품을 물고 떠드는 것을 봤습니다."

국영도 얼핏 듣기는 들은 이야기였다. 벽파 사람들이 공공연하게 떠들고 다닌다는 8자 흉언, 즉 죄인지자불위군왕罪人之子不爲君王 '죄인의 아들은 왕이 될 수 없다.' 와 16자 흉언, 죄인지자 불가승통 태조 자손 하인 불가罪人之子 不可承統 太祖子孫何人不可 즉 '죄인의 아들은 왕의 자리를 이을 수 없고 태조의 자손이라면 누구나 왕이 될 수 있다.'라는 참담한 말이 동요처럼 떠돌아다녔다. 그 진원지는 벽파이고 특히 김귀주가 시도 때도 없이 이곳저곳에서 떠들고 다닌다는 소문이 파다했다. 그러나 국영이나 세손 측에서는 어떻게 손을 써서 막을 길이 없었다. 국영은 광문이에게 시중 여론을 계속 들어 달라고 부탁을 남기고 돌아 섰다.

국영이 홍봉한의 집을 다녀 온 지 며칠 후 정민시가 발령이 나서 시강원에 들어오게 되었다. 겸사서兼司書로 발령이 났다. 두 사람 다 같이 동궁의 보필에 전념하라는 분부가 내렸다. 국영도 겸직인 예문관은 그만두고 시강원의 일만 보게 되었다.

국영은 발 벗고 나선 이상 급선무가 무엇인지를 알고 있었다. 가장 시급한 일은 항상 불안해서 잠을 편히 들지 못하는 동궁을 발 뻗고 편안히 잠들게 하는 일이었다. 동궁과 부인 청풍 김씨는 매일 밤, 교대로 눈을 붙이면서 어떤 움직임이나 이상한 소리가 없는지 촉각을 곤두세우고 불안한 밤을 보냈다.

　국영은 정민시에게 사정을 이야기하고 누구도 믿을 수 없으니, 두 사람이 숙직을 교대로 도맡자고 제의를 했다. 젊은 나이에 집을 비우고 궁 안에서 숙직을 하라고 하면 좋아할 사람은 아무도 없을 것이었다. 숙직을 면하게 된 다른 관리들은 대환영이었다. 동궁의 침실 바로 옆방에서 숙직실을 마련하고 교대로 숙직을 했다. 번갈아 숙직하면서 이상한 기척이나 조짐이 없는지 항상 감시의 눈과 귀를 열어 놓고 있었다. 집에 급한 볼 일이 생겨도 낮에 잠깐 다녀오고 밤에는 반드시 숙직실을 비우지 않고 동궁 옆에 있었다.

　국영은 초저녁에 잠깐 자고 밤중부터 날이 밝을 때까지 촛불의 심지를 돋우고 책을 읽으며 쏟아지는 잠을 쫓았다. 품속에는 항상 아무도 몰래 비수를 품고 다녔다. 또 북한산의 무명 스님에게 부탁하여 쇠로 만든 시팡이를 머리맡에 두었다. 겉으로 보기에는 나무 시팡이 같아 보이시만 무쇠로 만들어 장검과도 충분히 맞싸울 수 있는 철장이었다. 만일의 경우를 생각해서 철장을 숨겨두고 언제든지 불상사가 생기면 들고 나가 동궁의 목숨을 지킬 각오가 되어 있었다.

　무명스님에게서 검술을 더 익혀야 하지만, 시간을 내지 못했다. 그래도 그 동안의 수련으로 어느 정도 수비는 할 수가 있었다. 맨주먹으로도 불한당 몇 놈쯤은 때려눕힐 자신이 있었다. 그렇지만 검을 쓰는 놈들이라면 맞대결할 무기가 필요했다. 국영에게는 팽팽한 긴장의 나날이 계속 되었다.

시강원에는 학문이 높은 관원 열아홉 명과 잡무를 취급하는 일반 관리가 스무 명이 있었다. 그 외에도 심부름이나 하는 사람이 스물세 명이 더 있었다.

동궁을 눈엣가시같이 보는 문숙의와 화완옹주 등 영조 임금 측근의 여자들과 홍인한 정후겸 등이 심어놓은 심복들이 자기편이 아니라는 것을 국영은 짐작하고 있었다. 국영은 시강원에 있는 이 많은 사람 중에는 동궁을 철저히 감시하는 간자 노릇을 하고 음해하고자 하는 무리가 상당 수 있으리라 짐작은 하고 있었지만, 누구인지 알 수 없는 일이었다.

철저히 발본색원해서 내쫓아야 할 판국인데 국영의 힘으로는 도저히 될 일이 아니었다. 국영은 자기 판단으로 퇴출시켜야할 자와 영입시켜야 할 자의 명단을 만들어 홍봉한을 다시 찾았다. 명단을 받아들고 국영의 이야기를 다 듣고 난 홍봉한은 이번에도 듣기만 하더니 이해할 수 없는 한마디를 중얼거렸다.

"그래 알았다."

시간이 지나면서 점을 찍은 자들은 알게 모르게 시나브로 다른 자리로 옮겨갔다. 국영이 천거한 사람들이 하나 둘 소리 없이 들어왔다. 봉조하 홍봉한은 허수아비가 아니었다. 국영은 이제 홍봉한이라는 거물이 자기의 편이 되었다고 생각하니 자신감이 생겼다. 비밀의 후원자가 생긴 셈이었다.

국영은 잡무를 취급하는 하급관리 이십 명을 다섯 명씩 갈라 4교대로 동궁의 침전 주변에 늘어서 밤을 새워 지키도록 했다. 낮에도 동궁의 움직임에 국영이 직접 호위를 하거나 정민시가 장정들을 거느리고 밀착 호위를 했다.

그믐밤이었다.

하늘은 먹구름이 잔뜩 끼어 칠흑같이 어두운 데다가 오후부터 비가 부슬부슬 내리고 있었다. 밤중에 어둠을 틈타 담을 넘어오는 자를 붙잡았다. 품 안을 뒤지자 비산砒酸 봉지가 튀어나왔다. 용도와 출처를 물었으나, 입을 앙다물고 대답하지 않았다. 누구의 사주를 받았는지, 아무리 닦달을 해도 입을 굳게 다물고 열지 않았다.

국영이 범인을 어르고 달랬으나, 대답하지 않았다. 목에다 칼을 대고 윽박질러서야 실토를 했다. 정후겸이라는 이름이 간신히 신음처럼 흘러나왔다. 화완옹주의 양자 정후겸鄭厚謙이었다. 지금 외할아버지 영조 임금을 믿고 세상 무서운 줄 모르고 친방지축으로 날뛰는 정후겸이 보낸 첩자였다.

"쥐도 새도 모르게 죽기 전에 이실직고해라. 비산의 용처는 어디냐?"

첩자는 드디어 실토했다.

"동궁 약탕기에 몰래 집어넣으라고 했습니다."

동궁이 며칠 전부터 고뿔로 날마다 탕제를 달이고 있는 중이었다. 그 사실까지를 훤히 꿰뚫고 있었다. 감기약 탕제에 아무도 모르게 슬쩍 집어넣으라고 첩자를 보낸 것이다. 궁중의 모든 약은 전의감典醫監에서 조제하였다. 전의감의 누군가와도 내통되어 동궁의 감기약을 달인다는 정보를 그들은 알고 있었다.

국영은 주변의 반대를 무릅쓰고 첩자를 놓아 보냈다. 범인은 닦달과정에서 한쪽 다리가 크게 다쳤는지 일어서지를 못했다. 국영은 자기의 지난날을 회상하면서 범인에게 지팡이를 하나 인심써주었다. 범인은 지팡이를 짚고 겨우 절뚝거리며 도망갔다.

국영은 극도로 긴장했다. 이제 정후겸 일당과 전면전이 시작된 것이었다. 정후겸의 뒤에는 막강한 힘을 발휘하는 화완옹주가 도사리고 있었다. 화완옹주 배후에는 임금 영조의 총애가 깊은 문숙의도 있었다. 두 사람은 한통속이 된 지 오래였다. 더구나 임금의 총애를 받는 문숙의의 베개 밑 요사가 판을 치고 있었다.

이 일을 공식화했다가 역공을 받을 수도 있는 일이었다. 둘이 짜고 자작극이라고 임금의 어두운 귀에 온갖 요설을 불어넣고 반격을 해오면 감당할 도리가 없는 일이었다. 이 사건이 나고부터 국영은 동궁의 약을 지어 오면 봉지를 풀어 철저히 조사했다. 그뿐 아니라 자기가 손수 달였다. 달인 약은 직접 짜고 맛을 본 후에도 안심이 안 되었다. 국영은 자기 손으로 동궁 저하에게 갖다 드렸다. 음식은 동궁의 부인 청풍 김씨가 손수 짓고 친히 대접해 왔으니 걱정할 일이 없었다.

이제 동궁도 어느 정도 마음의 안정을 얻은 듯이 보였다. 누가 보든 동궁의 얼굴이 온화해지고 화색이 돌았다. 얼마 전만 해도 볼 수 없었던 미소를 짓기도 했다.

살얼음판 같은 일 년이 지나 구월 열엿새가 되었다. 동궁은 국영을 불러 술 한잔하자고 했다. 술상을 마주하고 앉자 동궁이 먼저 말을 꺼냈다.

"내가 지옥에서 살아 나온 날이 일 년 전이었지. 처음 홍설서와 마음의 만남이 아마, 작년 오늘이었지?"

동궁은 달을 가리키면서 미소를 지었다. 만난 것은 그보다 전이었다. 그러나 동궁은 마음이 서로 통한 날을 만남으로 생각하는 모양이었다. 동궁은 '강목사건'이 있었던 그날 마음과 마음이 통했던 날을 만난 날로 여기고 있었다.

"저하를 모시게 된 것은 저 같은 사람에게는 저의 가문과 저 자신의 일생일대 영광이옵니다."

"홍사서의 고마운 마음을 어찌 다 말로 할 수 있겠소? 상을 내리고 싶으나, 지금은 그런 사소한 일마저 내 마음대로 안 되고······."

동궁은 말끝을 흐렸다.

"동궁 저하, 저는 더 이상으로 바랄 것이 없사옵니다."

"내가 천행으로 목숨을 부지해 보위에 오른다면 그때는 홍사서의 은혜를 잊지 않고 보답하리라. 홍사서가 군사를 이끌고 내가 있는 처소를 범접한다면 어쩔 수 없겠지만, 그밖에는 어떤 일을 저질러도 벌을 주지 않을 작정이오."

동궁은 국영을 향해 비장하기까지 한 말을 했다. 국영은 득달같이 일어나 부복하고 엎드렸다.

"동궁 저하, 소생은 황공무지하옵나이다."

국영은 목이 메어 대답을 하지 못했다. 동궁은 국영을 일어나 앉으라고 했다. 동궁과 국영은 점점 가까워졌다.

세월은 부질없이 흘러가고 있었지만, 하루하루가 살얼음판이었다. 화완옹주를 비롯한 반대 세력의 음모는 그치지 않고 점점 치밀하고 악랄해졌다.
한밤중에 어디서 날아오는지 모르는 돌멩이도 떨어진 일이 있었다. 자정시간에 정체를 알 수 없는 불화살이 날아왔다.
"어느 놈이냐?"
망을 보는 파수꾼들이 범인을 잡으려고 했으나 보이지를 않았다. 상당히 멀리 떨어진 곳에서 불화살을 쏘아댄 모양이었다. 파수꾼들에 의해 화재는 크게 번지지는 않았다. 그런 일들로 하여 불안과 공포는 가실 날이 없었다. 국영은 한시도 마음을 놓을 수 없는 초긴장 상태가 계속되었다. 이 불온한 세력을 막을 대책이 없었다.

해가 바뀌어 영조 51년이 되었다.
화완옹주와 문숙의, 홍인한, 정후겸 등은 모여서 머리를 맞대고 궁리에 궁리를 거듭했다. 그 결과 홍국영을 제거하지 않고는 도저히 동궁을 퇴출시킬 길이 없다는데 의견을 모았다. 공격의 화살은 먼저 홍국영을 향해 겨누었다. 모략의 향방은 동궁에게서 이제 국영에게로 급선회 되고 있었다. 모략은 얼마 가지 않아 국영에게 집중되었다.

'홍국영이란 놈은 일찍이 수표교 다리 밑의 거지패들과 어울리는 불량배에 불과한 자였다. 그런 추악한 자가 어찌 동궁을 모실 수 있단 말이냐?'

'장안의 기녀치고 홍국영을 모르는 년이 없을 지경이다. 저런 천하의 난봉꾼이 동궁을 모신다는 것은 어불성설이다.'

외모가 출중하고 기골이 장대한 국영에게는 그럴싸한 소문이 덫으로 작용했다. 유부녀와 사통하고 다닌다는 소문까지 별별 음해의 말이 다 떠돌았다. 모두가 고리타분하고 지저분한 쑥덕공론이었다. 딱히 누가 퍼뜨렸다고 지목할 수도 없는 일이었다. 사람들은 처음에는 한 귀로 흘려들었다. 그러나 오래 두고 끈덕지게 소문이 퍼지자 국영을 의심하는 사람도 생겨났다. 가까운 사람들마저 이상한 눈초리로 쳐다보기도 했다. 대신들 사이에도 괴이한 일이라는 소문이 파다했다. 짐작은 가지만 소문의 진원지를 알 길이 없었다. 국영은 할 테면 해봐라 하는 어하신정이었다. 그 따위 헛소문에 내가 일희일비할 수는 없다고 단단히 버틸 각오가 되어있었다. 봄부터 가을까지 악성 소문에 계속 시달리면서도 바늘방석 같은 자리를 굳세게 지키고 있었다. 버티기만 한다고 될 일이 아니었다.

하루는 홍인한 대감이 갑자기 국영을 불렀다.

"그간 평안하셨습니까?"

"……"

홍인한은 국영의 인사에 대답도하지 않고 잔뜩 화난 얼굴로 째려보았다. 뭐가 그리 마땅치 않은지 국영을 잡아먹을 듯이 뚫어지게 쳐다보았다. 손에는 국영의 과거 시험에 제출했던 시지試紙가 들려 있었다.

"국영아, 너 그때 정시에 어떻게 합격했냐? 솔직히 이실직고한다면 처벌만은 면하게 해 주마."

국영이 예측하지 못한 상황이 벌어지고 있었다.

"그걸 왜? 이제야 새삼스럽게 하문하십니까? 정정 당당히 실력으로 합격한 사실을 대감께서도 잘 알고 계시지 않습니까? 무슨 말을 듣기를 원하십니까?"

"뭐 실력으로? 이걸 글이라고 썼더냐? 수준 미달도 이만 저만 미달이 아니다."

"좌의정 대감님. 그것은 보시는 분의 판단에 따라 다르지 않겠습니까? 대감님이 시험관이 아니시기를 다행이었습니다."

"뭐라? 시험관이 아니기를 다행이야? 이런 고이한 놈. 어느 안전이라고 그 따위 말대답이, 말대답이냐?"

국영은 아차 싶었다. 홍인한의 비위를 거슬러 보았자 좋을 리 없다는 것을 너무도 잘 알고 있었다.

"작은 할아버지 버릇없는 말을 용서하십시오. 잘못했습니다."

국영은 순간을 모면하기 위하여 즉시 사과하고 납작 엎드렸다. 홍인한은 그래도 국영을 풀어주지 않았다.

"앞으로는 어떤 일이 있어도 할아버지라고 부르지도 마라."

"대감님, 분부대로 하겠습니다. 소생 물러가도 되겠습니까?"

홍인한은 대답하지 않고 한참을 노려보다가 한마디 더했다.
"아직 내 말이 다 끝나지 않았다."
국영은 홍인한의 의도를 가늠할 수가 없었다. 아무튼 조심해야 한다는 생각이어서 몸을 낮추고 조심해야 되겠다고 다짐한지 이미 오래였다.
"하나 더 물어 보자. 이 시지 마지막에 점을 찍지 않고 원을 그린 사유가 무엇이냐? 솔직히 이실직고해라. 그러면 더 이상 묻지 않고 덮어 두겠다."
국영은 순간 당황했다. 홍인한이 예리하기는 예리했다. 뭔가를 알고 다그치는 것 같아서였다. 국영은 심호흡을 하고 홍인한을 빤히 쳐다보았다. 표정은 우그러져 있으나, 뭔가 알고 있는 것 같지는 않았다. 순간 둘러 댈 말이 떠오르지 않았다. 그렇다고 기가 죽을 국영이 아니었다.
"대감님도 별 것을 다 신경 쓰십니다. 점을 찍으나 삭은 원을 그리나 그것은 문장이 끝났다는 표시지 무슨 의미가 있다고 그러십니까?"
"누구나 문장이 끝나면 점을 찍는데 원을 그린 것은 네가 생각해도 뭔가 이상하지 않느냐? 그냥 바른대로 말해라."
"그것은 하늘을 그려 놓은 것입니다."
"하늘은 왜?"
"하느님에게 합격시켜 달라고 간절히 제 소원을 빈 것입니다."
"뭐? 하느님? 하늘이 할 일이 없어 너 같은 놈 소원을 들어 준 다더냐?"
"대감님. 저는 당당히 정시에 차하次下지만 급제를 했습니다. 갑과 수

석이나 소생이나 무슨 차이가 있습니까? 급제하고 벼슬길에 오르는 것은 마찬가지 아닙니까. 저도 장차 풍산 홍가의 가문을 빛낼 사람입니다. 어여삐 봐 주시지요."

국영은 풍산 홍가까지 들먹여 너스레를 떨었다. 홍인한은 아예 외면한 채 나가라고 손사래를 쳤다. 국영은 밖에 나와서야 가슴을 쓸어 내렸다.

업무에 바쁜 국영은 날마다 정신없이 보냈다.

일은 엉뚱한 곳에서 또 터졌다.

며칠 되지도 않았는데 좌의정 홍인한이 다시 불렀다. 뭔가 심상치 않은 일이 국영을 궁지로 몰고 있다는 것을 직감으로 느낄 수 있었다. 마치 몰이꾼에게 쫓기는 산짐승 같은 꼴이 될까 두려웠다.

홍인한은 그동안 벼슬이 자꾸 올라 승승장구했다. 우의정을 거쳐 좌의정으로 세도가 하늘을 찌르고도 남았다. 홍인한이 무슨 일로 부르는지 국영은 알 길이 없었다. 불려 들어간 국영을 앞에 세우고 한참 동안 말을 하지 않고 째려보기만 했다.

"……"

국영은 무슨 일인가 해서 궁금증이 일어 견딜 수가 없었다.

"대감님. 이번에는 또 무슨 일이십니까? 소생을 보고 싶어서 부른 것은 아니시지요."

좌의정 홍인한이 벌컥 화를 내면서 대뜸 한다는 소리가 가관이었다.

"또, 무슨 일? 뭐? 보고 싶으냐고? 너의 쌍통을 자다가도 보고 싶지 않다. 나는 너 때문에 망신스러워서 얼굴을 들고 다닐 수가 없다."

홍인한은 처음부터 두 눈을 부라렸다. 국영도 곱게 나가지 않고 홍인한을 맞받아 째려보았다.

"좌의정 대감님, 통 알아듣지 못하겠습니다. 무슨 말씀이시온지요? 알아듣게 하명하셨으면 합니다."

홍인한은 갑자기 목소리를 높였다.

"너는 장안 길거리의 자자한 소문도 못 들었느냐? 너는 눈도 귀도 없는 놈이냐? 하루빨리 벼슬을 그만두어라. 그리고 조용한 곳에서 세상에 나오지 말고 근신하는 것이 너를 위해 해롭지 않을 것이다. 세상이 잠잠해지면 내가 연락하마."

"……?"

이 무슨 해괴망측한 모사를 꾸미고 있는지 국영은 영문을 몰라 어리둥절했다. 응대할 가치가 없는 말이라고 일축해 버렸다. 그러나 국영이 일축한다고 끝날 상황이 아니었다.

"어른이 말씀을 하면 고분고분 대답을 해야지, 어째서 묵묵부답 대답이 없느냐?"

홍인한은 목소리를 좀 더 높였다.

"좌의정 대감님. 제 일은 제가 알아서 합니다. 제 일은 걱정하지 않아도 됩니다. 다시 한 번 말씀 드리지만, 제 앞일은 제가 알아서 조처하겠습니다."

국영은 홍인한을 향해 단호하게 대답했다.

"네가 알아서 하다니? 무얼 어떻게 알아서 하겠다는 말이냐?"

"좌의정 대감님. 언제부터 저를 그렇게 걱정해 주시고 아껴 주셨습니까? 저는 절대로 그만두지 않겠습니다."

국영은 목소리를 높여서 확실하게 말을 했다.

"이런 고이얀, 저런 파렴치한 놈을 보았나!"

홍인한은 갑자기 목소리를 높여 호통을 치더니, 서간문 한통을 국영 앞에 집어 던졌다. 남산골에 사는 박아무개 선비가 의금부에 보내는 밀고서였다.

'……홍국영은 천하에 간교한 요물입니다. 동궁을 위하는 척하면서 실상은 동궁을 모해할 궁리만 하고 있습니다. 매달 그믐밤 사람들의 눈을 피해 남산에 올라 큰 바위 밑에 촛불을 켜놓고 동궁을 죽도록 해 달라고 하늘에 빌고 있는 천하의 흉물입니다. 이런 해괴망측한 행동을 저의 눈으로 누차 똑똑히 본 일이올시다. 이런 불학 무도한 역도를 능지처참해야 국가의 기강이 바로 섭니다.……'

국영에게는 모골이 송연한 내용이었다. 지금까지의 풍문에 날아온 허튼 소문과는 차원이 다른 그야말로 죽고 사는 문제가 달린 투서였다. 갑자기 머릿속이 텅 비고 어지러워 눈을 감고 있었다. 홍인한이 목소리를 한껏 낮춰 깔았다. 갑자기 부드럽고 인자한 모습으로 변했다.

"국영아. 너 집에 그냥 있기 답답하면 지방에 한자리 마련해 주마. 제주도로 내려가거라."

홍인한은 은근히 협박을 하고 있었다.

"왜? 대감님은 한두 번도 아니고 나를 제주도로 귀양 보내지 못해 안달이십니까? 차라리 유구국으로 내 쫓지요."

홍인한은 다시 버럭 화를 냈다.

"뭣이 어쩌고 어째? 그러면 경상도나 평안도, 평양쯤이 어떠냐? 네가 가고 싶은 곳이 있으면 말해라. 내가 네 소원하나 못 들어 주겠느냐?"

국영을 지방으로 내려 보내 동궁 곁에서 떼어 놓고자 하는 수작이 뻔히 보였다. 절대 수긍할 수 없는 일이었다.

"예. 잘 알겠습니다. 시간을 두고 생각해 보겠습니다."

국영은 더 말하고 싶지도 않아서 애매모호한 말로 대답을 했다.

"무엇을 알았다는 것이냐? 생각해 보기는 이 자리에서 딱 부러지게 대답을 해라."

홍인한은 그냥 넘어갈 만큼 호락호락한 사람이 아니었다.

"소생은 지금의 동궁에서 한 발자국도 물러나지 않겠습니다."

그 순간 홍인한은 얼굴이 벌겋게 달아올랐다.

"너는 젊은 놈이 그렇게 말귀를 못 알아듣느냐? 너 머리가 총명한 줄 알았는데 멍청한 놈이구나. 참 안 되었다. 괜한 고집으로 죽게 생겼으니. 이미 상감의 윤허도 받아 놓았다."

당시는 사대부를 잡아 가두려면 임금의 윤허가 있어야 했다. 홍인한의 말로는 국영을 옥에 가두기 위해 이미 영조 임금의 윤허가 내렸다는 것이다. 국영은 머리를 굴려 봤다. 이 음모를 벗어나자면 아무래도 홍봉한 대감밖에 없다고 판단했다. 나가는 즉시 달려가 구원해 달라고 호소할 생각이었다.

국영은 일어서서 문을 박차고 나왔다.

문 앞에는 의금부의 사천왕 같은 나장羅將들이 이미 진을 치고 앞을 가로막았다.

"네놈이 홍국영이냐?"

"그렇소, 내가 동궁 시강원의 설서 홍국영이요. 이게 무슨 무례한 짓이요?"

홍국영도 큰소리로 맞대응을 했다.

"뭐 무례한 짓. 건방진 놈, 너, 어린놈이 하늘 높은 줄 모르고 천방지축 설쳐 대고 안하무인으로 방자하게 군다지!"

국영은 필요 이상의 큰 소리로 반격을 했다.

"나 동궁 시강원의 설서라니까요. 왜? 이러는 것이요?"

"뭐? 설서? 너 같이 버르장머리 없는 놈은 확실하게 버르장머리를 고쳐주마. 아직 뒤통수에 피도 안 마른 놈이 어디다 대고 큰 소리야. 너, 지금 몇 살이냐? 어린놈이 어디 몽둥이 맛 좀 봐라."

국영은 도망가려야 갈 수도 없었다. 힘꼴깨나 쓰는 의금부 포졸들이 국영을 양쪽에서 꼼짝 달싹 못하게 팔을 잡았다. 국영은 반항 한번 제대로 못하고 복 날 개처럼 얻어맞고 의금부로 끌려갔다. 의금부에 연행되었으나, 아무 말도 물어보는 것도 없었다. 불문곡직 덮어 놓고 몽둥이찜질을 하고 발로 걷어차고 짓밟았다. 국영도 평소 닦은 무술 실력이 있어서 한두 놈을 때려눕혔으나, 워낙 여러 놈이 몽둥이를 들고 공격해 오는

지라 당해 낼 수가 없었다. 반항을 하다가 누군가 뒤통수를 몽둥이로 가격하는 통에 기절해 쓰러지고 말았다.

홍인한의 꼼수가 훤히 보였다. 우선 무자비하게 패대고 기절하면, 얼토당토않은 죄목을 뒤집어 씌워 없애 버릴 모양이었다. 완전히 널브러진 국영을 죽은 개처럼 끌고 가서 옥에 쳐 넣어 버렸다.

정신을 차리고 아무리 생각해 봐도 묘안이 떠오르지 않았다. 이번에는 홍인한의 올가미에 움치고 뛸 수 없이 걸려서 꼼짝없이 죽게 생겼는데 돌파구가 보이지 않았다. 두 번 다시 만나기 싫어도 홍인한을 만나서 사정해 볼 수밖에 없는 노릇이었다. 이제 만나면 함경도든 제주도든 가겠다고 해야 할 판이었다. 그렇지 않으면 살아 날 가망이 보이지 않았다.

한편 이것이 하늘이 내준 운명이라면 이대로 죽고 싶었다. 그러나 한편 생각해 보면 이렇게 당하기에는 너무도 억울한 일이었다. 국영은 아무리 궁리해 봐도 빠져나갈 구멍이 보이지 않았다. 갇혀 있으니 움치고 뛸 수도 없는 일이었다. 우선 떠오르는 사람이 동궁이었다. 그러나 동궁은 움직일 사람이 아니었다. 그렇다고 정민시가 국영을 구해 줄 만큼 힘이 있는 것도 아니었다. 이대로 죽을 수밖에 없다고 단념하고 있었다. 그래도 천만 다행인 것은 더는 폭력을 가하지 않았다.

옥문을 지키는 나졸에게 홍인한을 다시 만나게 해 달라고 청을 넣었으나, 들은 척도 하지 않았다. 국영은 이번에는 어쩔 수없이 죽음을 각오했다. 주리를 틀리거나 곤장을 맞다가 죽을 것 같은 불길한 예감이 어른거렸다.

　누구든 잡아다가 덮어씌우면 죄인이 되고 역적이 되는 세상이었다. 엉터리 같은 상소 한 장에 목이 떨어져 나간 사람도 부지기수였다. 다행히 절해고도로 귀양이라도 가면 목숨만은 부지할 수가 있었다. 그건 홍인한의 손가락 하나에 국영의 목숨이 걸린 일이었다.

　사흘째 되는 날 아침이었다.

　국영은 울분을 참지 못하고 이른 아침부터 일어나서 성난 황소처럼 옥안에서 전전긍긍하고 있었다.

　"홍국영. 나와."

　옥문을 지키는 나졸이었다. 이유도 말하지 않고 옥문獄門을 열었다. 국영은 아마 오늘부터 고문이 시작되는 모양이라고 지레 겁을 먹었다. 우선 주리에 무릎 뼈가 으스러지는 불길한 생각이 앞섰다. 그런데 그게 아니었다.

　"어디로 가는 거요?"

　이상한 것은 양쪽에서 나졸들이 틀어잡지를 않는 것이었다.

　"홍국영 너 방면됐어, 가고 싶은 데로 가. 어린놈이 까불지 말고 매사에 자중하는 게 좋을 것이야. 각심해."

　내보내면서 잔뜩 겁까지 주었다. 웬일인지 국영은 영문도 모르고 풀려나왔다. 마치 잠을 잘못 자 악몽을 꾼 듯했다. 국영이 동궁에게 돌아왔다고 인사를 하자 수고했소, 하는 말 뿐이었다. 어떻게 풀려나게 되었는지 주위에 물어봐도 아무도 그 연유를 알지 못했다.

나중에 들은 이야기는 동궁이 직접 발 벗고 나섰다고 했다. 동궁이 영조 임금인 할아버지에게 국영이를 살려 달라고 애원했다는 후문이었다.

"'배따라기' 홍낙춘의 자식 홍국영이라? 내 기억이 난다. 정시에 합격했던 그 외모가 준수한 녀석이 아니냐?"

영조 임금은 올바른 정신인지 국영을 분명히 기억하고 있었다.

"할바마마, 그렇사옵니다. 저에게 없어서는 안 될 중요한 사람입니다."

"음, 알았다. 동궁인 네가 믿을 수 있는 사람이라면 이 할애비도 믿으마."

동궁의 주청을 영조 임금이 흔쾌히 들어주었다. 난생처음 자기의 뜻을 관철한 동궁은 주상의 신임에 자신을 얻었다.

동궁을 위해서는 능지처참을 당하는 한이 있어도 절대로 굽히지는 않으리라. 국영은 새로운 결심을 난난히 나졌다.

이 사건이 있고 나서도 국영에 대한 음해와 박해는 그치지 않고 계속되었다. 동궁을 제거하기 위해서는 장애물인 국영을 먼저 처치해야만 가능하다는 것을 그들은 너무도 잘 알고 있었다. 수단과 방법을 가리지 않고 국영을 처치해야 한다는 게 그들의 당면 목표였다.

음해 세력은 홍국영 퇴출을 포기하지 않고 갖가지 방법으로 줄기차게 시도했다.

국영도 그들의 공격이 시작되었음을 동물적 감각으로 감지했다. 생명의 위기감을 느끼고 있었다. 마땅한 방어책이 떠오르지를 않았다. 궁리

끝에 내린 결론은 수표교 아래 광문이의 신세를 지는 일이었다. 광문이는 흔쾌히 승낙을 하고 매일 저녁 서너 명을 홍국영의 집 주변에 배치해 주었다. 국영은 그제야 어느 정도 집안 일이 안심이 되었다.

오늘도 친구를 만나 기방에서 술 한 잔하고 거나하게 취해서 약간 비틀거리며 집으로 돌아가는데 누군가 미행을 하고 있다는 섬뜩한 느낌이 있었다. 요즘은 워낙 적이 많아서 밖에 나다닐 때는 철장을 집고 다녔다. 아는 사람들을 만나면 간혹 어디 다리가 좋지 않느냐고 걱정을 해 주었다. 그러면 국영은 그렇다고 흔연스럽게 대답을 했다. 오늘 밤에도 다행히 철장을 지팡이 삼아 짚고 걸었다. 걸음을 빨리하면 더 빨리 따라 오고 서서히 걸으면 그 속도에 맞춰 서서히 따라왔다. 국영은 안국방 골목으로 들어오면서 잽싸게 옆 골목으로 은신했다. 미행하던 녀석은 국영을 발견하지 못하고 길 가운데 우뚝 섰다.

저놈을 철장으로 머리통을 깨부술까 하다가 참고, 녀석이 사라질 때까지 숨어 있었다. 요즘 말썽을 부리면 또 무슨 불이익이 몰아닥칠지 알 수 없는 노릇이었다. 국영을 잃어버린 녀석은 오른손에 꼬나 쥐고 있던 몽둥이를 어깨에 걸치고 유유히 사라져갔다.

국영의 집에도 어이없는 일이 벌어지고 있었다.

어느 날은 깜깜한 밤중에 장대 끝에 솜뭉치를 감고 기름을 묻혀 불을 붙인 후 집안으로 던져졌다. 하나도 아니고 두 개가 동시에 날아왔다. 담 밖에서는 수표교 아이들이 범인을 잡기위해 쫓고 쫓기는 추격전이 벌어졌다. 범인들이 워낙 빨라서 잡지를 못했다. 집안으로 떨어진 불덩이는 노복들이 잽싸게 움직여 방화로까지 이어지지는 않았다.

아침 등청 길에 돌멩이가 날아오기도 했다. 다행히 국영이를 비껴가서 다치지는 않았다.

작은 사고로부터 큰 사고가 꼬리에 꼬리를 물고 일어났다. 그때마다 하늘이 돕는지 아니면 국영이 존경하는 할아버지가 돕는지 용케 목숨을 부지했다.

여름에 한강으로 일행들과 같이 뱃놀이를 갔는데 배가 뒤집혔다. 일을 저지른 놈들은 물속으로 자맥질을 해 저쪽 강가로 헤엄쳐 가 버렸다. 다행히 일행들은 뒤집힌 배를 잡고 겨우 익사하지 않으려고 몸부림치고 있었다.

그때 강변으로부터 어선이 쏜살 같이 다가와서 사공이 밧줄을 던져 주었다. 일행은 하나하나 구제되어 배를 옮겨 탔다.

"어르신, 목숨을 구해 주셔서 감사합니다."

뱃사공 노인은 한마디 했다.

"사람의 목숨은 그렇게 쉽게 끝나는 게 아니라네. 그래도 다행인 것이야. 나는 아까 자네들이 뱃놀이 시작할 때부터 내려다보고 있었지. 그리고 저 검은 옷 입은 놈들이 배로 다가오는 것을 보고 있었지."

"어르신, 어떻게 이런 사고를 짐작하셨어요? 아무튼 다시 한 번 감사합니다."

"젊은이, 어제 밤에 내가 생생한 꿈을 꾸었다네. 어린 호랑이 새끼가 물에 빠져 허우적거리는 꿈이었지. 그래서 자네들을 처음부터 지켜보고 있었다네."

 국영은 놈들이 자맥질 해간 강 건너 강변을 뚫어지게 쳐다보자 범인은 한 놈이 더 있었다. 이 일을 꾸민 두목인 것 같았다. 그놈은 거리가 멀어서 잘 알 수 없었지만, 늙은 털보가 서 있었는데 이덕사李德泗란 놈 같았다. 확인을 하려야 거리가 멀어서 할 수가 없었다.
 국영은 뱃사공 노인에게 사례를 하려고 했으나 사양했다. 감사하다는 말을 남기고 그야말로 물에 빠진 생쥐가 되어 돌아왔다. 뱃사공 노인장에게는 추후 감사표시를 해야 하겠다고 다짐을 했다.
 사고는 그것으로 그치지 않았다.
 한번은 무악재를 지나가는데 산 위에서 바위가 굴러 떨어졌다. 국영이 평소 검술로 단련된 몸이라 간발의 차로 낙석을 피할 수 있었다. 정신을 차리고 보니 저만큼 말을 타고 도망가는 놈의 뒷모습이 보였다. 그 모습이 수찬 벼슬을 하고 있는 이덕사 같이 보였다.
 동궁의 목숨을 노리는 일에 앞장서는 사람들이 있었다. 세상에서는 그들을 벽파僻波라고 불렀다. 이덕사는 소문대로라면 벽파의 하수인이었다. 동궁에게 물었더니 아마 그럴 거라고 고개를 끄덕거렸으나 확실한 대답은 하지 않았다.
 이덕사 옆에는 민항렬閔恒烈이 있었는데, 그 자도 보통 사람은 아니었다. 삼십을 갓 넘은 새파랗게 젊은 녀석이 으스대는 꼴이 가관이었다. 궁중 안에 여기저기 포진한 벽파를 등에 업고 위세가 이만저만이 아니었다. 도통 눈에 보이는 것이 없는 모양이었다. 언제나 거들먹거리는 이덕사와 민항렬을 보면 분노가 치밀었으나, 국영은 참을 수밖에 다른 도리가 없었다.

내일을 알 수 없는 초긴장 속에 순간순간이 지나가고 있었다.

그럭저럭 이 년의 세월이 부질없이 흘러갔다. 영조 임금은 매병에 걸렸다고 하나 건강은 오히려 좋은 편이었다. 앞길이 어떻게 될지 예측을 할 수 없는 일이었다. 즐거운 일은 없고 고달픈 일의 연속이었다.

그런 속에서도 국영에게 작은 흐뭇한 일이 생겼다.

영조 임금 즉위 쉰한 해 윤달 시월 스무날 갑자甲子일이었다.

경희궁 집경당. 이른 아침, 지위고하를 막론하고 관원들이 모여들었다. 넓은 마루방에 모여 웅성거리고 있었다. 갑자기 문관전강文官殿講을 실시한다고 했다. 임금이 친히 나와 젊은 문관들을 유교의 고전을 가지고 시험하는 행사였다. 국영도 참석하지 않을 수 없었다. 정민시와 함께 한구석에 끼어 앉았다. 문을 들어서자 뭇 시선들이 그를 좇았다. 자리에 앉아 있어도 시선들을 거두지 않았다.

"자네 아직도 한양에 남아 있었던가? 지금도 우려먹을 게 남아 있나?"

점잖은 척 이렇게 빈정대는 사람도 있었다.

"나 같으면 진즉 시골로 내려갔겠는데. 아니 가거도 쯤 갔겠다."

가거도란 중국에서 새벽에 닭이 울면 들린다는 조선 최서남단 섬이었다.

"인면이 개가죽이지. 그러니까 저렇게 인두겁을 쓰고 나다니지!"

국영이 들으라고 노골적으로 입을 놀리는 인간도 있었다. 입을 꾹 다문 자들도 옆 눈으로 흘기기는 마찬가지였다.

국영을 여전히 여기 모인 관리의 축에 끼어서는 안 될 존재로 몰고 갔다. 그 보이지 않는 세력들이 끊임없는 음해 공작을 하고 있는 게 분명했다. 수단과 방법을 가리지 않고 국영을 도태시키려는 적들뿐이었다. 국영은 어금니를 지그시 깨물고 수모를 참고 견뎠다. 이놈들을 단 주먹에 패 죽여도 아깝지 않을 국록을 축내는 좀 벌레 같은 놈들로 보였다.

기어이 철저한 복수를 해 주리라. '배따라기' 홍낙춘의 아들이 그냥 넘어가지는 않을 것이다. 국영은 또 어금니를 갈았다. 물구나무를 서서 걸어도 기어이 끝장을 보고 말겠다는 각오를 단단히 했다. 나를 음해하는 자들아 명심해라 하고 큰소리를 치고 싶었다. 이 수모를 철저히 갚아주겠다고 각오를 하고 또 했다.

동궁의 부액을 받고 겨우 걸어 나온 영조 임금이 흐릿한 눈으로 잠시 좌중을 훑어보고 옥좌에 앉았다. 주름투성이 얼굴은 보름째 감기로 바깥출입을 자제하여 하얗다 못해 푸르죽죽한 몰골이었다. 한 일 년이나 갈까? 아니면 몇 달, 며칠이 될지도 모른다. 바람 앞의 촛불 같은 명줄이 언제 끊어질지 모르는 날 들이었다. 실낱같은 영조의 목숨이 끊어져 천아성天鵝聲이 들리는 날은 산천초목이 떨고, 전전긍긍하는 자들이 쥐구멍을 찾는 꼴이 볼만한 구경거리일 것이었다. 천둥에 쫓기는 쥐들처럼 쫓겨 가다가 죽을 것이다. 과연, 그들의 생사여탈권을 쥔 사람들은 누가 될까?

국영은 깊은 사념에 빠져 있었다.

그때 승지 민항렬과 함께 한 선비가 옆문으로 들어서고 있었다. 이덕사였다. 이덕사는 홍문관 수찬修撰 벼슬에 올라 있었다. 사서史書를 편찬하던 홍문관弘文館 정6품 벼슬자리였다.

올해 나이가 이미 쉰다섯 살이었다. 벼슬길에서 순풍을 만났다면 정승이나 아무리 못되었어도 판서쯤은 되었을 나이였으나, 칠 년 전에야 겨우 벼슬길에 올랐다. 쉰을 바라보는 나이에 간신이 과거의 관문을 통과했다. 벼슬에 오른 지 일 년 만에 예문관 봉교奉敎로 있을 때 일이었다. 팔십 노모를 모셔야 한다고 고향으로 내려갔었다. 영조 임금은 효심이 가상하다고 여겨 옷과 귀한 음식을 꾸려 보냈는데, 노모가 오래 살지 못하고 세상을 떠났다.

이덕사는 묘소 옆에 기거할 초막을 짓고 시묘살이를 시작했다. 삼년상이 끝날 때까지 아침저녁으로 상식上食을 차려 올리고 곡을 하는 등 상례를 다하였다. 삼 년간 시묘살이가 끝나자, 영조 임금은 세상에 없는 효자라고 칭송하였다. 다시 불러다 수찬 벼슬을 내려 지금에 이르렀다.

그런데 이 이덕사라는 인물은 국영과는 악연의 연속이었다. 점점 지울 수 없는 인물로 머릿속에 각인되어 가고 있었다. 어쩌면 죽을 때까지 잊을 수 없는 인물이 될지도 모를 일이었다. 동궁이 있는 처소에 방화 등 이상한 사건이 터질 때마다 언제나 그 뒤에 이덕사가 의심된다는 수하들의 보고였다.

영조 임금이 예뻐서 죽고 못 사는 젊은 문숙의와 화완옹주와 긴밀히 밀담을 하는 것을 누군가가 보고 귀띔한 일도 있었다. 동궁을 제거하고자 하는 궁중 못된 여인들과도 줄이 닿아 있는 게 분명했다. 어떤 경위로 그들에게 포섭되어 동궁을 괴롭히는지 알 수는 없는 일이었다. 국영 자신도 언젠가는 그놈 손에 죽을지도 모른다는 불길한 예감으로부터 헤어나지 못하고 있었다.

이덕사와 민항렬은 영조 임금 앞에 나가 가지고 온 문서를 펴놓았다. 오늘 시험절차를 조심스럽게 설명했으나, 영조 임금은 흡족한 얼굴이 아니었다.

"잠시 후에 내가 결정할 터이니 조금 기다리렷다."

"성은이 망극하옵니다."

영조 임금은 가까이 서 있는 동궁을 불렀다.

"요즘 무슨 책을 읽었느냐?"

"제갈량의 출사표를 읽었사옵니다."

"웬 출사표인고?"

"제갈량의 충성심에 감복해서입니다."

"음, 충성심이라. 그걸 알아야 성심도 생기고 충신이 된다고 했던가?"

영조 임금은 담담하게 한마디 했다. 한동안 눈을 껌벅이던 영조 임금은 영의정 한익모를 돌아보았다.

"오늘 전강은 출사표로 하도록 하시오."

원래 전강은 사서삼경四書三經을 논하기로 되어 있었다. 그러나 임금의 말씀은 곧 법이나 다름없었다. 임금이 하라는데 누구도 거부할 자가 없었다. 다른 도리가 없는 절대 권력의 군주제에서만 있을 수 있는 일이었다. 동서양이 그 점은 같았다. 짐의 말은 곧 법이었던 시절이었다.

조선왕조 기구도

　예년에 했던 대로 당하관들은 한 사람씩 당상관들 앞에 나가 눈을 감

고 앉아 출사표를 외웠다. 그러나 사서삼경이라면 스님이 염불하듯 조석으로 읽었기 때문에 줄줄 외울 수가 있었다. 그러나 출사표는 어쩌다 심심풀이로 들여다보는 정도여서 달달 외우기는 힘들었다. 대게 웅얼웅얼하다가 도중에 퇴짜를 맞고 제자리로 돌아오곤 했다.

국영에게는 재수 없는 날이었다. 하필이면 좌의정 홍인한에게 배정되었다. 재수가 없으면 원수를 외나무다리에서 만난다고 했던가! 하필이면 홍인한을 만나게 뭐람. 국영은 투덜거렸다.

"돌아앉아라."

"……"

국영은 말하기도 쳐다보기도 싫은 얼굴이었다.

전강은 배강背講이었다. 암송하는 사람은 시험관과 등을 돌리고 앉아 외우는 것을 말한다. 시험관은 책을 손에 들고 맞는지 틀리는지 검토하고 있었다. 시험관이 질문을 하면 암송하는 사람은 답하기로 되어 있었다. 돌아앉는 것은 유별날 것도 없었다. 항상 그래 왔으니까. 질문하는 시험관도 항상 난해한 질문을 해서 암송자를 곤경에 처하기 일쑤였다. 여기에도 사감私感이 있어서 가까운 사이는 질문 없이 넘어가기도 했다. 그러나 국영과 홍인한은 조손간이지만 앙숙이나 다름없어서 함정으로 몰아넣을게 빤한 일이었다.

"너는 제갈량이냐? 아니면 조조라고 생각하느냐?"

첫 마디부터 이상한 질문으로 시작했다. 시험관이 할 수 있는 질문이 아니었다. 홍국영의 답변이 삐딱할 수밖에 없었다.

"나는 제갈량도 더구나 조조도 아니오."

속이 뒤틀린 국영은 뚱한 소리로 대답해 홍인한의 심기를 불편하게 했다.

"그래. 그건 그렇고, 제갈량의 출사표나 외워 보아라."

홍인한은 등 뒤에서 책을 뒤적이기 시작했다.

국영은 자신이 있는 일이었다. 집안에는 대대로 내려오는 출사표의 병풍이 있었다. 또 그는 평소 동궁의 제갈량으로 자처했다. 그래서 속속들이 제갈량의 행적과 문헌을 탐독해서 알고 있었다. 그래서 제갈량에 관한 것은 거의 모르는 게 없었다.

전강에서 합격하고 안 하고는 출세에 막대한 영향이 있었다. 하늘이 내린 기회라고 생각했는데 홍인한이라니, 아직 하늘이 길을 터주지 않는다고 생각하고 있었다. 그렇지만 최선을 다하는 수밖에 도리가 없었다. 국영은 정신을 바짝 차리고 퉁명스러운 목소리로 처음부터 끝까지 암송해 내려갔다. 국영은 막히지 않고 거침없이 암송을 마쳤다. 평소에도 늘 외우고 있어서 별문제가 없었다. 오늘따라 구절구절이 더 잘 떠올랐다. 등 뒤의 홍인한은 반응이 없었다. 국영이 흘끔 돌아보자 완전 오만 상을 찌푸리고 앉아 있었다.

"국영아. 너, 울었냐?"

돌아보는 게 마땅치 않았는지 홍인한의 생트집을 잡는 목소리가 들렸다.

국영은 싸울 듯이 퉁명스럽게 대답했다.

"전혀 울지 않았습니다."

국영은 오기로 엇박자를 놓았다.

"울지 않았다. 그러면 너는 충신이 아니로구나."

"……"

"제갈량의 출사표를 읽고도 눈물을 흘리지 않으면 충신이 아니라는데 그런 말을 들었느냐?"

"……"

아차, 국영이 잠시 방심한 것이 문제였다. 그렇다고 울지 않은 것을 울었다 고는 할 수 없는 일이었다. 그렇지만 분해서 그냥 있을 수만 없었다. 국영은 홍인한에게 볼멘소리를 했다.

"제가 한 군데라도 틀린 대목이 있으면 지적해 주시지요."

국영은 홍인한에게 당당히 대들었다.

"처음부터 끝까지 엉망진창이었다."

홍인한은 국영을 비웃고 있었다. 너는 잘해도 소용이 없다는 투였다.

"그럼, 어디가 엉망이었습니까? 다시 외워 볼까요?"

"한두 군데가 아니어서 지적할 수도 없다."

국영은 하는 수 없이 어금니를 지그시 깨물고 자리로 돌아왔다. 홍인한을 한 번씩 대할 때마다 마음속에 도사린 이무기 같은 악한 마음이 점점 커지는 것 같아 자신이 무서워졌다. 이래서는 안 되는데 하면서도 점점 검은 구름덩이처럼 커져가는 것을 막을 길이 없었다. 전강은 우습게 끝났다.

한참이 지나자 드디어 발표하기 시작했다

"오늘의 장원은 오재소吳載紹!"

민항렬이 길게 뽑는 소리가 장내에 울려 퍼졌다. 오늘의 장원은 오재소라는 것이다. 그는 만면에 웃음을 띠고 어전으로 불려 나갔다.

주위에서 소곤거리는 소리가 들렸다. 단 한자도 틀리지 않았다네, 과연 천재다, 이사람 저사람 칭송이 자자했다.

그러나 영조 임금은 주름진 얼굴을 잔뜩 찌푸리고 물었다.

"충신은 효자의 집안에서 나온다는데 제갈량도 효자이던고?"

오재소는 국영보다 여섯 살이나 연상으로 침착한 인물이었으나, 어전이라 잔뜩 긴장하고 있었다.

"네, 만고의 효자라고 생각하옵니다."

영조 임금은 다시 질문했다.

"그래 효자였지. 그러면 부친의 이름은 무엇이던고?"

"저, 저어…… 알지 못하고 있사옵니다."

오재소는 말문이 막혀 떨고 있었다. 보는 사람들도 안타까웠다.

영조 임금은 좌중을 둘러보았다.

"제갈량의 부친은 누구인지 아는 사람은 없는고?"

주상 전하의 엉뚱한 질문에 아무도 대답하지 못하고 실내가 쥐 죽은 듯이 조용해졌다. 영조 옆에 앉아 있던 동궁이 연거푸 홍국영에게 눈짓을 보냈다. 국영보고 한번 해 보라는 신호였다. 국영은 내키지 않았으나, 마지못해 일어서서 앞으로 나갔다.

동궁은 그가 제갈량의 모든 것을 통달하고 있다는 것을 이미 알고 있었다. 그러나 섣불리 나갔다가 또 '배따라기' 어쩌고 해서 우스갯거리가 안 될까 해서 나갈 엄두를 내지 못하고 있었던 것이다. 무슨 창피를 당할지 몰라 잠자코 있었다. 그러나 동궁이 나가라고 하면 나갈 수밖에 없었다.

국영은 어전에 나가 납작 엎드렸다.

"그래 누구던고?"

"동궁 시강원의 사서 홍국영이옵니다."

영조 임금은 솔개가 맴돌면서 마당에 놀고 있는 병아리를 노리듯 뜯어보다가 물었다.

"너, 그때, 누구의 자식이라고 했지?"

국영은 길게 끌면 말이 많겠기에 웃거나 말거나 시원스럽게 대답했다.

"'배따라기' 낙자 춘자의 아들이옵니다."

어전임에도 불구하고 무엄하게 뒤에서 폭소가 터져 나왔다. 국영은 흘끔 뒤를 돌아다 보았다. 개중에는 허리를 꺾고 웃는 자도 있었다. 쫓아가서 허리를 완전히 꺾어버리고 싶었다. 그러나 영조 임금은 들었는지 못 들었는지 표정에 변화가 없었다. 한참만에야 알아 본 것 같았다.

"그래, 맞다. 나를 구해준 홍국영이구나. 그건 그렇고 제갈량의 부친이 누구던고?"

영조 임금은 차분한 목소리로 물었다.

"제갈량의 부친은 제갈규諸葛珪이옵니다."

국영은 즉시 대답을 했다.

"모친은 누구던고?"

영조 임금의 질문은 계속되었다.

"장章씨이옵니다."

모친의 이름은 알려져 있지 않았다. 그건 당시의 풍속은 아녀자들의 이름은 기록에 없었기 때문이었다.

국영 역시 막힘없이 대답했다.

"제갈량은 효자였던고?"

영조 임금은 제갈량에 대해 속속들이 알고 있었다.

"제갈량은 효도하고 싶었으나, 조실부모하여 효도할 기회가 없었사옵니다."

국영도 영조 임금의 하문에 거침없이 대답했다.

"그러면 자손은 있었던고?"

영조 임금의 질문은 그칠 줄을 몰랐다.

"자손이 있었습니다. 아들 첨瞻이 있었고, 손자 상尙이 있었사옵니다."

"그들은 오래 살았던고?"

"아니옵니다. 그들은 불운하게도 촉한蜀漢 최후의 전투에서 위魏나라의 종회鐘會장군이 이끄는 대군을 맞아 부자가 장열하게 전사하고 말았사옵니다."

종회는 등애鄧艾와 함께 촉한을 멸망시키기 위하여 공을 다투었던 위

나라의 명장이었다. 종회는 '길이 없으면 길을 만든다.'는 유명한 말을 남긴 맹장 중의 맹장이었다. 그 장수의 손에 촉한은 멸망하는 비운을 맞았다.

영조 임금은 이 젊은 신하와 대담을 즐기고 있는 듯 만면에 미소를 짓고 있었다.

"삼 대가 나라에 목숨을 바친 충신이 아니던가?"

"네, 그렇사옵니다. 충신 가문 중에 만고 충신 가문이옵니다."

국영도 진지하게 아뢰었다.

"허허허 '배따라기' 낙춘이 아들치고는 퍽 똑똑하구나! 너, 식충은 면한 듯싶은데, 어찌 출사표는 외우지 못하였던고?"

국영은 슬쩍 동궁을 바라보았다. 동궁은 해 보라고 다시 눈짓을 보냈다.

"전하. 소생은 다시 외울 수 있사옵니다."

"그래. 그럼 한번 읊어보도록 하여라."

국영은 내친김에 온 방 안이 쩌렁쩌렁 울리도록 큰소리로 암송해 내려갔다. 그래야만 우선 귀가 밝지 못한 영조 임금이 들을 수 있으리라고 믿었다. 다음으로 좌중이 모두 확실하게 들을 터이니, 아무도 생트집을 잡지는 못할 것이라는 계산에서였다. 그렇게 되면 홍인한도 어쩔 수 없으리라 믿었다.

출사표出師表 / 신 제갈량諸葛亮

"신 제갈량이 말씀 올립니다.

 선제께서 창업한지 반도 안 되어 중도에 붕어하셨습니다. 이제 천하가 셋으로 갈리어 익주가 오랜 전쟁으로 피폐하여졌으니, 진실로 흥하느냐? 망하느냐? 하는 위급 존망의 때입니다.

그렇지만 모시고 지키는 신하들이 안에서 게을리 하지 않고, 충성의 뜻을 지닌 무사들이 바깥에서 국토를 보위하고 있는 것은 대체로 선제의 특별하고 두터웠던 대우를 받아 이것을 폐하께 갚고자 하는 것입니다.

진실로 폐하는 총명한 귀를 활짝 펴시어, 선제의 끼치신 덕을 널리 빛내고, 지사의 의기를 넓히고 키우는 것이 옳을 것입니다. 함부로 자기 스스로를 덕이 엷다고 낮추어서, 조리에 맞지 않는 비유를 끌어다 변명하며, 진심에서 우러나오는 충간을 막는 것은 옳지 못하다 할 것입니다.

궁중과 승상부가 한가지로 일체입니다. 선악을 상주고 벌주되, 틀림이 없어야 합니다. 만약 간악한 짓을 범한 자와 충성과 선행을 한 자가 있으면 사직에 부쳐서 그 형벌과 상찬을 논함으로써 폐하의 공평하고 도리에 밝은 정치를 세상에 드러내야 할 것입니다.

한쪽으로 치우쳐 이곳과 저곳이 법이 달라서는 아니 됩니다. 시중, 시랑, 곽유지, 비위, 동윤 등 이들은 모두 선량하고 진실하며 뜻이 곧고 충성스러우며 맑은 사람들입니다. 이런 까닭에 선제께서 발탁히시이 폐하께 남겨주셨습니다.

제가 생각하건대, 궁중의 일은 일의 대소를 막론하고 이들과 상의하면 좋을 것입니다. 그런 후에 시행하면 반드시 남거나 모자람 없이 널리 이익이 되는 것이 있을 것입니다. 장군 향총은 성행이 선량하고 치우침이 없으며, 군사 일에 두루 아는지라 예전에 시험 삼아 써보시고 선제께서 능력이 있다 하셨습니다.

그래서 여러 사람과 의논하여 향총을 들어 지휘관을 삼았습니다. 생각하건대 군사의 일은 일의 대소를 막론하고 이 사람과 상의하면 능히 군영내의 사람들을 화목하게 하고 우열을 잘 가려 적당한 사람을 적당한 직책에 배치할 수 있을 것입니다.

어진 신하를 가까이하고 소인을 멀리함은 선한의 흥성한 까닭이요, 소인을 가까이하고 현신을 멀리함은 이는 후한이 기울어지고 몰락한 까닭입니다. 선제께서 계실 적엔 늘 신과 더불어 이 일을 의논하시며 환제, 영제 때의 정치 문란에 탄식하시고 몹시 통한하시었습니다.

시중, 상서, 장사, 참군, 이들은 모두 어질며 절개 있고 진실하며 충절에 죽음도 불사할 인물들입니다. 원하옵건대 폐하께서 이들과 가까이하시고 이들을 믿으면 곧 한실의 부활은 가히 날을 세어 기다릴 수 있을 것입니다.

신은 본시 벼슬도 없는 미천한 몸으로 남양에서 몸소 밭이나 갈며 구차하게 살았으며, 이 어지러운 세상에 간신히 생명이나 보전할 뿐 나의 이름이 제후의 귀에 들리기를 원하지 않았는데, 선제께서 저를 비천하다 여기지 않으시고 외람되게도 스스로 몸을 낮추시어 세 번이나 저의 초라한 집을 찾으시며 신에게 당시의 세상사를 물으셨습니다.

신은 이로 말미암아 감격하여 마침내 선제께 견마의 충성을 바칠 것을 허락하였습니다. 뒤에 장판교 싸움에 패하여 나라가 기울어질 즈음 나라를 구하는 임무를 맡아, 그 이래 이십일 년이 지났습니다. 선제께서 저의 신중함을 아시는 까닭에 임종하실 적에 저에게 적군 토벌과 한실 중흥의 큰일을 당부하셨던 것입니다.

명을 받은 이래, 밤낮으로 근심하고 탄식하였지만, 토벌의 효력은 나지 않아 선제의 총명함을 상할까 두려워하였습니다. 그러므로 5월에 여수를 건너 깊이 불모의 땅으로 진격하였습니다. 이제 남방은 이미 평정되고 군사와 장비도 충분히 충족되었습니다.

마땅히 삼군을 거느리고 북으로 나아가 중원을 평정할 것입니다. 바라건대 노둔한 재주를 다하여 간사하고 흉측한 적을 물리쳐 한실을 부흥하고 옛 도읍에 돌아가고자 함이니 이는 신이 선제께 보답하고 폐하께 충성하는 직분이라 믿기 때문입니다.

손해와 이익을 짐작하고 충언을 다해야 하는 사람들로서는 곧 곽유지, 비위, 동윤 등이 맡은 바 임무입니다. 바라건대, 폐하께서는 신에게 맡기기를 적들을 부수고 한실 부흥의 실효를 거두는 책임을 맡겨주시기 바랍니다. 만약 실제 효과가 없다면 신의 죄를 다스려서 선제의 영혼에 고하여 주십시오.

만약 흥덕의 말씀이 없다면 곽유지, 비위, 동윤 등의 허물을 책하여서 그 태만함을 밝혀 주시기 바랍니다. 폐하도 또한 의당히 스스로 도모하시어서 좋은 방도를 자문하시고 바른말을 살펴 거두시어 깊이 선제의 유조를 따라 주시기 바랍니다.

신은 은혜를 받은 감격을 이기지 못한지라 이제 멀리 출정에 앞서 표를 올림에 눈물이 앞을 가려 할 말을 더 잇지 못하겠나이다."

국영이 다 외고 난 후에도 한동안 뚫어지게 바라보던 영조 임금이 한마디 했다.

"오늘의 전강은 저기 앉은 오 아무개하고, 홍낙춘의 아들 너희 두 사람이 으뜸이로다. 두 사람에게 상을 내리리라."

"너희 두 사람은 출사표 전문을 머리에 넣고 있으니, 틀림없는 충신이로다. 아무도 너희들을 다치지 못하게 하겠다. 더욱 충성을 다할지어다."

"성은이 망극하옵니다."

영조 임금의 분부로 마당에는 밤색털빛이 윤이 좌르르 흐르는 말(馬) 두 필이 끌려와 대기하고 있었다.

영조 임금은 밖에 나와 손수 두 사람에게 격려 말씀을 전하고 말을 한 필씩 하사한 다음 다시 한 번 치하와 격려를 하였다.

인심은 민심한 것이었나. 인심은 조석변이라고 했던가. 조금 전까지만 해도 따갑기만 하던 주변의 비웃음과 눈초리가 좀 부드러워진 것 같았다.

그날 이후 마주치면 피하려 했던 사람들도 이제 그러지 않았다. 한발 더 나아가 일이 없어도 찾아오는 사람도 있었다. 좀처럼 알기 어려운 소식을 들고 와서 각별한 정을 표시하는 사람들도 생겨났다.

"지금 벌어지고 있는 이런 내막을 혹시 알고 계십니까? 지금 공석중인 우의정에 벽파에서 자기 사람인 형조판서 홍지해를 앉히려고 움직이는 중이랍니다."

영의정 한익모, 좌의정 홍인한은 둘 다 벽파였다. 그런데 거기다 홍지해까지 우의정에 앉는다면 정승 모두를 벽파가 차지하게 되어 그들의 천하가 되고 말 게 빤한 사실이었다.

홍지해는 남양 홍씨, 홍인한은 풍산 홍씨로 본은 달랐다. 그러나 이들은 호형호제하는 사이로 통하는 돈독한 사이였다. 홍지해는 현재 벼슬은 낮아도 홍인한보다 두 살 연상인 쉰여섯 살이었다. 홍지해는 또 벽파의 실력자인 정후겸과도 가까운 사이였다. 그러다 보니 화완옹주와도 각별한 사이였다.

다른 소식도 있었다.

"홍인한은 훈련대장으로 심복 윤태연尹泰淵을 천거하였는데, 그 저의를 아십니까? 한성의 병력을 장악하고 있다가 필요하면 동궁을 없애버리자는 것이지요."

결판을 내야 하는 위험천만한 시간이 점점 가까이 다가오고 있음을 느낄 수가 있었다. 생사를 건 한 판 승부가 눈앞에 기다리고 있는 상황이었다.

돌이켜 보면 일개 수찬 이덕사 따위가 설쳐대는 이유가 있었다. 저들은 야금야금 만반의 준비를 다 끝내고 결정적인 기회만 엿보고 있는 일촉즉발의 순간임이 분명했다.

호시 탐탐 기회만 있으면 세손을 없애려는 무리들인 화완옹주, 정후겸, 김귀주 등이 홍인한이 좌의정 된 것을 몹시 기뻐했었다. 이유야 간단했다. 이들은 하루라도 빨리 세손을 도모하려고 갖은 음모를 다했다.

"주상전하의 정신이 하루가 다르게 혼미해지신답니다. 하루라도 빨리 일을 서두르는 것이 옳은 방도인 듯합니다."

"……."

모여 앉은 여러 사람들이 홍인한을 부추겼다. 그러나 홍인한은 고개만 끄덕일 뿐 아무 대답도 하지 않았다. 홍인한의 속마음은 현 사태를 좀 더 지켜보고 대책을 세울 계획이었다. 그 첫째는 영조 임금의 언동이 심상치 않았다. 지난해 춘추 여든이 되면서부터 치매로 오해할 만한 일이 더러 일어나서 아랫사람들이 당황할 때가 한두 번이 아니었다. 두 번째는 세손궁을 예의 주시하고 있었다. '강목사건'으로 세손을 완전히 함정에 밀어 넣고 돌파구까지 봉쇄하고 좋아했었는데, 웬 천둥벌거숭이 같은 놈, 홍국영이 뛰어 들어 그걸 귀신 같이 막아내고 있었다. 이 사건은 단순히 인간이 동궁을 도울 뿐만 아니라, 하늘도 돕고 있다는 생각을 떨쳐 버릴 수가 없었다. 홍인한은 그 일만 생각하면 모골이 송연했다.

세손궁에서는 생트집을 잡을만한 아무런 기쁜 소식이 들려오지 않았다. 학문에만 열심히 하고 있다는 간자들의 보고였다. 지난 번 '강목사건'같은 절호의 기회는 이제 쉽게 오지 않을 일이었다. 천재일우의 기회를 놓친 게 아쉬웠다. 단 한 치의 빈틈도 보이지 않았다.

눈엣가시인 홍국영도 트집을 잡을 만한 일을 저지르지 않았다. 홍국영은 예문관 봉교를 겸하고 있어서 세손시강에 참례하게 되어 있었다. 얼마 전 정6품직인 사서로 승차했을 뿐 다른 주목할 만한 일은 생기지 않았다.

　홍인한이 세손을 함부로 할 수가 없는 것은 영조 때문이었다. 영조 임금이 예전 같지 않고 치매 끼가 있어서인지 사도세자 일을 후회하고 있는 듯했다. 평소 언행과 달리 언뜻언뜻 사도세자의 일에 대해 후회하는 듯이 느껴졌다.

　영조는 세자가 비명에 가고 나서야 퍼뜩 정신이 들었다. 그때의 심정을 적은 〈금등서〉를 작성하여 보관시켰다.

　영조가 정성왕후 서씨의 사당인 휘령전徽寧殿에 납시었을 때 도승지 채제공을 불렀다. 채제공이 승지로 옆에 있었는데 사관을 문밖으로 내보낸 뒤에 영조가 한 통의 글을 주면서 신위神位 아래 방석褥席의 솔기를 뜯어내라고 하더니 그 속에 넣어 두게 하였다.

　이것이 바로 〈금등서〉였다. 곧 자신이 자식인 사도세자를 죽인 데 대해 깊이 후회한다는 내용을 담은 글이었다. 영조의 사도세자에 대한 불행한 일, 곧 임오의리壬午義理를 자체 부정하는 내용이었다. 당시 정국을 주도하던 노론 일파에게 타격을 줄 수 있는 파괴력을 지닌 문서였다. 영조가 자기의 의사가 아니고 노론 일파의 부추김에 어쩔 수 없었다는 변명을 사도세자의 아들인 세손에게 하고 싶었던 모양이었다.

　그래서 가장 믿음이 가는 신하 채제공에게 맡겨서 세손이 등극하면 열어 보라는 밀명을 내렸었다. 거기에는 동혜동혜 혈삼혈삼桐兮桐兮血衫血衫이라고 쓰여 있었다고 한다.

　그 후 유언대로 되었으나, 그 〈금등서〉는 현재 남아 있지 않아 진위여

킹메이커 홍국영　169

부를 의심하는 사람도 있다. 당시 대신들은 〈금등〉이 정조가 아버지와 할아버지의 처지를 변명하기 위해 조작하였다고 의심했지만, 정조의 효심을 생각해서 크게 문제 삼지는 않았다.

〈금등〉이란 중국 고사에 나오는 말로 귀중한 비밀문서를 궤짝에 넣어 쇠사슬로 묶어 깊숙이 간직한데서 붙여진 이름이었다.

5. 누가 고양이 목에 방울을 채우랴?

 학문에만 열심인 세손을 비방할 명분은 없었다. 아무리 악랄한 무리들일지라도.
 신중에 신중을 기하는 홍인한에 비하면 홍국영은 보다 적극적으로 움직였다. 소위 자기의 정적인 홍인한 파, 즉 벽파의 관심을 피해갈 궁리를 하고 있었다.
 "저하, 저하께서 이 부족한 신을 총애한다는 소문이 자자히 나돌고 있사옵니다. 차제에 그런 사람들의 관심을 돌리기 위해서라도 새로운 학문에 관심을 가지심이 저하에게 크나큰 이득이 될 듯하옵니다."

궁 안에는 동궁이 여자에게는 관심이 없고 홍국영과 밀회를 한다는 둥 심지어 남첩男妾이라는 흉측한 소문이 파다하게 나돌았다. 이는 홍국영을 곤경에 처하게 하려는 벽파의 악질적인 음모의 소행이었다.

"신학문이라고 했소? 그런 학문을 강할 만한 인재가 어디 있단 말이요?"

세손의 신학문의 관심은 대단한 것이었다. 그의 학구열은 어느 세손이나 군왕도 따르기 어려울 정도였다.

"세손 저하 그런 사람이 있사옵니다. 신이 배움의 길을 찾아 나섰을 때 잠시 만나본 적이 있었사옵니다. 그들은 뜻을 과거에 두지 않았사옵고, 벼슬도 싫어하는 참 학자들의 모임이었사옵니다. 그들은 오직 서책만으로 학문에 심취해 있었사옵니다. 자신의 지식을 젊은이들에게 전수하는 것을 타고난 업으로 삼고 있었사옵니다."

"그야 그럴 수도 있겠지만, 그것을 어찌 신학문이라고 할 수 있겠는가?"

세손은 믿기지 않는다는 표정이었다.

"그들은 서책에만 의존하는 사람들이 아니옵니다. 삼라만상을 궁구窮究할 수 있는 천문기구를 제작하기도 했지만, 서양 시계를 제작하기도 하였사옵니다. 뿐만 아니라 우리가 살고 있는 이 땅은 둥글다는 학설도 주장하였으며, 이 땅이 공간에 떠서 스스로 움직인다는 학설도 펴고 있사옵니다."

홍국영은 실학實學의 탐구를 세손에게 건의했으나, 그 실체를 정확히 알고 있지는 못했다. 그러나 후일 이 실학은 정조의 크나 큰 업적으로 기록되었다.

"그래……? 그런 사람들이 있단 말인가?"

세손은 믿기지 않는 지 별 반응이 없었다.

"얼핏 들어 보면 도학과 비슷하지만 그것도 아닌 듯하옵니다. 양명학인가 하고 들어 보면 그도 또한 아니었습니다. 분명한 것은 유학에 기본을 두고 있음이 확실하옵니다."

"그런 학문이 있다면 그게 대학문이 아니오. 그런 사람을 천거해 보시오. 그가 누구란 말이요?"

국영의 말을 듣던 세손은 마침내 관심을 갖기 시작했다.

"예. 그는 홍대용洪大容이라 하옵니다."

"나이는 얼마나 되었소?"

"지금 그의 나이는 마흔넷이옵니다."

"홍대용? 직접 천문기기를 제작했다는 그 사람 말이오?"

"그렇사옵니다. 자기 향리인 천원에다 농수각을 지어 놓고 천체기구를 설치하고 밤하늘의 별의 움직임은 물론이고, 해와 달이 뜨고 지는 것도 연구하고 있사옵니다."

그는 천문기구를 손수 제작 설치한 사람이었다.

"한데, 그가 벼슬을 마다한다고 하지 않았소. 등과를 한 일도 없는데 시강원에 둘 수 있는 방도가 있겠소?"

영조 50년 봄에 홍대용을 궁내의 토목과 영선을 담당하는 선공감의 말직인 감역을 제수하였다. 그러나 그는 사양하고 벼슬길에 나오지 않았다.

"벼슬을 사양하는 홍대용이라 하더라도 저하 앞에서 학문을 강할 일이라면 거역하지 않으리라 사료되옵니다. 시강원이 부적합하면 세자익위사를 활용하는 방법도 있사옵니다. 익위사가 비록 서반西班이나, 저하를 뫼시고 강할 수 있음이옵니다."

"그래, 그거 좋은 생각이요. 내 홍대용이란 그 사람을 익위사에 시직으로 부른다면 오겠소?"

"저하께서 부르신다면 차질 없도록 불러오겠사옵니다."

세손의 학구열이 마침내 홍대용을 부르게 되었다. 또 그것은 홍국영의 의견을 내칠 이유가 없는 일이기도 했다.

세손궁에는 세손이 왕도를 닦아야하기 때문에 학문을 주로 담당하는 세자시강원이 있었고, 궁을 지키는 수직이나 무예를 담당하고 있는 세자익위사世子翊衛司의 두 기관이 있었다. 당시는 무武보다 문文을 숭상하던 시대였다.

세손의 왕도 수업은 당연히 세자시강원 중심으로 행해졌다. 따라서 그 규모가 상당히 컸다. 정1품 사師와 부傅로부터 말단직인 정7품 설서, 겸설서 등 품계가 많았다. 각 품계마다 두세 명씩 있었다.

이 관원 대부분은 다른 관직을 겸하고 있었다. 그것은 당시 제도가 그랬다. 흔히들 세손 사부 또는 세손 빈객이라고 하였다. 그것은 대체로 세손이 있는 춘방의 시강원 관원을 통칭하는 말이었다.

이에 비해 서반직들이 주로 담당하는 세자익위사에는 정5품인 좌우 익위사로부터 말직인 정9품 좌우 세마까지 있었다. 익위사도 시강원처럼 한 품계 당 두세 명씩 있었다.

　세손익위사 관원들 중에는 세자시강원에서 시행하는 강에 참례하는 사람이 많았다. 당시는 무반일지라도 학문이 깊어야 했다. 그 때문에 다른 관원들도 세손익위사 사람들을 함부로 대하지 못했다. 학문 실력이 당당한 사람들이 많았기 때문이었다.

　세손시강원, 세손익위사라는 명칭은 공식적인 명칭이었다. 사람들은 세손궁을 춘방春坊, 계방桂坊이라는 말로 통상 부르고 있었다. 영조 임금이나 세손이 그 관리들을 부를 때도 '춘방. 듣게.', '그렇지 않은가, 계방.' 하고 부르기도 했다. 또 세손이 거처하는 궁 전체를 춘방 또는 계방이라고 부르기도 했다.

　경희궁에 세손이 머물던 시절 이야기다. 세손의 학업을 위해 관계하던 춘방 관원들은 많았다. 한정유, 신재선, 서유신, 유의양, 안정현, 정존겸, 정민시 등이 주축이었다. 모두 당대의 학자들로 이들이 차세대의 군왕을 교육하는 관원들이었다. 세손은 이들의 도움으로 학문을 논하고 공부하고 있었다. 타고난 총명한 머리에 새로운 것에 대한 호기심이 남달랐다. 세손은 언제나 책속에 묻혀 학문을 탐구했다.

　홍대용은 사전에 홍국영으로부터 세손이 부르는 이유를 충분히 설명을 들었다. 세손에게서 섣달 초하룻날에 계방 시직을 제수 받았다. 벼슬에 관심이 없었던 홍대용이 이번에는 익위사의 말단직을 마다하지 않았다. 실학의 참뜻을 세손에게 전하고 싶어서였다. 차세대의 국가 치세의 근본을 삼게 하려는 깊은 뜻이 있어서였다.

드디어 홍대용의 첫 강이 시작되었다.

율곡 이이의 『성학집요聖學輯要』와 퇴계 이황의 『주서절요朱書節要』를 진강하게 되어 있었다. 『주자대전』 48권 가운데서 뽑아서 엮은 이황의 주요 저서 중의 하나가 『주서절요』였다. 『성학집요』는 이율곡이 홍문관 부제학 시절 발간한 책이었다. 성현들의 말씀을 대학의 본말에 따라 인용, 고증하고 설명한 책이었다.

진강은 춘방 관원이 책을 먼저 읽고 세손이 질문하는 형식으로 진행되었다. 이미 불혹의 나이가 지난 홍대용이었지만, 그들은 침착하게 강에 임했다. 낯선 장소에서 더구나 세손을 앞에 모신 강이라 초조하고 불안할 텐데 차분하고 성실하게 진행했다. 함께 한 춘방 관원들도 세손의 질문에 그런대로 정확하게 대답하는 홍대용의 태도에 퍽 만족하고 있었다.

"그대가 홍 시직이오?"

강이 끝났다. 세손은 홍대용을 향하여 시선을 보내며 물었다.

"그러하옵니다."

홍대용은 세손의 눈빛과 음성을 보고 듣는 순간 마음이 차분히 가라앉았다. 그것은 자신의 학문에 세손이 관심을 가지고 있다는 것을 간파한 순간이었다. 초야에 묻혀 실학에 전념하는 선비들의 학문을 받아들

일만한 왕재임을 확인하고도 남았다.

　세손이 홍대용에게 큰 관심이 있다는 사실을 알고 춘방의 보덕 한정유가 나서 한 마디 칭송의 말을 했다.

　"저하, 홍시직은 경학經學이 충분하면서도 과거에만 연연하는 선비가 아니옵고, 참 학자이옵니다."

　"나 또한 홍시직의 새로운 학문에 관심이 많아요. 홍시직, 오늘 강한 내용에 대해 한마디 듣고 싶소."

　홍대용은 그 말을 듣기 이전에 이런 날을 준비하고 있었다.

　"제 생각에는, 학문에는 별다른 왕도가 있음이 아니옵니다. 착하지 않음을 알았다면 서둘러 고쳐 착함에 이르도록 하라는 가르침으로 아옵니다."

　"으음……."

　세손은 홍대용을 바라보면서 미소를 띠고 가볍게 고개를 끄떡였다. 세손은 눈빛에는 총기가 서려 있었다.

　이날 강講 이후 세손은 강하는 중간이나, 강을 마친 후에도 홍대용에게 질문을 했다.

　"이율곡 외에 그대의 학문에 도움을 준 학자는 누구던가?"

　"소생의 학문에 도움을 준 학자들은 토정 이지함과 중봉 조헌이옵니다. 그분들의 참된 학문은 소생에게 큰 도움을 주었사옵니다. 또 반계 유형원 선생에게서도 도움 받은 바가 크옵니다."

　"반계라면 반계수록을 저술한 그 분을 말하는 것인가?"

유형원은 광해군과 현종 임금 때까지 살았던 실학자였다. 그는 평소 전제, 군제, 직제 등 제도가 실용적으로 개혁해야 한다고 주장하였다. 그의 사상과 이념, 이상 국가 건설의 개혁안이 담긴 총 26권의 책 반계수록을 영조 임금 45년에 어명으로 간행하였다. 세손은 그런 책이 있다는 것만 알았을 뿐 그 책을 직접 접해 보지는 못했다.

"그러하옵니다. 반계 선생은 모든 제도에 있어 실학을 적용하고자 하였사옵니다."

"허어, 그렇던가?"

세손은 실학의 기반이 오래 전에 있었다는 것에 크게 놀랐다.

세손은 홍대용의 학문을 통해 실학을 터득하고자 했다. 이후 세손과 홍대용의 문답은 때와 장소를 가리지 않았다. 세손을 모시는 홍대용의 정성도 하늘을 대하듯 했다.

"한데, 실학에 전념하는 선비들이 과거를 피하고 벼슬을 하지 않겠다는 연유가 무엇이오? 공의 학문을 보면 어떤 사람들 보다 뛰어나다고 여겨지는데, 과거도 벼슬도 않으려는 의도가 궁금하오? 혹시, 마음속에는 조정에 불만이라도 가지고 있는 것이 아니요?"

동궁은 홍대용의 의중을 솔직히 알고 싶어서 에둘러 말하지 않고 직격탄을 날렸다. 솔직한 답변을 듣고 싶어서였다.

"과거科擧를 탐탁지 않게 여긴 것은 아니옵니다. 또한, 대과에 임하였으나, 낙방한 일도 있었사옵니다."

"아니, 공 같은 사람이 낙방을 했단 말인가?"

눈이 휘둥글해진 세손이 하는 말이었다. 홍대용의 깊은 학문에 그런 일이 있었으리라고는 짐작할 수조차 없는 일이었다.

"과거 등과만을 전념하는 학문은 헛된 학문이라고 생각하옵니다. 과거만을 위해 학문이 있는 것은 아니옵니다. 소생은 과장에서 과제를 받는 순간 그것을 깨달았사옵니다. 이런 까닭으로 저는 국록을 받지 않는 사람에게는 반대급부적으로 그만한 보상이 어디에서든 반드시 있을 것이라고 믿고 있었사옵니다."

홍대홍의 학문과 인품에 세손은 감동하였다. 세손은 그가 자신의 곁에 오래 있지 않을 것이라고 짐작은 했다. 그만치 홍대용의 말이 평범하게 들리지를 않았던 것이었다.

"공은 무예에 대해서는 어떤 생각을 가지고 있는 것이오? 선비들이 무예를 멀리하고 심지어는 멸시하는 경향이 있는데 옳은 것이라 보시오?"

선비가 무예를 폄훼하는 것은 어제 오늘 일이 아니었다. 이미 고려 때에도 그래 왔었다. 그러나 동궁의 생각은 그렇지 않았다.

"무예는 백년토록 쓰지 않는 것이 좋습니다. 그러나 하루라도 강습하지 않을 수는 없는 것이옵니다. 그래야만 전란 때 외적을 막고 왕권을 수호할 수 있습니다. 평화시에도 강습을 게을리 하지 않으면, 간인들의 불충한 생각을 잠재우고 환란의 싹을 미연에 방지할 수 있사옵니다. 이는 전쟁을 하지 않고도 적을 굴복시키는 것이라, 병가에서 최상의 병법으로 꼽고 있사옵니다."

홍대용의 무술에 대한 이 같은 생각은 훗날 그의 후학들인 이덕무, 박제가에게로 이어졌다. 우리나라 전통무술 책으로서는 거의 유일한 『무예도보통지武藝圖譜通志』라는 책이 서얼인 이덕무 박제가와 무사 백동수 등에 의해 만들어지게 되었다.

선대왕 대에 사도세자가 정사를 대리하던 중 기묘년에 기존의 '무예보'에 죽장창, 기창, 예도, 외검, 교전, 월혈도, 쌍검, 재득검, 본국검, 권법, 편, 곤 등의 12가지 무예를 추가하여 '무예신보'를 만들었던 것에 기본을 두고 있었다.

세손은 정조가 되자, 아버지 사도세자처럼 무예에도 관심이 많았다. 특히 아버지가 쓴 '무예신보'를 기초로 하여 『무예도보통지』를 완성하도록 하였다.

세손은 이 밖에도 유교와 다르면서 민심에 깊이 관계되는 불교, 도교 등 종교에 대해서도 물었다. 홍대용에게 중국에서 보았던 문물과 제도에 관해서도 더 많은 질문을 했다. 그럴 때마다 세세히 그 실상을 고하고 거기에 자신의 소견을 반드시 덧붙여 아뢰었다. 홍대용은 세손의 새로운 학문 탐독에 톡톡히 길라잡이 역할을 하고 있었다.

세손의 학구열은 날이 갈수록 점점 고조되었다. 때로는 밤늦게까지 홍대용과 학문을 논하기도 했다. 특히, 서양문물에 대한 깊은 관심을 보였다.

홍대용은 이미 영조 41년(1765년) 겨울 숙부 홍억洪檍이 서장관으로 중국에 갈 때 자재군관으로 수행하여 북경을 다녀오게 되었다. 이듬해 1월에 그 곳 천주교당을 방문 독일인 선교사 할러슈타인과 고가이슬 두 분을 우여곡절 끝에 두 차례 만나게 되었다.

몇 가지 서양 문물에 대한 이야기를 듣게 되고 특히 망원경에 대하여 귀국한 후 한마디 했다.

홍대용은 망원경이라고 하는 것은 '먼 데를 보는 안경'으로 '천리 바깥의 터럭 끝을 능히 살필 수 있는 물건이며', '일월의 형태와 성신의 빛을 분명하게 측량하니 천하의 이상한 도구'라고 했다.

당시 홍대용은 서양문물을 접한 선각자인 셈이었다.

세손은 많은 질문을 통해 홍대용의 지식을 알고자 했다. 또 국영을 불러 홍대용과 같은 큰 인재를 소개해 준 것을 치하하기도 했다. 물론 이 같은 세손궁에서 일어나는 일들은 간자들이 정후겸이나 홍인한에게 빠짐없이 즉시즉시 보고하고 있었다.

"이상한 일이야. 세손이 갑자기 학업에만 열중하다니……."

요즘 세손이 하는 일이 마음에 걸리는 홍인한이었다. 이번 일의 저의를 간파할 수가 없어서 자기들에게 어떤 영향을 미칠지 짐작조차 할 수 없었다. 그에게는 세손궁의 일이 마음을 무겁게 했다.

"세손저하께서 지나치게 학업에만 열중하시니 알 수 없는 일입니다. 더구나 환후라도 얻으실까 염려되기도 하고요."

홍인한의 측근인 홍은위 정재화가 입을 열었다. 그들은 정후겸의 끄나풀로 세손궁을 드나들면서 엉뚱한 일을 획책하는 사람들이었다. 기껏 한다는 게 세손으로 하여금 잡기나 가까이 하고 학문을 멀리 하도록 유도하고자 했다.

그러나 세손은 들은 척도 하지 않았다. 송강 정철의 6대 손 정인환鄭寅煥의 자재인 정재화鄭在和는 혜경궁 홍씨의 4남매 중 마지막 청선군주의 부군이 되었다. 즉 세손의 매부였다. 세손 아끼기를 하늘과 같이 하고 있었다. 정재화를 세손궁으로 드나들게 한 정점에는 홍인한이 있었다. 정재화는 그들이 세손의 위해를 전제로 하고 있다는 사실을 전혀 모르고 있었다. 일테면 단순한 정탐꾼이거나 감시원에 불과한 사람이었다. 그러하니 세손의 건강을 걱정한 것은 당연한 일이었다.

"물론 그렇기도 하지. 허나 그것 보다는 세손을 에워싼 불순한 무리가 생기는 것을 심려해야 될 것일세."

홍인한은 자리를 함께하고 있는 최측근인 정후겸, 홍낙임, 김귀주의 얼굴을 살피고 있었다. 보다 적극적인 의견을 유도하고 있었다.

"듣자하니, 세손께서 홍대용인가 하는 자의 신학문에 빠져 있는가봅니다. 홍대용이란 말직인 제방 시직이라고 합니다. 그자의 행적을 조사해 봐야 할 일입니다. 학문이 그렇게 높다면 마땅히 등과를 서둘러야할 일인데 그렇지도 않았답니다. 겨우 말직인 제방 시직으로 있으면서 세손 가까이에 있는 연유를 알다가도 모를 일이 아닙니까?"

김귀주가 이렇게 핵심의 본론을 제기하고 나서자 홍낙임은 가슴이 섬뜩해졌다. 같은 패거리임을 위장하여 동석해 있지만, 세손에게 무슨 변이 생길지도 모른다는 염려스러운 생각이 들었다. 그는 나지막한 목소리로 한마디 했다.

"홍대용이란 자의 학문은 내가 듣기로는 주자학보다 양명학에 근접한다고들 합니다. 학문이란 하나의 원리만으로 터득하는 것보다 다른 쪽의 원리와 견주어 터득하는 게 빨리 터득하는 것이 아닐는지요. 그래서 세손께서는 양명학을 통하여 주자학의 본질을 쌓고자 하는 것으로 짐작됩니다."

"이것 보세요. 영감. 여기가 지금 어디 학문 학습 방법을 논하는 자리랍니까?"

입을 다물고 있던 정후겸이 퉁명스러운 어조로 홍낙임의 말에 핀잔을 주었다.

"……!"

그 한마디에 화제는 다시 제자리로 돌아 왔다.

"어느 불한당 같은 놈이 세손저하의 곁으로 홍대용을 불러들였습니까? 바로 홍국영 그 놈이 아닙니까. 그 놈이 그랬다면 아마 무슨 불순한 저의가 분명히 있을 것입니다. 이야기는 본론으로 돌아가서 다시 시작되어야 합니다."

정후겸이 입에 거품을 물고 홍국영을 성토했다.

"그 놈의 저의가 어디에 있다고 보시는 거요? 어디 말씀해 보시지요."

홍인한은 정후겸을 향해 질문을 던졌다. 정후겸은 기다리고 있었다는 듯 막힘없이 대답을 늘어놓았다.

"그야 세손 저하가 곤궁할 때 신임을 단단히 얻어 두어 후일에 영화를 누리고자 하는 것이 아니겠습니까."

"그런 못된 놈! 우리 집안에 그런 불한당 같은 놈이 있을 줄이야."

홍인한이 심기가 불편한지 목소리를 쥐어짜듯 뱉어냈다.

정후겸은 물을 만난 고기처럼 대책이라고 줄줄이 늘어놓았다.

"그러하니, 그냥 좌시할 수 없는 일입니다. 그 놈을 춘방에 그냥 두고서는 아무 일도 도모할 수가 없습니다. 도모하는 일마다 그 놈이 번번이 막아서니 없애버리든지 내 쫓든지 해야만 합니다. 지금 주상전하의 환우가 심상치 않은 마당입니다. 아직 세손저하의 주변을 말끔히 정리하지 못했대서야 말이 되는 일입니까. 무슨 수단과 방법을 동원해서라도 홍국영이 그 놈을 내쫓아야 합니다. 제주도로 보내 감진어사라도 시켜 한동안 한양에는 얼씬도 못하게 하여야 합니다."

홍인한의 입가에 웃음이 번졌다. 10년 전에도 이 같은 방법으로 홍낙인을 춘방에서 내친 일이 떠올랐다.

"참 답답들 하십니다."

홍낙임이 한마디를 던지고 나섰다.

"홍 대감께서 계시는 자리가 아닙니까, 모두 홍국영이 그 놈의 행태를 걱정합니다만 그 놈이 어찌 등과를 했습니까? 제게 찾아와서 등과를 하게 해달라고 애걸복걸 졸랐던 위인입니다. 또 숙부님에게도 찾아가서 사정하질 않았습니까? 등과를 구걸하러 다녔으니 그 놈의 등과 또한 구걸해서 된 것이 분명합니다. 그런 천하 불한당 같은 못된 놈에게 제주감진어사도 과분한 일입니다. 또 일이 잘못되는 날이면 세손저하께서 전하께 달려가서 홍국영을 그냥 춘방에 있게 해달라고 간청하게 될 것입니다. 그런 사태가 발생하게 되면 숙부님 체면은 또 무엇이 됩니까? 아니 할 말로 세손께서 보위를 이어 받았다고 칩시다. 홍국영이 판서가 되겠습니까, 정승이 되겠습니까. 품계로 보아서는 승지도 못할 게 아닙니까? 홍국영을 내쳐서 주변에서 비웃음을 사느니, 그 망나니 같은 놈을 그냥 내버려두는 게 상책인 듯합니다만."

홍낙임은 잡담처럼 대수롭지 않게 뇌까렸다. 홍낙임의 태연한 모습을 보고 홍인한은 오히려 자신감을 얻었다. 따지고 보면 홍낙임의 말에도 빈틈이 없어 보였다. 그런 놈은 신경 쓸 것도 없다는 이야기였다.

"하하하 듣고 보니 그렇구먼, 그런 놈은 외직으로 내치는 것보다 내직에 두고 보면 그놈의 내심이 수면 위로 드러날 때까지 기다려 보세. 그런 연후에 그 놈의 움직임을 소상히 살피는 것이 득이 될 것일세."

"……"

그 말에 누구도 반론을 제기하지 않았다. 홍인한의 깊은 속마음을 알 길이 없어서일 것이다.

국영은 춘방에 진강이 없는 날에는 홍문관을 떠나지 않았다. 윗사람에게는 깍듯이 예절바른 부하로 보이고자 했다. 아랫사람들에게는 아픔을 같이하는 자상함도 보여 주었다. 특히, 홍인한에게는 아첨하듯 고분고분 머리를 숙였다. 그러나 진강이 있는 날은 세손궁으로 들면 태도가 완전 달라졌다. 조정의 움직임을 세손 저하에게 상세히 전하면서 세손 저하가 취해야 할 일까지 일일이 진언했다. 세손은 더욱 홍국영을 신임하게 되고 의지할 수밖에 없었다.

동짓달이 들어서자 영조 임금은 겨우내 앓던 감기로 인한 해소가 더욱 심해지고 있었다. 목에서는 가래가 끓어올라 자주 기침을 하고 가래를 뱉어냈다.

영조 임금은 요즘 세손에게 신경을 많이 쓰고 있었다. 이제 자기의 운명이 얼마 남지 않았다는 것을 느끼고 있는 듯했다. 매병에 시달리는 영조는 제정신이 돌아오면 손자에게 어떻게 양위를 할 수 있을까 노심초사하는 듯이 보였다.

영조 집권 51년 동짓달 스무날 계사癸巳 일이었다.

영조 임금이 집경당에 나아가 시임時任 대신과 원임 대신을 불러 보고 〈어제자성편御製自省編-임금이 저술한 책〉과 〈경세문답警世問答〉을 진강하도록 명하였다.

진강이란? 임금 앞에서 글을 강론하는 것을 진강이라고 했다.

동궁과 영돈녕領敦寧 김양택, 영의정 한익모, 판부사 이은, 좌의정 홍인한, 우부승지 안대제, 가주서 박상집, 기사관 서유련, 성경진이 앞으로 나와서 엎드리자, 영조 임금이 한마디 했다.

"탕평이 어느 때에 있었느냐?"

영조 임금의 물음에 영의정 한익모가 나서서 아뢰었다.

"홍범이란 규정에 보이는데, 한漢나라와 당唐나라 이후에는 그것이 없었습니다."

그 말을 들은 영조 임금이 심각하게 말씀하기 시작했다.

"내가 정신과 기운이 더욱 피곤하니 비록 한 가지의 정무를 펼치더라도 진실로 백성의 뜻을 다 들어주기가 어렵다. 이와 같은 때에도 어찌 정무를 제대로 처리하겠느냐? 국사를 생각하느라고 밤에 잠을 이루지 못한 지가 오래 되었다. 어린 세손이 노론을 알겠는가? 소론을 알겠는가? 남인을 알겠는가? 소북을 알겠는가? 국사를 알겠는가? 병조 판서를 누가 할 만한가를 알겠는가? 이와 같은 형편이니 종사를 어디에 두겠는가? 나는 어린 세손으로 하여금 그것들을 알게 하고 싶으며, 나는 그것을 보고 싶다. 옛날 나의 황형(景宗)은 '세제(英祖)가 할 수 있겠는가?' 하는 지시를 내리셨는데, 지금의 이 시기는 황형이 계실 때에 비하여 백배가 더할 뿐만 아니다. 세손에게 왕위를 물려주고자 한다는 〈전선(傳禪-임금 생존시 왕위를 물려줌)〉 두 자를 전하고자 하나, 어린 세손의 마음을 상하게 할까 두려움으로 말하지 않겠다. 그러나 정사를 듣고 처리하는 일에 이르러서는 본래부터 왕조(國朝)의 고사가 있는데, 경들의 생각은 어떠한가?"

좌의정 홍인한이 먼저 거들고 나섰다.

"동궁은 노론이나 소론을 알 필요가 없고, 이조 판서나 병조 판서를 알 필요도 없습니다. 더욱이 조정의 정무까지도 알 필요가 없습니다."

홍인한의 말이 끝나자, 거기 모인 신하들이 입을 모아 합창을 했다.

"성상의 안후가 더욱 좋아지셨습니다."

홍인한이 이런 말을 했을 때는 동궁은 안중에도 없고 장차 임금이 되어서는 안 된다는 의지가 분명한 대답이었다. 결국 홍인한은 동궁을 완전 무시하고 왕이 될 수 없다는 말을 서슴없이 뱉어냈다. 신하로써 도저히 있을 수 없는 오만 방자한 언행이었다. 왕이나 동궁 앞에서 이런 언어를 지껄인다는 것은 역적이나 다름이 없었고, 능지처참의 형벌을 받아야 할 일이었다. 결국 이 말은 후일 동궁이 정조가 되어 홍인한이 사약을 받는 단초가 되었다.

이미 통치권이 흔들리고 있었다. 벽파는 사도세자의 아들인 동궁에게 왕위를 물려주지 못하도록 공공연히 드러내 놓고 방해했다. 오늘 죽을지 내일 죽을지 모르는 영조를 놔두고 후계를 정하지 못하도록 신하들이 훼방을 놓고 있다는 것은 전무후무한 일이었다.

정말 천인공노天人共怒할 벽파와 홍인한의 방자함이었다.

그 말을 듣고 난 영조 임금이 한숨부터 쉬었다.

"내 뜻이 이러한데 경등이 몰라주니 참으로 개탄스럽도다. 내 마음을 어린 세손에게 전해 주려고 하는데, 〈경세문답〉, 〈자성편〉은 곧 나의 근본 마음이자, 정무를 집행하는 교범이로다."

영조 임금이 다시 한마디 했다.

"이후에 내가 부를 때는 〈경세문답〉과 〈자성편〉을 반드시 가지고 들어오게 하라."

이때 영조 임금의 나이가 80살(大耋)에 이르자 점점 몸에 병이 많아졌다. 조용히 조섭을 하고는 있었으나, 그래도 늘 군사와 국사의 여러 가지 일들로 근심이 많았다.

이해 10월 7일에 연화문에서 중신들이 편전에서 나랏일을 아뢰고 의논할 때였다. 영조 임금이 가래가 끓고 숨이 가빠서 여러 신하들이 감히 국사를 더 이상 아뢰지 못한 일도 있었다.

잠시 시간이 흐른 뒤에 영조 임금이 시임대신 원임대신에게 다시 말문을 열었다.

"그대 들은 대답할지어다. 나의 왕업을 장차 나의 손자에게 전할 수 없다는 말인가? 나는 이와 같이 쇠약해졌을 뿐 아니라 말이 헛나오기도 하고 담이 끓어오르는 것이 국사를 처결하기가 심히 어렵다. 크게는 밤중에도 쪽지를 내보내어 경등을 불러들이게 될 것이다. 작게는 담의 증세가 악화되어 경등이 비록 입시하더라도 영의정이 누군지 좌의정이 누군지 알지 못할 수도 있을 것이다. 만일 내가 정신이 혼미하여 중관(中官·내시)들을 쫓아내 버리면 나라의 일이 장차 어떻게 되겠는가? 마음속에 있는 말을 지금 다시 경등에게 말할 수가 없다. 앞으로 나의 손자로 하여금 나의 깊은 마음을 알게 하겠다. 이다음부터 동궁이 소대(召對)할 때에는 〈경세문답〉과 〈자성편〉을 진강하여 다만 국정을 알려서 후세로 하여금 나의 마음을 모르지 않게 하렸다."

영조 임금은 이 말을 마치고 한숨을 쉬었다.

임금과 신하들이 모여 국정을 논하게 되면 그 자리에는 예문관에서 봉교, 대교, 검열 가운데 2명을 보내 회의 내용을 기록하도록 되어 있었다. 임금의 왼편에 앉은 좌사는 임금과 신하들의 행동을 기록하고, 임금의 오른편에 앉은 사관은 임금과 신하의 주고받는 말을 기록했다. 기록하는 이들을 통틀어 한림이라 부르기도 하고 사관이라 부르기도 했다. 그러나 요즘은 이런 일마저도 잘 지켜지지 않았다.

영조 51년 동짓달 30일 계묘癸卯일이었다.

임금이 집경당에 나아가 국사를 행하는데 몸이 불편하여 동궁東宮에게 기대어 앉았다. 통례원의 종6품관이 오늘의 행사 절차를 알리면서 목소리를 높이는 사이 영조 임금은 침상에 누웠다. 건강 상태가 그 만큼 좋지 않았다.

"경들이 보기에 나의 기운이 이러하니, 한 가지 일이나 제대로 할 수 있겠는가?"

영조 임금은 목소리를 높여 대신들에게 다시 말했다.

"지금 이후에도 그대들은 감히 다투겠는가? 나의 기력이 이와 같이 쇠잔하니, 일일이 대답하기가 더욱 어렵다. 나는 예로부터 전례가 있던 일을 세손에게 하교하고자 하는 것이다."

영의정 한익모가 나서서 말하였다.

"책봉을 위한 교시(聖敎)가 비록 이와 같으나 어찌 감히 갑자기 받들 수 있겠나이까?"

좌의정 홍인한도 발끈해서 거들고 나왔다.

"이것이 어찌 신하된 자가 받들 수 있겠습니까?"

우의정 김상철 역시 가만있지를 않았다.

"어찌하여 이렇게 예사롭지 않은 하교를 내리시나이까?"

영조 임금이 신하들의 말을 듣고 다시 말했다.

"긴요하지 않은 국사는 동궁이 처리하도록 하되, 상소에 대한 비답과 국사 중에 긴급한 것은 내가 왕세손과 상의하여 결정하겠다. 수일 동안 기다려 그 일처리 하는 솜씨가 익숙하게 되는 것을 보아가며 마땅히 여기에 추가하는 하교가 있을 것이다."

영조 임금은 영의정 한익모와 좌의정 홍인한과 우의정 김상철이 아뢰는 말을 듣고 진노하여 신하들을 빨리 물러가라고 하였다.

그러나 신하들은 물러가지 않았다.

왕권이 무너진 현상이었다. 임금이 물러가라고 하는데도 물러가지 않는 신하들은 동궁을 인정하지 않겠다는 불측한 속마음을 품고 있음이 확실한 일이었다. 동궁이 어찌 이들의 속마음을 모를 리가 있겠는가? 동궁이 한마디 거들고 나온다면 무슨 일이 일어날지 알 수 없는 순간이었다.

영조 임금은 신하들을 향해 다시 한마디 더했다.

"오늘 날 조정의 일을 어찌 경들과 더불어 처리하겠는가? 길가에 장승에게 물을 수밖에는 다시 믿을 곳이 없구나."

영조 임금은 하늘을 우러러 한탄했다. 그리고 대신들을 향해 일갈했다.

"내 어찌 대신들을 믿을 수 있겠느냐?"

그 말을 끝내고 가래가 몹시 심해져서, 자리에 누웠다. 잠시 후 좀 가라앉자, 대신들을 돌아보며 입을 열었다.

"나의 기력이 이와 같다. 나의 병을 스스로 알 수 있다. 예로부터 전례가 있던 일을 오늘에 내가 결단하여 행하고자 한다. 내가 전후로 내린 하교가 어떠한 것인데 경등은 듣고서도 못들은 체하여 마치 바람이 귓가를 지나가듯이 흘려버리고 있는가? 경등은 80세 된 임금을 보는데 어찌 그리 박절함이 심한가? 내가 생각한 바의 일이 있으므로 먼저 경등에게 알리는 것인데, 경등은 오늘에 와서 다시 무엇 때문에 머뭇거리며 미루고 있는가?"

여러 대신들이 미처 우러러 대답하기도 전에 좌의정 홍인한이 대신들의 뒤로부터 앞으로 나와 엎드려 아뢰었다.

"이 무슨 갑작스런 하교이십니까? 어찌 신하들이 받들 수 있는 일입니까? 차라리 벌을 받아 처형이 되더라도 결코 감히 받들어 행할 수 없사옵니다."

여러 대신들이 차례로 우러러 아뢰기를 마치자, 좌의정 홍인한이 다시 나서서 아뢰었다.

"오늘 이와 같은 전하의 하교를 받고 편전의 앞문 밖으로 나간다면 신하의 직분을 가지고 있다고 하겠습니까? 전하께서 몸소 모든 정무를 처리하셨지만, 조금도 보류되거나 지체됨이 없어서 신등이 늘 축하하였습니다. 그런데 어찌 이와 같이 중도에 지나친 하교를 내리십니까? 신은 차마 우러러 들을 수 없사옵니다."

홍인한의 계속된 강변은 영조 임금의 심기를 몹시 불편하게 하였으나, 임금으로서도 당장 어찌할 수 없는 형편이었다. 이를 불궤를 꾸몄다고 처벌할 수도 없는 노릇이었다.

여러 신하들이 거듭 거두어 주기를 청하니 영조 임금이 대답하였다.

"참 경등이 하는 일은 기괴하도다."

영조 임금은 그 말을 마치고 잠시 후에 다시 하교를 했다.

"지금 막 전교를 쓰도록 명하고자 하니, 경등은 물러가지 않는 것이 옳겠다."

영조 임금이 승지 이명빈李命彬을 앞으로 나오라고 명하여 전교를 쓰게 하였다.

'긴요하지 않은 공사는 동궁이 처리하는 데 들여보내고 상소에 대한 비답이나 시급한 공사는 내가 세손과 더불어 상의하여 처리하겠다. 며칠을 좀 기다려 그 일처리 하는 솜씨가 익숙하여지는 것을 보아가며 마땅히 여기에 추가하는 하교가 있을 것이다.'

영조 임금의 그 말이 끝나기도 전에 좌의정 홍인한이 승지의 앞을 가로 막고 앉아서 승지가 전교를 쓰지 못하게 방해할 뿐 아니라, 또한 임금의 하교가 어떻게 된 것인지도 들을 수 없게 하였다. 영조 임금의 목소리가 숨이 넘어 갈듯하여 잘 들리지도 않았다.

홍인한은 또 영조 임금의 하교가 대신들에게 구전으로 하교한 것이라고 우겼다.

승지는 붓을 들고 전교를 쓰도록 명하기만을 기다렸다.

홍인한이 또 이와 같이 하교할 필요가 없다는 뜻으로 소리를 높여 우러러 아뢰니, 영조 임금은 누워 있어서 그 사항을 자세히 알지 못하였다.

임금은 승지에게 하교하였다.

"써 놓은 전교를 읽어 보아라."

영조 임금의 생각은 조금 전에 불러 쓰게 한 전교를 이미 썼을 것으로 여겼기 때문이었다.

좌의정 홍인한이 다시 소리를 높여 아뢰었다.

"감히 들을 수 없는 전교를 신자 된 자로 누가 감히 읽겠습니까?"

이때 영조 임금의 옆에 앉아 있던 동궁이 이 전교를 곁에서 듣고서는 걱정스럽고 두려워 어찌할 바를 알지 못하여 전전긍긍했다.

동궁이 마침내 좌의정 홍인한에게 조심스럽게 말을 꺼냈다.

"이일은 참견할 만한 것이 아니지만, 일이 되어가는 형편이 급박하게 되었으니, 진실로 마땅히 내가 상소하여야 합니다. 비록 두서너 글자라도 남긴 뒤에야 상소할 수 있으니, 두서너 글자라도 꼭 탑교(榻敎-임금이 친히 전하는 전교)를 받아 내가 상소할 수 있는 길을 열어 주시오."

동궁의 하소연에도 좌의정 홍인한이 응답하지 않고 승지를 돌아보며 손을 저어 중지하도록 하였다.

동궁으로서는 피눈물 나는 일이었다. 임금인 할바마마의 하교를 신하들이 묵살하고 있으니 참기 어려운 일이었다. 천하에 용서할 수 없는 역신들의 행태였다. 그러나 어찌하겠는가? 아무런 힘이 없으니! 동궁은 가슴 속 깊은 곳에서 울고 있었다. 아버지 사도세자를 죽도록 몰아간 이들이 이제 나까지 죽이려고 한다는 것이 명확히 드러난 순간이었다.

승지 이명빈은 여러 대신들의 뒤에 있었다. 여러 대신들은 좌의정 홍인한의 뒤에 있었으므로 모두가 홍인한의 앉은 자리 앞에서 일어난 일이 무엇인지 자세히 알지도 못하였다.

또 영조 임금의 하교가 다 죽어가는 목소리여서 무엇인지 자세히 듣지도 못했었다.

승지 이명빈이 마침내 전교를 써내지 못하고 말았다. 대신들이 또 우러러 대답할 말의 내용을 알지도 못하였다. 한참 있다가 좌의정 홍인한이 여러 대신들과 함께 영조 임금의 하교를 도로 정지하기를 청하니, 영조 임금의 하교가 있었다.

"경등이 이와 같으니 우선 쪽지 등의 일에 대한 말부터 하겠다. 요즈음 쪽지가 여러 중관의 손에 맡겨져 있다. 시험 삼아 순감군을 말한다면, 수문장의 무리들이 모두가 시골 사람들이고 중관들과 또한 서로 친한 자가 없지 않을 것이니, 저희끼리 부탁하여 순감군을 모면하는 폐단이 없을지 누가 알겠느냐? 만일 혹시라도 이러한 폐단이 있게 된다면 나라 일이 장차 어떻게 되겠는가?"

영의정 한익모가 대답하였다.

"성상께서 위에 계신데 그들이 어찌 감히 그렇게 하겠습니까? 더구나 성상의 총명이 전일보다 줄지 않아서 조금도 빠뜨리는 일이 없으니, 근심할 것이 못됩니다."

영조 임금이 영의정 한익모의 말을 듣고 큰 소리로 하교하였다.

"경등은 빨리 물러가도록 하라. 오늘날 조정의 일을 어찌 경등과 함께 의논하겠는가?"

영조 임금은 신하들을 내치고 한숨을 쉬었다.

삼정승들은 대리청정 자체를 사활을 걸고 원천 봉쇄하고 나섰다. 만일 대권이 동궁에게 그대로 세습된다면 살아남는다는 보장이 보이지 않았기 때문일 것이다. 살아남기 위해 불궤를 꾸미는 거와 다를 바 없었다. 그야말로 생사의 팽팽한 줄다리기가 계속되고 있었다.

오늘 영의정 한익모나 좌의정 홍인한과 우의정 김상철 등이 동궁 앞에서 했던 말들은 동궁을 철저히 무시하고 후계자로 인정하지 않겠다는 속셈이었다. 그들은 사도세자를 죽게 한 음모의 가담자들로 그 아들이 왕이 되어서는 절대 안 된다는 확고한 신념을 가지고 있었다.

기가 막힐 노릇이었다. 사도세자를 그 지경으로 몰고 간 무리들이 총동원되어 세손이 왕이 되는 길을 철저히 봉쇄하고 있었다. 기어이 세손까지 무너뜨려야 발을 뻗고 잠을 잘 수가 있다는 흑심이 먹구렁이처럼 도사리고 있었다.

세손의 앞길이 보이지 않는 깜깜한 암전이 계속되고 있었다.

영의정 한익모와 좌의정 홍인한 우의정 김상철은 퇴궐하여 홍인한의 집에 모였다. 잠시 후에 정후겸도 자리에 함께했다. 화완옹주도 치맛자락이 휘날리도록 달려왔다.

좌의정 홍인한이 먼저 말문을 열었다.

"이 위급한 사항을 어찌했으면 좋겠소. 의견들을 말씀해 보시오."

잠시 눈치를 보던 영의정 한익모가 한 마디 했다.

"너무 성급하게 서두르면 오히려 해를 입을 수가 있습니다. 잠시 추이를 지켜보도록 합시다."

정후겸은 한익모의 의견이 마땅치 않은지 치고 나왔다.

"지켜만 보다가 오늘이라도 성상께서 유명을 달리하신다면 우리는 꼼짝없이 독 안에 든 쥐가 되어 움치고 뛸 수도 없지 않겠습니까!"

"성상께서 오늘 내일 사이에 무슨 일이 나지는 않을 것 같습니다. 좀 더 지켜보시도록 하십시다."

한익모는 역시 신중론을 들고 나왔다.

듣고 있든 화완옹주가 답답했든지 거들고 나왔다.

"기다리다 기회를 놓치면 닭 쫓던 개 지붕 쳐다보는 꼴이 납니다. 궁 안을 지키는 금군이 우리 수중에 있을 때 뒤집어엎어야 합니다. 후계를 누구로 할 것인가 여기서 정하세요. 그래야 무슨 일이 되지요."

화완옹주의 성마른 말에 누구도 거들고 나오지는 않았다.

그들이 동원할 수 있는 병력은 대단했다. 내금위의 금군이 4백여 명, 금영군이 8백여 명, 오군영 2만여 명이 있고, 가까이 평양 감영의 3만여 명도 동원 가능한 병력이었다. 언제든지 불궤를 꾀할 수 있는 여건이 조성되어 있었다. 그러나 아직 거기까지는 생각하지 않고 있었다.

가장 민감한 사항은 후계자를 거론하는 일이었다.

만일 후계자까지를 거론한다면 말썽의 소지가 될 수 있다는 것을 누구나 짐작하고 남음이 있는 일이었다. 잘못 발설하면 역적이 된다는 것은 불문가지였다.

이때 정후겸이 좌우 눈치를 보다가 자기 어머니를 지원하고 나섰다.

"후계자는 빤하지 않습니까. 똑똑치 못한 인물을 내세우면 되는 것이지요. 적당한 인물로는 은전군恩全君 찬禶을 앉히면 되는 것 아닙니까!"

사도세자는 혜경궁 홍씨 사이에 세손 산祘을 낳았다. 그 외 숙빈 임씨에게서 은언군恩彦君 인䄄과 은신군恩信君 진禛을 낳았으나, 은신군은 어릴 때 제주로 귀양 가 돌림병으로 일찍이 죽었다. 또 경빈 박씨 사이에서 은전군을 낳았는데 인물이 변변치 못했다. 즉 궁녀 빙애가 낳은 아들이었고, 그 어머니는 사도세자 손에 맞아 죽은 경빈 박씨(彬愛)였다. 후일 은전군은 정조 즉위 후에 역모에 휘말려 애잔하게 사사 되었다. 그의 어머니와 아들이 역사의 소용돌이 속에서 비참하게 죽는 비운을 맞았다.

홍인한은 눈을 한참 동안 지그시 감고 있다가 입을 열었다.

"거기까지 너무 비약하지 말고 당분간 지켜보도록 합시다. 오늘 있었던 이야기는 철저히 함구하고 없었던 이야기로 하는 것은 모두 잊지 않았겠지요."

그날의 긴급회의는 입단속을 철저히 하도록 하고 그 정도 선에서 잠정 유보되었다.

영조 임금은 이제 옆에서 부축하지 않으면 혼자는 기동조차하기 어려웠다. 어의의 조심스러운 말로는 해를 넘기기가 어렵겠다고까지 했다.

국영의 정세 판단은 이대로 있다가는 속수무책으로 앉아서 당하고 말 판국이라는 확신이 섰다.

나라꼴이 말이 아니었다. 왕권이 실종된 그야말로 백척간두에 처해 있었다.

홍인한을 비롯한 이들이 오늘이라도 불측한 마음을 먹는다면 언제든지 군대를 동원해서라도 왕권을 뒤집어엎을 수 있는 위급존망의 정세였다.

국영은 정민시와 머리를 맞대고 의논 끝에 동궁에게 상감이 기거하시는 집경당으로 옮겨 갈 것을 건의했다. 동궁도 타당하게 생각하고 그렇게 하자고 했다. 동궁이 직접 할바마마인 영조 임금에게 은밀하게 건의하여 윤허를 받았다. 마침내 동궁을 모시고 영조 임금의 거처인 집경당으로 옮겨갔다. 동궁이 조부인 영조 임금의 병을 손수 구완한다는 데 속으로야 어찌되었든 드러내놓고 이의를 제기할 사람은 아무도 없었다.

동궁은 영조 임금이 매화틀에 앉아 대소변 볼 때를 제외하고는 잠시도 영조 임금의 곁을 떠나지 않았다. 두 사람은 동궁을 보필한다는 명분으로 옆방에서 밤낮으로 기거했다. 영조 임금께서 신하들을 접견할 때는 동궁이 친히 영조 임금을 일으켜 앉혔다. 옆에 동궁이 바짝 붙어 있으니, 어느 누구도 감히 영조 임금의 귀에 대고 동궁 쪽을 음해하는 말을 할 수가 없었다.

"동궁. 아무래도 네가 나대신 정사政事를 봐주어야겠다. 내 건강이 회복될 때까지 대리청정을 해주어야겠다."

밖에서 비바람이 세차게 부는 날이었다. 바람 소리에 귀를 기울이던 영조 임금은 동궁의 품에 안겨 중얼거리고 잠이 들었다. 궁중에는 벽파의 간자들이 득시글거리는지라 그 말은 바람보다 더 빨리 벽파의 귀에 들어갔다.

그 비바람 속을 제일 먼저 달려온 것은 화완옹주였다. 치맛자락에 칼바람 소리를 내면서 달려왔다.

"아버님. 아버님은 아직도 정정하십니다. 동궁은 보령도 유충 하십니다. 나라와 종묘를 위해 대리청정은 후일로 미루시는 것이 타당하옵니다."

은전군을 옹립하자고 역적모의를 하는 인간들이 아무렇지 않게 동궁을 아직 보령도 유충하다니 어불성설이었다. 그들이 옹립하고자하는 은전군은 동궁보다 한참은 어려 일곱 살 차이가 난 열일곱 살이었다.

"오냐. 알았다. 염려하지 말고 물러가거라."

영조 임금은 항상 화완옹주라면 죽고 못 살았다. 청상과부로 늙어가는 딸의 손을 잡아 안심시키고 돌려보냈다.

"알아들었다. 나도 생각이 있다."

다시 한 번 안심을 시켰다.

두 번째 달려온 사람이 좌의정 홍인한이었다. 그는 임금을 부액하고 앉은 동궁을 쏘아 보고 납작 엎드렸다.

"전하, 동궁께서는 영특하옵시지만. 아직 보령도 유충 하시고. 경륜도 높지 않으시니. 10년쯤 후에 대리청정을 수임하시는 것이 타당한 줄로 아뢰오."

홍인한은 목소리에 힘을 빼고 읍소를 하고 있었다. 그래도 동궁을 완전 무시하던 말투가 약간 달라졌다.

"동궁이 올해 스물네 살이나 되었는데, 공이 보기에는 그렇게 어리게 보이는가?"

영조 임금은 겨우 들리는 목소리로 한마디 했다.

"전하. 국사의 막중함에 비하면 삼십도 미숙한 것으로 아뢰옵니다."

동궁 앞에서 이 정도 말을 서슴없이 하는 것은 동궁이 등극하면 죽음을 면치 못한다는 것을 그도 잘 알고 있을 터였다. 죽음을 각오했거나 아니면 동궁을 등극하기 전에 제거할 준비가 완료되었다는 증거일 것이었다. 홍인한은 어찌 보면 경거망동하지만 진지하고 당당했다.

"으음……."

영조 임금은 더는 대답하지 않았다.

"국가대사이오니 삼정승을 불러 의견을 물어보심이 어떠하실는지요?"

홍인한은 물러설 기미가 전혀 보이지 않았다. 눈앞에 있는 동궁을 완전히 무시하는 안하무인이고 오만방자한 행동이었다. 잠시 후, 하얀 수염을 떨며 휘청걸음으로 영의정 한익모가 들어왔다. 두 손으로 방바닥을 짚고 엎드렸다.

"전하. 천부당만부당한 분부시옵니다. 분부 거두시오소서. 성상 전하. 이 일에 찬성하는 자가 있다면 불충한 자이옵니다. 신하의 도리를 망각한 역신임에 틀림없사옵니다."

영조 임금은 마지막 역신이라는 말에 눈을 크게 떴다.

"그렇게 볼 수도 있겠구나!"

정신이 혼미한 영조 임금은 그럴싸하게 듣고 귀가 솔깃한 눈치였다. 오늘 밤이라도 영조 임금이 승하한다면 무슨 일이 일어날지 예측할 수 없는 일이었다. 그보다 더 위기에 빠질 수도 있었다. 깨어나지 못할 혼절상태에만 빠지더라도 무슨 일이 벌어질지 짐작조차 할 수 없는 불확실한 상태의 왕실이었다.

동궁 쪽에서는 절체절명의 위기에 가까워지고 있다고 국영은 판단했다. 아무리 생각해도 이쪽에는 대처할 힘이라고는 전혀 없었다. 단, 한 가지 방법은 영조 임금의 입을 움직이는 일이었다. 무소불위의 절대 권력을 가진 그 힘으로 돌이킬 수 없는 정국을 만들어 버리는 것이었다.

매병까지 앓고 있는 영조 임금이 언제 무슨 하교를 할지 알 수 없는 불안만이 오뉴월 뭉게구름처럼 커져가고 있었다. 동궁편에서는 내금위의 금군을 장악할 수 있는 힘도 당근도 없었다.

국영은 아무리 머리를 굴려 봐도 묘책이 떠오르지 않는 어둠뿐이었다. 날을 새며 고민하던 중에 실낱같은 궁여지책이 떠올랐다. 우선 문제를 일으켜 표면화 시켜야 할 일이었다. 그래 놓고 영조 임금을 통해 판정을 받아 보자는 것이었다. 그러나 동궁을 모시는 관원들이 직접 나섰다가는 문제를 일으키기 전에 상대로부터 공격을 받아 도륙을 당할 가능성이 다분히 있었다.

국영은 가만히 보고만 있을 수 없었다. 두 눈을 멀쩡하게 뜨고 당할 수만은 더구나 없는 일이었다. 되든 안 되든 최선을 다해보고 죽든 살든 해야 할 일이었다. 그야말로 위기의 순간이었다.

국영은 실낱같은 희망을 걸고 대궐의 집경당을 나와 거리로 말을 타고 쏜 살같이 달렸다. 전부터 벽파의 소행을 분개하는 사람이 있었다.

만일의 경우에는 자기도 팔을 걷고 한몫 거들겠다고 장담하던 사람이었다. 국영은 그 사람 집으로 찾아가서 통사정을 늘어놨다. 그에게 실정을 솔직히 이야기하고 하소연했다.

"사정이 그러니 다른 사람은 건드릴 것이 없습니다. 우선 좌의정 홍인한과 영의정 한익모를 탄핵하는 글을 영조 임금에게 상소하여 주시오."

그는 평소에 한잔하고 큰소리치기는 했으나, 막상 닥치고 보니 엄청난 일이 아닐 수 없었다. 요컨대 동궁이 등극하느냐, 아니면 사도세자같이 한순간에 나락으로 곤두박질치느냐 하는 벼랑 끝에 놓여 있었다. 그야말로 백척간두에 서 있는 상황이었다. 동궁이 잘되면 동궁 대에 영화를 누리겠지만, 잘못되면 목이 열 개라도 모자랄 판이었다. 성공하면 충신이지만, 실패하면 곧 역적이었다. 사람들은 자기 이익이 어느 길에 있는지 심각하게 고민해 보지만 확신이 서지 않을 때에는 인간은 움직이지 않는 것이 안전하다고 느끼기 마련이었다.

"아직 때가 아닌 듯합니다."

또 다른 사람을 찾아 갔으나, 대답은 마찬가지였다.

"신중을 기해야 할 일인 것 같소."

큰소리치던 사람들은 마치 뱀장어 머리통에 들기름을 바른 것 같이 이리저리 빠져나갔다. 세상인심은 조석변이라고 하더니, 알 길이 없었다. 가는 곳마다 거절을 당한 국영은 따귀라도 갈기고 싶었으나 참았다. 요즘은 납작 엎드려 지내고 있어야만 했다. 시끄럽게 해 봤자, 이로울 것이 없다는 것을 너무나 잘 알고 있기 때문이었다. 국영은 마지막으로 가희방으로 달려갔다. 홍봉한을 만나서 마지막으로 하소연해 보고자 해서였다. 홍봉한에게 퇴짜를 맞으면 더 이상 갈 곳도 없었다.

국영은 저간의 사정을 이야기했다. 그리고 마지막에 부탁을 했다.

"……그러하온 즉슨, 동궁의 대리청정에 정여(定汝·洪麟漢의 字) 작은할아버지가 찬성하시도록 좀 타일러 주십시오."

국영은 진지하게 호소를 했으나, 시종 천정만 멀거니 바라보던 홍봉한은 딴소리를 했다.

"국영아. 바깥이 춥더냐?"

"네, 매우 춥습니다."

국영은 무슨 뜻인지는 몰라도 사실대로 대답을 했다.

"이런 날에는 뭐니 뭐니 해도 따끈한 해장국에 술 한 잔이 제일이더라."

홍봉한에게서는 국영이 기대하는 대답이 나오지 않고 동문서답의 이상한 말만 튀어 나왔다.

"네에?"

국영은 이 노인까지 망령끼가 있나 의심했다.

"내가 예전에 궁에 출입할 때 서명선(徐命善)이라는 사람이 있었는데 의리 있는 사람이었다. 해마다 잊지 않고 술병을 들고 찾아왔었다. 그날이 무슨 날인고 하면 입동 날이었단 말이다."

홍봉한은 점점 알아들을 수 없는 말만 늘어놓았다.

"네……?"

"술같이 뜨끈하고 멋도 아는 사람이었는데. 요즘은 통 소식이 없구나. 너 혹시 소식을 들은 일이 있느냐?"

국영은 머릿속을 관통하는 번쩍하는 섬광을 느꼈다. 작별인사를 하는 둥 마는 둥하고 홍봉한의 집을 나섰다.

나온 즉시 말을 달려 남산 밑에 기거하는 서명선의 집으로 달려갔다.

서명선은 오래 전에 참판을 지냈다. 지금은 행부사직이라는 파리 한 마리 때려잡을 수 없는, 권력이 전무한 명예직이었다. 나라에서 국록을 주기 위해 만든 벼슬아치에 불과했다. 그야말로 힘이라고는 아무것도 없는 허수아비 같은 자리였다.

국영은 정초이거나 임금의 생신이거나 궁중에서 특별한 행사가 있을 때나 간혹 얼굴을 내미는 이 사람을 알 것도 같고 모를 것도 같았다. 만나봐야 알 것 같이 기억이 희미했다. 그러나 체면을 생각할 처지가 못되었다. 발등의 불을 꺼야 하는 화급을 다투는 급선무였다. 덮어놓고 대문을 밀고 들어갔다.

"아니, 이거 귀한 손님이 웬일이신가?"

다행히 저쪽에서 먼저 알아보고 아는 체를 했다. 문전 박대를 하지 않고 반갑게 맞아 주는 것만도 다행이었다. 국영은 인사를 하고 그의 손을 잡고 방안으로 들어가 앉았다.

"그 동안 무탈하셨습니까?"

국영은 인사치례는 건성으로 했다.

"행부사직 영감 저의 말씀을 좀 들어 주십시오."

곧장 그간의 있었던 이야기를 일사천리로 실타래 풀 듯 풀어놓았다. 숨가쁘게 이야기를 끝내고 움직여 달라고 통사정을 했다.

"그런즉 영감께서 좀 발 벗고 나서 주십시오."

희끗희끗한 수염을 가끔 비비 꼬던 서명선은 다 듣고도 한참 동안 묵묵부답이었다.

"마음이 내키지 않으십니까?"

"……"

그래도 가타부타 대답이 없었다.

국영은 기다리다 못해 물었으나, 두 눈을 깜박일 뿐 여전히 입을 다물고 있었다. 여자같이 곱다란 얼굴에 눈알을 이리저리 굴렸다. 이익과 손해를 저울질하면서 잔머리를 굴리는 속마음이 훤히 들여다보였다. 아무리 눈치를 봐도 틀린 일이었다.

다음은 누구를 찾아가야 하나 머리에 떠오르는 사람이 없었다. 국영은 앞길이 막막해 해결책이 보이지 않았다.

인사를 제대로 하지도 않고 그냥 일어섰다.

"할 수 없지요. 그럼 영감님 다음에 봅시다."

국영은 문을 열고 나오려고 했다. 서명선은 빙그레 미소를 지었다.

"이봐요, 국영이 그렇게 서두르지 말고 다시 좀 앉아 보게."

이번에는 국영을 서명선이 옷소매를 잡더니 붙들어 앉히고 물었다.

"자네는 혈기 방장해서 그러겠지만, 좀 설치는 버릇이 있어서 그게 큰일이야. 죽을 각오는 단단히 했는가?"

예상 밖의 엉뚱한 말이 나왔다. 국영은 서명선을 빤히 바라다보았다
"영감이 나서도 일이 안 풀리면, 한강에 나가 얼음 구멍에 처박혀 이 똥보다 더러운 세상을 하직해야지요."
"허허 젊은 사람이……. 얼음 구멍부터 생각해서야 일이 되겠는가? 이 서명선으로 안되면 동궁을 직접 내세우고, 그래도 안 된다면 자네가 직접 나서고, 쓰러질 때까지 밀고 나갈 각오가 되어 있어야지!"
서명선은 왠지 느긋했다.
"원체 앞이 깜깜해 길이 보이지 않아서요."
사실이 그랬다. 앞길이 보이지 않았다. 천야만야한 절벽 앞에 놓인 기분이었다.
"내 금년에 쉰여섯일세. 인생 오십이라고 했네. 육 년을 덤으로 살았네. 상소를 올리는 일은 나한테 맡기고 어서 돌아가 동궁을 빈틈없이 보필하게."
국영은 정색을 하고 감사의 표시로 서명선에게 넙죽 엎드려 큰절을 올렸다. 고맙다는 말을 남기고 물러 나와 말을 달렸다. 찬바람 때문인지 자꾸만 눈물이 쏟아져 나왔다. 국영은 즉시 궁으로 복귀했다. 이 일은 동궁이나 정민시 등 누구에게도 말하지 않았다.
영조 51년 섣달 초하루가 되어도 서명선에게서는 감감무소식이었다. 그렇다고 사람을 보내 독촉할 수도 없는 일이었다. 마음이 바뀌어 그만둔다고 해도 그에게 뭐라 할 수 있는 처지도 아니었다. 잘 못되어 임금의 진노를 산다면 목숨을 버리는 일이었다. 상소 한 장으로 충신도 될

수 있지만, 역적으로 몰려 멸문지화를 당할 사람이 한 둘이 아니었다. 신중을 기할 수밖에 없는 일이었다.

국영은 안절부절 못하고 피를 말리는 초조한 하루하루를 보내고 있었다.

그야 말로 하루가 여삼추如三秋였다.

6. 드디어 하늘이 열리다

　피를 말리게 애를 태우던 서명선(徐命善)이 임금에게 올릴 상소문을 가지고 나타난 것은 며칠 후인 섣달 초사흘이었다.
　이 일은 역사의 물꼬를 세손 쪽으로 완전히 돌리는 엄청난 사건으로 발전하는 계기가 되었다. 역시 국영의 판단은 소름끼치게 정확히 맞아 떨어졌다.
　서명선이 상소를 올리는 날, 다행이 영조는 몸져누웠다가 요즘 병세가 좀 차도를 보이는 때였다. 집경당에 나아가 서명선으로 하여금 그 상소문을 가지고 입시하게 하였다. 서명선은 궐외에 대기하고 있었던 것이었다.

  영조 임금이 상소문을 읽었다고 일이 되는 것은 아니었다. 어떤 수단과 방법을 동원해서라도 공식화해서 문제를 삼아야 했다. 국영은 그날 그날 일어나는 일들을 기록하는 사관과 승지들 전원을 입궐하도록 조치한 연후에 서명선의 상소문을 들여보내도록 했다. 이 순간 벌어지는 일들을 사관이 문서에 빠짐없이 적어놓으면 문제가 안 되려야 안 될 수 없는 일이었다. 마침내 상소문은 영조의 손에 들려져 읽게 되었다.

  임금은 한번 읽어보고 나서 밖에서 대기하고 있던 서명선을 불러들였다.

  영조 임금이 집경당에 나아가 사관을 내보내 함께 들어오도록 하였다. 승지 정호인 가주서 임석철 기사관 서유련 성정진이 나아가 엎드리니, 임금이 서명선에게 상소문을 읽으라고 명하였다.

  〈신 행부사직 서명선 삼가 아뢰옵니다.

  성상께서는 선조들의 음덕을 입고 무궁한 장수를 누리시는데, 건강이 날로 평안하고 왕성하시며, 정력이 갈수록 더욱 굳세어지시니 이는 진실로 우리 신민臣民들이 서로 더불어 기뻐하는 경사입니다. 생각건대, 우리 성상께서는 즉위하신 지 50년을 하루같이 힘쓰시어 백성과 나라에 대한 근심으로 늦은 밤이건 이른 아침이건 돌아볼 겨를이 없으셨습니다.

  그런데 번거로운 업무가 병을 치료하시는 데 방해되므로 선조의 고사를 이어받아 이제야 오늘의 하교下敎를 내리셨습니다. 대신 수고하게 하신 이 일은 진실로 나라를 위하는 뜻에서 나온 것이니, 그 지성스럽고 간절하신 하교는 신명을 감동시키고 어리석은 미물도 믿고 따르게 할 만하였습니다. 따라서 오늘날의 대신인 자들은 실로 그 말씀을 자세히 살피고 그 일을 신중하게 받아들여 나라의 체면을 더욱 중하게 하고 세손의 마음을 조금이라도 안정시켰어야 할 것입니다.

그런데 삼가 듣건대, 지난 달 스무날에 입시하였을 때 좌의정 홍인한이 감히 동궁은 굳이 알 것이 없다는 말을 어전에서 멋대로 아뢰었다고 하니, 세손(儲君)을 보고 능히 하지 못하리라 하는 자는 마땅히 어떠한 사람이 되겠습니까? 아성(亞聖·맹자)이 임금을 공경하였던 의리를 이와 같은 사람에게 요구하기는 어렵다 해도 그 무엄하고 방자함은 극에 달한 것입니다. 편전에서 나랏일을 아뢰올 때(常參) 영의정 한익모가 좌우는 우려할 것이 없다고 한 말은 또 무슨 망발입니까? 수상의 지위에 있는 몸으로 중관의 일을 이렇게 딱 잘라 말하였으니, 옛날의 대신 중에도 이런 경우가 있었습니까? 이날 안에서 하시는 것이야 신이 따지지 않을 것이란 말을 아뢰었다고 하니 더욱이 너무도 놀랍습니다.

이번의 이 성상의 하교는 나라에 있어 얼마나 중대한 일입니까, 그런데도 궁궐 안에서만 비밀히 하고, 깊고 엄한 궁중 안에서만 행하여 만백성이 알지 못하고, 팔도가 듣지 못한다면 나라에 사람이 있다고 할 수 있겠습니까? 아, 전하의 오늘의 조처는 밝고 바르며 넓고 비범하며, 천고에 탁월하시어 성심으로 간절히 내리신 뜻이 말씀 가운데 가득 서려 있습니다. 그런데 정승의 자리에 있는 자가 헛되고 가식적인 일로 간주하여 오로지 미봉하기만을 일삼아 전하의 고심과 지덕이 묻혀서 드러나지 못하게 하였으니, 어찌 통탄스럽지 않겠습니까?

제갈량이 궁중과 부중은 모두 일체라고 하였습니다. 작은 일에서도 오히려 그러한데, 더구나 이렇게 막중하고 막대한 일이야 말할 것이 있겠습니까. 그 말은 무식함에서 나왔다 해도 그 일은 실로 불충으로 귀결됩니다. 나랏일이 이와 같고 대신이 또 이와 같은데도 여러 날을 귀기울여 들어 봐도 삼사에서 감히 나서서 말하는 이가 없으니, 신이 통곡과 탄식을 하다못해 직접 상소를 지어 봉하고 대궐에 나와 마음을 경건하고 정성스럽게 다잡고 우러러 성상께 올립니다. 부디 전하께서는 분명하게 노여움을 보이시고, 밝은 명을 크게 내리시어 대신의 죄를 속히 바로 잡으소서, 그리하여 나라의 큰일에 힘써 존중받을 수 있도록 하신다면 참으로 다행일 것입니다.〉

국영의 가슴을 꽉 막고 있던 뜨거운 덩어리가 쑥 내려가는 것 같았다. 영조 임금이 한마디만 제대로 한다면 모든 일이 정상으로 될 것이었다. 세손에게 대리청정을 명하는 전교만 내린다면 누구도 거역할 수 없는 일이었다. 국영은 숨을 죽이고 추이를 예의 주시하고 있었다. 세손 역시 숨을 죽이고 있는 게 분명했다.

영조는 서명선이 상소를 읽는 중에 의문 나는 것은 그때그때 물었다.

"'동궁은 굳이 알 것이 없다.' 라는 말이 무슨 말인가?"

서명선이 영조의 묻는 말에 대답하였다.

"신이 들으니, 지난달 스무날 연석筵席에서 성상께서 하교하시기를, '아무개는 과연 어떤 색목色目의 사람이며, 어떤 사람이 모관某官에 합당한지 세손으로 하여금 알게 하여 조정의 일을 익히 알도록 하여야 한다.'라는 뜻으로 말씀하시니, 홍인한이 '동궁은 굳이 알 것이 없습니다.'라고 대답하였다고 합니다. 동궁은 굳이 알 것이 없다는 말이 과연 말이 되는 것이며, 아랫사람으로서 감히 이와 같이 말 할 수 있단 말입니까?"

그 말을 듣고 있던 영조 임금이 대답하였다.

"그렇다. 내가 들었을 때도 마음속으로 뭔가 문제가 있다고 여겼다."

서명선은 다시 상소문을 읽어 내려갔다.

'좌우는 우려할 것이 없다'라는 구절에 이르자, 다시 영조 임금이 질문을 던졌다.

"그게 무슨 말인가?"

서명선이 읽기를 중지하고 부복한 채 신중히 아뢰었다.

"신이 들으니, 30일의 연석에서 성상께서 '중관中官-내시부 사람에게 부표하도록 했기 때문에 수망首望에 부표하라고 불러 주었는데도 잘못 부망副望에 부표하고 부망에 부표하도록 불러 주었는데도 말망末望에 잘못 부표할 수도 있으니 그 사이에 어찌 폐단이 없을지 알겠는가?'라고 하시니, 한익모가 '좌우의 중관이 어찌 그럴 리가 있겠습니까. 우려하실 것이 없습니다.'라고 하였다고 합니다. 이 문제는 성상께서 염려하신 점聖慮이 실로 지당하신데도 도리어 그렇지 않다고 단정적으로 말하였으니,

좌우의 일을 대신이 어찌 분명하게 알 수 있겠습니까? 나랏일을 깊이 염려해야할 대신의 말이 이와 같아서야 되겠습니까?"

이 말을 듣고 난 영조도 대답을 하였다.

"옳도다."

당시의 인사 천거 제도가 있었는데 명단을 올릴 때 첫 번째 추천자를 수망이라 하고 두 번째를 부망이라 불렀으며, 마지막을 말망이라 했다. 인사권자인 임금에게 재량권을 부여하는 우수한 인사제도였다. 천거된 세 사람 중에 자질이 우수한 한 사람을 고르는 방식이었다.

영조가 염려하는 것은 나이가 많아 착오를 일으켜 잘 못 낙점할 수 있다는 우려의 말이었다.

서명선은 상소를 다시 읽어 내려가기 시작했다.

'안에서 하는 일을 신은 다투지(爭執)않겠다.'라는 구절에 이르자 영조는 다시 질문을 했다.

"이는 이휘지李徽之의 말인가?"

서명선이 다시 아뢰었다.

"신은 홍인한의 말이라고 들었습니다."

영조 임금은 추가 질문을 했다.

"무슨 말인가?"

서명선은 다시 자세히 답변을 했다.

"신이 들으니, 이날 입시하였을 때 성상께서 '안에서 이미 그렇게 하였다.'라고 하교하시니 홍인한이 '안에서 하시는 일이라면 신이 어찌 다툴 것이 있겠습니까.'라고 하였다고 합니다. 이처럼 막중하고 막대한 일은 명분이 바르고 이유가 분명하여 의례대로 거행해서 안팎의 사람들로 하여금 모두 알게 해야 합니다. 그런데 대신이 된 자가 반드시 모호하게 미봉하려고 하여, 밖에서 그렇게 하는 것이라면 다투겠지만, 안에서 그렇게 하는 것은 다투지 않겠다고 하였으니, 이것이 과연 도리이겠습니까?"

"그렇도다."

영조 임금도 동의했다.

다시 상소문을 읽어 가다가 '성심과 간절함을 헛된 형식이나 거짓 꾸밈으로 간주한다.'라는 구절에 이르자, 영조 임금이 문지방을 두드리며 목소리를 높였다.

"실로 그렇다. 실로 그렇도다."

상소문을 다 읽고 난 서명선이 다시 아뢰었다.

"신은 타고난 성품이 유약하여 일찍이 삼사(三司)에 있을 때 한 사람에 대해서도 탄핵한 적이 없었는데, 지금 관직도 없는 때에 어찌 꼭 이렇게 하려고하는 것이겠습니까? 생각 건데 이 일은 관계된 바가 가볍지 않으니, 신이 말하지 않는다면 지금 세상사람 중에 누가 거실(巨室-문벌이 좋은 집안)을 거스르며 앞장서서 진달(進達-말이나 편지를 임금에게 올림)하겠습니까? 신이 이와 같은 상황을 알면서도 뒤돌아보고 진달하지 않는다면 이는 전하를 저버리는 것이며, 동궁을 저버리는 것입니다. 전하를 저버리고 동궁을 저버리고서 어찌 돌아가 신의 아비를 만날 수 있겠습니까. 일신의 이해를 돌아보지 않고 본분을 넘어 진달하는 것은 실로 어리석은 충심에 감정이 격렬히 일어나게 된 것이었는데, 특별히 불러 만나 주시어 속마음을 다 진달할 수 있게 해주셨으니, 물러나 구덩이에 주검으로 나뒹굴게 되더라도 다시는 여한이 없습니다."

　서명선은 말을 마치자 감격하여 흐느껴 울면서 눈물을 훔쳤다.

　영조는 상소를 들고 온 서명선에게서 깊은 감명과 상당한 충격을 받은 듯했다.

　서명선의 상소는 한익모나 홍인한의 급소를 공격한 것이었다. 당시 권력의 최고 실력자인 홍인한과 한익모의 심장부에 비수를 꽂은 격이었다.

　당시 상소를 올리는 것은 목숨을 건 일이었다. 왕의 심기를 조금만 건드려도 곧 죽음으로 이어질 수도 있었다. 그 뿐 아니라 관련자를 줄줄이 소환하고 주리를 틀고 막판에 일이 잘못되면 참형을 당할 수도 있었다. 만일 역적모의로 몰고 간다면 왕의 한마디에 삼족을 멸할 수도 있는 일이었다. 조선왕조 역사에서 터무니없는 역적모의에 휘말려 멸문지화를 당한 집안이 수도 없이 많았다.

　서명선은 이 모든 것을 각오한 목숨을 건 한판 승부였다.

　국영은 장막 뒤에서 이번 사건의 기획자로서 회심의 미소를 짓고 있었다. 이 모든 과정을 사관이 다 기록하도록 하였다. 이제 영조 임금이 맑은 정신으로 하교만 내리면 끝나는 일이었다. 그러나 요즘 정신이 오락가락하는 임금을 믿을 수가 없었다. 초조한 시간이 흘러가고 있었다.

영조는 깊이 생각에 잠긴 연후에 하교하였다.

"서명선이 눈물을 흘리며 우는 것을 들으니, 그 강개함이 충심에서 나왔음을 알 수 있다. 나는 이 사람의 심성이 유하고 착한 줄만 알았더니 오늘 이렇게 옳은 도리를 시행할 줄은 생각지도 못하였다. 참으로 어질도다."

영조 임금이 서명선에게 한마디 하고 도제조 김상철을 향해 물었다.

"경의 뜻은 어떠한가?"

영조 임금의 질문에 김상철은 머뭇거리다가 이리저리 변명만 늘어놓았다.

말 한마디 잘 못했다가는 아직 눈이 시퍼렇게 살아있는 홍인한에게 어떤 보복을 당할지 모르는 상황이어서 함부로 말할 수 있는 처지가 아니었다.

김상철의 요설을 듣고 난 영조 임금은 노기를 띠기 시작했다. 이어 영조 임금은 원임 대신을 부르도록 명하고, 또 사헌부와 사간원에 패초(牌招 왕명으로 신하 부름 패)하여 입시하도록 명하였다. 영부사 김상복 영돈녕 김양택 판부사(判府事) 이은(李溵) 판부사 이사관(李思觀) 대사헌 송형중(宋瑩中) 사간 성윤검(成胤儉)이 나와 엎드리니, 임금이 명하여 서명선의 상소를 가져다가 돌려보게 한 후, 임금이 이들에게 하문하였다.

"어떠한가?"

영부사 김상복 역시 둘러대기에 바빴다.

이리저리 말을 돌리는 김상복에게 영조 임금이 몰아붙였다.

김상복이 '시비是非' 두 자에 대해서는 한마디도 대답하지 못하였다.
김상복 김양택 이은도 자기의 처지를 변명하기에 급급했다.
화가 치민 영조 임금이 김상복에게 옥음을 높여서 다그쳐 물었다.
"서명선의 말이 옳은가 그른가? 다만 그 시비만 말하면 된다."
"재신이 무슨 말을 들어서 이처럼 상소했는지 모르겠으며, 신은 연석의 말을 듣지 못했으나, 재신은 반드시 들은 곳이 있을 것입니다."
김상복이 발뺌을 하려 들자, 그 말을 들은 영조 임금이 〈정원일기政院日記〉를 들이라고 명하니, 임석철林錫喆이 미처 수정하지 못했다고 아뢰었다.
영조 임금이 서명선에게 하문하였다.
"이 일을 경은 어디서 들었는가?"
서명선이 영조 임금의 물음에 아뢰었다.
"신이 궁관의 말을 들으니, 동궁이 이 때문에 진소(陳疏-상소의 다른 말)하고자 하였으나, 미처 들이지 못했다고 하였습니다. 동궁이 인의(引義-처신과 모든 언어 행동을 의리에 좇아서 함)하기에 이르렀는데도 조정 신하들이 말을 하지 않고 있으니, 국체(國體-나라의 체제)면에 있어서 과연 어떠하겠습니까? 신이 상소를 올린 것은 대개 이에서 나온 것입니다."
다시 영조 임금이 춘방에 입직했던 사람의 입시를 명하니, 동궁의 스승인 보덕 이상건과 겸사서 홍국영이 앞으로 나왔다. 임금이 두 사람에게 물었다.
"동궁이 지난번에 진소하려고 했었다는 데, 너희들이 아뢰어 보라."

보덕 이상건이 대답하고 나섰다.

"과연 그때에 왕세손께서 상소하고자 하여 소본(疏本-상소문의 원본)이 이미 나왔었습니다."

영조 임금이 그 말을 듣더니 하명하였다.

"그 상소를 들이라."

그 상소를 가지고 오자 정호인(鄭好仁)에게 읽어 아뢰라고 명하였다.

〈삼가 신은 천만뜻밖에도 조금 전 여러 신하가 구대(求對)하는 일이 있었다고 들었습니다. 신은 이에 두렵고 가슴이 막히며 그 까닭을 모르겠습니다. 아! 신이 비록 불초하나 어찌 우리 성상께서 지성으로 측달(惻怛-불쌍히 여기어 슬퍼함)하시는 뜻을 본받아 고통을 나누기를 다하는 도리를 생각하지 못하겠습니까? 다만 천만 불안한 것이 있는데, 참으로 두 대신의 '알게 할 필요가 없고, 염려할 것이 없다.'라는 연석에서의 주달(奏達-임금에게 아룀)과 같은 것입니다. 생각하건대 신은 아직 나이가 적으니, 조정의 일은 알 필요가 없으며, 성후(聖候-임금의 평안한 소식)가 더욱 건승하시니 좌우 역시 염려할 것이 없습니다. 이것이 더욱 신이 감히 받들어 감당치 못하게 하는 것입니다. 어쩔 줄 몰라 감히 긴말을 하지 못하고 대략의 문자를 들여보내 우러러 성청(聖聽-임금이 귀)을 구하오니, 성명께서는 소자의 지극한 간성(懇誠-친절하고 정성스러움)을 굽어 살펴 주시기를 원하오며 간절히 비옵니다.〉

〈정원일기政院日記〉의 내용을 듣게 된 영조 임금이 목소리를 높여 말했다.

"그 가운데 과연 이 말이 있구나."

정호인도 한마디 하고 나섰다.

"그렇사옵니다."

김상철이 나아가 아뢰었다.

"지금 삼가 읽어 아뢴 예소(睿疏-왕세손이 임금에게 올리는 상소문)를 듣건대, 사부師傅가 주대(奏對-관료가 임금 물음에 곧 대답함)한 말로써 인의하는 단서를 삼았으니, 황공함을 금할 수 없습니다."

영조 임금이 말하였다.

"이는 곧 중관中官이 전한 것이다."

"홍인한이 방자하다고 상소문에 쓰여 있는데 그 실례를 들어 보아라."

영조는 노기를 띠고 있었다. 그러나 어떤 경우도 각오한 듯 서명선은 차분한 목소리로 다시 한 번 대답해야 했다.

"신이 듣건대 지난달 스무날 경연經筵 중에 성상께서 하명하시기를, 아무개는 어떤 사람으로, 어떤 직책에 합당하다는 식으로 동궁에게 알려라. 그리하여 조정의 일을 배우도록 하라고 하명하셨습니다. 그런데 홍인한은 면전에서 동궁은 그런 것을 아직 알 필요가 없다고 방자하게 대답했다는 소문입니다. 이것이 사실이옵니까?"

영조 임금은 눈을 껌벅이며 지난 경연 기억을 더듬는 모양이었다.

"그런 일이 있었도다."

"동궁은 알 필요가 없다니? 아랫사람으로 이처럼 경거망동하고 방자한 언행이 어디 또 있겠습니까?"

"이제 듣고 보니 그렇구나. 홍인한은 참으로 방자 무례한 인간이로다."

영조 임금은 또 물었다.

"한익모가 망발을 일삼았다는 것은 무슨 일을 두고 하는 말인고?"

"지난달 그믐의 일이옵니다. 사람을 벼슬에 천거할 때는 삼망三望으로 하는데 관리들이 잘못 표시를 하여 순서가 뒤바뀌는 일은 없겠는가? 성상께서 이것을 걱정하셨습니다. 그것은 지당한 일이십니다. 그런데 한익모는 걱정할 것이 없다, 라고 지당하신 성상의 말씀을 한마디로 막아버렸다고 들었사옵니다. 사실이라면 이런 망발이 세상에 또 어디 있겠습니까?"

"음. 그런 일이 있었다. 이제 생각해 보니 고이한 것이로구나."

영조 임금은 몇 마디 더 물어보고 서명선을 돌려보냈다.

이렇게 시작한 서명선은 이처럼 타당한 일에 반대하는 홍인한은 평소에도 방자하고, 한익모는 망발을 일삼아 국가 대사를 그르치고 있으니, 벌을 내려야 마땅하다고 주장했다.

영조 임금은 진노하여 이번 상소에 대하여 회피하는 신하들을 질타하였다.

다음날인 섣달 초나흗날. 서명선이 상소를 올리고 난 그 이튼 날이었다.

영조는 마침내 엄하게 심문(嚴問)하는 전교를 내렸다.

〈서명선은 내가 안 지 오래되었다. 털끝만큼도 남을 해치는 마음이 없는 사람인데 오늘 이렇게 행동하였으니, 나는 단호한 충심에서 비롯된 것임을 분명하게 알겠다. 특별히 원임대신들을 부르고 양사를 부른 것은 깊은 뜻이 있어서였다. 그런데 원임대신들이 예사로운 일로 여기고 이 일을 모른 체 애매모호하게 하는가 하면, 한 원임 대신은 중관中官들을 옹호하기까지 하였으니 아뢴 바가 한심하였다. 처음에 이미 정원에서 겁을 먹고 모호한 태도로 들어왔는데, 어찌 원량인 세손이 사죄하고 있는데도 중관을 옹호하는 말을 할 줄 알았겠는가. 대신의 체모가 아니다. 이은李溵에게 서용敍用하지 말도록 하는 형벌을 특별히 시행하라. 영중추부사 김상철은 처음에 '모호하게 대사헌의 말을 들었는데 신의 마음에도 그러하였다.'라고 하였으니, 어찌 이렇게 구차하단 말인가. 판중추부사 이은과 같은 형률을 시행하여 우물쭈물하는 습속을 권면하라. 영돈영부사 김양택은 그 비밀스러운 마음으로 부른 것을 알았다면 개탄스러움을 어찌 이길 수 있겠는가. 특별히 현재의 직임을 해면解免하라. 아, 지금 내가 하교하는 것이 어찌 한결같이 편안하게 두려고 그러는 것이겠는가. 결연히 고심하는 것은 이쯤에서 막고자 하는 것이다. 구차할 뿐만 아니라 말도 모두 놀라워 그렇게 하려는 것이다. 아, 한 재신이 마음 가득한 충심으로 이렇게 상소하였으니, 참으로 나는 그가 선한 줄을 알겠다. 지금 이렇게 절의를 수립할 줄은 내가 실로 몰랐는데, 또한 그저 길에서 들은 대로 말한 것만은 아니었다. 충자沖子가 상소하였다는 말을 듣고 강개한 마음이 들어 그렇게 한 것이니, 그 아비를 저버리지 않았으며 그 형을 저버리지 않았다. 아, 늘그막에 한 곧은 신하를 만나게 되었으니 특별히 가자加資하라.

대사헌 송형중宋瑩中은 내가 이 사람을 알기 때문에 이번에 특별히 제수한 것이었는데, 지금 보니 그도 보통 사람일 뿐이다. 지난번에 아뢴 것은 어찌 그리도 오늘날에 딱 들어맞는단 말인가. 이처럼 놀랍게도 대사헌의 직분을 무너뜨렸으니 사람으로 하여금 부끄럽게 한다. 삭직의 형벌을 속히 시행하라. 허다한 대신臺臣들과 근시近侍들이 벙어리처럼 구는 것도 내 스스로 이들을 대신하여 부끄럽다. 이처럼 벙어리같이 형편없으니 눈과 귀가 맑다 한들 그 형세를 어찌 저버릴 수 있겠는가. 한결같이 서용하지 말도록 하는 형벌을 시행하라. 양사가 모두 비게 된 이상 내가 적합한 인물로 교체하여 뽑을 것이다.

보상輔相이 되어 임금의 마음을 염려하지 않고 문안하는 것만 능사로 여기니 나도 모르게 웃음이 나온다. 이와 같기 때문에 막중한 하교를 바람이 귀에 스치는 정도로 여긴 것이니, 이번에 이렇게 말한 것도 미봉하려고 해서였다. 이러한 보상은 천 명이 있다 해도 내가 어찌 믿을 수 있겠는가. 전 영의정 한익모, 좌의정 홍인한에게 모두 간삭의 형벌을 시행하라. 근래 중관의 무리가 농간을 부리는 풍조가 없지 않다. 한나라의 십상시와 당나라의 전영자가 오늘날 다시 태어난다 하더라도 내가 노쇠했지만, 태아검太阿劍이 손에 있는데 어찌 이러한 무리들에게 제재를 받겠는가!

 아, 세도가 이와 같으니, 83세가 된 임금이 몇 월, 며칠, 몇 시에 강개한 직언을 들을 수 있겠는가. 우러러 보고 굽어보며 길게 탄식하게 되니 이 마음을 뭐라 표현할 수 있겠는가. 내 마음을 아는 것은 오직 높고 높은 저 하늘뿐이다. 강개한 마음으로 한 번 소리 지르고 곧장 돌아와 누워 낮잠에 빠지고 싶을 뿐이다.〉

 영조 재임 기간 동안 가장 화가 났다는 사실이 여실히 드러나고 있었다. 고관대작이 다 쫓겨나는 초유의 사태가 벌어졌다.
 이와 같이 서명선의 상소 한 장은 조선왕조 역사의 물길을 돌려놓는 큰 사건이 되었다.
 다행이 영조 임금은 서명선을 가자(加資-정3품 당상관, 그 품계를 올리던 일)하고 한익모와 홍인한을 간삭(刊削-관리나 공신의 지위를 빼앗음)하라고 명하였다.
 천만 다행인 것은 영조 임금의 정신이 지극히 맑아 타당한 하교를 내렸다는 것이다. 그리하여 국운을 바로 세울 수 있었다.
 국영은 깊은 한숨을 쉬었다. 이제 한고비를 넘어서 앞길이 조금 트여 보였다. 홍인한과 한익모는 변명 한마디 못하고 별 볼일 없는 판중추부사로 체직당했다. 그리고 이어서 신임 인사를 단행했다. 영의정에 김상철金尙喆, 좌의정에 이사관李思觀이 새로 임명되었다. 두 사람 다 같이 대신을 지낸 인물로 욕심 없는 담백한 사람들이었다. 두 사람이 나이가 많은 게 흠이었다.

궁 안은 조용한 것 같았으나 물 밑에서는 숨 가쁘게 움직였다. 벽파와 세손궁은 죽느냐 사느냐 하는 치열한 한 판 승부를 해야 했다.

국영은 익위사의 심복들을 동원해 요주의 인물들의 동향을 살피도록 했다. 세손과 정민시 김종수 등과 머리를 맞대고 대책을 마련했다. 세손의 밀지를 어영청과 금위영의 수장에게 보내기로 했다. 특별한 내용이 있는 것이 아니었다. 사태가 심각하므로 불궤를 꾀하는 자가 있을지 모르니 철저히 지키고 단속하라는 내용이었다. 지극히 정상적인 내용이었으나 역적들과 부화뇌동하면 죽을 수도 있다는 협박이었다.

소문은 장안에 안개처럼 가득 퍼져 있어서 사대문을 지키는 군사나 어영청 군사들도 자기들이 취해야할 도리를 이미 잘 알고 있었다. 더구나 수장들은 경거망동하다가 자리를 잃고 목을 날리고 싶지는 않았을 것이다.

국영을 비롯한 동궁에게도 피를 말리는 순간순간이 지나가고 있었다. 국영은 온 신경을 곤두세우고 동궁 보호에 최선을 다했다.

한편 홍인한의 집에서는 긴급 구수회의가 벌어졌다.
홍인한이 퇴궐하고 집으로 돌아오자, 한익모 김귀주 화완옹주 정후겸 등이 앞서거니 뒤서거니 득달같이 달려왔다.
"대감, 확 뒤집어엎읍시다."
성질이 급한 김귀주가 흥분해서 앉기도 전에 앞 뒤 가리지 않고 큰 소리를 쳤다. 그러나 홍인한은 대답하지 않았다. 묵묵부답으로 천정만 쳐다 볼 뿐이었다.

"대감 기회는 지금 뿐입니다. 어영청과 금위영의 수장들이 다 우리 측 사람들입니다. 마음만 먹으면 오늘 밤이라도 뒤집어엎을 수가 있습니다. 대감, 결단을 내리세요."

정후겸이가 좀 더 세밀한 계획을 제시했다. 홍인한은 의미심장한 대답을 했다.

"안 돼. 어제라면 가능했으나, 오늘은 안 돼."

"대감. 그게 무슨 말씀입니까? 어제는 되고 오늘은 안 되다니요?"

홍인한의 깊은 뜻을 모르는 정후겸이 되물었다.

"아직도 모르겠는가? 권력이란 생선 같은 것이야. 나는 오늘부터 좌의정이 아니야. 그들이 이제 내 말을 들을 것 같은가? 섣불리 나서면 그들이 먼저 나를 발고할 것이야. 괜히 경거망동하지 말고 기다리며 기회를 보세."

홍인한은 침통한 표정으로 정후겸을 달랬다. 한익모도 입을 다물고 있다가 한 마디 했다.

"좀 더 시간을 두고 생각해 봅시다. 만일 실패로 돌아가면 참담한 일이 생길 수도 있습니다. 지금은 각자의 안위를 스스로 지켜야할 때입니다."

밤늦은 시간까지 머리를 맞대고 갑론을박甲論乙駁을 했으나, 결론을 내지 못하고 모였던 사람들이 자리에서 일어나서 방문을 열고 나섰다.

그 순간 방향을 알 수 없는 쪽에서 불화살이 날아와 마당에 떨어졌다.

문을 열고 나오든 사람들은 다들 화들짝 놀랐다. 몸을 피하기도 전에 이어서 다시 화살이 날아와 기둥에 박혀 바르르 떨었다. 홍인한이 한 걸음 뒤로 물러섰다. 마당에 떨어진 불은 하인들이 달려들어 금방 꺼졌다.

기둥에 박힌 화살을 뽑아 든 하인이 주인인 홍인한에게 아뢰었다.

"대감님. 화살에 편지가 묶여 있습니다."

편지를 받아 든 홍인한은 마루에 켜 놓은 불빛에 비춰 보았다.

홍인한은 그 편지를 보는 순간 모골이 송연해 졌다.

"이런 죽일 놈."

"대감. 그게 뭡니까?"

정후겸이 홍인한의 손에서 편지를 빼앗다시피 펼쳐 보았다.

〈역적모의逆賊謀議는 멸문지화滅門之禍〉라고 쓰여 있었다.

"어떤 놈이, 감히 이런 편지를 보내?"

편지를 돌려 본 사람들은 놀라고 있었다. 우리가 모여 있다는 것을 누군가가 감시하고 있었다는 생각을 하자 목이 뻣뻣해졌다.

"어떤 놈은, 어떤 놈이야. 홍국영이란 놈 소행이지. 능지처참을 해 죽여도 시원치 않을 놈."

홍인한은 쓰디 쓴 약을 뱉듯이 한마디 했다. 밖으로 나온 사람들은 고개를 숙이고 어딘가에서 자기들을 보고 있을 감시의 눈을 피하고자 뿔뿔이 흩어졌다. 마치 무슨 큰 죄를 저지른 사람들처럼.

섣달 초이렛날(1776). 영조 임금은 동궁에게 대리청정代理聽政을 보라는 하교를 내렸다. 세손이 아직 미거하여 막중한 서정(政務)을 감당할 수 없다고 사양하는 상소와 하교가 몇 번 오고 간 다음에야 세손은 대리청정을 하게 되었다. 영조는 마침내 왕세손에게 명하여 여러 가지 정사(應政)를 대리 청정하도록 하였다.

"이제서야 겨우 순조롭게 결말이 났다. 83세가 다 되어 손자가 나에게 효도함을 보게 되니 천만 다행이로다."

영조 임금은 만면에 웃음을 지었다. 세손의 대리청정을 사력을 다해 방해하던 한익모 홍인한이 물러간 지금 누구도 반대할 사람은 없었다. 태풍이 지나간 후의 정적 같았다.

동궁은 다음날 거처에서 대리청정을 축하하는 백관의 하례를 받았다.

이어서 드디어 대리청정이 시작 되었다. 국영은 천하의 대세는 이제 결판이 났다고 판단했다.

오래간만에 안국방 집으로 돌아와 다리를 쭉 뻗고 누웠다. 피로가 한꺼번에 밀물처럼 밀려오고 잠이 쏟아져 내렸다. 한숨을 푹 자고 눈을 떠 보니 부인 덕수 이씨가 술상을 차려놓고 깨어나기만 기다리고 있었다.

"여보, 그동안 참말로 고생 많으셨어요. 이제 좀 쉬세요."

국영은 일어나 대충 세안을 하고 자리에 좌정했다. 그리고 아내 덕수 이씨가 부어 주는 대로 술을 받아 마셨다. 몇 잔 마시고 취하고 싶었다. 기방 생각이 간절했으나, 우선 집에서 술상이 차려져 있으니 한잔하고 나갈 생각이었다.

"그 못된 인간들. 일시에 싹 쓸어버려야지. 부인 이제 두고 보시오. 깨끗이 도륙을 내 버릴 테니."

 국영은 방안이 떠나가게 큰소리를 치고 천정을 향해 껄껄 웃었다. 국영의 부인 덕수 이씨는 놀란 얼굴로 국영을 이상한 사람처럼 한참을 멀뚱히 바라보다가 겨우 한마디 했다.

 "무슨 말씀이 그렇게 과격하시대요?"

 "그 못된 인간들을 확 쓸어버린다는데 과격하다니요? 그런 인간들은 다 무간 지옥으로 보내야 한단 말이오. 천 길 낭떠러지 아래 무간 지옥 말이오. 그 인간들이 저지른 악행에 비하면 그것도 가벼운 처사요."

 국영은 술을 한잔 들이킬 때마다 울분을 토로했다. 술에 취하자 주먹으로 방바닥을 치기도하고 이를 으드득 갈기도 했다.

 "두고 보세요. 나를 비웃던 그 인간쓰레기들을 깨끗이 쓸어버릴 테니까!"

 국영의 아내 덕수 이씨는 국영의 하는 짓을 한참동안 물끄러미 바라보다가 조심스럽게 물었다.

 "쓸어버리는 일은 천천히 하시면 안 되나요? 그들은 이제 힘도 없을 텐데, 뭐가 그리 급하세요?"

 몹시 심각한 얼굴이었다.

 "그런 오만방자한 인간들은 쇠뿔을 단김에 뽑듯이 뽑아 버려야지요. 그래야 하루라도 빨리 태평성세가 될 것이오."

 부인은 국영의 눈치를 보다가 한마디 했다.

 "아직 때가 아닌 것 같은데요."

아내 덕수 이씨는 국영의 눈치를 살피며 조심스럽게 말을 꺼냈다.
"때가 아니라니? 부인. 그럼 언제 때가 닥친단 말이오?"
"동궁은 아직 임금의 대리일 뿐이지, 진짜 임금이 아니지 않아요. 내일이라도 임금님이 대리를 그만두라면, 그만두어야지 딴 도리가 없지 않아요?"
국영은 부인의 말에 퍼뜩 제 정신으로 돌아왔다.
"……."
국영은 대답할 말을 잃었다. 아내의 말이 백번 옳았다. 동궁은 대리에 불과했다. 영조 임금이 매병이 도져 그만 두어라하면 그만 둘 수밖에 없는 일이었다.
지난번 서명선을 찾아 일이 잘 풀리지 않아 틀렸구나 하고 일어섰을 때도 서명선으로 부터 성질이 급한 게 탈이라는 충고의 말을 들은 적이 있었다. 국영은 그때를 떠 올리면서 자기의 조급증을 반성했다.
"지금은 쓸어 낼 때가 아니라, 쓸 던 빗자루도 멈추고 몸을 낮추고 숨을 죽이고 있을 때가 아닌가요."
국영은 머리 회전이 빠른 사람이었다. 자기 부인 덕수 이씨의 한마디 말에 깊이 느끼는 바가 있었다. 정신이 번쩍 들었다. 일리가 있다고 판단했다. 정신이 오락가락하는 영조 임금이 한마디 잘 못하면 도로 마찬가지였다.
"부인. 오늘 그 말 내 천 냥으로 갚으리다."
그야말로 부인의 말에 정신이 번쩍 들었다. 국영은 부인이 아니었으면 큰 실수를 저지를 뻔했다는 것을 깨달은 순간이었다. 국영은 솔직하고 담백한 면도 있었다.

동궁은 집무실에 좌정하고 영조 임금을 대리해서 국사를 처결했다. 동궁은 국영의 충고를 받아들여 밖으로 소리가 나지 않도록 조심에 조심을 더했다. 마치 살얼음판을 기고 있는 듯이 조심했다. 또 대소사를 막론하고 모든 일을 임금의 사전 결심을 받고서야 처결했다.

"엄존해 계시는 성상의 뜻을 받드는 나는 대리에 불과하오."

누가 무어라고 하면 이렇게 겸손하게 대답하고는 했다.

그 말을 전해들은 영조 임금은 퍽 기뻐하시더라고 했다. 한 치 앞을 내다볼 수 없는 초긴장의 하루하루가 지나가고 있었다. 과연 동궁이 왕이 될 수 있을까 사람들의 초미의 관심사였다. 주변의 누구도 다치게 하지 않았다. 판중추부사로 밀려난 홍인한의 관작을 삭탈하고 처벌해야 한다는 공론이 들끓고 상소가 빗발쳤으나, 동궁은 못들은 척 묵살했다.

"나라를 위해 봉사한 대신을 그렇게 대접하는 것은 법도에 어그러진 일이요."

동궁은 처음부터 일관되게 구관조처럼 그 말만 되풀이 했다.

그러나 국영에게만은 자별하게 대했다. 그의 일이라면 주위에서 누가 뭐라고 해도 아랑곳하지 않았다. 며칠 사이에 겸사서에서 사서(司書)로 승진시켰다. 얼마 되지 않아 다시 홍문관 부응교(副應敎-예문과 벼슬 從四品)로 삼 단계를 올려놓았다.

겉으로는 평온한 것 같아도 정국은 초긴장 속에서 숨 가쁘게 돌아가고 있었다.

 한마디면 천적이 없는 맹금류도 떨게 하던 정후겸은 잠이 오지 않았다. 동궁이 등극하면 자기를 가만 두지 않을 뿐만 아니라 자기 양어머니인 화완옹주도 무사하지 못할 거라는 것은 불을 보듯 뻔한 일이었다. 이제 홍인한은 아무런 힘도 쓸 수없는 종이호랑이에 불과했다. 혼자라도 살아남기 위한 돌파구를 마련해 봐야할 일이었다. 시급히 서둘러서 대리청정을 와해시켜야만 살아날 가능성이 실낱같이라도 보일까 말까였다. 자기만 다치는 것이 아니라 양어머니인 화완옹주도 불안한 처지였다.

 정후겸은 이리 뒤척 저리 뒤척하다가 벌떡 일어났다. 어차피 죽게 된 판에 가만히 앉아서 당할 수만은 없는 일이었다. 무슨 수로라도 뒤집어엎어 전세를 유리하게 해야만 살아남을 수 있을 일이었다. 어머니인 화완옹주도 정후겸 자신도 영조 임금에게 접근할 수가 없었다. 전하의 명이라고 세손이 철통 같이 방어의 울타리를 치고 있어서 접근 불가였다.

 정후겸은 여러 날 숙고한 나머지 묘안을 짜냈다. 그러나 그게 오히려 죽는 수가 될 줄을 누가 알았겠는가!

 '그래 맞불을 놓는 거야!'

 상소를 올려서 먼저 동궁과 홍국영을 이간시켜 갈라놓을 계획을 세웠다.

정후겸은 여명에까지 뜬눈으로 머리를 굴렸으나, 마땅히 떠오르는 사람이 없었다. 그렇다고 상소를 직접 올릴 수도 없는 형편이었다. 그러면 누구를 시켜 상소를 올릴 것인가? 세손측이 서명선을 시켜 상소를 올렸으므로 우리 쪽도 누군가를 시켜 상소를 올려야 할 일이 아닌가? 하지만, 세손 측을 음해하는 상소를 잘못 올리면 삼족이 멸문지화를 당할 수도 있었다. 그래서 그것은 쥐가 고양이 목에 방울을 다는 일만큼이나 위험천만한 일이었다. 대체 누가 그런 위험을 스스로 감당할 것인가? 이 같은 초비상시국에 위험을 무릅쓰고 세손보다도 나에게 충성을 바칠 인물이 없을까? 정후겸은 잠을 설쳐가면서 고심에 고심을 더했다.

'아, 어찌하여 우리에게는 서명선 같은 충신이 없단 말인가?
그때 정후겸의 머릿속을 스친 인물이 하나 있었다.

바로 심상운沈翔雲이라는 인물이었다. 그는 명문가의 혈통을 계승했지만, 출세에 제약을 받고 있었다. 심상운의 조부인 심익창沈益昌은 환관 박상검朴尙儉과 함께 영조의 왕위 계승을 방해한 일이 있었다. 이렇게 영조의 등극을 방해한 심익창의 자손이라는 이유 때문에 출세에 제약을 받던 심상운은 영조 40년 주위의 도움에 힘입어 사소한 오해들이 풀리고 영조 47년 감시에 급제하고 이듬해 별시문과에 병과로 합격하여 벼슬길에 올랐었다. 이때가 영조 즉위 50년째의 일이이었다. 그리고 세손이 대리청정을 할 당시에는 그의 직함이 종5품 부사직이었다.

심상운은 출세가 하고 싶어 안달이 난 인물이었다. 그런 사람에게 미래를 보장하면 분명히 나에게 충성을 바칠 것이다. 그래서 심상운을 끌어들이기로 결심했다. 정후겸은 심상운을 은밀히 만났다.

"어려운 부탁이 있소."

"대감, 하명만 하시면 무슨 일인들 못하겠습니까?"

심상운은 시원시원하게 대답했다.

"쉬운 일이 아니고 도탄에 빠진 이 나라를 구하는 일이요."

정후겸은 현 정국에 심상운이 무슨 일을 해야 하는 지를 자세히 설명을 했다. 그의 예측대로 심상운은 정말로 충성을 맹서했다. 이제 정후겸은 심상운에게 영조에게 올릴 상소문을 준비하도록 하였다. 그것은 일차적으로 세손과 홍국영의 분열을 꾀하는 일이었다. 정후겸은 홍국영을 제거하지 않고는 도저히 세손의 등극을 저지할 수 없다고 판단한 것이다. 판단 자체는 예리했다.

정후겸은 마음이 매우 다급했다. 당대의 최대 권력자 좌의정 홍인한이 서명선의 상소 한 장에 하루아침에 아무 실권이 없는 판중추부사로 추락하는 것을 보면서, 자신도 언제 저렇게 될지 모른다는 두려움이 앞섰다. 세손이 등극하면 어차피 나는 죽은 목숨이다. 그런 두려움이 정후겸을 극단으로 몰아넣고 있었다. 그래서 그는 세손의 오른팔인 홍국영부터 제거하려는 작업에 착수했다.

정후겸은 심상운에게 이렇게 지시했다. 네가 상소를 한 장 써라. 그 상소문에서 홍국영을 비난하되 실명을 직접적으로 거론하지는 말아라. 무엇보다도 세손 옆에 불한당 같은 측근이 있다는 것을 은근히 강조해라. 세손의 측근들이 불한당 같은 짓을 하고 다닌다는 것을 알면, 주상 전하의 마음이 달라질지도 모른다. 그렇게 되면 대리청정이 철회될 수도 있다고 정후겸은 판단하고 있었다. 인간은 어차피 착각에 빠져 살기 마련이었다. 이러한 정후겸의 지시에 따라 심상운은 한 장의 상소문을 썼다. 출세에 눈먼 심상운은 오로지 정후겸만 믿고 세손 측을 음해하는 상소문을 썼던 것이다.

이 상소문은 상당히 큰 사건으로 비약했다. 그의 상소문이 제출된 날짜는 영조 51년 12월 21일이었다. 세손이 대리청정을 시작한 지 열흘 여뒤의 일이었다.

그런데 이 심상운의 상소문은 정후겸이 의도했던 홍국영의 저격이 아니라, 전혀 엉뚱한 결과를 낳은 크나큰 실수를 저질러 버렸다. 심상운은 자신이 쓴 상소문을 정후겸에게 보여주지 않은 상태에서 조정에 먼저 바쳤다. 그리고 상소문 필사본을 정후겸에게 보냈다.

정후겸이 미리 확인하지 못한 이 문제의 상소문. 이 상소문은 정후겸의 의도와는 상당히 빗나간 일이 발생했다. 정후겸은 분명히 '홍국영 같은 불한당이 세손의 주위에 있음을 강조하라'고 했는데 그런 내용을 쓰긴 썼다. 그런데 심상운은 시키지 않은 일까지 하고 말았으니 정후겸이 부본을 받아 본 순간, 하늘을 우러러 탄식할 수밖에 없었다.

'아, 하늘이 나를 돕지 않는구나!'

심상운은 세손의 심기를 불쾌하게 만드는 '온실수'라는 내용까지 상소문에 써넣고 있었다. 중국 한나라 때의 고사를 인용하면서 세손을 온실에서 자란 나약한 '온실수溫室樹'에 빗대는 내용을 상소문에 집어넣은 것이었다. 정후겸은 분명히 '홍국영에 초점을 맞추라'고 했는데, 심상운은 그만 세손에게 초점을 맞추는 꼴이 되었으니, 무사할 리가 없었다. 엉뚱하게도 세손을 겨냥하여 '온실수'에 비유함으로써 커다란 평지풍파를 일으켰다. 이 한마디는 결국 죽음으로까지 몰고 가는 비극이 되었다. 물론 할아버지 심익창이 역적으로 몰렸던 일이 저변에 깔려 있어 심상운을 더욱 어렵게 한 사건이었다.

마침내 영조가 상소를 읽고 나서 동궁에게 하령하였다,

"심상운이 이번에 조목으로 나열한 것은 가리키는 뜻을 헤아리기 어려운데, 해방(該房·육방소속)에서 받아들인 것은 잘못이다. 이로써 보건대, 서명선의 상소는 어찌 한결같이 굳은 정성을 다하는 충성(血忠)이 아니겠는가? 그때는 성상의 뜻이 어떠한지 알지 못하였으나, 앞장서서 이 일을 하기는 어려웠을 것이다."

영조 임금은 심상운의 상소문을 보고 서명선의 충성심을 다시 한 번 치하했다.

옆에 있던 사서 홍국영이 '그렇습니다.'하고 대답했다.

영조 임금이 하령하였다.

"심상운은 그가 죄를 진 사람의 종자로서 상소하여 조목으로 말한 바가 이처럼 교활하고 악랄하니, 과연 심익창의 손자라고 말할 수 있겠다."

그 자리에 있었던 보덕 이진형이 한마디 했다.

"남을 해하려는 마음(禍心)이 싹터 움직인 것은 오로지 자기 이익을 바라는 것이 있어서 그렇사옵니다."

영조 임금이 다시 하령하였다.

"그 마음의 소재는 길가는 사람도 알 것이다."

홍국영이 대답하였다.

"세도가 이와 같이 위험하오니, 신들이 성의를 다하여 우러러 도울 것입니다. 저하 역시 '진안(鎭安·안정시키고 어루만져 달램)'이란 두 글자를 유념하소서."

영조 임금이 다시 하령하였다.

"오로지 미미할 때 막는 데 달려 있도다. 사서가 아뢴 바를 마땅히 깊이 생각하겠다."

영조 51년 12월 21일 시임대신과 원임 대신 등 삼사가 입시하여 세손 앞에서 회의를 하였다. 이때 영의정(領議政) 김상철(金尚喆)이 말하였다.

"신하들에게는 위로 섭정하시는 본 임금(大朝)이 계시고 아래로는 저하가 계신데, 이런 때를 당해서 만약 다른 뜻이 있다면, 이는 바로 역적의 마음인 것입니다. 심상운의 이런 해괴하고 패악한 상서가 있어 그 내용이 음흉하므로 신들이 그가 지은 죄를 낱낱이 들추어 다부지게 나무람(討罪)하기를 청합니다."

대리청정하는 세손이 그 일에 대해 말하였다.

"이것은 내 생각에는 관계된 바가 작지 않다고 여긴다. '온실수'라는 말이 아주 흉악한데, 여러 신하는 어떻다고 여기는가?"

여러 대신들이 같은 목소리로 대답하였다.

"국문해야 마땅하옵니다."

세손은 이 문제를 영조 임금에게 품하여 지시를 받도록 하겠다고 했다.

"마땅히 대조(英祖)에 품해야 한다."

세손은 승지로 하여금 영지(令旨-왕세자의 명령)를 쓰게 하였다.

"의義가 중함은 목욕하고 청초할 만하고, 일은 충역(忠逆-충의와 반역)에 관계된다."

아직도 정후겸 등의 눈치를 보려고 하는 자 중의 한 사람이었다.

승지 오재소吳載紹가 심상운을 두둔하는 말을 하여 세손의 역정을 샀다.

"'충역' 두 글자는 우선 끝을 살펴보아야 좋을 듯합니다."

승지의 말끝에 세손은 한마디 했다.

"승지가 이런 말을 할 줄은 내 뜻밖이다."

국영이 추고하기를 청하니, 다른 승지를 입대시키라 명하였다.

세손의 명에 따라 승지가 다른 사람이 들어왔다. 오재소를 즉각 파직시켰다.

부응교 홍국영이 영조 51년 섣달 스무 닷샛날 국정에 관하여 진지한 상소를 올렸다.

〈신과 판부사 신 홍인한과는 동성의 지친으로 10촌 친족 할아버지뻘이 됩니다. 방금 삼사가 일제히 일어나 죄를 성토함이 지엄한데, 신은 사사로운 인연 때문에 감히 여러 신하들의 뒤를 따라 참여하여 마치 남인 것처럼 하지 못했습니다.

이에 소패(召牌)가 내려도 어기는 것을 면치 못하였는데, 신이 면직을 비는 글에서 어찌 감히 할 말이 있겠습니까? 다만 아! 대조의 지극히 자애하신 덕으로 저하께 3백 년의 중한 종묘와 사직을 부탁하셨으니, 저하의 오늘날 급선무는 우리 대조께서 50년 동안 신하들의 분쟁을 조정하고 타협하게 해 오신 고심을 우러러 본받는 것보다 먼저 할 것은 없습니다. 그런데 어찌하여 근일 이래로 당파의 주장이 격렬해지고 상소가 빗발치듯하며 혹은 중도를 지나침이 있어서 재택(裁擇-취사선택)하기에 겨를이 없는데, 이렇게 하기를 그만두지 않는다면 그칠 기약이 없고 편안하고 조용할 때가 없을 것입니다.

아! 팔도의 백성들이 우러러 받드는 것은 오로지 승상과 세손저하일 뿐이니, 무릇 혈기가 있는 무리라면 어찌 다른 마음을 갖겠습니까? 만약 오늘날의 신하로서 혹 그런 죄를 짓는 자가 있다면 반드시 처벌해야 하며, 오늘날 말하는 자 가운데 혹 그 실정에 지나친 말을 하는 자가 있다면 마땅히 살펴 헤아려야 합니다. 하물며 저하의 처음 하시는 정사가 지극히 공정한 도리에 힘쓰시니, 어찌 털끝만큼이라도 미진한 탄식이 있겠습니까? 신이 여러 해 동안 강의를 듣고 글을 읽고 하여 치우치게 어리석음을 깨우쳐 주신 은혜를 입어서 매양 주연(胄筵-왕세자가 학문을 강론)에 올라서 구구하게 앙달(仰達-우러러 고함)하였으니, 이것은 실로 대대로 나라에 충성하고 가문을 보전하고 세상 안정시키는 것이었습니다. 삼가 생각하건대 우리 저하께서도 역시 기억하고 계실 것입니다. 신의 한결같이 굳은 적성(赤誠-참된 정성)은 곧 나라를 위한 것이지, 개인을 위한 것이 아닙니다. 마침 논사論思하는 직임을 맡아서 저하를 위해서 다시 한마디 올리지 않는다면 신이 은혜를 저버린 죄를 어디로 피하겠습니까?〉

세손이 국영의 상소에 응답하여 말하였다
"내가 너와 지우知遇하고 너와 뜻이 맞은 것은 서연書筵에서부터였는데, 훈계하여 경계함箴警과 자익資益이 어느 것 하나 지우와 뜻에 맞지 않음이 없었다. 그러나 내가 너에게 허여한 것은 별도로 있었다. 너의 성의가 겉으로 드러내지 않은 것에 감동하였고, 너의 공평하고 사사로움이 없는 마음이 조금도 굽히지 않은 것을 가상嘉尙히 여겼다. 바야흐로 이제 조정의 기상이 분분할 때에 이처럼 문제에 대처할 좋은 경계의 말을 올렸으니, 촛불을 밝히고 읽으면서 더욱 참으로 감탄하였다. 세신을 보전하고 세도를 안정시키라는 말에 이르러서는 비단 시급한 업무(時務-當世의 시급한 일)의 아주 중요한 일(切要)일 뿐만이 아니니, 내가 이로써 지켜나갈 자료로 삼겠다. 그리고 상서 중 사양한 것은 지나치다."

정조는 홍국영의 상소에 대해 극찬을 하였다. 국영의 이 상소로 하여 세손과의 사이가 더욱 돈독하여 졌다.

어느덧 새해가 된 것이다. 영조 임금 즉위 쉰 두 해가 되었다. 이월에 들어 국영은 다시 한 번 벼슬이 의정부議政府의 사인(舍人-의정부에 소속된 관리: 正四品)이 되었다. 궐 안의 모든 실무를 명실 공히 총괄하는 자리였다. 이어 훈련정(訓鍊正:正三品)을 겸하여 병력을 장악했다. 서명선을 이조 판서로 등용하여 인사권의 총책을 맡겼다. 이휘지를 병조 판서로, 김익을 대사성大司成으로, 이조 판서 김창흡金昌翕에게 문강文康이라 증시(贈諡-왕이 죽은 신하에게 시호를 내려 줌)하고, 우참찬右參贊 이재李縡에게 문정文正이라 증시하였다.

구윤명具允明, 채제공을 어제교정당상御製校正堂上으로, 홍국영, 정민시, 서유방徐有防, 이진형李鎭衡을 낭청(郎廳-당하관의 벼슬)으로 삼았다.

영조 임금의 앞날이 멀지 않으리라는 것은 누구나 짐작하고도 남는 일이었다.

천아성이 울려도 추호의 흔들림 없는 조정의 기강을 틀어잡을 필요가 있었다.

국영의 벼슬이 점점 올라가는 것과 책임이 점점 무거워 지는 것은 당연지사였다.

7. 정조 시대와 규장각奎章閣

이월이 지나도 한겨울의 추위가 아침저녁으로 한기락 남아 비깥나들이를 할 때는 옷깃을 여미게 했다. 아직도 높은 산에는 잡목 사이로 잔설이 희끗희끗 보였다.

영조 임금의 노환은 쾌차하지 못하고 점점 기력이 쇠잔해져 갔다. 노환을 이기지 못할 나이에 와 있었다. 마지막 사위어 가는 모닥불의 불티 같았다.

"저하, 상감께서 위독하십니다."

"아니 할바마마 용태가 아침에는 괜찮아 보이셨는데."

세손은 급히 집경당으로 달려갔다.

"할바마마. 세손이옵니다. 정신을 차리시오소서."

눈을 감은 영조 임금은 가녀린 숨을 쉴 뿐 정신을 차리지 못했다. 어제 해질 무렵부터 혼수상태에 빠졌었다. 가래가 심히 끓어오르는 소리가 어제보다 더했다. 영조가 뭐라 이야기를 했으나, 세손이 알아들을 수가 없었다. 세손이 귀를 할아버지 입에 가까이 대고 다시 물었으나 알아듣지 못했다.

탑전에는 영조의 유교를 받으려고 영의정 김상철과 승지가 대령하고 있었다. 화완옹주도 침소를 떠나지 않고 곁에 있었다. 정순왕후도 영조의 손을 잡고 있었다.

세손이 약원 제조 서유린에게 말하였다.

"요즘 증세가 자꾸만 악화되어 매일 손 쓸 길이 없는데 저녁 이후에는 담이 끓고 혼미한 증후가 더욱 심해졌다. 눈꺼풀을 떴다 감았다 하시는 것과 손끝 발끝의 온기가 평상시와는 달랐다. 그러므로 기후를 진찰할 것을 앙청하였으나, 아무런 지시가 없었고, 탕제를 올릴 것을 앙청하였으나, 역시 아무런 지시가 없으셨다. 얼마 후에 손의 한기가 더욱 심해지기에 계귤차桂橘茶를 두어 숟가락 올려 보았더니, 온기가 있는 듯하다가 도로 싸늘한 기운이 감돌았다. 다급하여 어찌할 바를 모르는 상황에서 한편으로는 지금 바로 진찰하겠다고 주달하였다. 탕제는 달여서 대령하였는가?"

세손의 물음에 서유린이 대답하였다.

"달여서 대령하였사옵니다."

세손이 전의典醫 오도형吳道炯에게 진찰하게 하였더니, 오도형이 진찰한 뒤에 결과를 세손에게 아뢰었다.

"맥박이 조금 줄었는데 이것은 필시 담기가 막혀서 그럴 것입니다. 백비탕白沸湯을 우선 올리고 계귤차에다 곽향藿香 1전錢을 첨가하여 달여서 올리는 것이 좋을 듯합니다."

세손이 영조를 부축하여 수저로 백비탕을 떠넣었다. 영조가 잠시 후에 돌아눕고자 하기에 세손이 도와 그렇게 하였다. 옥음이 희미하게 들렸는데 떨리는 기운이 있었다. 영조가 꺼져 들어가는 목소리로 물었다.

"다음茶飮을 가져왔는가?"

서유린 등이 미처 알아듣지 못하였다. 세손이 서유린에게 영조의 뜻을 전했다.

"다음을 달여 가지고 왔느냐는 분부인 듯하다. 다음을 속히 달여 가지고 오도록 하라. 도제조와 제조가 만일 대궐에 있거든 속히 들어오게 하라."

도제조 김상복金相福과 제조 박상덕朴相德이 입시하여 다음을 올렸다. 영조가 다음을 드시고 나서는 이윽고 가래침과 다음을 토하였다. 동궁이 울먹이면서 타는 듯한 마음으로 잇달아 의관더러 진찰을 하게하고, 오도형에게 물었다

"지금 손끝이 차갑기가 더욱 심하니, 어쩌면 좋겠는가?"

오도형이 아뢰었다.

"기도가 제대로 돌지 않기 때문에 자연히 이와 같은 것입니다."

영조가 취침하는 것처럼 오랫동안 담이 끓는 소리가 들리지 않았다. 오도형이 진찰을 하고 나서 아뢰었다.

"맥박은 이미 가망이 없습니다. 지금은 달리 진어할 만한 약이 없고, 한 돈쭝 속미음粟米飮을 올리는 것이 좋을 듯합니다."

세손이 속미음을 속히 달여서 들여오게 하였다.

동궁이 여러 승지와 시임 대신, 원임 대신을 입시하도록 명령하고, 또 금성위錦城尉 박명원朴明源과 창성위昌城尉 황인점黃仁點, 정후겸, 김효대金孝大, 김한기, 김한로金漢老를 입시하도록 지시하였다.

동궁이 신하들을 살피고 나서 탄식을 했다.

얼마나 시간이 지났을까.

"으음……"

영조는 들릴락 말락 신음소리를 토해 내더니 눈을 떴다.

"세……손. 세……손."

겨우 눈을 뜬 영조는 모기 소리 같이 작은 목소리로 세손을 찾았다.

"할바마마. 저 여기 있사옵니다."

세손이 눈물을 흘리며 대답했다.

"할바마마. 미음을 좀 드시오소서."

세손이 영조의 머리를 받치고 조심스럽게 미음을 떠 넣었다. 두 번을 받아먹던 영조는 고개를 좌우로 흔들었다.

"대…보, 대보…를 가…져 오…너…라."

내관이 대보를 가져다 영조 옆에 놓았다.

"과인은 이제 명이 다한 것 같다. 세손은 열성조의 유업을 받들고 종묘사직을 굳건히 하라."

영조 임금의 말이 중간 중간 끊겼으나 대략 이런 내용이었다.

"할바마마. 명심하겠나이다."

세손의 말에 영조는 고개를 보일 듯 말듯 앞뒤로 움직였다.

"상감마마."

"상감마마."

다른 사람들이 울면서 작별인사를 하듯이 상감마마를 불렀다.

"울지 마라. 과인의 뜻을 승지는 적으라. 대보를 세손에게 전한다."

말을 띄엄띄엄 겨우 마친 영조는 기운이 다하였는지 다시 정신을 잃었다.

세손이 궁성을 급히 호위하라고 지시하였다.

영의정 김상철은 즉시 군사를 풀어 궁궐을 호위하게 하고 금군들은 집경당을 에워쌌다.

영조 52년 3월 5일 묘시卯時에 영조 임금이 경희궁의 집경당에서 승하하였다. 동궁의 품에서 최후의 숨을 내쉬고 세상을 하직했다. 여든세 살. 재위 기간은 자그마치 오십이 년만이었다.

전의는 뒤로 물러앉았다.

"할바마마."

"상감마마."

세손과 중전과 화완옹주 등 방안에 있는 모든 사람들이 소리 내어 울기 시작했다.

내시가, 평상시에 입으시던 임금의 윗옷을 왼쪽 어깨에 매고 궁궐의 동쪽 낙수받이를 타고 올라가서 지붕 한가운데 용마루 위를 밟고, 왼손으로 옷깃을 잡고, 오른손으로 옷 허리를 잡고서 북향하여 세 번 외쳤다.

"상위는 복하시오."

"상위는 복하시오."

"상위는 복하시오."

상위란 돌아가신 임금을 가리키는 말이며, 복은 돌아오라, 회복하라는 뜻이었다. 동쪽은 생명의 방향을 뜻하며, 북쪽은 죽음의 방향을 뜻하므로 동쪽으로 올라가 북쪽을 향해 외친 것이다. 세 번 부르는 것은 셋을 성스러운 수로 여겼기 때문이었다. 상위복을 외쳤던 내시는 의식을 마치고 서쪽 지붕 처마를 지나 낙수받이를 타고 조심스럽게 내려왔다. 그 옷을 가지고 들어가서 대행대왕의 위에다 덮어 두고 연궤(燕几)로 발을 고정시켰다.

천아성의 구슬픈 소리가 한성의 밤하늘에 서글프게 울려 퍼졌다. 만조백관과 궁 안의 모든 사람들이 소리 내어 울었다. 대궐에서 천아성이 들리자 조선 천지가 숨을 죽이고 만백성이 슬피 울었다.

천붕지통(天崩之痛-하늘과 땅이 꺼지는 슬픔).

온 나라 백성이 상복차림으로 통곡하였다. 조선 팔도가 슬픔의 도가니에 빠졌다. 세손이 윗옷을 벗고 머리를 풀어 헤쳤다. 소복을 입은 다음, 위 소매를 걷었다. 중궁전, 혜빈궁, 세손빈궁이 모두 관과 윗옷을 벗은 뒤에 머리를 풀어 헤쳤다. 소복을 입고 곡하면서 극진히 애도하였다.

목욕을 시키고 습襲을 할 때에 시임 대신, 원임 대신, 봉조하, 승지들, 예조의 세 당상, 양사와 옥당 관원, 춘방 관원은 들어와 참석하라고 명하였다.

세손은 약원의 신하들은 대죄하지 말라고 지시하였다. 임금이 승하하면 약원의 신하들은 자기들의 잘못인양 석고대죄를 하는 관례가 있었다. 약원이 대죄하여 올린 상소에 답하였다.

"나의 죄로 인하여 이 망극한 슬픔을 만난 것이다. 차라리 죽고 싶지만, 그러지도 못하고 있다. 경들은 대죄하지 말라."

영의정 김상철을 원상으로 삼았다.

영조 임금의 파란만장한 일생이 막을 내렸다. 숙종 20년(1694)에 태어나서 영조 52년(1776)까지 재임한 조선조 제21대 왕이었다. 본 이름은 금昑이었고 숙종의 세 아들 중 둘째였다.

영조 임금의 배필은 첫 번째 정성왕후이고 계비는 정순왕후貞純王后였다.

모친은 무수리였으나 하룻밤 성은을 입은 뒤 화경숙빈으로 봉해진 최씨였다.

숙종이 장희빈에 미혹되어 쫓아낸 인현왕후의 침방(針房-바느질 방) 무수리였다. 이슥한 밤에 궁내를 거닐던 숙종 임금은 불이 훤히 켜진 어느 방을 몰래 들여다보고 진지상을 차려 놓고 절을 올리려는 궁녀를 발견하고 자초지종을 캐묻게 되었다.

"내일 아침이 인현왕후의 생일이어서 인사드리고자 했사옵니다."

숙종은 그 뜻을 가상히 여겨 하룻밤 잠자리를 같이 했고 태기가 있게 되었다.

왕과 무수리. 궁에는 수많은 궁녀들이 미모를 뽐내고 성은을 입기 위하여 항상 대기 상태였다. 그런데 하필 무수리라니, 궁녀들은 믿기지 않았다. 미모가 뛰어난 자기들을 놔두고 못 생긴 무수리라니? 듣지도 보지도 못한 사건이었다. 궁 안의 사람들은 어찌 생겼는지 그 무수리를 보고 싶어 했다. 특히 장희빈이 안달이 나 있었다.

최씨는 만삭(英祖의 兄)이 되었을 때 장희빈에게 끌려가 완전히 옷이 벗겨진 알몸인 채 회초리로 온 몸이 성한 곳이 없이 맞았다. 마치 수도 없는 붉은 뱀을 온 몸에 그려놓은 것 같은 끔찍한 문신같이 보였다. 무수리 최씨는 마침내 기절해 버렸다. 누군가 숙종에게 즉시 연락하고 숙종이 희빈궁에 도착해 무수리 최씨를 찾아도 보이지 않았다. 궁녀들에게 물었으나, 희빈 장씨의 포악한 성정을 아는 지라 누구도 대답하지 않고 눈치만 보았다.

숙종은 그때 마당 건너 처마 밑에 엎어져 있는 항아리를 이상하게 여겼다. 뒤집으라고 하자 그 속에서 완전 알몸으로 기절해 있는 무수리 최씨를 발견했다. 눈 뜨고 볼 수 없는 몰골이었다. 즉시 구출해 내의원으로 보냈다. 천한 목숨이어서인지 죽지 않고 숨이 붙어 있었다. 그런 모진 고문에도 소위 잉태한 용종에는 아무 이상이 없었다.

24세의 최씨는 왕자를 출산하여 숙원(淑媛·從4品)으로 책봉되었으나, 그 아이는 출산 2달 후 죽었다. 이듬해 25세에 다시 임신하게 되고 아들을 낳게 되니, 연잉군延礽君으로 책봉되었다. 연잉군은 여덟 살 때까지 희빈 장씨의 갖은 박해를 받았으나, 죽지 않고 건강하게 잘 자랐다.

숙빈 최씨는 본이 해주海州인 최혜원의 딸로 전라도 태인泰仁에서 태어났다. 열두 살에 궁으로 들어가 인현왕후仁顯王后 민씨閔氏 휘하의 세숫물을 떠다주는 무수리가 되었다. 무수리 중에서도 궁궐에서 궁녀들에게 세숫물을 떠다 바치는 하찮은 계집종이었다.

숙빈 최씨는 숙의(從2品)를 거쳐 귀인(從1品)이 되고 30세에 숙빈(正1品)으로 책봉 되었다. 희빈 장씨의 비행을 숙종에게 일러 바쳐 인현왕후를 복위하도록 했다. 희빈 장씨의 질투로 말로 다할 수 없는 갖은 핍박을 다 받았다. 숙빈 최씨는 49세에 명을 달리했다

숙종 25년(1699년) 왕자 금은 여섯 살에 연잉군延礽君에 봉하여졌다.
숙빈 최씨는 연잉군을 늦게 혼인을 시키고자 했으나, 마음대로 되지 않았다. 숙종의 세 번째 정비인 나이 어린 인원왕후가 들어오자, 연잉군을 일찍 혼인시켜 궐 밖으로 내몰았다. 하는 수 없이 궐 밖에 나가 살았고 일반 백성들과 같이 살면서 백성들의 애환과 실정을 잘 알았다. 나중

에 임금이 되어서 선정을 베푸는 데 기본이 되었다.

궁 안에서 왕재수업을 받지 못했지만, 백성들과 살았던 경험이 오히려 성군의 자질이 되었다

임금 경종은 형제가 없어서 그런지 특별히 이복동생인 연잉군을 끔찍이 좋아했다. 연잉군이 본의 아니게 역모사건에 휘말린 일이 있었다. 처형될 수도 있는 일이었는데 경종은 동생을 감싸 안고 용서해 줬다.

어머니가 무수리였던 관계로, 노론의 김창집金昌集의 종질녀로 숙종임금의 후궁인 영빈寧嬪 김씨의 양자노릇을 하였다. 이 인연으로 하여 왕위 계승문제가 표면화 되었을 때, 이복형인 왕세자(景宗)를 앞장세우는 소론에 반대하던 노론의 보호와 지지를 받을 수 있었던 것이다.

우여곡절 끝에 왕세제王世弟에 봉해졌다가 21대 조선왕조 왕으로 즉위할 수 있었다.

즉위해서는 두 가지 자격지심에 시달렸다. 무수리의 자식이라는 것과 경종을 독살했다는 혐의였다. 독살했다는 설도 지금 보면 황당무계한 사건이었다. 경종이 점심에 게장을 먹었는데 연잉군이 홍시를 보내서 먹고 죽었다는 설이다. 게장과 홍시는 음식궁합에 상극이어서 같이 먹으면 죽는다는 설이 당시에는 사실처럼 믿고 있었다.

영조 임금은 정통성을 부정하는 이인좌의 난도 겪었고, 자식을 뒤주에 가두어 죽인 매정한 아버지라고 지탄을 받기도 했다. 그러나 백성을 위한 마음을 역대 어느 임금 못지않았다.

영조는 자신의 4대 사업으로 이조낭관통청권吏曹郎官通淸權의 혁파, 한

림회천법翰林回薦法의 회권법會圈法으로의 전환, 균역법·산림山林의 정치적 위상 격하(吏郎·翰林·均役·山林)와 같은 개혁을 성사시켰다.

이 외에도 군비와 군제의 정비, 서원 철폐나 노비신공의 반감 및 서적의 간행과 같은 업적을 쌓았다.

그나마 승하하기 몇 달 전 한익모, 홍인한, 정후겸, 화완옹주 등의 거센 반발에도 불구하고 왕세손의 대리청정을 성사시켜 세손의 즉위를 도운 게 영조의 마지막 결단이었다고 볼 수 있다. 정신이 오락가락하는 혼미한 상태에서 그래도 맑은 정신이 들었던지 그런 정상적인 결정을 내린 게 나라를 위하고 가문을 위해 천만 다행인 일이었다. 이는 비운의 자식인 사도세자에 대한 속죄와 세손에 대한 보은일 수도 있는 결단이었다.

영조 임금은 탕평책으로 어느 정도 정치적 안정을 구축했다. 또 국정을 위한 제도 개편이나 민생대책이나 문물의 정비 등 여러 방면에 적지 않은 치적을 쌓을 수가 있었다.

영조 2년(1725년) 형벌제도도 보완했다. 극단적인 형벌인 압슬형壓膝刑은 폐지하고 죽은 자에게는 추가형벌을 금지시켰다. 영조 6년 사형수에 대해서는 삼복법(三覆法·삼심제도)을 적용했다. 요즘의 삼심제가 이미 적용되었다. 형살刑殺에 신중을 기하기도 했다.

사문私門의 형벌도 엄격히 금지하였다. 남형(濫刑·형벌규정을 넘어선 가혹행위)과 경자(鯨刺·얼굴에 먹물을 뜨는 형벌) 등의 가혹한 형벌도 폐지시켰다. 신문고 제도(申聞鼓制度)를 부활시켜 억울한 백성들의 한을 풀어주었다.

이원익이 주장한 균역법(均役法-백성의 役을 고르게 함)을 시행했다. 단순한 감필(減疋-군포 2필을 1필로 줄임)이 아니었다. 모두 1필역一疋役으로 부담을 균일하게 조정하였다. 양역의 불균형을 바로잡아 백성의 부담을 크게 줄여 주었다. 감필에 따른 재정부족을 보충하는 방안으로 양반 지주층 토지세에 부가하여 부담하도록 하였다. 또 피역자에게 선무군관(選武軍官-무술시험으로 선발한 지방 군관)이라 하여 군관포를 징수한 것도 있었다.

그런가 하면 어염세, 은여결세 등 국가세입에 넣지 않던 세금을 국가로 거둬들이게 한 데서 보듯이 양반 및 농민층의 이해가 상반된 양역문제 해결에 앞장섰다. 지배층의 양보를 강요하여 백성을 위한 개선책을 마련하기도 했다.

균역법의 시행은 백성들의 삶에 실질적으로 큰 이득을 주었다. 농사를 중시하고 사치를 억제한 것도 백성들은 좋아했다. 이는 영조가 왕제 시절 서민들과 함께 생활했던 경험에서 터득했다고 보여진다. 이 밖에도 서얼을 등용케 한 것도 높이 사고 있다. 이도 자기도 서얼이나 다름없는 정비의 소생이 아니라는 생각 때문이었다. 더구나 무수리의 아들은 일반 양반가에서 자기 같은 처지라면 사람 취급도 받지 못한다고 알고 있기 때문일 것이다.

또 훈학서적, 음악서적, 문헌비고(文獻備考-제도, 문물에 관해 기록한 책) 등의 서적을 남겨 인문정책에도 기본의 틀을 마련했다.

국가를 경영하는 치세에 밝은 성군은 저절로 탄생하는 것이 아니었다. 전대의 기초를 이어받아 훌륭한 국가의 기반이 구축될 수 있을 것이었다.

영조 27년 친히 홍화문弘化門에 나가 백성들을 만나서 양역개정에 대한 여론을 수렴하기도 했다.

또 각 도에 은결을 면밀히 조사하여 환곡분류법을 지키게 하는 등 환곡의 폐단을 개선하는데 각별한 관심을 보였다. 영조 40년 일본에 갔던 통신사 조엄趙曮이 가져온 고구마는 굶주림에 허덕이던 백성의 구황식량으로 대환영을 받기도 했다.

영조 임금은 83세의 나이로 재임 52년 만에 많은 백성이 애도하는 속에 조용히 눈을 감았다. 집권하면서 조선 왕조 중흥의 기틀을 튼튼히 다진 왕이었다. 서민적이며, 부지런하고, 백성을 사랑하고, 겸손하며, 검소하였다. 궁 밖에서 서민들과 같이 어울려 성장한데서 체질화 되었다. 그러다가 운이 좋아 29세에 왕세제로 책봉되어 궁으로 들어왔다가 2년 만인 31세로 왕이 되었다. 왕제 수업은 받지 못했지만, 백성들의 희로애락은 누구보다 잘 아는 왕이 되었다.

조정에서는 시호를 지어 그의 인품을 칭송하였다.

〈지행순덕영모의열장의홍륜광인돈희체천건극성공신화대성광운개태기영요명순철건곤영배명수통경여홍휴중화륭도숙장창열정문선무희경현효대왕(至行純德英謨毅烈章義弘倫光仁敦禧體天建極聖功神化大成廣運開泰基永堯明舜哲健坤寧配命垂統景麗洪休中和隆道肅莊彰烈正文宣武熙敬顯孝大王)〉

그야 말로 그의 치세 기간만큼 긴 시호였다.

지금은 영조라 불리지만 당초에는 영종이라 했다. 덕이 많은 임금은 종이라 하고 공이 많은 임금은 조라고 했다. 영종이 영조로 바뀐 것은 먼 훗날이었다.

인간이 죽으면 그 영화가 어찌 되었던 한줌 흙으로 돌아가고 마는 것은 만고불변의 원칙이다. 영조도 경기도 양주군에 태조 이성계가 묻힌 동구릉에 그 능역이 있고 능호는 원릉元陵이라 부른다.

삼월 초열흘 경희궁.

오전 사시(巳時 11시). 세손은 영조가 승하하여 대리청정을 4개월 만에 끝낼 수밖에 없었다. 이제 닷새 째 되는 날이었다.

왕세손 이산李祘은 경희궁 자정문을 나와 즉위식을 위해 숭정문으로 향했다.

집경당에서 임금 영조의 입관을 마친 백관들은 숭정전崇政殿으로 옮겨 서차에 따라 도열했다.

정오가 되자 조금 전까지 상복차림이던 세손이 곤룡포袞龍袍에 면류관(冕旒冠-임금 정복의 관)으로 갈아입고 나왔다.

예부터 왕의 구장복九章服과 면류관은 최고의 예복인 대례복이었다. 중국에서 직접 조선의 왕에게 하사하기도 한 이 대례복은 왕이 중국의 칙사를 마중할 때나 종묘사직에 제사를 올릴 때나 즉위식이나 가례 같은 행사에 입었다.

구장복의 청색 상의에는 홀수 문양인 양陽을 상징하는 용龍, 산山, 화火, 화충華蟲, 종이宗彛가 새겨졌다. 음陰을 의미하는 하의에 붉은 색을 썼고 짝수 문양을 수놓았는데 조藻와 분미粉米 보黼와 불黻이 수놓아 졌다.

용은 상상의 동물이었다. 온갖 조화를 부릴 수 있다고 사람들은 믿었다. 왕을 용에 비유하는 것이다. 산은 만 백성에게 혜택을 내리는 백성들이 왕을 우러러 보는 것을 상징했으며, 불꽃은 광명을 호랑이와 원숭이는 용맹과 지혜를 상징한다고 했다.

하의에 수놓은 조는 수초의 화려한 문양을 본뜬 것이고, 쌀은 사람들 기르는 속성과 백성을 의미했다. 그리고 도끼는 결단력을, 불은 선악을 판단하는 능력으로서 악을 버리고 선을 선택하도록 왕이 백성들을 인도해야 하는 도리를 상징하는 문양을 수놓았다.

이 구장복에 해와 달, 별을 추가하면 중국의 천자가 입는 십이장복이었다.

주변의 제후들과 조선의 왕은 중국의 황제는 주군이었다. 주군이 입는 십이장복에서 해와 달, 별을 뺀 구장복을 제후들은 입었다.

이 구장복에 9개의 옥을 꿰고 그 사이에 오색 구슬을 넣은 아홉 류旒를 늘어뜨려 검은색 9류 면류관을 썼다.

왕세자는 왕보다 그 격이 아래였기에 왕의 구장복에서 산과 용을 뺀 칠장복과 8류 면류관을 썼다. 왕세손은 화와 화충의 문양까지를 제외한 아청색 오장복과 7류 면류관을 썼었다.

세손이 입은 대례복은 역시 오장복과 7류 면류관이었다.

영조의 시신을 모신 빈전인 자정 전 문밖에서 울면서 영의정으로부터 어보를 받고, 자정문으로 나와 승여를 타고 승정문으로 가 어좌에 오른 것이다. 상중에는 임금이 정전의 문밖에서 즉위하는 것이 당시의 법도였다. 종친과 문무백관이 동서로 도열해 섰다.

어좌에 앉기를 망설이던 세손은 울먹이면서 하소연했다.

'이는 선왕께서 앉으시던 어좌인데 오늘 내가 이 어좌를 마주 대할 줄 어찌 상상이나 했겠는가!'

세손은 사양하다가 마침내 어좌에 좌정하였다.

만조백관이 하례를 올리니, 새 임금 정조가 탄생하는 순간이었다. 나이 이십오 세. 그야말로 파란만장한 우여곡절 끝에 드디어 권좌에 올랐다.

마침내 조선왕조 제22대 임금 정조正祖가 등극했다.

만일 대리청정을 하지 않았다면 어떻게 되었을까? 왕위 결정권은 궁 안의 서열이 가장 높은 정순왕후에게 넘어 갔을 것이다. 어려도 왕실의 가장 큰 어른인 할마마마였기 때문이다. 그러면 세손 산이 왕이 된다는 보장은 없었을 수도 있었다. 그 일만 생각하면 모골이 송연한 일이었다.

국영은 다른 신하들과 같이 어전에 부복하고 절하는데 눈물이 하염없이 쏟아졌다. 마침내 곤혹스러웠고 괴롭고 고달팠던 세월이 가고 이제 새로운 천지가 열리는 것이었다. 국영은 옥좌御座에 앉은 동궁, 아니 정조 임금과 잠시 눈길이 마주쳤다. 정조는 우는 듯, 웃는 듯, 도시 종잡기 어려운 표정이었다.

무한량의 감격을 어떻게 다 표현할 수 있으랴,

국영은 하필 이때, 존경하는 인물 삼국지의 제갈량이 떠올랐다. 천하의 재사도 광대한 뜻을 이루지 못한 채 오장원 싸움에서 숨을 거두었다. 인간사에서 참으로 안타까운 일이었다.

그러나 국영은 동궁이 등극함으로써 이제부터 크게 날개를 펴고 천적을 모르는 맹금류처럼 창공을 훨훨 날아올라 태산을 넘을 준비를 하고 있었다. 이 썩은 세상의 환부를 확 도려내고 말리라. 새 살이 돋아 오를 때까지 최선을 다 하리라. 국영은 다짐을 단단히 했다.

드디어 '천하 모든 일이 내 손아귀에 있게 되는 날이 오리라.'가 가까이 오고 있었다.

"오늘 새벽 이전의 범죄자 중 사죄死罪 이하는 모두 용서 방면하라."

왕이 즉위하면 으레 대사령을 내리는 것으로 즉위식은 끝나기 마련이었다.

그러나 정조는 역대 왕의 즉위식과 달랐다.

"빈전(殯殿 인산 때까지 선왕의 시신을 모신 전각) 앞으로 대신들을 모이도록 하라."

즉위식을 마친 정조는 즉시 곤룡포와 면류관을 상복으로 갈아입었다. 빈전 앞에 대신들이 다 모였다. 모인 대신들은 무슨 일인가 하는 의아심을 가졌다. 정조는 쉽게 입을 열지 않았다. 무거운 침묵이 이어졌다. 대신들은 무슨 일인가 해서 숨을 죽였다. 드디어 정조가 입을 열었다.

"오호라! 과인은 사도세자의 아들이다."

청천벽력 같은 선언을 했다

국영의 가슴이 철렁 내려앉았다. 그리고 자기의 귀를 의심했다. 가장 우려했던 큰일이 터진 것이었다. 이건 노론 벽파와 전면전을 선포한 거나 다름이 없었다. 홍국영은 온 몸에 힘이 빠졌다. 앞길이 험난하고 아득했다.

모여 있던 대신들은 깜짝 놀랐다. 마치 지진이 나고 천둥 번개가 친 거와 같았다. 정국이 급격히 소용돌이 속으로 휘말려 들어가고 있었다. 즉위 하자마자 생부를 거론할 거라고는 누구도 짐작조차 하지 못했다. 특히 노론은 경악하지 않을 수 없었다. 15년 전 자신들이 뒤주 속에 가둬 죽도록 한 사도세자의 모습이 거기 서 있었던 것이다. 노론은 초긴장 했지만, 정조는 과거로 돌아가서 피비린내 나는 정쟁政爭을 일으킬 생각은 전혀 없었다.

정조의 말은 다시 이어졌다.

"선대왕께서 종통의 중요함을 위하여 나에게 효장세자孝章世子를 이어 받도록 명하신 것이다."

정조는 더 이상 구체적인 말은 덧붙이지 않았다.

사도세자의 문제는 '보지도, 듣지도, 말하지도 말라.'는 영조 임금의 유훈遺訓이기도 했다. 이를 어길 경우, 노론은 그 말을 빌미로 들고 일어날 수도 있는 중대한 사안이었다.

정조는 아둔한 사람이 아니었다. 영악하리만치 영리한 사람이었다. 과거 지향 정치로 정국을 파탄으로 몰고 갈 구상은 전혀 하지 않았다. 대리청정까지 했던 사도세자를 뒤주에 가둬 죽이도록 한 이 비정상의 정치체제를 정상적인 상태로 바로 잡아야 된다고 믿고 있었다. 그것만이 이 나라와 자기 자신을 위한 개혁이라고 생각했다.

정조는 효장세자를 진종眞宗으로 추승하였다. 아버지인 사도세자를 장헌莊獻으로 존호를 올렸다.

정조는 즉위 제일성이 마음에 걸렸는지 한마디 더했다.

"나는 오직 종천(終天-세상이 끝남)의 애통한 마음을 나타낸 것일 뿐, 고래로부터 제왕들이 시법(諡法-죽은 사람에게 시호를 의논하여 정하는 방법)을 간여하려 한 것은 일찍이 옳지 않다고 생각했다."

정조는 더 이상 친부인 사도세자의 추모 사업을 하지 않을 것을 공표했다. 구석에 몰린 노론들은 불측한 일을 꾸미려다가 아직은 아니라는 생각을 하게 되었다. 서로 곁눈질을 하면서 더 지켜 볼 수밖에 없는 일이라고 이심전심 안도의 한숨을 쉬었다. 모였던 대신들은 서로 눈짓을 해 가면서 삼삼오오 흩어져 갔다.

정조는 아버지를 죽음으로까지 몰고 가고 자기의 왕위 계승까지를 방해한 외척세력과 당파세력들을 적절히 제압하는 일이었다. 왕위 계승을 방해한 사건은 엄연히 반역사건이었다. 그러나 그들을 당장 단죄할 수 있는 수단과 방법이 없었다. 그 세력이 얽히고설키고 복잡할 뿐만 아니라 아직은 막강한 세력을 유지하고 있었다. 이 저항 세력은 노론 벽파나 일부 과격한 소론뿐만 아니라 네 부류의 혈족들이 탄탄한 세력으로 버티고 있었다. 할머니인 정순왕후와 오라버니인 김귀주, 아버지의 혈족인 화완옹주와 양아들 정후겸과 그 일파, 어머니의 혈족인 외할아버지 홍봉한과 작은할아버지 홍인한과 풍산 홍씨 일파. 나머지는 이복동생을 등에 업고 반역을 꾀하려는 자들이었다. 이들을 제압할 궁리에 정조는 밤잠을 설쳤다.

삼월 초열흘 즉위한 정조는 사흘 후인 열사흘 승정원의 인사를 단행했다. 정조는 홍국영을 특별히 발탁하여 동부승지同副承旨로 임명하였다.

정조 가계도

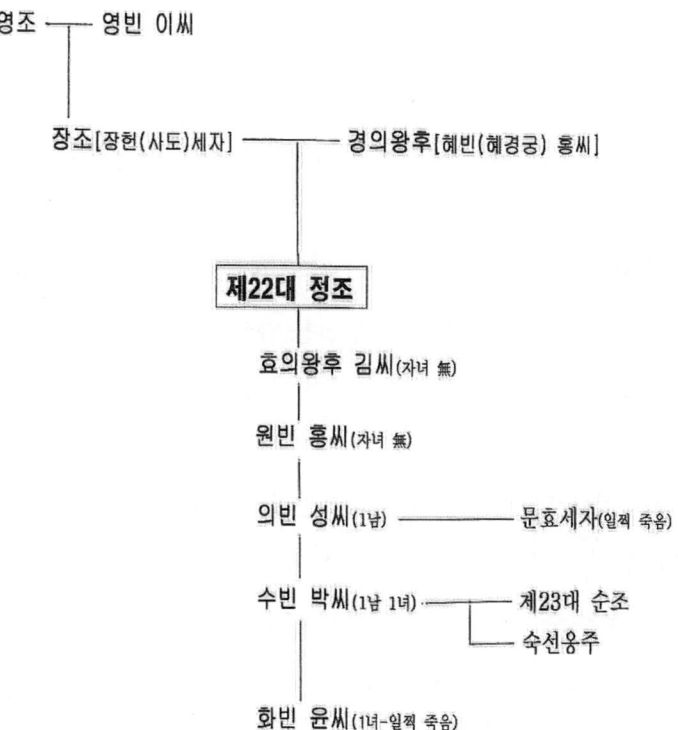

현재의 좌승지 채홍리蔡弘履를 경질했다. 임금의 비서실인 승정원의 정3품 당상관 자리였다. 그야말로 숨 가쁘게 수직 상승을 했다. 속된 말로 자고나면 벼슬이 높아져 갔다.

"승지. 지금은 국상 중이오. 내가 경황이 없소. 이 중차대한 고비를 일호의 실수도 없이 잘 넘길 수 있도록 정신을 바짝 차려 최선을 다하여 주시오."

임금 정조가 심각한 표정으로 부탁했다. 직급으로는 동부승지였으나, 임금의 깊은 신임을 받고 있었다. 누구도 믿지 못하는 정조에게 유일하게 믿을 수 있는 대신은 오직 홍국영뿐이었다. 자연히 국정의 대소사가 국영을 중심으로 움직여 갔다. 당연히 권력도 그에게 집중될 수밖에 없었다.

국영은 금년 스물아홉, 팔팔한 나이였다. 하늘을 나를 것 같은 기분으로 날마다 피곤한 줄도 몰랐다. 밤과 낮을 가리지 않고 정무 처리에 바빠 정신이 없었다. 노회한 원로들이 보면 아직 젖비린내 나는 어린아이였다.

오늘 아침 등청하기 전 집에서 있었던 일이었다.

"세상을 한번 뒤집어엎겠다고요? 아직 그럴 시기가 아니라고 믿어요."

등청하기 위해 아침에 옷을 갈아입는데 거들어 주던 부인 덕수이씨가 정색을 하고 지난번처럼 한마디 했다.

"매미는 클 때마다 허물인 껍질을 벗는답니다. 껍질을 벗을 때가 가장

적에게 잡아먹히기 쉽다고 들었습니다. 사람도 크게 성장하고 변신할 때가 가장 위험하다고 합니다. 동부승지 영감, 제발 주변에 적을 만들지 마세요."

국영은 또 한 번 부인 덕수이씨의 충고를 겸허히 받아들여야 했다.

이 무렵 국영과 함께 새로 출발하는 조정을 움직여 가는 중요한 사람들이 있었다. 동궁 시강원 겸필선(兼弼善·정4품) 정민시와 이조판서 서명선, 그리고 또 한 사람 김종수金鍾秀였다.

김종수는 과거를 보지 않고 벼슬을 했었다. 정조의 왕비와 같은 집안의 청풍淸風 김씨였다. 가문이 좋으면 과거를 거치지 않고 벼슬하는 음서제도에 의하여 벼슬이 주어졌다. 그래서 면천군(沔川郡-충청도)의 현감까지 지냈다. 그는 뒤늦게 과거에 급제를 해야만 체면이 선다는 것을 알았다. 그래서 마흔한 살 때에야 새삼 과거를 보아 급제해 떳떳한 벼슬길에 올랐다.

국영이 과거시험을 농단하기 4년 전의 일이었다.

그러나 2년밖에 벼슬에 있지 못했다. 홍문관 교리를 맡고 있을 때였다. 당시 동궁(思悼世子)에 대해 주위의 구박을 차마 그냥 눈뜨고 볼 수가 없어서 발 벗고 나서 한마디 거들었던 게 벽파에게 찍히는 일이 생겨 버렸다. 보복은 잔인했다. 영위서인永爲庶人이란 게 있다. 영원히 서인으로 고착시켜 버리는 것이었다. 그러나 세상사는 그것으로 끝나지 않았다. 귀양살이를 가서 3년 만에 풀려 간신히 집으로 돌아왔다. 마침내 기사회생할 기회가 왔다. 정조가 대리청정을 보게 될 때, 공조참의工曹參議

라는 한직으로 겨우 한자리하게 되었다.

서명선은 57세가 되고 김종수 49세였다. 다음은 정민시가 32세, 이미 노년이 아니면 장년의 지긋한 나이였다. 세 사람 다 성품도 조용하고 신중한 사람들이었다. 국영은 아직 이십 대였다. 젊은이는 29세의 국영 한 사람이었다. 국영 역시 평소 급한 성격인데도 언행을 신중하게 하고 특별히 조심하여 처신했다. 하루하루가 살얼음판을 가는 것 같은 정국이었다.

3월 19일 정조는 노론 김양택을 영의정으로 소론 김상철을 영의정에서 좌의정으로 내려 탕평 정부를 구성했다. 노론을 수상으로 하여 노소론을 아우르는 탕평정부를 구성한 것이었다. 그러나 김양택이 다음 해 세상을 떠나자 김상철을 영의정으로 임명했다.

궁 안팎은 어느 때보다 조용히 흘러갔다. 그러나 세상사란 인간의 뜻대로 되지 않았다. 악마가 있어 장난치는지 몰라도 이따금 풍파가 일게 마련이었다.

즉위년 5월 24일 이었다.

정조는 전 대제학 황경원黃景源, 대제학 이휘지李徽之, 좌승지 홍국영을 불러 하교하였다.

〈옛날 효종 대왕 때에 선정 송문정공(宋文正公 宋時烈)이 매우 뛰어나고 어질고 지혜로워 세상에 드문 특수한 예우를 받았었다. 할아버지께서는 잘 지탱할 것을 부탁하고 선정은 몸을 굽혀 충성을 기약하였다. 그 명랑

하고 화평한 부합으로 부지런히 힘써 원대한 정책은 곧 대의명분을 밝혀 세우는 큰 의리를 위한 것이었다. 무릇 슬기로움과 어리석음이 이처럼 융숭하고 임금과 신하 사이가 잘 어울려 이처럼 성대하였는데도, 효종의 묘당에 배향하는 예절을 이때까지 거행하지 못하고 있으니, 단지 국가의 결전일 뿐이 아니다. 곧 시행하도록 하라.)

"가령 익성공翼成公 황희黃喜가 세종대왕의 묘정에 추배追配되고, 문경공文敬公 김안국金安國이 인종 대왕의 묘정에 추배된 것이 진실로 우리 조정의 법도가 되고 오늘날의 분명한 증거가 되는 것이다."

즉위년 9월 25일(癸巳) 정조는 규장각을 복원하여 활성화 하자고 했다. 규장각奎章閣을 창덕궁 후원, 비원의 북쪽에 세우고 제학提學, 직제학直提學, 직각直閣, 대교待敎 등 관원을 두었다. 건국할 때 관직을 설치한 것이 모두 송나라 제도를 따랐으니, 홍문관은 집현원을 모방하였고, 예문관은 학사원學士院을 모방하였으며, 춘추관은 국사원을 모방하였으나 유독 임금이 직접 쓴 글 들은 국가의 대계를 보관하던 존각尊閣에 간직하는 제도가 있지 않았다.

홍국영은 규장각에 서얼들 중에 뛰어난 사람들을 등용하여 이 나라의 동량으로 삼을 원대한 계획을 세우자고 정조에게 건의했다.

"전하, 서얼들 중에는 뛰어난 사람들이 세상을 비관하고 자포자기한 상태에서 방탕한 생활을 하는 사람이 많습니다. 이 아까운 인재들을 잘 등용하시오소서."

"그렇지 않아도 내 그들을 구제할 생각을 가지고 있소,"

정조는 홍국영의 말에 흔쾌히 대답했다.

서자 중에는 학문이 뛰어난 사람들이 많았으나 출세할 길이 막혀있었다. 정조는 규장각의 실무를 담당하는 관원들로, 검서관으로 기용했다.

홍대용은 규장각의 직각을 사양하고 외직으로 나가겠다고 하였다. 그 대신 자기 문하에 들어와 실학을 궁구했던 뛰어난 후학들을 천거했다. 그들이 바로 박제가朴齊家 서이수徐理修 유득공柳得恭 이덕무李德懋 등이었다.

규장각에는 많은 서얼들이 검서관으로 임명되었다. 상민도 양반도 아닌 이들에게 대단히 고무적인 일이었다. 사람들은 40세 이하 이들을 초계문신抄啓文臣이라고 불렀다. 정조는 이들을 직접 재교육 시켜 임금의 탕평정책을 따르는 시파時派 세력으로 키워 나갔다. 규장각에는 역대 국왕의 영정과 저술, 친필 등을 보관한다는 점을 정조는 표방하였다.

그러나 정조의 속마음은 정치적으로 견고하지 못한 세력 기반을 강화하고자 했다. 또 문화적으로는 이념과 정책의 연구를 하려는 목적이 있었다. 그 구체적인 장치로서, 재능 있고 젊은 인물들을 의정부에서 선발해 국왕에게 보고(抄啓)한 후 규장각에 소속시켜 학문을 연마하게 한 것이다.

이 제도는 조선 전기의 사가독서제賜暇讀書制의 전통을 이어받은 것이다. 운영 방식은 〈문신강제절목文臣講製節目〉에 규정되어 있다. 37세 이하의 당하관 중에서 선발하여 본래 직무를 면제하고 연구에 전념하게 하였다. 1개월에 2회의 구술고사(講)와 1회의 필답고사(製)로 성과를 평가하였다.

정조가 친히 강론에 참여하거나 직접 시험을 보여 채점하기도 하였다. 교육과 연구의 내용은 물론 유학을 중심으로 하였다. 문장 형식이나 공론에 빠지는 것을 경계하고 경전의 참뜻을 익히도록 하였다. 40세가 되면 규장각을 나가 익힌 바를 국정에 힘쓰도록 하였다.

정조 5년부터 138명이 선발되었다. 특히, 서얼들을 등용하는 문제를 홍국영이 정조에게 강력히 건의했고, 당시는 획기적이고 파격적인 일이었다. 그러나 이런 기록들이 홍국영이 실각한 후 철저히 삭제되었다. 규장각뿐만 아니라 여러 곳에서 홍국영 치적 삭제하기가 시작 되었다.

정국은 제 갈 길로 숨 가쁘게 달려가고 있었다.

정조는 바쁜 중에도 글씨 한 점을 내려 편액으로 만들어 벽에 걸도록 지시했다.

그 글씨는 '蕩蕩平平室(탕탕평평실)'이었다. 탕평蕩平이란, 상서尙書에 있는 말로 '무편무당無偏無黨 왕도탕탕王道蕩蕩 무편무당無偏無黨 왕도평평王道平平'이었다. 할아버지 영조가 주창했던 탕평책을 이어가겠다는 의도를 분명히 했다.

정조나 국영은 심한 고민에 빠졌다. 정조의 즉위를 음으로 양으로 방해한 노론의 벽파를 제압하지 않고는 국사를 다스려 나갈 수 없다는 사실을 잘 알고 있었다. 그러나 섣불리 건드렸다가는 반격을 받을 게 명확

관화明確觀火한 사실이었다. 특히 홍인한, 정후겸, 화완옹주, 문숙의 등은 사도세자를 죽도록 한 원흉들이기도 했다. 그 중에서도 작은 외할아버지인 홍인한을 제거하지 않고는 그 철벽같은 세력을 무너뜨릴 재간이 없었다.

정조는 삼사가 들고 일어나주기를 기다리고 있었으나, 요소요소에 박힌 벽파 때문인지 삼사는 꿈쩍도 하지 않고 있었다. 백관의 사소한 잘못도 규찰하는 삼사가 임금의 즉위를 저지한 대역 죄인들을 거론조차 하지 않고 침묵하고 있었다.

임금은 정조이지만 실제 실권은 노론에 있었다. 잘못 건드렸다가는 역습을 당할 처지에 놓여 있었다.

초조한 나날이 흘러갔다. 그동안 숨을 죽이던 백성들이 임금이 바뀌었다고 하자 들고 일어났다. 첫 번째는 화완옹주와 그의 양자 정후겸을 살려 두어서는 안 된다고 아우성이 터져 나왔다. 이 모자를 살려 두고는 윤리고 도덕이고 세상의 기강도 세울 수 없다고 아우성이었다. 정조가 취임한지 보름째 되는 날 사헌부司憲府 대사헌大司憲 이계가 노론의 눈치를 보며 청대해 정후겸을 탄핵하고 나섰다.

어쩌다 이리되었을까 어릴 때 정후겸이는 화완옹주의 양자로 들어왔을 때, 정조 임금인 이산과 궁 안에서 어울려 놀았던 사이였다. 정조보다 세 살이 위였다. 세월이 가는 동안 성장해서 양어머니인 화완옹주를 따르다 보니 정조 임금에게 배척당해서 내일이 어찌 될지 알 수 없는 신세가 되었다.

화완옹주는 돌아간 영조 임금의 아홉째 딸이었다. 영조 임금은 여섯 명의 부인을 두었다. 중전 두 명은 아이가 없었다. 후궁이 네 명이었는데 거기에서 열네 명의 아이들을 보았다. 그중에 다섯 명이 일찍 죽었다. 살아남은 아이들은 아들이 둘, 딸이 일곱이었다. 아들 둘은 세자 책봉 후 죽었다. 첫째 효장세자는 열 살에 죽고 사도세자는 아버지 영조 임금의 판단 착오로 조선왕조 오백 년사에 유례가 없는 잔인한 방법으로 28세에 죽었다.

일곱 명의 딸들은 전부 옹주였다. 옹주들도 네 사람은 아버지 앞에서 일찍 세상을 떠났다. 영조 임금은 특히 연우궁 정빈 이씨가 남매를 낳았는데 효장세자 다음으로 낳은 화순옹주에 대한 애정이 깊었다. 애지중지하던 딸이 일찍 죽었다. 그 슬픔이 이를 데 없어 늘 애통해 했다.

그 틈을 선희궁 영빈 이씨가 낳은 화완옹주가 파고들었다. 영빈 이씨는 사도세자와 화평, 화협, 화완옹주의 세 딸을 낳았다. 그 중 막내인 화완옹주를 어여삐 여겼다. 화순옹주가 없는 이제 제일 총애하는 자식이 되었다. 철이 들자마자 세상없는 신랑을 얻어주겠다고 했다.

영조 25년 7월 6일 소론의 거두 정휘량의 조카이자 이조판서 정우량鄭 羽良의 아들 정치달鄭致達에게 출가시키고 영조 임금은 심심치 않게 딸집에 행차하기도 했다.

화완옹주는 어려움을 모르고 자란 아이였다. 더구나 부왕의 총애를 받자 하늘이 높은 줄을 몰랐다. 모든 사람 위에 안하무인으로 군림했다. 사람을 사람답게 보지 않았다. 모든 사람은 마치 자기를 떠받들기 위해 있는 사람들로 착각했다. 기고만장한 그녀는 팔자가 좋지 않은 편이었다. 박복한 화완옹주는 결혼 7년 만에 남편 정치달이 죽었다. 나이 이십에 청상과부가 된 것이었다. 정치달과의 사이에서 딸을 하나 낳았으나 시름시름 앓다가 일찍 죽어버려 소생도 없었다.

젊은 과부가 고적감을 달래는 방법은 두 가지였다. 사치를 하는 일과 하나는 입을 주구장창 놀려대는 일이었다. 폭 넓은 치맛자락에서 일어난 바람결에 삼작노리개의 술들이 팔락거렸다. 진주와 산호는 물론 여러 개의 보석과 금붙이들이 어우러진 홍색 황색 옥색의 노리개가 몹시 화려했다.

남편인 일성위 정치달이 죽은 지 열두 해, 정숙한 과부라면 옥색저고리에 남색치마를 입고 조신하게 생활하는 것이 먼저 간 남편에 대한 예의이고 원칙이었다. 그러나 등을 반쯤 가리는 저고리 대신 짧은 기장의 저고리를 입고 그 저고리 밑에 눈처럼 흰 허리띠를 두르고 머리에도 온갖 장식을 하는 것을 좋아했다. 사치의 극치를 유감없이 보여 주고 다녔다. 사치와 갖은 탐욕스런 옷과 장신구에 욕심을 부려도 채워지지 않는 허전함은 메울 수가 없었다. 화완옹주의 유일한 희망은 권력의 중심에서 자기를 과시하는 재미를 알게 되었다.

영조 임금은 이 딸을 더욱 불쌍히 여겨 화완옹주가 드리는 청은 안 들어주는 법이 없었다. 욕심도 많아서 조선 팔도의 진귀한 물건치고 욕심내지 않는 것이 없었다. 그야말로 호화 사치의 극치였다. 늘어지게 늦잠을 자고 기름진 음식에 잘 먹고 갖은 사치를 다하고 시간이 남으면 입을 나불거리고 이리저리 돌아다니는 데 소비했다. 옹주인지라 대궐도 무상출입이었다. 고관의 집들도 거칠 것이 없었다. 가는 곳마다 주인공으로 팔뚝질을 해가면서 기세를 올렸다. 모이는 여자들은 그가 허튼소리를 해대도 한 마디 한 마디를 진지하게 듣는 척이라도 해야 했다. 그렇지 않으면 해코지를 당했다.

과부가 된 지 5년 만에 일어난 일이었다.

온 조정이 사도세자를 죽이느니 살리느니 떠들썩했다. 세상이 온통 그 일로 시끄러웠다. 화완옹주는 사도세자와는 친남매였다. 같은 선희궁 영빈映嬪 이씨의 소생이었다. 나이 차이도 얼마 안 되어 함께 자랐다. 화완옹주는 어릴 때 사도세자인 오라버니를 무척 따르기도 했다. 그런데 하필 사도세자를 싫어하는 벽파의 집으로 시집을 간 게 화근이었다. 어느 쪽에 편들 것도 없이 잠자코 있어야 할 처지였다. 벽파 집안의 여자들이 조용하지를 않았다. 화완옹주는 두뇌가 명석한 사람이 아니었다.

"잘못되어가는 이 세상을 바로 잡을 분은 오직 마마 말고 또 누가 있겠나이까?"

주변 여자들이 달려들어 추켜세우는 바람에 우쭐해졌다. 망하는 세상을 구하겠다는 일념으로 열심히 치맛바람을 휘날리며 발바닥에 연기가 나도록 궁중을 들락거렸다.

"우리 오라버니는 인간도 아니에요."

게거품을 물고 성토를 했다.

"저런 오빠를 그냥 둬서는 절대로 안 돼요."

한 어머니 뱃속에서 나온 친오빠인 사도세자를 깎아 내리고 험담하는 데 앞장을 섰다. 아버지인 영조 임금의 귀에 철 못이 박히도록 줄기차게 불어넣었다. 사도세자를 죽음으로 몰고 간 것은 화완옹주 한 사람만은 아니었다. 공으로 치자면 그는 결코 이등일 수는 없는 일등공신이었기에 문제였다.

아버지인 사도세자가 죽임을 당할 때 정조의 나이는 겨우 열한 살이었다. 열한 살의 세손은 할아버지에게 아버지를 살려 달라고 울음을 터뜨렸다. 정조의 기억 속에는 그때 입에 게거품을 물고 '너의 아버지는 죽어야 된다.'고 윽박지르던 이 친 고모의 모습이 지울 수 없는 악령으로 각인되어 있었다. 세손은 평소 고모를 공작처럼 아름답게 보았다. 궁 안에서 키우고 있는 공작이 날개를 펴면 그 아름다움은 극에 달했다. 그러나 지금의 고모는 그 순간 무서운 악귀로 보였다. 다른 사람들이 그래도 고모가 나서서 오빠를 살려달라고 울며불며 읍소를 해도 부족할 판인데 죽이라고 하는 그 고모를 열 살짜리 세손은 지금도 이해하지 못하고 있었다.

화완옹주는 아버지를 졸라 양자를 들였다. 시댁 일가의 아들인 정후겸을 데려다가 양자로 삼아서 주변의 피해를 의식하지도 않고 화려한 삶을 살았다.

이 화완옹주가 양자로 들인 것이 본관은 연일延日. 자는 백익伯益 정후겸鄭厚謙이라는 아이였다. 사도세자가 누명을 쓰고 억울하게 죽은 지 2년, 남편 정치달이 죽은 지 칠 년이 되는 영조 임금 40년 사월이었다.

정후겸은 죽은 남편 정치달의 일가붙이였다. 인천仁川에서 생선장수를 하는 정석달이라는 사람의 둘째 아들로 태어났다. 어릴 때부터 가업인 생선장수 일을 거들고 장성하면 아버지의 일을 이어받을 준비를 하던 서민 출신이었다.

집안은 특별히 볼 것이 없었다. 그러나 자식은 잘 두어 당시 열여섯 살밖에 안 된 후겸은 똑똑하기로 인근에 소문이 자자했다. 생김새도 준마처럼 출중한 데다 영리할 뿐더러 어깨너머로 배웠는지 글도 어느 정도 수준에 이르렀다.

그러다가 일성위 치달에게 입양되었다. 화완옹주의 남편인 부마 치달의 양자가 된 것이다. 바꾸어서 말하면 화완옹주의 아들이 된 셈이다. 자기보다 열한 살 아래인 잘생긴 양자를 얻게 되었다.

땟국이 줄줄 흐르고 생선비린내가 진동하는 정후겸을 데려다가 목욕재계하도록 하였다. 깨끗이 씻고 나온 정후겸은 헌헌장부로 보였다. 무명 중의 적삼이나 입었던 아이에게는 비단옷에 비단 금침에서 숙식을 하니 천국이었다.

"후겸아. 너는 오늘부터 엄마 옆에서 자거라."

화완옹주는 다 큰 후겸을 아들이라고 데리고 잤다. 제법 사내 냄새가 났다. 화완옹주는 정후겸을 양자로 들이고 나서 화색이 돌았다. 양자 후겸이만 보고 있으면 새로 세상 살맛이 났다.

정후겸은 양자가 되고 나자, 궁중에 아무 제약을 받지 않고 무시로 출입하게 되었다. 영조 임금 또한 정후겸을 화완옹주 못지않게 귀여워해 주었다.

임금 영조의 마음에도 쏙 들었다.

일찍부터 영특하고 언변에 능하였다. 외할아버지인 영조 임금의 총애를 받았다. 영조 임금은 나이 열여섯 살에 장원봉사掌苑奉事라는 종8품 벼슬을 주었다. 그리고 귀여워서 머리를 쓰다듬어 주었다.

"열심히 공부만 하여라. 장차 영의정인들 못하겠느냐?"

갯벌에서 조개나 줍고 밴댕이나 잡던 아이가 하루아침에 벼슬을 하게 되었으니 우스운 세상이었다. 생선 배를 가르던 정후겸으로서는 꿈만 같은 궁중이었다. 정후겸이 소속되어 있는 장원서莊園署는 궁중의 정원을 관리하는 관청이었다. 구태여 출근할 필요도 없었다. 당대 유명한 스승까지 붙여주는지라 책만 읽으면 되었다.

정후겸은 음서제도에 의하여 관직에 올랐던 것이다.

음서제도란 조선의 3품 이상 관료의 자손에게 그 아버지와 할아버지의 관품에 따라 7품 이하의 관직을 차등으로 주는 제도였다. 예컨대 일품 정승의 아들에게는 7품직을 주는 것으로 아들이 없으면 동생이나 손자, 심지어 사위 등에게 부여하기도 했었다.

정후겸의 친형 정일겸鄭日謙은 영조 48년 정시 문과에 병과로 급제한 후 승정원 승지에까지 오른 적이 있었다. 집안 아이들이 머리가 영특했다.

정후겸은 다음 해 2월에는 한꺼번에 생원生員, 진사進士 시험에 합격해 버렸다. 곧 성균관成均館에 입학하였다. 일 년 후에는 대과大科에 병과 1등으로 급제하여 열여덟 살에 홍문관 부교리(副敎理-從五品)로 임명되었다.

본인도 총명했지마는 전례 없이 승승장구했다. 이 출세의 이면에는 누가 봐도 양모인 화완옹주의 치맛바람이 역력했다. 치맛바람은 갈수록 세차게 강풍에서 태풍으로 불었다. 어린 이무기가 용이 된 꼴이었다. 용이 하늘로 치솟듯이 자고 나면 벼슬이 올라 스무 살에 정3품 승정원 승지가 되었다. 영조 44년 임금 측근에서 보필하게 된 것이다. 그야말로 벼락출세를 했다. 주변에서는 눈살을 찌푸리고 어처구니없는 일이라고 했으나, 아무도 말릴 수 없는 일이었다.

여기서 멈추지 않고 스물한 살에 개성유수開城留守가 되었다. 그러더니 호조참의, 호조참판을 거쳐 공조참판工曹參判에까지 올랐다. 주위에서 불만이 많았으나 누구도 그 말을 입 밖에 내지 못했다. 어느 자리에 있건 임금의 총애가 대단했다. 정승이고 판서들이고 그의 비위를 거슬러 피를 안 본 사람이 없었다. 또 한편, 정후겸에게 아첨해서 이득을 보지 못한 사람도 없었다.

성격이 매우 교활하고 간사하였으며, 영조의 총애를 바탕으로 당시 세도가였던 홍인한과 더불어 국정을 좌지우지하였다. 영조 51년 세손이 대리청정代理聽政 말이 나오자 화완옹주 홍인한 등과 이를 극력 반대하였다. 동궁이 있는 춘방에 여러 사람의 간자間者를 심어 세자의 언동을 샅샅이 살피게 해 즉시 보고를 받아 동궁의 움직임을 손샅처럼 들여다보고 있었다.

갖가지 사건을 일으켜 동궁을 음해하는 중심에 항상 그가 있었다. 또한, 한편으로는 유언비어를 퍼뜨려 세손을 모해하는 데도 혈안이 된 인물이었다.

정후겸의 권력은 갈수록 강화 되었다. 마음만 먹으면 판서나 정승의 목을 붙일 수도 있고 뗄 수도 있었다. 고을의 현감 정도는 시시해서 거론조차 하지도 않았다. 마치 어린애에게 조총을 쥐여 준 거나 다름없었다. 아무 곳이나 향해 쏘아대고 있었다. 누가 죽고 살고 가족이 몇이고 그런 것은 따져 볼 필요도 없었다. 그건 자기와 아무 상관없는 일이었다. 젊은 양어머니 화완옹주를 업고 자기 하고 싶은 대로 했다. 그야말로 야생마가 날 뛰듯이 뛰었다.

정후겸은 우습지도 않은 벼슬에 집착하고 주저앉아 있을 인물이 아니었다. 우선 화완옹주가 가만히 있지를 않았다. 더 원대한 일을 도모할 때가 다가왔다고 굳게 믿었다. 늙은 임금이 떠나가고 동궁이 즉위하면 어떻게 될 것인가? 그 무리들. 노론의 벽파 중의 핵심 인물들이 만나서 허구한 날 모사를 꾸몄다.

화완옹주는 동궁에게는 친 고모였으나, 사도세자인 아버지를 죽이자고 앞장을 섰던 철천지원수였다. 동궁은 도저히 이해가 되지 않았다. 아버지와 배다른 남매도 아니었다. 한 어머니의 뱃속에서 나온 친남매였다. 친 오빠를 죽여야 한다고 앞장 선 것은 올바른 정신을 가진 사람의 소행이 아니었다. 그렇다고 딱히 정신이상자라고 할 수도 없었다. 다른 분야에 정신 병력이 나타났다는 이야기를 들어 보지를 못했다.

정후겸은 동궁이 왕이 되는 날에는 양모인 화완옹주와 자기가 무사할 리가 없다는 것을 너무도 잘 알고 있었다. 동궁이 만만한 정도라면 다루는 방법도 있을 것이었다. 그러나 동궁은 도통 말이 없으니 '열 길 물속은 알아도 한 길 사람 속은 모른다.'고 했듯이 그 속의 깊이를 알 수가 없었다. 양모인 화완옹주에게 물으니 멀쩡한 사람이라고 하니 더 도모할 수가 없었다.

정후겸을 비롯하여 화완옹주와 홍인한 등이 머리를 싸매고 방법을 찾고 찾았다. 아주 기발하고 기상천외한 간지奸智의 소산이 튀어나왔다.

동궁은 사도세자와 정실 혜경궁 홍씨 사이에서 난 아들이었다. 그 외 소실에게서 아들 셋이 더 있었다. 셋 중 막둥이 은전군恩全君 찬을 세우기로 하고 동궁을 폐위시켜 버리면 되는 일이었다. 그들이 생각하기에는 아주 간단한 일이었다.

은전군은 나이가 어려 아버지가 죽었으니, 그때의 기억은 없을 것이다. 설사 알게 된다 하더라도 나이도 어리고 사람 됨됨이가 똑똑하지 못하니 허수아비를 앉히고 정국을 좌지우지하자는 것이었다.

정후겸의 간특한 머리와 하는 짓을 보고 주변에서 혀를 내둘렀다. 양모 화완옹주와 홍인한, 그리고 벽파의 주요 인사들이 무릎을 치며 탄복을 했다. 벽파에 있어서 정후겸은 적어도 장자방이나 제갈량이었다.

온전군을 추대하기 위해서는 동궁부터 없애야 하는 게 수순이었다. 어떤 방도를 연구해야 할지 구체적인 방안을 모색하기에 급급했다. 탁월한 방법이 떠오르지는 않았지만, 그렇다고 전혀 없는 것도 아니었다. 우선 먼저 시비를 걸자는데 합의를 했다. 그래놓고 기다리면 저쪽에서 무어라고 시비를 걸어오면 뒤집어씌우자는 것이었다. 영조 임금에게 고해서 사도세자를 잡듯이 세손도 잡으면 안 될 일이 없었다.

정후겸의 당색은 소론에 속했다. 권력에 대한 욕망이 매우 강한 사람이었다. 정조보다는 세 살 연상으로 항상 세손에 대한 태도가 불손했다.

정후겸은 동궁과 정면으로 마주쳐도 인사를 하지 않는 방자한 행동을 했다. 동궁은 한마디 해야 마땅하나 못 본 척했다. 길을 막아서고 안 비켜주면 저쪽으로 돌아서 비켜갔다. 등 뒤에서 들리도록 욕설을 퍼 부어도 못 들은 척했다. 동궁은 정후겸을 무시하고 양 눈썹 하나 까딱하지 않았다. 다른 사람 같으면 삼족이 무사하지 못할 일이었다.

감히 정후겸에게 누구 하나 무어라는 사람이 없었다. 괜히 섣불리 나섰다가 큰코다치기 싫어서였다. 정후겸에게 아부하는 세력은 하루가 다르게 커져 갔다.

점점 초조해진 그들은 독살, 방화, 타살 등 갖은 방법을 다 동원해 결행하고자 했다. 잘 되어갈 것 같았는데 느닷없는 복병을 만나게 되었다.

'강목사건' 때 동궁이 할아버지인 영조 앞에서 문제 부분을 없애 버리고 읽지 않았다고 대답했을 때 쾌재를 불렀다. 동궁이 이실직고하지 않고 거짓말을 하는 것은 죽기 위해 묘혈墓穴을 파는 거나 같았기 때문이었다.

영조 임금이 그대로 지나치지 않고 책을 무관에게 가져 오라고 할 때까지만 해도 각본대로 잘 되어가는 줄 알았다.

그런데 이게 웬일? 정말 그 부분이 없어지다니. 분명히 동궁에 심어 놓은 첩자로부터 오늘 공부했던 부분이라는 것을 알고 영조 임금에게 일러바쳤는데 일이 이지경이 되었다니 도저히 믿어지지가 않았다. 과연 어떻게 이런 일이 있을 수 있단 말인가? 정말 알 수 없는 일이었다.

첩자가 전해 온 말은 그 중심에 홍국영이 있었고, 그 문제의 부분을 없애 버린 것도 홍국영이 유력한 용의자였다. 도대체 홍국영이라는 인물은 어떻게 영조 임금의 속마음을 꿰뚫고 그 부분을 도려낼 수 있었을까? 기가 막힐 노릇이었다. 그럼 그가 신이란 말인가?

벽파의 수뇌부는 깊은 시름에 잠겼다.

호시탐탐 노리던 기회를 난데없이 천둥벌거숭이 같은 홍국영이라는 작자가 나타나 번번이 앞을 막아 일을 그르치고 말았으니 속이 터질 노릇이었다. 천하 못난이 '배따라기' 아들놈이 자기 아버지와 달리 상상을 초월한 두뇌로 방해를 하고 있으니, 경악을 금치 못할 일이었다.

그러니 작전을 변경해야 할 수밖에 없었다. 정후겸이 그자는 요즘 또 무슨 검은 속셈이 있는지 장안에서 힘깨나 쓰는 건달들을 불러 모은다는 소문이 파다하게 퍼졌다.

결국, 영조 임금은 눈에 넣어도 아프지 않을 화완옹주를 놔두고 눈을 감고 모자에게는 원수나 다름없는 동궁이 등극하고 말았으니, 정후겸 모자는 앞길이 막막하고 깜깜 절벽이었다. 천아성이 울리기 전에 세손을 도모하지 못한 것이 만시지탄이었다.

모자는 가슴을 치고 하늘을 쳐다보고 울부짖었다.
"앞으로 닥칠 이 일을 어떻게 할 것인가?"
"하늘도 무심하시지. 이럴 수가!"

8. 권력은 찰나刹那였다

　세상이 뒤숭숭 하자 매사를 국장 후로 미루기만 하던 젊은 임금 정조도 사헌부 대사헌 이계의 탄핵을 기화로 더는 참을 수가 없었다.
　"정후겸을 경원부로 귀양을 보내시오."
　정후겸은 함거에 실려 그 머나먼 두만강가의 경원부로 떠나갔다. 한성부를 빠져 나가는 동안 수많은 욕설과 돌멩이 세례를 피할 수가 없었다. 화완옹주는 양아들이 귀양 가는 실정을 듣고 가슴을 치고 통곡했다.
　정조 임금이 즉위한 지 보름 만인 삼월 스무닷새 드디어 숙청의 깃발이 올라가고 있었다. 그러나 정조 임금이 학수고대하고 있는 홍인한에 대한 삼사의 상소는 올라오지 않았다. 초조한 나날이 흘러가고 있었다. 정조는 참지 못하고 드디어 침묵을 깼다. 사헌부 대사헌 이계를 포함한 삼사 전원이 문밖으로 나갈 때 한마디 했다.

"피라미인 정후겸이를 대단한 인물인양 귀양 보내야 된다고 하면서, 기세가 하늘을 찌르는 자에게는 무서워서 인지 누구도 나서는 자가 없는 게 무슨 연유인고?"

정조가 지목한 사람이 홍인한이라는 것을 말하지 않아도 다 알고 있으면서, 이 말에 누구도 나서서 탄핵해야 한다고 앞장 서는 자가 없었다.

홍인한의 위력은 그만큼 대단했다. 현재는 실각했지만, 언제 다시 기사회생해서 돌아온다면 보복을 당할지도 몰라서 겁을 먹고 있었다. 죽은 호랑이 가죽만 보고도 놀라는 세상이었다. 무소불위의 권력을 휘둘렀던 홍인한이 그대로 죽어지지는 않을 것이다 하는 게 중론이었다. 거의 모든 관리들은 홍인한이란 이름만 들어도 두려움에 떨고 있었다.

며칠 후. 동부승지 정이환이 홍인한이 아닌 홍봉한을 공격하고 나섰다.

"전하. 온 나라 백성들이 반드시 주토해야 할 자는 홍봉한이라고 하옵니다."

이번에는 혜경궁 홍씨의 친아버지인 홍봉한이 거론되었다. 홍봉한도 마땅히 징치해야한다는 여론이 비등했다.

정조로서는 난처한 일이었다. 외할아버지가 사도세자의 죽음에 적극 가담하거나 방관한 죄를 물어 마땅하다 하겠으나, 난감한 일이었다. 외할아버지를 벌 줄 수는 없는 일이었다. 고민에 고민을 거듭하던 정조 임금이 직접 나서 그동안 은밀히 자기를 두호한 내력을 설명하고 나서야 여론이 어느 정도 잠잠해 졌다.

그러나 동궁은 요즘 새로 알게 된 일이 더욱 마음을 무겁게 했다. 동궁의 외할아버지인 홍봉한. 그는 혜경궁 홍씨의 아버지이고 사도세자의 장인이었으나, 뒤주사건에 무관하지 않았다는 사실을 알게 되었다. 그때 영의정으로 있으면서도 죽어가는 사위에 대해 한마디 변호도 하지 않았다. 그런가 하면 처음 마련한 뒤주가 작아서 사도세자가 들어가지 못하자. 어영청 뒤주(一物)를 갖다 바친 사람이 홍봉한이라고 사람들 사이에 회자되고 있었다는 사실을 알게 된 것이다.

당시 살벌한 상황에서 자기에게 불똥이 떨어질까 봐 전전긍긍하고 한마디도 못했을 가능성이 크다. 그뿐만 아니라 사도세자가 죽고 일이 마무리되자 상감에게 했다는 말이 가관이었다.

'전하가 아니시고는 누구도 감히 처리 못할 큰일을 하셨사옵니다.'

임금 영조에게 아부하는 추태를 부렸다는 것이었다. 그뿐이 아니었다. 동궁을 축출하려는 세력의 주동인물이 어머니 혜경궁 홍씨의 작은 아버지인 즉 홍인한이라는 사실을 비로소 알았다. 그는 혼자가 아니고 왕실의 여자들도 깊숙이 관련되어 세력화되어 있다는 사실도 이제야 겨우 눈치채게 된 것이다.

임금 영조의 딸 화완옹주, 화협옹주는 시도 때도 없이 궁중을 제집 드나들듯 들락거리는 두 자매였다. 영조 임금이 끔찍이 사랑했던 후궁 영빈 이씨인 같은 어머니에게서 난 친 오라버니 사도세자를 몰아내기 위해 틈만 있으면 친 고모들이 헐뜯어 이 일에 결정적 역할을 하기도 했다니 참 한심한 일이었다. 정조는 어떻게 해야 할지 결론을 내리지 못하고 깊은 고민에 빠지게 되었다.

시국은 급격하게 냉각되어 가고 있었다. 정조는 여러 가지 밀려오는 난제들에 묘안을 찾지 못하고 고민할 수밖에 없었다. 정국의 초긴장 속에 숨을 죽이고 있었다.

긴장을 깨고 나선 것은 영의정 김양택 등이 백관을 거느리고 화완옹주를 성토하면서 홍인한도 성토하고 나섰다.

드디어 문제의 홍인한에게도 손을 대지 않을 수 없었다. 원래 홍인한 문제를 정후겸보다 제일 먼저 처결해야 할 일이었다. 그러나 그는 임금의 생모 혜경궁 홍씨의 작은 아버지였다. 정조 임금으로서도 외가의 작은 할아버지였다.

온 조정이 홍인한에게 사약을 내려야 한다고 들끓었다. 이제 홍인한이 누구의 눈에도 재기불능하리라고 짐작 되었다. 홍인한 앞에서 숨을 죽이던 무리들도 마음 놓고 성토하고 나섰다.

국영은 홍인한으로부터 갖은 수모와 핍박을 다 받아 가슴에 지울 수 없는 한이 맺혔다. 허나 촌수로 따지면 당내지친은 아니었으나 집안 십촌 할아버지였다. 정조 임금이 잠자코 있는데 국영이 설치고 나설 처지는 아니었다. 그야말로 정중동靜中動하고 있었다. 정국은 숨 가쁘게 돌아가고 있었으나 겉으로는 조용했다.

그런 급박한 정국에 혜경궁 홍씨가 국영을 불렀다.

"요즘 나로 인해 국법을 제대로 시행하지 않는 일이 있다는데 그게 사실이냐?"

금년 마흔두 살. 오랜 세월, 간이 녹아내릴 고통과 자식인 동궁과 하루하루를 살아남을 수 있을까 하는 인고의 시간으로 이미 머리칼이 반백이 다 된 단아한 여인의 풍모였다. 이 여인의 표정이나 말씨에서 여태까지 누구에게도 경험하지 못한 온화함과 깊이가 있었다.

"마마. 그럴 리가 있겠사옵니까?"

국영은 깊은 뜻을 알 수 없어 어물어물 대답했다.

"아녀자인 나도 대충은 짐작은 하고 있다. 내가 국사에 직접 관여할 생각은 없다. 허나 나로 인해 국사를 그르칠 생각도 없다. 오명이 미치지 않도록 하거라."

"마마. 명심하겠사옵니다."

국영은 등줄기에 식은땀을 흘리고 긴장되었다. 국영은 이제 거칠 것이 없었다. 홍인한의 문제를 어떻게 풀어야 할지를 고민했었는데, 어려운 난제의 실마리를 찾은 셈이었다. 혜경궁의 눈치를 보지 않아도 되는 일이었다.

정조는 홍인한의 처벌은 망설이고 있었다. 홍국영은 속이 타 들어갔으나 재촉하지는 않았다. 곧 처리할 수밖에 없는 일이었기 때문이었다.

그런데 엉뚱한 일이 터져서 손을 쓰지 않을 수가 없었다. 홍인한이 벽파 사람과 날마다 작당을 하고 있다는 정보가 들어왔다. 정조도 홍국영도 놀랐다. 정조는 마침내 칼을 빼 들었다. 즉시 홍인한은 구속 심문 귀양을 일사천리로 진행했다. 홍인한을 여산부廬山府로 찬배하라고 하는 전교傳敎를 내렸다.

〈홍인한의 일로 삼사에서 일제히 일어나 정청庭請을 하기까지 하였는데도 아직까지 윤허하지 않고 있는 것은 나에게 따로 생각이 있기 때문이다. 아, 예로부터 임금이 만약 자기에게 관계된 일이 있으면 왜곡되게 혐오하는 일이 없지 않아, 버려두고서 거론하지 않는 것을 사심을 적게 하는 도량으로 인식하여 왔다. 그러나 그것이 의리를 모호하게 만드는 결과를 가져 오는 줄은 깨닫지 못하고 말았으니, 이는 명철한 임금들도 더러 면하지 못했던 것으로 매우 통탄스럽도다.

아, 대행대왕의 환후가 오래 지속되어 다년간 정양을 하셨다. 그러다가 지난겨울에 조정과 국가의 일에 실로 말하기 어려운 염려가 있게 되자, 일월과 같은 총명으로 종사의 중함을 생각하시고 전석에서 대리 청정하라는 뜻을 보이시어 조정에 신하가 없다고 탄식하셨다. 만일 옛날의 대신이 이 시대에 있었다면 어찌 세세한 임금의 분부가 있기를 기다려서 종사와 국가를 위하여 조처를 했겠는가.

저 홍인한은 성격이 본래 우매하고 건방지며 학문은 '제帝'자와 '호虎'자도 제대로 분별하지 못할 정도이다. 그런데도 그 형의 아우이기에 선왕의 특별히 기용해 주는 은혜를 입어 착착 승진되어 삼사의 지위에까지 이르게 되었으니, 실로 있는 힘을 다해 보답할 생각을 하여 보잘것없는 능력이나마 바쳐야 할 터인데, 이에 도리어 안락을 탐하는 것을 좋은 계책으로 여기고 은총을 파는 것을 능사로 여기며, 심지어 '알 필요가 없다'는 말을 쉽사리 입에서 내뱉고도 두려워할 줄 모르며, 서명선의 소가 나오자 도리어 대적할 계책을 내고 참회하고 두려워하는 도리에 대해서는 생각지 않았다. 비록 그렇더라도 오늘날 여러 신하들이 '반역의 정절情節이 있다거나, 다른 뜻을 품었다'고 하는 것은 너무 지나친 것으로, 이는 명백히 실정을 벗어난 말이다. 아, 경인년(영조 46년)의 일로 말해 보더라도, 그가 권세를 잡지 못할까 노심초사한 것은 채유蔡攸가 맥을 짚어 본 것과 다름이 없었다. 그가 군부나 형제 사이에 처신한 것이 이와 같았으니, 다른 것이야 말해 무엇 하겠는가. 명분과 의리를 바로 잡는 도리에 있어 엄하게 처벌해야겠지만, 이는 모두 그가 배우지 못한데서 연유한 것이지 심하게 주벌할 것까지야 있겠는가. 판중추부사 홍인한을 우선 삭직하고 여산부에 찬배하라.〉

정조의 명에 따라 홍인한을 여산부로 귀양 보냈다. 정조는 아직도 '세손은 알 필요가 없다'는 홍인한의 말에 한이 맺혀 있었다.
홍국영 역시 홍인한한테 당한 수모를 어찌 말로 다 할 수 있을까! 그는 집안 할아버지를 감쌀 수도 폄훼할 수도 없었다.
들리는 말에 의하면 홍인한은 동궁을 도모하지 못한 것을 땅을 치고 후회했다는 소문이 장안에 파다했다. 말 한마디에 산천초목도 떨었던 권력도 부질없이 사라지고 함거에 실려 여산부로 내려가는 처지가 초라하기 그지없었다. 저자거리를 지날 때 백성들은 갖은 욕을 다 퍼붓고 돌멩이를 던지기도 했다. 그는 피하려고도 하지 않고 그대로 맞고 함거에 실려 갔다.

유월 스무사흘이 되자 홍문관 수찬 윤약연尹若淵이 상소를 올렸다. 홍인한을 두둔하고 나서는 상소였다. 정조는 대노하여 윤약연을 의금부에 가두었다. 정국은 아직도 노론 벽파의 수중에 있었다.

정조는 윤약연을 친히 문초했다.

"누구의 사주를 받았느냐?"

"내 뜻이옵니다."

"너를 사주한 자를 댄다면 목숨만은 살려 주겠다."

아니라고 끝까지 버티던 윤약연은 고문을 당하고서야 자백하기 시작했다. 마침내 그 입에서 홍상간이란 이름이 튀어 나왔다.

홍상간洪相簡. 거대한 배후가 드러나고 잡아당기면 고구마 뿌리처럼 수도 없이 줄줄이 딸려 나올 인물들이 연상되었다. 그는 영조 임금 때 승지 등을 역임한 노론의 실세였다. 대사헌과 형조판서를 역임한 홍지해洪趾海의 아들이었다. 이 사건에 관련된 홍지해는 경기도 감사를 지내기도 한 홍계희洪啓禧의 아들이었다. 홍계희는 영조 47년 사망하였으나, 영조의 계비 정순왕후 김씨와 그의 친정아버지 김한구, 숙의 문씨, 홍계희 등이 작당하여 윤급尹汲의 종 나경언을 사주하여 사도세자를 대역 죄인으로 고변하도록 한 인물이었다.

정조 임금은 윤약연과 홍지해를 극변으로 귀양 보냈다. 동생 홍찬해는 흑산도로 황해도 관찰사로 있는 홍술해는 다른 여죄가 있어 사형 대상이었으나, 감형하여 그도 흑산도로 유배하였다.

그 후, 홍인한을 참형에 처해야 한다고 여론이 좋지 않자, 여산에서 저 남쪽 전라도의 고금도古今島로 귀양지를 옮겼다.

사월이 되자 일의 속도를 내기 위해 김종수와 정민시도 같은 승지로 발령을 냈다. 숙청작업을 더욱 강력히 속도 있게 추진하였다.

우선 거드름을 피우고 주제를 몰랐던 수찬 이덕사 이하 못되게 놀던 일곱 명의 하수인들까지 포함해서 국문을 거쳐 참형에 처하였다. 정후겸의 심복으로 지목된 윤태연, 조언 등도 귀양길에 올랐다.

국영은 흥분과 냉정함을 적절히 조절하면서 숨을 죽였다. 부인 덕수 이씨의 매미가 허물을 벗는 시기를 조심해야 한다는 말을 잊지 않고 명심하고 국무를 수행했다. 지금 할 일은 구시대의 쓰레기를 말끔히 쓸어내고 새 세상을 펼쳐 나가는 일이었다. 하루라도 속히 안정을 되찾는 일이 급선무였다.

국영은 마음을 굳게 다지고 정조의 앞길을 탄탄히 구축하는데 앞장을 섰다.

첫 번째 할 일은 사도세자의 죽음에 관한 일이었다.

김상로金尙魯 등 이미 죽은 사람들도, 기록을 다 찾아내서 사도세자의 죽음에 책임이 있는 자들은 관직을 삭탈했다. 아직도 벼슬자리에 있는 자들은 삭탈관직하고 내쫓았다. 그 죄질이 무거운 자들은 잡아 가두었다.

이번에는 위세가 하늘을 찌르는 여인이 탄핵의 대상이었다. 반드시 처형해야 된다는 상소가 빗발 쳤다. 바로 숙의 문 씨였다. 숙의 문 씨는 영조가 지극히 아끼는 궁녀였는데 여러 가지 사건을 저질렀다. 거짓 임신을 했다고 하고 출산일에 맞춰 밖에서 남자 아이를 데려올 모사를 꾸미다가 들통이 나는 등 끊임없는 말썽을 일으키기도 했다.

그의 오라비 문성국. 장안에 이름을 날리는 천하의 바람둥이였다. 누이도 천하 미인이었지만, 그 오라비 역시 장안의 제일가는 미남에 호남아였다. 아내 갈아치우기를 밥 먹듯이 했다는 남자다. 동궁을 해치려고 기를 쓰고 있는 야심가. 세자궁 궁녀를 유혹해 첩자로 활용하기도 했다. 이번에는 동궁전의 궁녀를 유혹해 자기의 정보망으로 활용하고 있었다. 미인계가 아닌 미남계美男計로 궁녀들을 적절히 이용하고 있는 인물이었다.

문성국은 영조의 총애를 입어 별감이 되었다. 지금은 승진하여 사약司鑰이 되어 있었다. 사약은 정6품 벼슬이니 액정서(掖庭署-잡일 관서) 같은 잡직으로는 더 이상 승진할 수 없는 최고의 벼슬이었다. 대전 및 각 문의 열쇠를 담당 보관 관리하는 사람이었다. 머릿속에든 것이 없어 과거를 볼 엄두도 못 내고 있는 인물이었다.

장안의 기운깨나 쓰는 패거리들과 어울려 파락호 행세를 하면서 온갖 거드름을 다 피우는 인물이었다. 바람기는 탱중하여 간혹 백마에 은안장을 올리고 연옥색 도포자락을 휘날리며 거리를 누비면 장안의 기녀들이 침을 흘릴 만큼 훤칠하게 생긴 외모가 단연 발군이었다. 문성국은 사도세자가 하는 비행을 일일이 영조 임금에게 일러바쳐 세자를 곤경에 빠뜨리는 일을 했다.

문숙의가 임신을 하고 아들 낳기를 학수고대하자 아들이 아니면 밖에서 아들을 들여와 바꿔치기할 음모도 꾸몄었다.

"숙의마마, 남자애를 마련해서 반짇고리에 담아 몰래 들여오면 되는 것을……, 너무 걱정할 일이 아닙니다."

그 정도까지 도덕성이 타락한 인물이었다. 정조는 후궁 문숙의가 밤마다 베개 밑 요사로 사도세자를 음해했다는 사실도 알게 되었다.

세자를 모함한 문숙의는 우선 사저로 내쫓았다. 문숙의는 사도세자를 무고(誣告)하여 사지로 몰아 죽게 하는데 많은 역할을 한 인물이었다. 그는 화령, 화길 두 옹주를 두고 있었다. 그녀는 화완옹주 등과 결탁하여 뇌물을 받고 청탁을 일삼아 물을 흐렸다. 내의원의 인삼을 빼돌려 팔아먹은 일도 있었다. 이 모든 일들이 오라비인 문성국과 저지른 일들이 들통이 나서 유배보내기로 했다. 문성국과 문숙의에 대한 정조의 원한은 깊고 깊었다.

〈내가 마음에 새기고 뼈에 사무치도록 잊지 못하는 자는 비단 김상로

한 사람 뿐이 아니라, 문성국이란 자가 있다. 본 사건에 대해 앞으로 분명하게 유시를 할 것이다 마는 김상로를 이미 처분하였으니, 국법을 시행하는 데에 있어서 공제(公除-36일간 공무 중지) 전이라고 하여 구애할 것이 없다. 숙의 문씨는 사저에 안치시키고, 문성국은 제명에 죽었기 때문에 마땅히 적용해야 할 형률을 시행하지 못하였다. 참시斬屍하는 형벌은 이미 금령으로 되어 있으므로 다시 창설할 수는 없다마는 의금부로 하여금 노적(奴婢-중형에 처한 범인의 가족을 노비 문서로 올리는 제도)의 법을 속히 시행하도록 하라.〉

정조는 '저 문성국의 하늘에 닿고 땅에 가득한 죄악은 내가 가슴을 썩이고 뼈에 새기며 분함을 품고 애통을 씹게 된 원인이다. 만약 오늘 통렬하게 유시하지 않는다면 백관과 만민이 어떻게 이 역적의 본말을 알아서 하늘에 닿는 죄를 함께 분해하고 땅에 가득한 악을 서로 애통해하겠는가?'라고 윤음을 내린 일도 있었다.

문성국을 심문하기 위하여 금위영 군사가 체포하러 갔을 때는 집안에서 급사해 죽어 있었다. 아마 두려움에 떨다가 제풀에 꼬꾸라진 것 같이 짐작되었다. 어떻게 처벌할 수는 없는 일이 벌어진 것이다. 이미 고인이 된 영조 임금은 가혹한 형벌을 금지 했었다. 특히 죽은 자를 처벌하는 부관참시(剖棺斬屍-죽은 자의 목을 베는 형벌) 등을 금지하였다.

그러니 그를 더 이상 처벌할 수는 없는 일이었다.

곧 이어 문숙의에게도 사약을 내렸다. 일찍이 늙은 영조 임금의 그늘에 묻혀서 온갖 권세를 부렸던 젊은 여인도 부질없이 사라져 갔다. 문숙의라는 여인은 정조 임금과 홍국영을 싸잡아 온갖 욕설을 퍼붓고 발광을 하면서 사약을 거부했다. 금부도사가 방문짝을 뜯어 가슴을 누르고 눕힌 다음 입을 억지로 벌리고 사약을 강제로 퍼붓자, 화려했던 세상을 하직하고 악을 쓰면서 저 세상으로 떠났다. 아직도 한창인 젊은 나이의 미모를 간직한 채.

의금부에서 답변이 올라왔다.

"문성국에게 노적의 법을 속히 시행하라고 계하(啓下-임금에게 올려 진 글에 대한 답서 지시문)하셨습니다. 그의 부모, 처첩, 자녀, 조손, 형제, 자매, 자식의 처첩, 백숙부, 형제의 자식들에 대해 나이와 성명과 생사 여부와 거주지를 한성부로 하여금 장적(帳籍-국가의 조세 부과 자료)을 상고하여 모두 일일이 거행하도록 하며, 가산은 적몰하고 집은 헐어서 그 터에다 연못을 파고, 읍호(邑號-봉작할 때 칭호)는 강등시키며, 수령을 파직시키는 등의 일을 각 해사(該司)로 하여금 거행하도록 하소서."

정조는 윤허하였다.

정국은 그야말로 숨 가쁘게 돌아가고 이곳저곳의 맞지 않는 일들은 착착 개선되었다. 임금과 국영 등 젊은 관료들의 역할이 밤낮이 없었다. 그런 와중에도 국영은 긴장을 늦추지 않았다. 정국은 한동안 평온한 듯했다.

유월에 들어서 무더위가 서서히 다가오고 있었다. 세상은 조용했으나 엉뚱한 홍국영 암살기도사건이 발각되었다. 정조 임금은 손수 국청에 나아가 국문을 했다. 정조 임금은 국문을 하고 대로하였다.

"내가 세궁역진할 때 인척마저도 딴마음을 먹고 나를 죽이려고 하는 판국에 목숨을 걸고 온몸으로 나를 보호한 사람은 오직 홍국영만이 유일했다. 독불장군으로 나와 나라를 보전한 사람이다. 그런 홍국영을 죽이고자 하는 너희들의 의도는 도대체 어디 있느냐?"

국청에서 심문 결과 홍인한, 정후겸의 잔당이고 승지를 지냈던 홍상간, 민항렬 등의 음모로 밝혀졌다. 홍상간은 끝까지 실토하지 않다가 곤장에 맞아 숨을 거두었다. 살아남은 자들은 목숨만은 부지해 서남해안 섬으로 귀양 보냈다.

이제 앞뒤를 재고 체면을 가리고 할 일이 아니었다. 아직도 반대세력들은 호시탐탐 노리고 있다는 생각을 하면 안심할 처지가 아니었다. 가장 빠른 시일 내에 완전히 뿌리를 뽑아야만 했다.

정조 임금의 적과 국영의 적이 따로 없었다. 우리가 살기 위해서는 적을 샅샅이 찾아내 선제공격을 하는 수밖에 다른 방도가 없었다.

드디어 삼사에서 홍인한과 정후겸에게 사약을 내리라는 상소가 올라왔다.

고금도의 홍인한과 경원부의 정후겸을 사사하라는 정조 임금의 엄명이 떨어졌다. 악의 뿌리까지를 완전히 제거하라는 상소였다.

정후겸. 한마디로 죽이기에는 아까운 인물이다. 그리고 아직 너무 젊었다.

열여섯 살에 시작된 영화가 스물여덟 살로 끝날 줄이야 누가 알았겠는가? 영조 임금이 더 오래 살았으면 영의정인들 못했겠는가!

칠월 초닷새. 사약(賜藥)을 가진 승지와 금부도사(禁府都事-의금부 관원)가 남과 북으로 달렸다. 전라도 남해안 완도 옆의 작은 섬 고금도와 함경도 경원부로 달려갔다. 홍인한과 정후겸에게 사약이 내려졌다.

사약에는 비소와 금, 수은과 생금, 상청, 부자, 게의 알로 제조하여 한 모금만 마셔도 식도가 타들어가는 끔찍한 독약이었다. 사약이라는 말에는 임금이 하사했다는 의미를 담고 있었다.

홍인한에 대해서는 정조 임금도 생모의 눈치를 살폈다. 생모인 혜경궁 홍씨는 내 눈치를 볼 것이 없다고 아들인 정조에게 확실하게 한마디로 일축해 버렸다.

그러나 혜경궁 홍씨는 눈물을 흘렸다.

"이제 우리 가문에도 대운이 트였소. 만만세요. 만만세."

혜경궁 홍씨가 간택되었을 때, 큰 입을 벌리고 껄껄 웃던 중부의 모습을 혜경궁 홍씨는 뚜렷이 기억하고 있었다. 어제 일 같이 생생한 기억은 잊을 수가 없었다. 이때 홍인한은 오십오 세, 정후겸은 스물여덟 살이었다. 줄을 잘 못 서 죽게 되었지만 참으로 아까운 인재들이었다.

홍국영은 홍인한이 사약을 받자 왠지 허전한 생각이 들었다. 그 동안 겪었던 갖은 수모가 하나하나 떠오르면서 온 몸에 소름이 돋았다. 인생이란 별 것이 아니구나. 홍인한도 사약을 받다니! 만감이 교차하는 순간이었다.

그러나 화완옹주 만은 달랐다.

"경원부가 어디냐?"

화완옹주는 말을 잇지 못했다. 옹주궁의 나인들이 우왕좌왕하고 서로 붙들고 울었다.

"오랑캐와 마주 보고 있는 최북단 땅이라고 하옵니다. 눈과 얼음과 호랑이 늑대가 들끓는 땅이라 하옵니다."

나인이 들려준 이야기였다. 그 말을 들은 옹주는 돌 같이 굳어 앉아 있었다. 눈에서는 새파란 불꽃이 펄펄 날리고 있었다.

비보는 계속 되었다.

"화완옹주 작호 박탈이요."

"대궐에서 축출이요."

"교동도 유배의 어명이요. 당장 전각을 내리시오."

화완옹주는 연속되는 비보에 눈 하나 까딱하지 않았다. 그녀는 갑자기 머리에 꽂았던 비취비녀를 우악스럽게 빼더니 방바닥에 힘껏 내팽개쳤다. 화완옹주 나이 39세. 모든 영화는 막을 내렸다. 그녀는 단 한마디도 하지 않고, 눈물도 보이지 않고, 죄인 행색으로 궁궐을 나섰다.

이런 일을 누군가 사필귀정이라 했던가. 그녀는 마침내 옹주의 호를 삭탈당해 '정치달의 처(鄭妻)'라고 불리게 되고 강화도 교동도로 유배 되었다. 그때부터 여러 차례 대신들의 처벌 요구와 상소가 끊이지 않았다. 그러나 정조는 이들의 상소를 듣지 않았다. 그 죄는 죽어 마땅하나 아버지 사도세자와 유일한 혈육이고 친고모를 죽일 수는 없었다. 대신들의 탄원과 상소를 들을 때마다 괴로워했다. 사람들의 기억에서 어느 정도 잊혀갈 무렵인 정조 23년에야 화완옹주의 죄를 사하라는 전교를 내렸다.

〈병신년 이후 24년 동안 이 대궐에 와서 이 날을 지날 때마다 어느 것을 보든지 부모님을 추모하는 생각이 솟구쳐 올라 어떻게 억누를 수가 없다. 병신년의 처분은 바로 선왕의 뜻을 밝힌 것이었고, 오늘 용서해 석방하려고 하는 것도 선왕의 뜻을 본받아 하는 것이다. 만약 선조先朝의 성심聖心을 자기 마음으로 삼아 이때에 이 마음을 가지려고 한다면 이 일에 대해 조정의 신하들도 반드시 알아 느끼는 것이 있을 것이니, 어찌 혹 다른 말이 있겠는가. 한성 집에 둔 지도 이미 오래되었다. 진위 여부가 애매모호한데 죄안罪案은 아직도 있기 때문에 오늘 반드시 사유(赦宥-특사)하려고 하는 것이다. 정치달 처鄭致達妻의 죄명을 없애고 특별히 완전히 용서하여 조금이나마 내 마음을 펴는 방도로 삼겠다.〉 -《조선왕조실록》정조실록 51권, 정조 23년(1799년) 3월 4일

한양 집에 있도록 했다는 설도 있으나 파주에 있었다는 설이 유력한 것 같다.

23년이 지나서야 파주로 유배지가 옮겨졌다. 그 후 파주에서 10여 년을 더 살다가 72세에 그 파란 만장한 삶의 막을 내렸다. 순조실록에는 1808년 5월 17일 삼사에서 올린 글에서 '정치달의 처가 죽어 더 이상 죄를 묻지 않는다.'는 구절이 있다.

화완옹주의 사망일은 그 이전으로 추정되나 정확한 사망 일자를 파악할 수도 없었다. 다만 왕가의 전통상 졸기가 없고 무덤이 경기도 파주 유배지 인근이었던 것으로 보아 죽을 당시 죄를 완전히 벗지는 못했던 것으로 여겨진다. 끝까지 옹주의 신분으로 복권되지는 않은 것으로 보인다. 정조는 마지막까지 고모에게 사약을 내리지 않았다.

정순왕후 김 씨의 오라비 김귀주金龜柱도 제거 대상이었다. 음서로 관직에 진출해 좌승지에 올랐으며, 문과에 급제한 뒤 순탄한 벼슬길을 걸었다.

정순왕후 아버지인 오흥부원군 김한구의 아들로 누이를 등에 업고 권세를 휘둘렀다.

특히 세자가 영조 37년 4월 2일에 한양에서 사라져 20일 동안 행방불명되었다가 4월 22일에 돌아왔다. 나중에 알려진 사실은 내시를 데리고 말을 타고 평안도에 유람하고 돌아 온 사실이 드러나 조정안이 발칵 뒤집혔다. 몸이 아파 가마도 탈 수 없다는 세자가 말을 타고 천 리 길을 다녀온 것이다. 궁중의 내시들은 처음부터 알고 있었고 몇몇 대신들도 뒤늦게 알았으나 누구도 영조 임금에게 알리지는 않았다.

사도세자가 평양에 비밀리에 여행 갔을 때 당시 정승이던 정휘량과 홍봉한이 이를 말리지 않고 영조에게 알리지도 않았다는 밀봉상소를 김귀주가 영조 임금에게 직접 올리려 했다.

이후 강원도 관찰사, 좌부승지 등을 역임하였으며, 영조 말기 외척당인 남당을 결성하여 당시 실권을 장악하던 북당의 홍봉한과 대립하였다. 이들은 세손의 외할아버지인 홍봉한을 탄핵하는데 주력해 공홍파(攻洪派)라고 불렸다.

정순왕후와 김귀주는 세손이 즉위하고 집안이 몰락할 것을 염려하여 정순왕후의 양자를 들여서 집안의 정권을 강화하고 홍봉한을 정계에서 실각시키려 하였다.

영조 46년 한유를 사주해 탄핵에 앞장섰다.

삼 월 스무하루 날 청주 사는 한유(韓鍮)라는 유생이 궐문 앞에 엎드려 상소를 올렸다.

"간신 홍봉한을 참하소서."

시퍼렇게 날을 세운 도끼를 들고 있었다. 오른 팔에는 '사군광국(死君匡國 임금을 위해 목숨을 바치고 나라를 구한다.)'이라는 네 글자를 불로 지져 새기고 있었다. 언뜻 보기에도 덩치가 커서 마치 무장 같이 보였다.

"간신 역적 홍봉한을 참하여 주시오소서, 홍봉한을 처형하여 주시오소서."

한유는 도끼로 엎드려 있는 땅바닥을 쾅쾅 찍으면서 반복해서 외치고 있었다. 상소의 내용은 홍봉한이 세손을 제거하고 은언군 인을 추대하려 한다는 터무니없는 고변을 했었다.

영조 임금은 한유를 잡아들여 가벼운 형벌인 정강이를 때리는 심문을 했다.

"유생 한유를 유적(儒籍)에서 제명하고 흑산도로 정배하도록 하라."

이번 일은 속전속결로 이틀 만에 처리 되었다.

이 일로 영부사인 홍봉한은 의금부로 물러나 대죄하고 처분을 기다리고 있었다. 의금부는 관리나 양반의 죄를 다스리는 곳이었다. 한유의 처벌이 끝나자 이번에는 홍봉한을 불렀다. 영조 임금은 대노했다.

"벼슬을 물러나라."

"성은이 망극하옵나이다."

홍봉한은 그 말을 남기고 어전을 물러나오는데 두 다리가 후들후들 떨렸다. 벼슬에서 쫓겨났으니 이제 등청할 일은 없어졌다. 홍봉한은 안국동 집을 나와 동대문 도성 밖 연미정으로 나가 칩거하였다. 3남 낙임 내외가 모시겠다고 따라 나왔다.

그러나 상소는 그것으로 끝나지 않았다. 이번에는 최익남이라고 홍봉한의 사랑채에 드나들던 아는 집 아들이고 미관말직인 사람이 들고 일어났다.

홍봉한은 담담하게 한마디 했다.

"인종지해말자가 감히 상소를 올렸단 말이냐?"

홍봉한은 끊임없이 정적들로부터 탄핵 대상이 되었다.

이월 초사흗날에는 김귀주의 사주를 받은 숙부 김한기金漢耆가 영조 임금께 뵙고 아뢰었다.

"지금 홍봉한이 벼슬을 내려놓고 성 밖에 머물고 있으면서 불평불만이 하늘에 닿아 있어 오늘 무슨 일을 낼지 내일 무슨 일을 저지를지 실로 위급존망지추危急存亡之秋의 상황입니다."

그 말을 들은 영조임금은 홍봉한이 모반이라도 일으킨 것처럼 군교 다수를 풀어 궁성을 호위하게 하고 자신을 삼엄한 경호 속에 창의궁으로 피신하였다.

죄인들에 대한 왕명은 처참한 것이었다. 은언군 인은 제주 대정에 안치하라. 은신군 전도 제주 대정에 안치하라. 봉조하 홍봉한은 삭직하고 청주목에 부처하라.

이 느닷없는 처분은 곧 이어서 사약이라도 내리지 않을까 주위 사람들을 노심초사하게 만들었다. 혜경궁은 짐작할 수 없는 갑작스런 처분에 말도 못하고 오금을 저렸다.

은전군과 은신군은 영문도 모르고 머나 먼 제주로 떠났다. 이들이야말로 불쌍한 왕자들이었다.

홍봉한의 청주 길에는 둘째 아들 낙신이 부친을 모시고 따라 나섰다.

"그 탈 것을 제공해 준 게 이런 역적모의로 몰릴 줄이야."

낙신은 세상의 벼슬길이 너무 싫었다.

"아버님 용서하십시오. 소자가 그때 큰 실수를 하였나이다."

아직도 날씨는 차가웠다.

"다 지나간 일이다. 세상사란 매사에 조심해야 한다."

"금관조복을 입으시던 아버님이 죄인행색이 웬 일입니까? 이 무슨 날벼락입니까?"

낙신은 뜨거운 눈물을 흩뿌리며 도성을 멀리하고 걷고 또 걸었다. 그러면서 다짐을 했다. 벼슬길이란 내가 나아갈 길이 아니구나 하고. 벼슬길이란 사람이 옳게 사는 방식이 아니라는 다짐을 하게 되었다.

'이치에 당치 않은 일로 한 마디 거부도 못하다니. 모두가 옳지 않은 일에 침묵하다니?'

일찍이 홍봉한은 영조 임금에게 사위인 사도세자의 서자들인 은전군과 은신군의 생활 형편이 어려우니 도와주겠다고 했을 때 흔쾌히 승낙을 했었다. 그 동안 홍봉한은 이 서庶 외손들의 생활 형편을 살펴 도와주었다. 단순한 측은지심에서였다. 사위의 자식들이 끼니를 걱정할 형편인데 보고만 있을 수 없어서였다.

그러던 중에 홍봉한의 생일에 여러 사람들을 초대했었다. 초대 받은 손님들은 축하한다는 말로 시작된 잔치는 흥건하게 베풀어졌다. 문제는 잔치가 끝나고 돌아가는 길에 생겼다. 은전군과 은신군 형제는 만리재 부근에 살면서 걸어서 가회방 홍봉한 댁에까지 온 것이었다. 많은 손님들이 오는 통에 그들이 뭘 타고 왔는지 알지 못했다. 그러나 막상 돌아갈 때에야 그걸 깨달은 낙신은 아버지인 홍봉한과 협의하여 자기네 가마를 타고 가게 했다. 그런데 가마가 더 이상 없어서 별 생각 없이 홍봉한이 타는 가마인 교자轎子를 내어주었다.

교자란 높은 벼슬하는 당상관 이상만이 탈 수 있는 것이라는 것을 그 순간은 망각했었다. 정말 기가 막힐 어처구니없는 실수였다.

홍봉한의 집에서는 그 후 가마를 제작하여 왕자들에게 각 한 채씩 나누어 주기도 했다. 측은지심에서 왕자들에게 베풀었던 호의는 엉뚱한 인간들의 음모 대상이 될 줄이야 누가 알았겠는가? 홍봉한은 정적들로부터 은전군을 옹립하려고 하는 역적모의 혐의를 받게 되었다.

한편 김귀주와 정후겸 등은 이 절호의 기회를 놓칠 수 없었다. 김한기를 숨을 쉴 수 없도록 몰아붙였다.

"쇠뿔도 단김에 빼야 한다는 속담도 있지 않아요. 숙부님, 당장 끝장을 내도록 해야 합니다. 어떻게 하든 사약을 홍봉한에게 내리도록 해야 합니다."

그러나 세상일은 그렇게 호락호락하게 끝나지 않았다. 실상을 알게 된 세손이 대경실색을 하고 할아버지인 영조 임금에게 이를 모함이라고 재고해 주기를 읍소했다.

영조 임금도 다혈질이어서 너무 성급한 처사였다고 판단했다. 조사를 해 보니 홍봉한이 모반을 꾀했다는 흔적은 찾기 어려웠다. 또 다른 한편 삼십여 년 주야로 눈앞에 보던 신하가 궁 안에 없자 한편 그리운 생각도 들었다.

"홍봉한의 청주목 부처를 풀도록 하라."

아울러 흑산도로 귀양 보냈던 한유도 풀어주었다.

그러나 제주로 귀양 보냈던 형제에 대해서는 무슨 연유에서인지 영조 임금은 아무런 언급도 없었다. 두 왕자는 이유도 모르는 억울한 귀양살이를 계속할 수밖에 없었다.

제주로 귀양 가고 달포쯤 지나서 사월 열이틀 은신군은 산 설고 물 설은 이 척박한 자갈밭 섬에서 이삼 일 앓다가 임종하는 사람도 없이 쓸쓸히 숨을 거두었다. 그 사실을 알게 된 은전군만이 찾아 와서 슬피 울었다.

영조 52년 3월 정조는 즉위하자 김귀주를 한성좌윤에 임명하였다. 임명하자마자 상소가 사방에서 빗발쳤다. 홍봉한을 음해하는 사람 중에 하나인 김귀주도 당연히 처벌해야 한다는 상소였다. 정조는 하는 수 없이 9월 9일 그를 마침내 흑산도로 유배토록 하였다. 홍봉한은 홍상범의 역모 사건에 연루되었다는 모함이 있었으나 홍국영등의 적극적인 구명으로 취소되기도 했었다.

정조 9년 정조의 아들인 문효세자의 왕세자 책봉으로 특사령이 내려졌다. 유배지가 육지인 나주로 옮겨졌다. 그 후 2년 뒤 유배지인 나주에서 돌연 사망했다. 김귀주 사건으로 정조와 정순왕후 사이가 심히 좋지 않아졌다.

외척들의 보이지 않는 암투는 조선왕조 역사를 멍들게 하는 일이 비일비재했다.

홍봉한, 혜경궁 홍씨의 아버지이자, 사도세자의 장인이고 정조의 외할아버지인 그는 영·정 시대에 대단한 역할을 한 인물이었다.

본관은 풍산豊山이고 자는 익여翼汝, 호는 익익재翼翼齋, 시호는 익정翼靖이다.

선조의 6대손이자, 정명공주와 영안위 홍주원의 5세손이며, 예조판서를 지낸 수재 홍현보洪鉉輔의 아들로, 어머니는 공조판서를 지낸 임방任埅의 딸 풍천 임씨豊川任氏였다. 임씨는 죽고 후처로 이세황의 딸 성주 이씨가 좌의정 등을 지낸 홍인한을 비롯하여 이복동생 삼형제를 낳았다. 홍국영 일가 역시 그의 친족으로 8촌 형인 홍창한의 손자였다.

홍봉한은 한산 이씨韓山 李氏와 결혼해 낙인樂仁, 낙신樂信, 낙임樂任, 낙륜樂倫 등의 아들과 정조의 생모인 혜경궁 홍씨惠慶宮 洪氏 등의 딸을 낳았다. 사도세자의 장인이며, 정조의 외조부였다.

영조 11년(1735) 생원시에 합격하였고 음서제도의 혜택을 받아 참봉이 되었다. 그 뒤 세자익위사 세마洗馬 등을 지냈다. 영조 19년 딸인 혜경궁 홍씨가 세자빈으로 간택되어 영조의 아들인 장헌세자(莊獻世子=思悼世子)의 장인이 되었다.

이때부터 벼슬길은 탄탄대로로 승승장구하게 되었다.

홍봉한의 사촌 누님 되는 분이 김치만金致萬이란 사람에게 출가하여 안국동에 살고 있었다. 두 아들을 두었는데 종후와 종수였다. 조상 덕에 재상가宰相家라 했지만, 김치만의 직위는 시직侍直 선비였고, 아들 형제도 일찍 출세하지 못해 가세는 별 보잘 것이 없었다. 생활수준이나 처지가 두 집이 엇비슷했다.

그러나 혜빈이 간택되고 나서는 완전히 달라져 천양지차가 되었다. 홍봉한은 이듬해인 영조 20년 문과에 급제하여 사관이 되었으며, 영조 21년 종2품인 광주부윤廣州府尹으로 빠르게 승진했다. 영조 25년 장헌세자가 대리청정을 한 뒤에는 어영대장, 예조참판, 경연동지사經筵同知事 등을 지냈으며, 영조 32년에는 평안도 관찰사로 임명되어 관서지방으로 나갔다.

이듬해인 영조 33년에 판의금부사로 임명되어 한양으로 돌아왔다. 이어서 의정부 좌참찬, 호조판서 등을 거쳐 영조 36년에는 금위대장이 되었으며, 이듬해 우의정이 되었다. 그리고 그 해 음력 8월에 좌의정으로 승진했고, 판돈녕부사判敦寧府事로 전임되었다가 음력 9월에 영의정으로 임명되었다.

그야말로 쾌속 승진을 거듭했다.

그러나 영조 38년 영조의 노여움을 산 장헌세자(後日 思悼世子)의 대명待命을 풀어주려 했다는 이유로 영의정에서 파직되었다가 다시 좌의정으로 임명되었고, 그해 음력 윤5월 13일 영조가 장헌세자를 폐하여 서인庶人으로 삼겠다는 명을 내리자 다시 입궁했다가 감히 간언하지 못하고 물러났다.

훗날 그는 이일이 늘 탄핵의 꼬투리가 되었다. 사위인 사도세자를 위하여 한마디도 변호하지 못한 것과 뒤주가 작아서 사도세자가 들어 갈 수 없자 어영청 일물(一物·뒤주)을 가져 오라고 해서 바쳤다는 설이었다. 혜경궁 홍씨의 『한중록』에는 그 순간 아버지인 홍봉한이 그 자리에 없었다고 기술하고 있고, 영조실록에도 기록이 없지만 홍봉한을 의심하는 사람들은 영조가 스스로 생각한 것이 아니고 홍봉한이 뒤주를 쓰도록 했을 것이라는 말을 하는 사람들이 많았다. 결국 장헌세자는 뒤주에 갇혀 음력 윤5월 21일에 죽었고, 그 날 홍봉한은 예장도감 도제조禮葬都監都提調로 임명되었다.

그 뒤 홍봉한은 영조 39년 다시 영의정으로 임명되었다. 영조 42년 파직되었다가 영조 44년에 다시 영의정이 되었다. 그 뒤 영조 46년에 관직에서 물러나 종신 명예직인 봉조하奉朝賀로 임명되었다.

영조 47년 궁 밖에서 살고 있던 은언군恩彦君 이인李䄄에게 교자轎子를 내어준 일로 탄핵되어 청주목에 부처되었다. 이듬해 다시 서용되어 봉조하의 직위를 되찾고 도성으로 돌아왔다.

이처럼 홍봉한은 혜경궁 홍씨의 아버지로서 영조의 총애를 받았으며, 노론 벽파의 공격에서 당시 사도세자를 포기하고 딸인 혜경궁 홍씨와 외손자인 세손 정조를 보호하는 역할을 하였다.

그는 노론 벽파의 중심인물이던 동생 홍인한과는 달리 영조의 탕평 정책을 따르던 탕평파의 우두머리로 활약했다. 그래서 그는 시무 6조를 올려 당쟁의 해소와 인재 채용을 적극 건의했으며, 영조 말기에 오랜 기간 영의정으로서 국정을 책임지며 공납제도의 개선과 관리 부패의 척결 등 백성의 부담을 줄이기 위해 노력했다. 영조 44년에는 울릉도의 사적을 조사해 책으로 편찬하기도 하여 중요한 자료가 되었다.

이복동생 홍인한이 완도 옆 유배지 고금도에서 사약을 받고 죽은 후 정조 2년 섣달 초나흘 한양 자기 집에서 조용히 눈을 감았다.

그는 병석에 들기 전부터 수염은 흩어지고 눈자위는 움푹 꺼져 들어가 기세당당했던 홍봉한 대감이라고 알아보기 어려울 정도였다. 명예로운 재상이요, 국왕의 외할아버지였지만 길고 처참한 통탄의 생활이 이 모양으로 만들었다.

여러 자식들이 정치의 소용돌이에 휘말려 살았다. 장남은 한발 앞서 죽었다. 장성한 아들의 참척參慽을 겪어야하는 일은 부모로서 감당하기 어려운 일이었다. 낙향하여 시골에 묻혀 사는 둘째 낙신도 안타까운 일이었다. 엊그제 못 당할 곤욕을 치러 죽다 살아난 셋째 낙임, 그는 상처한 괴로움도 이겨내야 했다. 넷째 낙륜이 돌아와 있었으나, 이미 심성이 황폐화 되어 있었다.

이 집안 형제들의 찬란했던 명예와 학식은 어디로 사라져 버렸는가? 너무 안타까운 일이었다.

봉조하 홍봉한이 임종하는 머리맡에 모인 형제 중에는 말 못할 안타까운 자식이 또 하나 있었다. 혜빈은 궁궐로 들어가고 아름답고 귀여운 여 동생이 있었다. 지금은 낙탁落魄한 중년 여인의 모습이었다. 육 남매 중에 막내딸인 그녀는 온 집안 식구들의 귀염과 궁중의 세자빈, 왕대비, 선희궁, 상궁 나인들까지 귀여워해 주었다.

그녀는 이복일李復一에게 출가하였다. 그러나 불운하게도 얼마 가지 않아 그 시아버지가 역모에 연좌되어 집안이 파멸에 이르렀다. 남편 이복일 역시 귀양을 가게 되었다.

이십 년 동안 그녀는 자식들과 먹고 살기 위해 고생을 했다. 화려한 친정과 세자빈의 언니를 두고도 가까이 갈 수도 식구들이 올 수도 없는 비참한 세월을 보냈다. 오직 굶어 죽지 않기 위해 최선을 다했다.

한양에서 멀지도 않은 고양에 기거했으나, 아버지인 홍봉한은 단 한 번도 부르지 않았다. 아니 혹시 불똥이 튈까 부르지 못했다. 형제들에

홍봉한 가계도

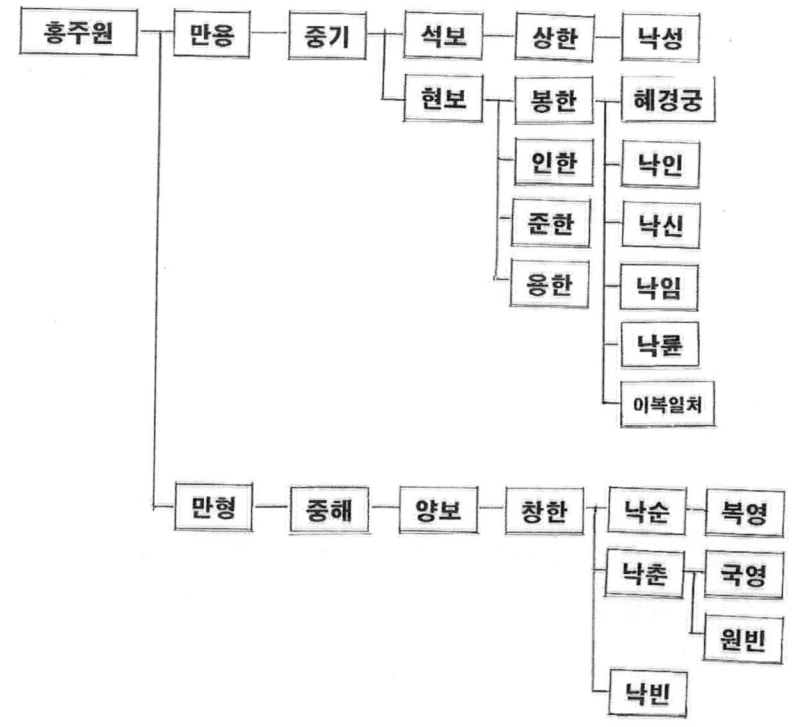

게도 가까이 하면 안 된다는 엄명을 내렸다. 친정으로부터 도움을 받은 것이라고는 이따금 쌀가마니나 돈 몇 푼을 보내는 것으로 끝이었다. 금족령은 홍봉한이 죽기 직전까지 끝나지 않았다.

하인이 달려와서야 겨우 아버지의 임종에 임했다. 완전 촌부의 몰골이었다. 홍봉한은 딸의 손을 잡고 한참을 바라보다가 눈물을 주르륵 흘렸다. 귀양에서 풀려나 역적이라는 오명을 쓰고 있는 사위 이복일도 와 있었다.

방안에 임종하는 식구들을 일별한 홍봉한은 조용히 눈을 감았다. 그의 나이 66세였다. 혜경궁 홍씨는 자기 서러움까지 겹쳐 슬피 울었다.

'내가 태어나서 우리 집은 단멸한 것이다. 왕세자를 생산하여 보위에 오르게만 하지 않았던들 이와 같지는 않았을 것이다. 하늘이 왜 나를 나게 하셨는고, 하늘아, 하늘아.'

진정 그녀는 죽어지기를 원했다. 자신의 완명頑冥을 저주하였다. 그러나 마음대로 죽어지지 않았다.

정조는 정조 8년(1784년) 그에게 '익정翼靖'이라는 시호를 내렸다.

이조 말 고종高宗 36년(1899년)에는 영풍부원군永豊府院君으로 추증되었다.

저술로는 『정사휘감正史彙監』, 『익익재만록翼翼齋漫錄』이 있으며, 정조 24년(1800년)에 정조가 직접 그가 올린 상소 등을 모아서 펴낸 『어정홍익정공주고御定洪翼靖公奏藁』도 전해진다.

많은 사람들이 귀양 가고 처형되었다. 홍국영은 숨 가쁘게 정조와 함께 달려왔다. 이제 숨을 고르고 좀 더 신중해야할 시기라고 생각했다.

숙청은 일단락이 되었다.

정국은 이제 노론의 핵심세력이 와해되면서 안정되는 듯이 보였다.

국영은 벼슬이 다시 올라 도승지都承旨가 되었다. 이 무렵 홍국영의 천거로 특별히 장령 송덕상宋德相을 천거하여 승정원 동부승지로 삼았다.

송시열의 현손으로 세마로부터 벼슬을 시작한 사람이었다.

아직도 큰일이 남아 있었다. 돌아간 지 4개월 반이 되는 영조 임금이 집경당에 누워 있었다. 영조 임금의 장송행사를 거행해야 했다.

마침내 7월 27일 출상하기로 날을 정했다. 종친과 문무백관, 선비들이 구름같이 모여 양주 묘지로 출발했다. 국영은 정조 임금을 위해 危害 할지도 모르는 불순분자를 경계하지 않을 수 없었다. 앞뒤로 무장병력을 다수 배치하여 철통같이 경계를 강화했다. 그 위용에 눌려서 감히 불순분자들이 준동할 수 없도록 미연에 위압감을 느끼게 했다.

양주의 태조 능인 건원릉健元陵 아래 이르러서야 장례 운구 행렬이 멎었다. 장지에 우려했던 불상사는 일어나지 않고 무사히 도착한 것이었다. 무장 병력이 철저히 지키는 가운데 우측 언덕에 예를 갖춰서 시신을 운구 매장했다.

이제 낡은 시대는 사라져가고 새 시대의 개막이 시작되었다. 국영은 전시체제에서 안빈낙도安貧樂道의 세상을 열어야 되겠다는 새로운 각오를 단단히 하였다.

어느덧 시간은 물 흐르듯 지나갔다.

그동안 아무 소식을 주고받지 못했던 무명스님이 국영에게 만나자는 기별을 해왔다. 하기야 그동안 연락할 겨를이 없었다. 답을 보내지 못하자, 인편에 편지가 왔다. 내용인즉슨 이제 천하가 태평하고 정조 임금이 등극하였으니, 목적 달성을 다했다는 것이었다. 국영이 할 일이 모두 끝났으니, 심신의 피로를 달래기 위해서라도 정치와 권좌를 버리고 입산수도하라는 간곡하고 긴 편지였다.

　국영은 마음이 착잡했다. 정말 일부 반대세력의 질시를 받지 말고 그냥 입산수도나 할 수 있었으면 좋으련만 아직 그럴 단계가 아니었다. 국영은 짧은 편지에 고맙다는 말과 아직도 할 일이 많아 그럴 수 없다는 내용을 적어 보냈다. 중국에서 건너온 귀한 차도 답례로 보냈다. 국영이 요즘 궁 안에서 새벽에 검술을 익히고는 있으나, 무명스님에게 좀 더 배워야 한다는 아쉬움을 떨쳐 버릴 수가 없었다.

　국영은 그 동안 일이 바쁘고 정신이 없어 잊어버리고 있었던 사람이 갑자기 떠올랐다

　청계천에 있는 광문이었다. 국영은 사람을 시켜서 소리 잘 지르는 살아 있는 돼지 한 마리와 쌀가마니를 실려 보냈다. 생각 같아서는 수표교 다리 아래를 가보고 싶으나, 주변 여건이 그럴 수가 없었다. 인편에 언문편지만 보내는 것으로 광문이에 대한 연락을 했다. 국영은 그들을 통해 간혹 세상인심을 알아보고는 했다.

　정조 1년 1월 10일 정축丁丑 일이었다.
　정조 임금을 모시고 아침 강의와 정무보고를 겸할 때 참찬관參贊官 홍국영이 큰 마음을 먹고 아뢰었다.
　"근래 언로가 원활하지 못하여 한결같이 주저하며 머뭇거리고 있습니다. 이는 진실로 삼사의 신하들이 입을 다물고 있는 데서 온 과실인 것

입니다. 그러나 그 근본을 추구하여 보면 성상께서 마음에 듣기를 싫어하는 기색이 있는 듯하여 주저하고 감히 주청 드리지 못하옵니다. 선대왕의 초년에는 언로를 크게 열어 하루에 열 번이라도 아뢴 경우가 있었습니다. 전하께서는 등극하신 이후 한마디라도 진언한 사람이 있었습니까? 초년이 이와 같으면 중년을 알 수 있는 것이고, 중년이 이와 같으면 만년은 더더욱 미루어 알 수 있는 것입니다. 이런 잘못된 습관을 돌려가면서 서로 모방하게 되면 10년 안에 나라가 장차 어떻게 될지 모릅니다. 그리고 말하는 사람들의 말에 '성조聖朝에는 잘못된 일이 없었다.'고 하지만 이는 매우 그렇지 않은 점이 있습니다. 요堯·순舜 세상에 무슨 잘못된 일이 있기에 사리에 맞고 훌륭한 말과 신하가 임금에게 올리는 좋은 의견이 날마다 임금 앞에 말씀 올리게 되었겠습니까? 임금의 잘못을 바로잡아 고치게 하는 것은 어진 임금이 나라를 다스리는(聖世) 좋은 법규인 것이고 관사(官師·백관)가 서로 경계警戒하는 것은 사헌부와 사간원(司諫院 臺閣)의 고사인데, 한결같이 고요한 것이 어쩌면 좋을 수만은 없는 일입니다. 이는 모두가 언로를 넓히지 않은 데서 온 결과인 것입니다. 삼가 바라옵건대 전하께서는 크게 두려워하며 경계하시고 크게 분발하시어 속히 스스로 반성하시여 더욱 간언諫言이 나오게 할 방도를 생각하시오소서."

홍국영이 아니면 누구도 감히 말 할 수 없는 직언을 서슴지 않았다.

정조는 밝은 표정으로 대답하였다.

"말한 내용이 매우 좋다."

이어서 영경연(領經筵-경연관의 우두머리) 김상철金尙喆이 아뢰었다.

"참찬관이 아뢴 내용은 잘 못된 폐단에 절실히 적중된 말입니다. 언로의 개폐는 국가의 흥망에 관계된 것인데, 근일 대각에서는 공격하고 내치는(攻斥) 말까지도 아울러 들을 길이 없으니, 이는 진실로 사기가 꺾여 수그러지고 사헌부와 사간원인(臺風) 대간마저도 기풍이 위축된 소치인 것입니다. 그러나 혹 성상께서 말을 하도록 인도하지 못한 것은 아닌지 모르겠습니다. 오늘날 이를 바로잡아 고치게 하는 방도는 오로지 상하가 서로 잘 다스려 좋은 성과를 올려(修擧) 각기 자신의 도리를 극진히 하는 데 달려있는 것입니다."

정조가 모두에게 한마디 했다.

"아뢴 내용이 절실하다."

홍국영의 직언은 어느 누구 보다 진지하고 충정이 어려 있었다.

정조 1년 삼월 스무아흐레 날, 정조가 취임 초 지시하였던 〈명의록明義錄〉이 완성되었다. 총재 대신[總裁大臣] 봉조하 김치인金致仁 등이 사실만을 간략히 적어(箚子) 올렸다.

"신 등은 명을 받고 삼가 두려워하여 주야로 편찬하면서 먼저 〈존현각일기〉를 전집 앞에 드러내어 그 책의 품격을 높였습니다. 다음에는 〈정원일기〉에 의하여서 일·월日月로 차례를 정하였으며, 사실을 뽑고 문자를 조절하여 처음과 끝을 다 실었습니다. 여러 문안을 참고하여 추국推鞫을 당할 만한 중죄 사실도 다 실었고 간간이 조정의 논죄에 관하여 임금에게 올리던 글(啓辭)과 상소문을 모아 놓은 책(疏章)을 실어 국론을 드러냈습니다. 그리고 단락마다 번번이 논단을 붙여 옛날 역사 사초를 쓰던 신하인 예문관(史臣)의 벌주거나 귀양 보냈던(誅貶) 뜻을 모방하였습니다. 편집한 규모는 한결같이 〈천의소감(闡義昭鑑)〉에 의거하였고 범례와 대의는 모두 임금의 결재(睿裁)와 임금의 뜻과 지시 사항(稟旨)을 거쳤습니다. 국을 설치한 지 4개월 만에 비로소 끝마쳤는데 책이 모두 3편입니다. 신 등은 삼가 머리를 조아려 절하고 봉하여 올립(封進)니다."

김치인이 명의록을 완성한 결과를 간략하게 보고하였다.

정조는 치하와 함께 비답을 내렸다.

〈아! 과인이 오늘이 있게 된 것은 선대왕의 천지 같은 은혜를 받은 덕이다. '이름은 비록 조손이지마는 실은 부자와 같다.'는 하교는 매양 생각할 적마다 눈물이 얼굴을 적신다. 우리 선왕(先王)의 자애로운 정은 경등이 다 같이 알고 있는 것인데, 우리 선왕께서는 고결하고 거룩한(神聖) 자질을 타고나시어 80세의 노령을 누리셨다. 그런데 저 일종의 불충한 무리들이 감히 임금의 귀(天聽)를 흐리고자 하여 처음에는 지위를 얻기 전에는 얻으려고 걱정하고 얻은 후에는 잃을까 걱정(患得患失)하는 마음에서 시작되어 결국은 동궁을 원수처럼 여기기에 이르렀으므로 왕세손의 지위(儲位)를 핍박하여 위태롭게 하였다.

그런데도 과인이 선왕께 우러러 아뢰지 않았던 것은 몸과 마음을 안정(靜攝)하는 데 방해가 될까 염려스러웠기 때문이었던 것이며 선왕께서 미처 간신들의 정상을 통촉하지 못했던 것은 그 역시 항상 안정 중에 있으셨기 때문인 것이었고, 흉악한 무리(凶徒)들이 안팎에서 서로 선동시킬 수 있었던 것도 안정 중에 계신 틈을 이용한 것이다. 하찮은 나 과인이 앉아서 그들의 시달림을 받은 정상은 이미 내가 내려준(內下) 일기에 상세히 다 말하였으니 다시 차마 붓에다 먹을 묻힐 것이 없다.

궁성宮省의 일은 비밀스러운 것이고 외척(戚畹)의 권세는 커서 대신도 알 수가 없고 공경公卿도 알 수가 없으며 사대부나 서인(士庶人)도 알 수가 없었던 것이 그때에는 당연하였다. 그러나 신하인 홍국영이 들어와서는 눈물을 삼켰고 나가서는 피를 토하면서 이 역적들과 함께 살지 않을 것을 맹세하고 나의 몸을 보호하여 간사한 무리들(奸萌)을 꺾었다. 신臣 정민시는 노심초사하면서 정성을 다 바쳐 달리지 않을 것을 죽음으로써 맹세하였으며, 신하인 서명선은 한 장의 상소로 임금께 호소하여 위태로움을 편안한 데로 돌려놓았는데, 이는 모두 백세의 삼강오상(綱常)을 심고 천하의 의리를 밝힌 것이니 성인을 기다려 결정해 보아도 의혹 될 것이 없다. 경 등이 반역의 근원을 밝힐 것을 생각하여 책을 만들어 군부를 높이고 난적을 토죄하는 도리를 밝힐 것을 청하였으니, 완비된 것이라 할 수 있다.

아! 큰 옥사를 막 다스리고 나서도 인심이 안정되지 않았고 문벌 좋은 집안(巨室)이 형벌(刑戮)을 당하여 나라의 형편(國勢)이 아득한 실정이니, 거(莒)에 있을 때를 잊지 말라는 의리와 그물의 한쪽 면을 풀어주게 한 인자함을 둘 다 행하여 어긋남이 없게 하는 것이 마땅하다. 경등도 역신의 두목(巨魁)과 이미 처벌(誅滅)되었다는 것으로 마음을 해이하게 지니고 이 책이 완성되었다고 우려를 소홀히 하지 말라. 아! 비와 이슬(雨露)을 내리기도 하고 서리와 눈(霜雪)을 내리기도 하는 것은 진실로 임금의 조화인 것이요, 제방을 만들기도 하고 의리를 밝히기도 하는 것은 실로 신자의 떳떳한 분의인 것이니, 그대들은 마음을 더욱 공고히 하여 우리 국가를 영원히 이어가게 하기를 깊이 경 등에게 바란다.〉

이어서 책을 올린 여러 신하들과 총재 대신 봉조하 김치인에게 수고하였다고 치하를 했다.

이에 김치인 등이 말하였다.

"책자가 이미 완성되어 의리가 크게 밝아졌으니, 이제부터는 중외의 신하와 백성(臣民)들이 모두 하늘이 정한 인간의 도리(天常)를 무시할 수 없고 왕법은 침범할 수 없다는 것을 환히 알게 되었습니다. 이는 실로 종묘와 사직의 끝없는 아름다움입니다."

이때 홍국영이 상서하기를 원하였다.

"신이 평일에 품고 있던 마음을 감히 하나의 소장으로 본심을 밝히고 싶습니다."

이어 정조가 읽어 보라고 하명하였다.

〈아! 지난번의 일에 대해서 차마 말할 수 있겠습니까? 화가 궁성(宮省)에서 선동되었고 변이 외척에서 일어나 4백 년 동안 이어온 종사가 장차 어찌 될지 모르게(稅駕) 되었습니다. 이를 생각하면 모골이 송연하고 간담이 떨립니다. 그때를 당하여 전하의 위태로움은 말할 수 없는 상황이었다고 할 수 있었습니다.

아! 우리 영조대왕(英祖大王)께서는 자애로운 정을 지니시고 거기에다 일월처럼 밝은 지감이 있었기 때문에 간적들이 계교를 부릴 수 없어 흉도들이 저절로 무너졌습니다. 아! 하늘처럼 높고 땅처럼 두터운 은혜를 잊을 수가 없습니다. 또한, 우리 왕대비 전하께서는 임사(任姒·주문왕의 모친) 같은 덕을 지니고 국가의 소중함을 걱정하시어 우리 전하를 보호하여 주시고 우리 전하를 어루만져 사랑해 주었으며, 집경전에서 와병 중이실 적에는 혹 반걸음도 잠시 곁을 떠나지 않았으며, 영선당에서 근거 없는 화가 빚어질 때에는 반드시 그의 사기를 먼저 살펴 화의 싹을 미리 꺾어버림으로써 크게 대책을 도왔으니, 이는 대신과 공경(公卿)들이 듣지도 알지도 모르고 있는 것이고 조정의 신료들과 온 나라 사람들도 듣지 못한 바입니다. 오직 전하께서 눈물을 흘리면서 신에게 하교하시었고 오직 소신만이 슬픔을 억제하면서 전하의 하교를 받들어 들었습니다. 세월이 오래되기는 하였습니다만, 어제 일인 것만 같습니다. 자애로움으로 감싸주신 은혜와 더없이 큰 덕은 영종대왕(英祖)과 함께 만세에 그 아름다움을 짝할 수 있고 천하에 할 말이 있습니다.

이제 여러 역적이 형륙(刑戮)을 받아 의리가 크게 밝아졌고 대신과 여러 신하들이 책으로 엮어 후세에 전할 것을 청하였으니, 이 책이 없어지지 않는 한 금석 같은 글입니다. 어찌 부질없이 이룩된 것이겠습니까? 신은 아침부터 밤늦도록 분주히 성상을 모시는 승지의 직임에 있어 책을 편집하는 이 큰 일에 참여하지는 못했습니다만, 책이 완성된 뒤에 가져다 보았고 차본箚本이 내려온 것을 삼가 엎드려 읽어보니, 변변찮은 천신賤臣의 이름이 그 가운데 태반을 차지하고 있어 우뚝하게 주인공이 되어 있었으니, 아! 이것이 무슨 일이란 말입니까? 전하께서 외롭고 위태로운 때를 당하여 진실로 천성天性의 마음을 지닌 사람이라면 누군들 이를 갈고 피를 토하지 않았겠으며, 역적과 더불어 살려했겠습니까? 단지 신은 좋은 기회를 만났고 자취가 요속(僚屬-지위가 낮은 관료)에 참여되었던 탓으로 남이 모르는 것을 안 것이 있고 남이 못 들은 것을 들은 것이 있을 뿐입니다. 어찌 손톱만한 공인들 종사의 위태로움에 보탠 공이 있겠습니까?

아침저녁으로 마음을 태우면서 목숨을 바쳐 임금을 호위한 것은 신이 정민시만 못하고 손수 강상(綱常-유교 기본 삼강오상)을 수립하여 단지 국가가 있다는 것만 안 것은 신이 서명선만 못합니다. 이는 모두 성명(聖明-임금의 밝고 넓은 덕)께서 굽어 통촉하신 것이고 천신이 우러러 아뢰었던 것이었습니다. 아! 공이 없는데도 공이 있다고 하는 것은 위에서 상정賞政을 잘못하는 것이고 공이 없는데도 스스로 공이 있다고 하는 것은 아래에서 자신을 속이는 것입니다. 천지의 신명이 위에 임해 있고 곁에서 질정하고 있는데 신이 어떻게 감히 전하의 앞에서 말을 꾸며 의례적인 사양을 할 수가 있겠습니까? 국역(局役-나라의 역사)이 이미 끝나 간포刊布가 곧 있게 되었으니, 신이 품고 있는 것을 말하지 않으면 다시 어느 때를 기다리겠습니까?

아! 왕대비전의 성덕이 저처럼 성대한데도 미처 드러내어 밝히지 못했던 것은 전하를 기다린 바가 있어서인데 이제 이 책이 편성되었고 발간되는 마당에 있어 아랫사람으로서 어찌 드러내어 칭찬하는 말을 하여 우리 성모의 은혜에 보답하지 않을 수 있겠습니까?

삼가 바라건대 전하께서는 신의 소본을 가지고 편집한 여러 신하에게 질문하시어 책의 앞에 그런 사실을 나타내게 하여 성효聖孝를 빛내게 할 방도를 생각하시고 이어 신의 이름이 분수에 너무 지나친 것은 삭제시킴으로써 책의 편찬을 바르게 하옵소서.〉

홍국영이 왕대비전과 전하의 사이가 소원해 질까 걱정했었다.

상서를 읽고 나자 정조가 신하들에게 하명하였다.

"경의 고심을 모두 알고도 남음이 있다. 할머니께서 보호하고 도와주신 덕에 대해 내가 어찌 이를 알려야할 마음이 없겠는가마는, 겸손하신 성의盛意를 우러러 본받아 아직 한 번도 조정에서 지시하지 못했었는데, 경이 아름다움을 돌리는 정성과 널리 드러내 알리려는 경의 성의가 이처럼 간절하고도 지극하니 더욱 나의 마음을 감동시켰다. 마땅히 찬집한 신하들로 하여금 경이 말한 것처럼 삼가 책의 앞에 쓰게 하겠다. 상소 가운데 사양한 데 이르러서는 이것이 어찌 경이 남에게 사양할 수 있는 것이겠으며, 내가 경에게 사사롭게 할 수 있는 것이겠는가? 아! 경이 아니었다면 어찌 나에게 오늘이 있었겠는가? 그리고 본편을 살펴보건대 경의 공을 기리고 경의 충성을 찬미한 것은 본래 일세의 공의公議인 것인데 경이 어떻게 사양할 수 있겠는가?"

이 일로 하여 정조와 홍국영은 더욱 공경하게 되고 아끼게 되었다. 정조 또한 정순왕후인 할마마와 각을 세우고 싶지 않음을 드러냈다.

정조 임금은 오월 스무이레 날 홍국영을 금위대장으로, 이주국을 총융사로, 서명선을 수어사로 삼았다

국영은 지난 오월부터 금위대장禁衛大將을 겸직하고 있어 한결 어깨가 무거웠다. 정조 임금은 아직도 누구도 믿지 못하는 것 같았다.

유일하게 홍국영만 믿고 의지했다.

정조 임금 1년 7월 스무 28일이었다.

금위대장 겸 도승지인 국영은 임금 정조와 마주앉았다. 요즘으로 말하면 경호 실장과 비서실장을 겸임하는 자리였다. 여름밤이 깊어 가는 줄도 모르고 두 사람은 술잔을 나누고 있었다.

"지난 일들을 반추해 보면 참으로 꿈만 같사옵니다. 오늘날 성상을 모시고 태평성대를 누리는 날이 오지 않을까 걱정이 많았사옵니다."

"모두가 나를 위해 목숨을 아끼지 않던 그대의 은공이오. 그대가 없었다면 어찌 내가 이 자리에 있을 수가 있었겠소."

세상과 백성은 조용했다. 국상도 조용히 치러졌고, 농사도 대풍이라고 했다. 이제 출수기에 태풍만 불어오지 않는다면 수확에 지장이 없을 것이다. 그러니 태평성대가 찾아온 것이리라.

정조는 2년 전 서명선이 상소를 올린 12월 3일에 자기를 도왔던 사람들의 모임을 갖자고 제안했다. 그날을 기념하기 위하여 매년 모이도록 하라고 국영에게 하명했다. 홍국영은 대찬성이었다.

모임 이름은 '동덕회同德會'로 하자고 정조가 제안했다. 정조는 단순한 왕이 아니었다. 그 동안 오랫동안 생각을 했던 모양이다. 참석할 사람들까지 지명을 했다. 서명선, 홍국영, 정민시, 김종수, 이진형이었다.

정조는 매년 이들을 초청하여 잔치를 벌였다. 모임은 서명선이 상소를 올렸던 12월 3일로 못 박았다.

모임이 시작되면 정조는 먼저 영조 임금의 은혜에 늘 감사했다. 홍국영의 감각과 기민한 기지로 서명선에게 상소하기를 간곡히 부탁하지 않았다면 이 세상이 어떻게 되었을까? 모골이 송연한 일이었다. 다행히 서명선이 가문과 자신의 목숨을 걸고 한익모, 홍인한을 탄핵했다. 만일 잘못되면 멸문지화를 당할 일이었다. 영조가 서명선의 상소를 통해 한익모 홍인한 일당의 음모를 알아내고 세손을 위기에서 구원해 주었기 때문에 이 날을 잊으려야 잊을 수 없는 날이었다.

정조는 이날 회원들에게도 감사를 표시하고 함께 술잔을 나누고 시를 지었다.

정조는 서문에서 어려운 때를 잊지 말자고 했다. 자신이 개혁 정치를 전개하는데 적극 협력해 달라는 당부였다.

정조는 오늘을 기념하기 위하여 시를 한 수 지었다. 제목은 동덕회 축祝이라고 했다. 이 시는 두루마리로 만들어져 보관되었다.

閶闔排雲夕　하늘 문에 구름 헤치는 저녁이요
咸池擎日秋　함지에 해 떠받드는 가을이로다.
百年長是會　백 년을 이 모임 길이 한다면
同德又同休　덕을 함께하고 복도 함께하리라

　이 모임은 정조 재임 기간 20년 간 계속되었다. 모임이 열리지 못하면 정조가 기념하는 글을 지어서 하사하기도 했다. 개별적으로 선물 보내는 일도 있었다.
　동덕회 회원들의 성향이 각각 달랐다. 정조는 당색이 달랐던 회원들을 통해 각가지 다른 의견들을 수집하고 여론 파악을 하여 통치에 활용했다.
　김종수, 홍국영은 노론 시파에 해당되었으며, 서명선, 정민시는 서인에서 분파된 소론이었다.
　'군왕은 현명한 신하와 사적인 인정을 쌓아야 큰일을 도모할 수 있다.'
　정조의 평소 지론이었다.
　당파 간 이견이 있을 때는 동덕회 회원들을 적극 활용하기도 했다. 특히, 노론 시파 영수가 된 김종수에게 탕평책의 조정자 역할을 부여하기도 했다.

9. 세도정치勢道政治의 비조鼻祖가 되다

　무더운 여름 밤, 부나비는 불을 향해 무모하게 달려든다. 그 미물들은 타 죽을 줄을 모르기 때문에 비참한 최후를 맞는다. 동료가 타 죽는 것을 보고도 계속 날아든다. 권력은 촛불이고 그것을 탐하는 자는 부나비일까?
　세상사는 꼭 예측했던 대로 되어 가지는 않는다. 불온한 무리들은 호시탐탐 정조의 목숨을 노리고 있었다. 동궁 때부터 숱하게 노리던 동궁은 천운을 타고 났는지 그때마다 잘 모면하였다. 어쩌면 왕재는 천운을 타고 태어나는 지도 모른다. 정조는 등극을 했으나, 아직도 그 불온한 잔당들은 왕으로 인정하지 않았다.

정조는 오늘도 여느 때처럼 저녁 수라가 끝나자 홍정당興政堂에서 경연관들과 석강에 임했다. 신하들은 정조와의 경연을 좋아하지 않았다. 정조는 신하 누구보다도 학문의 깊이가 깊었다. 간혹 신하들에게 질문을 하면 신하들이 답변할 수가 없어 쩔쩔맸다. 신하들이 미리 공부를 하고 참여하지만, 그렇게 벼락치기 소나기 공부로 될 일이 아니었다. 어물어물 대답하면 정조는 어김없이 힐문을 던졌다.

"그대들이 나를 가르쳐야 하는데, 내가 그대들을 가르쳐야 하겠소?"

정조의 한마디는 어느 특정 신하를 지적해서 하는 말은 아니었다. 신하들 스스로 공부를 하지 않으면 안 되도록 자극을 주는 게 정조의 깊은 뜻이었다. 곤욕을 치른 경연관들은 더 열심히 할 수밖에 없었다. 정조는 세손 시절 유폐된 공간인 세손궁에서 할 일이라고는 책을 읽는 일밖에 없었다. 자기도 모르는 사이 학문의 수준이 높아져 갔다.

정조는 요즘도 끊임없이 학문을 탐구하여 점점 더 높은 경지에 이르고 있었다.

홍국영은 오늘도 어제처럼 초저녁에 각문을 돌면서 수직 상태를 점검하고 철저히 경계하라고 단단히 타일렀다.

"너희들이 졸고 있으면 불온한 무리들이 언제 담을 넘어 올지 모른다. 두 눈을 똑바로 뜨고 철저히 감시하라."

홍국영은 매일 초저녁에 각 초소를 돌면서 엄하게 단속하고 다녔다.

오늘도 마찬가지였다.

7월 그믐이 가까워도 무더위는 사그라지지를 않았다.
호위청 소속의 강용휘姜龍輝라는 호위군관이 있었다.
오늘은 남문 밖 개장국집에서 원동院洞 임장任掌 전흥문田興文을 만났다. 전흥문은 한때 어영청에 있다가 사소한 일로 쫓겨난 본명이 전유기田有起라는 자였다. 떡 벌어진 어깨와 근골형의 얼굴은 힘깨나 쓰게 보였다.
강용휘와 전흥문은 홍상범洪相範의 집을 찾았다. 바로 가는 것이 아니고 미행하는 사람이 없나 살피면서 이리 저리 골목을 돌아 간격을 두고 찾아 들었다.
"어서 오시오, 대장님들을 기다리고 있었소이다."
"대감, 별일 없으시지요?"
홍상범은 그 말에는 대답하는 둥 마는 둥하고 벽장에서 뭔가를 꺼냈다.
"자, 이것을 보시오."
홍상범이 펼쳐 놓은 것은 큰 도면이었다. 도면은 정조가 머물고 있는 경희궁의 지도였다. 홍상범은 지도를 펼쳐 놓고 설명하기 시작했다.
"여기가 정조가 잠을 자는 정침인 융복전이요. 서쪽으로는 내전인 회상전이 있고 서편에 별실이 딸려 있소. 그 아래로 벽파담과 죽전이 있소이다. 대비는 융복전 동쪽에 장락전이라는 곳에 기거하고 있소. 그 바로 옆에 용비, 봉상이라는 누각이 있고, 누각 아래로 경의헌, 백상헌이 있소. 오른 쪽 북측으로 어조당이 있고, 어조당 앞에는 연못이 있소. 동쪽으로는 내전의 광명전이 있소. 대내의 정전은 숭정전인데 주위 사방에 문이 있고 북측문인 자정문이 있고 숭정전 뒤에 자정전이 있소. 자정전의 서쪽에 봉당수어소인 태녕전이 있고, 회상전의 남동쪽에 주상이 신료들을 접하고 강론하는 흥정당이 있소. 흥정당 주변에 존현각이 있어 주상은 이곳에서 항상 책을 보게 됩니다."

구중궁궐 안을 손바닥 들여다보듯이 도면에서 자세히 설명했다. 이미 철저히 준비를 해 두고 있었다.

"대장님들, 여기를 보시오."

홍상범은 지도의 한 부분을 검지로 짚었다.

"여기에 보장문이 있어요. 담은 북담이 월담하기에 좋을 것이오. 담을 넘어가 회랑 지붕으로 올라가 존현각에 이르는 길은 아주 가깝소. 평소 이경이 되면 주상이 석강을 흥정당에서 마치고 존현각에 와서 책을 읽게 될 것이오. 오는 칠월 스무여드레로 달이 그믐에 이르러서 깜깜할 테니까, 거사하기에 적당한 날이요. 앞으로 닷새 남았소."

홍상범은 차분히 설명했다. 이 엄청난 일을 획책하면서 흔들림이 없는 것을 보고 두 사람은 믿음이 갔다. 홍상범은 일이 끝나고 나면, 뒷일은 다 준비가 되었다고 염려하지 말라는 말을 여러 번 했다.

"대장님들 절대 실패하시면 안 됩니다."

홍상범은 강용휘와 전흥문에게 다짐을 두기도 했다.

드디어 7월 28일이 다가왔다.

강용휘는 전흥문의 복장을 호위무사 복장으로 위장해 대궐 별감 강계창姜繼昌을 만나게 했다. 강계창은 강용휘의 조카였다. 이미 조카에게 오늘을 거사일로 정한 것은 차비문差備門의 직숙(夜勤)이 강계창이었기 때문이었다.

강용휘가 밤이 되자 궁 안에 있는 딸인 강월혜를 불렀다. 궁 안의 사정을 알아보기 위해서였다. 딸의 방주인 상궁 고수애高秀愛도 적극 협조하기로 했다는 딸의 이야기였다. 고 상궁은 대비 쪽 정순왕후의 사람이었다. 궁내의 조라치(照羅赤·청소부) 황가도 가담해 적극 돕겠다고 했다.

칠흑 같이 어두운 밤이었다. 강용휘와 전흥문은 철저한 감시를 뚫고 궁내 강계창의 도움을 받아 정조 임금이 기거하는 존현각으로 올라갔다. 지붕의 기와를 들어내고 건물 내부로 들어가 깊은 잠에 빠져 있는 정조를 살해할 계획이었다.

그러나 오늘도 정조는 잠을 자지 않고 책을 보고 있었다. 이상한 소리를 감지했다. 그 소리는 동북쪽 보장문寶章門 지붕에서 들리든 희미한 발자국 소리는 존현각 지붕에 와서 멎었다. 그리고 조용해졌다.

뭔가 마당으로 떨어지는 소리가 났다.

"거기 누구 없느냐?"

정조의 목소리가 어느 때보다 컸다.

내금위의 위사가 득달같이 달려왔다.

"예. 밖에 대기하고 있사옵니다."

"밖에 무슨 소리냐?"

정조는 밖에 있는 위사가 잘 들리도록 큰소리로 물었다.

"외부 침입자가 지붕 위에 있는 듯하옵니다."

위사의 말이 끝나기도 전에 궐내 순시 중이던 홍국영이 큰 소리로 외치는 소리가 들렸다.

"어느 놈이냐?"

누구도 답변해 주는 사람은 없었다.

홍국영은 즉시 정조 앞에 달려왔다. 그 뒤에는 횃불을 든 위사(衛士·近衛兵)들이 따라왔다.

"어느 놈이 난동을 부리느냐?"

국영은 다시 한 번 소리를 질렀다.

"지붕에서 기왓장이 떨어졌습니다."

"뭣이? 기왓장이 떨어졌다고? 지붕을 살펴라. 불한당이다, 빨리 추포하라."

국영은 한쪽에 놔두었던 칼을 잽싸게 빼들었다.

"한 놈도 놓치지 마라."

국영은 목소리를 높였다

존현각 지붕에서 어지러운 발자국 소리가 났다. 위사들이 횃불을 들고 존현각을 철저히 에워쌌다.

이 구석 저 구석에서 궁내 사람들이 쏟아져 나왔다. 온 경희궁이 떠들썩하고 위사들이 사력을 다해 범인들을 쫓았으나, 회랑 지붕을 따라 도망간 범인들은 끝내 놓쳐 버렸다. 범인들이 하늘로 날았는지 땅으로 꺼져버렸는지 흔적을 찾을 수가 없었다.

순식간에 일어난 일이었다. 범인들은 보통 날랜 것이 아니었다.

"사대문을 잠그고 궁 안을 샅샅이 수색하라."

홍국영의 목소리가 쩌렁쩌렁 울려 퍼졌다.

날이 새도록 철저히 뒤졌으나, 개미새끼 한 마리 잡지 못했다. 그 후 포졸들을 시켜 성 밖을 수색했지만, 아무런 단서도 찾을 수가 없었다.

홍국영은 이 불온한 세력들이 어서 다시 나타나 주기만 기다릴 수밖에 딴 도리가 없었다. 피를 말리는 답답하기 그지없는 나날이 계속되었다.

존현각尊賢閣이란? 정조가 동궁시절부터 사용하던 서재였다. 긴 행각 건물로 되어 있었다. 행각은 중심전각의 담장 역할을 하는 건물이었다. 담장은 벽이지만 행각은 기다란 집인 셈이었다. 팔작지붕의 높은 건물이 아니고 4개의 기둥 위에 맞배지붕의 단순한 형태의 1칸짜리 건물이 옆으로 이어졌다. 10칸이 되기도 하고 수십 칸이 되기도 했다. 중심전각의 담장 역할을 하면서 건물을 연결하는 회랑, 물건을 보관하는 창고, 아랫사람들이 머무는 방 등 다양한 용도로 쓰였다. 존현각은 위치상 흥정당의 담장 역할을 하는 건물이었다. 이곳이 정조가 늘 머무르며 공부하는 곳이었다. 접근하기도 쉽지만, 침입하기도 수월한 곳이었다.

인왕산 밑의 경희궁은 여름이면 우거진 숲 자락에 이어져 있어 범인이 담장을 넘어 인왕산 쪽으로 도망가 버리면 체포하기가 쉬운 일이 아니었다. 더구나 불온한 자들이 대낮부터 숲 속에 잠입해 있다가 지형지

물을 익히고 저녁이 되자, 어둠을 틈타 범행을 저지른 게 분명했다. 그러니 몰래 숨어드는 자들을 색출하려면 쉬운 일이 아니었다. 불철주야 많은 인원이 눈을 부엉이처럼 밝히고 있어야만 했다. 경희궁은 정조 임금이나 홍국영이나 쓰라린 추억뿐인 장소였다. 미련이라고는 한 가닥도 남아 있지 않은 곳이었다. 특히 정조 임금의 생모 혜경궁 홍씨로서는 젊은 날 피눈물을 흘리면서 슬픔으로 밤을 지새우던 경희궁이었다. 이런 불상사까지 겪고 나니 더 이상 지체할 일이 아니었다.

국영은 정조 임금에게 창덕궁으로 옮겨 갈 것을 주청 드렸다.

정조 임금도 건의 사항을 흔쾌히 승낙했다. 즉시 창덕궁의 수리를 명하였다. 대대적인 보수 작업이 이루어졌다. 보수가 완전히 끝나자 팔월 초엿샛날 정조 임금은 창덕궁으로 이거해 들어갔다.

국영은 위사 오백 명의 병력을 대궐 안팎에 배치하여 철통같이 수비를 강화했다.

국영도 경희궁이 아닌 창덕궁으로 등청하기 시작했다.

이사하고 나서 5일 뒤인 팔월 열하루 한밤중에 초승달도 지고 어둠이 깊어 가고 있었다.

홍국영은 하루하루가 불안했다. 언제 그들이 또 쳐들어올지 알 수가 없었다. 간자들을 풀어 수소문 했으나, 아무런 단서도 나오지 않았다.

초저녁에 각 문을 돌면서 수직 상태를 철저히 점검하고 다짐을 두었다. 경추문을 돌면서는 수직을 맡은 김춘득金春得과 김세징金世徵을 불러 특별히 경계령을 내렸다.

"여기가 불한당들이 넘어오기 가장 좋은 곳이다. 너희들이 주상전하의 옥체를 보호하는데 가장 중요한 자리를 기키고 있음을 명심 하렸다."

홍국영은 다짐을 단단히 주었으나 발길이 떨어지지 않았다. 홍국영은 다시 한 번 군령을 내리고야 자리를 옮겼다. 그러면서도 늘 불안한 곳이 이곳이었다.

한 밤중이 되자. 수포군守鋪軍의 열일곱 살인 김춘득은 경추문 북쪽 담장을 타고 넘는 괴한을 발견했으나, 오금이 저려 말이 나오지 않았다. 김춘득은 나이는 어리지만 지혜가 있었다. 옆에서 자고 있는 나이 많은 김세징을 발로 사정 두지 않고 차버렸다.

"왜? 그래? 자지 않고?"

"도…도…도…두기요?"

김춘득은 겁에 질려 말을 제대로 못하고 더듬고 있었다.

"뭐? 뭣이라고? 도도둑이라고?"

그때야 벌떡 일어난 수포군 네 사람은 사력을 다해 괴한들을 추격했다.

담 밖에서 계속 넘어오려고 대기했던 수십 명의 괴한들은 자기 일행이 발각된 것을 알자 산속으로 쏜살 같이 도망가 버렸다.

궁 안에서는 치열한 추격전이 벌어졌다. 도주하는 괴한 중 한 놈은 날다람쥐처럼 번개같이 담을 넘어 달아나 놓치고 말았다. 그 중 한 놈은 위사들이 쫓아가서 기어이 붙잡았다. 철통같은 경계를 뚫고 담을 넘어 들어 온 것을 보면 대단한 놈들이었다.

괴한의 품에서 날이 퍼런 비수가 발견되었다.

국영은 범인을 무릎을 꿇려 놓고 직접 신문을 했다.

"네 이놈. 얼굴을 똑바로 들지 못할까?"

횃불에 비친 범인은 위로 째진 눈으로 국영을 쏘아보았다. 그는 어영청에서 임장을 지낸 바 있는 전유기라는 사내였다. 전유기라는 자는 어영청을 떠난 후 전흥문이라는 새로운 이름으로 개명하고 옛날 사람들과는 교유를 단절하고 숨어 살고 있었다. 그 깊은 사유는 알 수 없었다.

"무슨 불궤를 저지르려고 침범했느냐?"

국영은 호통을 쳤다. 그러나 사내는 국영을 살기어린 눈으로 쏘아 볼 뿐 대답이 없었다.

"……"

대소신료들은 자기들이 이 꼭두새벽에 입궐하는 이유가 어젯밤 불궤를 꾀하는 자가 있었다는 말을 듣고 움츠러들었다. 혹시 불똥이 자기에게 튀지 않을까 두려움이 앞섰다. 대소신료들의 놀라움도 이만 저만이 아니었다.

편전에 들어 선 도승지 홍국영은 충혈된 눈이었다. 어제 밤 뜬 눈으로 새웠다는 것을 누구나 알 수 있었다. 신료들은 그의 눈치를 보면서 표정을 살폈으나, 그는 아무 말도 하지 않았다.

잠시 후, 젊은 임금도 뜬 눈으로 밤을 지새웠는지 충혈된 눈으로 들어와 용상에 자리했다. 대소신료들은 엎드려 부복했다. 정조는 좀 격앙된 목소리로 명령을 내렸다.

"어제 밤 불궤를 꾀하는 자가 궁 안을 침범했소."

정조는 말을 끊었다가 숨을 고르고 다시 이었다.

"도승지 홍국영을 금위대장禁衛大將을 겸하게 하노라. 어제 밤 변괴를 철저히 밝히는 것을 금위대장에게 일임한다. 어영청과 의금부 당상들은 금위대장의 명에 따라 모든 군을 적절히 움직이게 하라. 나의 명이 곧 금위대장 홍국영의 명임을 명심하라. 어제 밤의 변괴를 단시일에 규명할 수 있도록 신명을 다하라."

정조는 근엄한 표정으로 이 말만 남기고 편전을 떠났다. 부복해 있던 신료들은 고개를 들어 홍국영을 바라보았다.

'나의 명이 곧 금위대장 홍국영의 명임을 명심하라.'

아직도 귀에서 쟁쟁하게 울려 퍼졌다.

홍국영은 도승지이며 금위대장을 겸임했다. 어영청과 의금부도 홍국영의 명령일하에 움직이게 되었다. 어쩌다 이지경이 되었단 말인가? 대소신료들은 말 한마디 할 수가 없었다. 우선 무슨 일이 일어났는지 알 수도 없었다. 섣불리 무슨 말을 했다가 불똥이 자기에게 튈까 눈치만 보았다. 홍국영은 대소 신료들의 시선을 뒤로한 채 편전을 걸어 나왔다. 대궐은 어제 밤 일을 아는지 모르는지 정적에 잠겨 있었다.

아침 어전 회의가 끝나기 무섭게 다시 국문이 시작되었다.

"네, 이놈, 이실직고하지 못할까?"

국영이 다시 한 번 호통을 쳤다.

"나는 '배따라기' 낙춘이 자식 놈과는 상대하기도 싫다."

사내는 국영을 향해 침을 퉤 하고 뱉었다. 침은 국영이 앉아 있는 발 아래 와서 떨어졌다.

"그래, 네놈 순순히 이실직고하지 않고 뜻이 정 그렇다면 방법을 강구해 주마."

위사들은 서둘러 화덕에 숯불을 피웠다. 빨갛게 달아오른 인두로 위사가 전흥문의 발목부터 지져 올라갔다. 살이 타는 냄새가 온 마당에 가득했다. 큰소리를 치던 사내도 인두가 닿을 때마다 아악, 악하고 비명을 질렀다. 인두가 허벅지까지 점점 올라가도 이를 악물고 토설하지를 않았다. 정말 지독한 인간이었다.

"네 이놈. 감히 너희 같은 시러베 놈들이 전하를 시해하겠다고? 이 홍국영이 두 눈을 시퍼렇게 뜨고 있는 한 꿈도 꾸지 마라."

범인도 지지 않고 맞대꾸를 했다.

"어디 두고 보자 우리는 절대 포기하지 않는다."

전흥문은 무서운 눈으로 홍국영을 쏘아 보았다. 살기어린 눈빛이 소름끼치게 했다.

"우리란 게? 누구누구를 말하는 거냐?"

홍국영은 목소리를 한껏 낮춰 부드럽게 물었다.

"그건 너 같이 젖비린내 나는 놈에게 절대 말해 줄 수 없다."

전흥문이라는 사내는 단호하게 대답했다.

"시해한 후에 누구를 왕으로 옹립하려고 했느냐?"

전흥문은 입을 굳게 다물고 대답하지 않았다.

그러나 계속되는 고문을 이기지 못한 전흥문이 제 정신이 아닌 상태에서 강용휘 이름도 튀어 나오고 홍상범의 이름도 튀어 나왔다.

"당장 그 놈들을 추포하라. 절대 사살하면 안 된다. 반드시 생포해 와야 한다."

홍국영은 제정신이 아닌지 고래고래 소리를 질렀다.

포졸들이 도성 안팎을 뒤졌으나 체포하지 못했다. 한 낮이 지나서야 산속에 숨어 있던 강용휘가 잡혀 왔다.

강도 높은 고문이 가해졌다. 모든 것을 포기했는지 관련자들이 드러났다.

그들의 배후에는 예측했던 대로 정후겸의 잔당 홍상범이 도사리고 있었다. 그는 작년 유월 홍국영 암살음모사건의 주범 홍상간의 친동생이었다. 또 홍지해洪趾海의 조카이기도 했다. 계속 조사를 하자 관련자도 줄기에 매달린 고구마처럼 줄줄이 딸려 나왔다. 그 수가 수십 명에 이르렀다.

신문한 결과 홍상범의 부친 홍술해가 배후 세력이었다. 홍술해는 자기 집 종 최세복도 가담시켰다. 최세복이 한성과 흑산도를 오가면서 홍술해의 지시를 전달했다. 이들은 정조를 암살하는 것만이 가문이 회생回生할 길이라고 오판한 것이었다. 이들은 호위군관 강용휘를 포섭하고 전흥문을 끌어 들였다. 전흥문에게는 강용휘가 돈 1천문을 주고 여종까지 내줘서 혼인을 시켜 포섭했다.

궁궐의 액예(掖隷-대전별감, 무예별감) 김수대를 포섭하여 최세복을 배설방 (排設房-차일 휘장 설치 담당) 창고지기(庫直)로 앉히고자 했다.

창고지기인 고직이란 궁중의 크고 작은 행사에 각종 제구를 설치하는 부서였다. 또 다른 이유도 있었다. 배설방의 고직은 차비문 가까운 곳까지 드나들 수가 있었다. 최세복을 배설방 고직으로 삼아 도승지인 홍국영을 제거하고 다음은 정조까지 시해할 계획을 세웠던 것이다. 그러나 그들의 오랜 계획은 결국 실패하게 되었다.

홍술해의 처 이씨는 남편이 귀양을 갈 때 베개 속에 넣을 부적을 보낼 정도였다. 이씨는 무녀의 신통력으로 정조를 물리칠 수 있으리라고 믿었다. 무당은 오방의 물과 홍국영의 집 샘물을 섞어서 홍술해의 집 샘물에 쏟았다. 그리고 굿을 했다. 그러나 효험이 없었다. 안타까운 일이었다. 홍국영과 정조 임금의 화상을 그려 놓고 날마다 죽으라고 치성을 드리는 일도 저질렀다.

이런 일들이 역적들을 심문하는 과정에서 백일하에 하나씩 다 드러났다. 일은 일파만파로 번져 갔다. 홍상범의 사촌 홍상길의 정조 임금 암살 계획도 드러났다. 예문관 청지기 이기동의 친족 나인인 궁비 이연단을 시켜 정조 임금을 암살할 계획도 추가로 밝혀졌다. 이 사건에는 내시 안국래도 관련되어 있었다. 온 나라가 역모 사건으로 뒤숭숭하고 펄펄 끓었다.

홍국영은 수직 내관을 불러 긴급 명령을 내렸다.

"월혜라는 궁녀를 지금 당장 연행하라."

수직 내관은 그 말이 끝나기도 전에 부리나케 달려 나갔다.

홍국영은 몸소 월혜를 심문하였다. 처음에는 여자답지 않게 완강히 나는 모르는 일이라고 잡아뗐으나 개련이라는 홍술해의 첩 이름이 튀어 나왔다.

정조를 시해하고 새 임금을 옹립하고자 했던, 이 대 사건은 그 면모가 홍국영에 의해 백일하에 드러나고 있었다.

"홍술해의 집 가인들을 모두 잡아 들여라. 홍술해의 첩 개련이도 잡아 들이렷다."

의금부의 국청 마당은 고문을 못이기는 죄인들의 비명 소리로 소름이 돋았다. 국청에는 피비린내와 살타는 냄새로 목불인견이었다. 욕지기를 느끼고 구토하는 사람도 있었다.

"내관 상충이, 상궁 안심이, 강 무수리도 잡아 들여라."

홍국영은 저승사자 같은 악귀惡鬼가 되어가고 있었다. 국청 마당은 아비규환이었다. 의금부의 형틀은 이제 여유가 없었다. 내관 나인 십여 명에 개련의 가인 십여 명, 거기에 남양 홍문의 남자들이 줄줄이 엮여 들어오고 있었다.

"홍이해, 홍신해를 잡아 들여라."

계속 새로운 소식이 들어왔다.

"홍상범이 튀었다. 무장한 사람들과 같이 인왕산으로 도주했다. 어영청 군사를 보내 전부 추포토록 하라. 저항하면 가차 없이 사살하라."

그야말로 피바람이 불고 있었다. 홍국영의 명에 따라 이번 사건에 연루되었던 사람들이 줄줄이 엮여 들어왔다. 홍이해와 홍지해, 홍술해 형제와 그 척족이 모두 잡혀 들어왔다.

정조는 홍국영으로부터 공초 내역을 받아 보고 경악을 금치 못했다. 그 놈들의 규모가 너무 크기도 했지만, 감히 불궤를 저지르려 했다는 게 믿어지지를 않았다.

"그자들이 내게 무슨 원한이 그리도 컸더란 말이냐? 홍계희가 균역법 시행에 힘쓴 공이 있어, 죄가 무거운 홍지해, 홍술해를 살려 주었다. 그런데 그 은혜를 모르고 나를 해치려 하다니 어찌 인간이 이럴 수가 있다는 말이냐? 내가 직접 그 인간들의 면면을 들여다보고 중벌을 내릴 것이다. 당장 친 국청을 차리도록 하라."

넓은 마당에 친 국청이 설치되었다.

이번 사건에 가담했던 수많은 죄인들이 줄줄이 밝혀졌고, 줄줄이 엮여 들어왔다.

홍찬해, 홍술해는 이미 흑산도에 귀양 가 있었다. 그 외 홍계능, 홍대섭, 홍신덕, 홍신해, 홍필해, 홍상길, 홍상격, 홍계승, 홍이해, 강용휘, 전흥문, 이극관, 이극태, 홍착연, 홍병헌, 조원철, 임종주, 이극사, 홍술해의 첩 개련, 개련의 여종 정이, 궁녀 월혜, 상충이, 안심이, 강무수리, 기생 울생이……

이 사건에 하수인으로 관여된 인물이 한둘이 아니었다. 상궁 고수애와 그의 양녀 상궁인 고복문도 있었다. 이들은 정순왕후 오라비 김귀주와 가까운 사이였다. 이 밖에도 궁궐의 열쇠를 관리하던 전 사약司鑰 김수대金壽大와 그의 생질녀로서 나인이 된 김금희金今喜도 돈으로 매수하여 가담시켰다. 홍술해의 아내, 집 종인 최세복崔世福과 감정甘丁 등이 무녀를 시켜 갖가지 방법으로 정조를 저주하는 굿을 했었다.

정조를 직접 모시던 내관, 나인도 있었다. 정조는 치미는 분노를 억제하지 못했다.

"도대체 너희들이 전생에 무슨 악연으로 나를 헤치고자 했느냐?"

아무도 대꾸하지를 않았다. 감히 대꾸할 명분이 없었다.

"국왕을 해치려한 대역 죄인이 된다는 것을 알면서 그 엄청난 일을 저질렀단 말이냐? 어디 입이 있으면 말을 해 보거라. 홍계희가 균역법 시행에 힘쓴 공이 있어, 죄가 무거운 홍지해, 홍술해를 살려 주었다. 그런데 그 은혜를 원수로 갚으려하다니?"

범인들은 묵묵부답 말을 하지 않았다.

정조는 온 몸에 기운이 빠져 나가는 허탈함을 느꼈다. 정조는 친 국청을 나가기 위해 자리에서 일어나 돌아섰다.

그때, 죄인들 틈에서 우렁찬 목소리가 들렸다.

"그대가 주위의 간신에게 현혹되어 무고한 사람들을 귀양 보내고 처벌하기에 경고를 하였으나 반응이 없었다. 그래서 하는 수없이 의인들이 모여 무력으로 그대를 몰아내고 새 임금을 옹립하려 하였소이다. 이제라도 늦지 않았으니 저 홍국영이라는 간신의 목을 치고 의인들을 방면한다면 천지신명에게 충성을 맹세하리라."

홍상범이라는 자였다. 모진 국문으로 처참한 몰골이었으나, 목소리만은 당당했다.

"너는 지금 너의 일족에 대한 처벌에 앙갚음 하고자 할 뿐, 충성을 맹세하는 것도 빤한 거짓임을 내 이미 알고 있다. 그런 감언이설에 내가 속을 것 같으냐?"

정조는 분노를 억제하는 표정이 역력했다.

"전하, 신 등이 너무 어리석어 백 번 죽어 마땅한 대역죄를 지었사오나, 하해 같은 은총으로 목숨만을 부지하게 하여 주신다면 충성을 다하겠습니다. 통촉하여 주시오소서. 으흐흐흐흑……."

홍계능의 참담한 울부짖음이었으나, 정조의 마음을 움직이기에는 때가 너무 늦었다.

정조는 돌아서 편전으로 들었다.

"이번 일은 유배된 죄인들을 살려둔 내 잘못이다. 홍지해, 홍술해, 홍찬해를 모두 사사하라. 이번 역모 사건은 역도들이 그들을 구하고자 하는 사건일 뿐이다. 이것은 사욕을 부려 국가의 기강을 무력화시켜 전복하고자 한 사건으로 추호도 재고할 여지가 없다. 홍계능, 홍계승, 홍이해, 홍신해, 홍상범, 홍필해는 주살하라. 이들과 행동을 같이한 강용휘, 전흥문 등 무인들은 모두 참수하라. 홍대섭도 죽어 마땅하나 절도에 부처하라. 은전군과 내통하려고 했던 개련이와 여종 정이, 기생 울생이도 참하라. 은전군의 빙부와 스승 또한 알고도 말리지 않았으니 제주에 부처하라. 은전군을 가까이 했던 이극관, 이극태는 절도로 보내 노예로 삼고 이극사도 절도에 부처하라. 홍계희 홍계능의 먼 친척들인 홍탁연, 홍병헌 등도 먼 외방으로 추방하라. 그 외의 사람들은 형률에 따라 엄히 처단하여 다시는 이런 일이 일어나지 않도록 일벌백계하라.”

정조는 격앙된 목소리로 찬 서리가 펄펄 날리는 하교를 내렸다.

작년에 먼 섬으로 귀양을 보낸 관련자들은 다 참형에 처하거나 사약이 내려졌다. 이번 사건에 관련된 모든 사람들이 극형에 처해졌다.

이 사건이 피바람을 몰고 온 다음 일진광풍은 잦아지는가 했는데 결국 불똥이 은전군에게 떨어졌다.

“너희가 성궁을 모해하고 누구를 추대하고자 했느냐”

홍국영의 호통에 홍성길의 입에서 은전군恩全君 찬禶을 추대하기로 했다고 하는 답변이 나왔다.

이 말을 들은 홍국영은 즉각 명령을 하였다.

“은전군의 사저를 철저히 포위하라.”

노론 벽파는 쾌재를 불렀다.

“전하, 이제 신이 엎드려 청하옵니다. 한시 바삐 찬을 사사하여 국가의 기강을 바로 세우고 자손만대에 경계의 뜻을 전하여 주시오소서.”

이런 상소가 빗발쳤다.

정조 임금은 아직 정권을 실질적으로 장악하지 못하고 있었다.

노론은 이를 계기로 정조 암살 정국을 은전군 사형 주청으로 정국을 전환할 힘이 있었다. 백관들은 마치 자기 목숨이 걸린 일인 양 만사를 제쳐 놓고 은전군 사형만을 줄기차게 요구했다.

영의정이 백관을 거느리고 헤아릴 수도 없이 정청해 은전군 사형을 요구했다.

아직도 노론의 정치 기반은 흔들리지 않았다. 그러나 국왕의 암살 기도의 정점에 노론이 있다는 세론에 대해 전전 긍긍했다. 노론은 정치적 연막전을 펴고 있었다. 세상의 여론은 이상한 곳으로 흘러가 노론이 유리한 국면으로 전개되고 있었다. 노론은 이를 국면 전환의 계기로 삼을 계획을 면밀히 세웠다.

은전군은 정조가 아끼는 이복동생이었다. 사도세자가 낳은 서자로 은신군 은전군 은언군 세 명이 있었는데 은신군은 제주에 귀양 가 이미 병사하고 두 명만 살아 있었다. 정조가 은전군을 아낀다는 사실을 알고 백관이 나서서 은전군을 죽여야 한다고 왕을 압박하기 시작했다. 정말 잔인한 인간들이었다. 왕을 궁지로 몰아넣고 자기들은 유리한 고지를 선점하고자 했다.

정조의 생각은 달랐다. 홍상길의 일반적인 주장 외에 은전군이 자발적이거나 홍상길과 만났거나 하는 관련된 사실은 전혀 없었다.

홍국영은 이번 은전군이 아무 죄 없이 연루되었으나, 정치적 국면을 전환하기 위해서는 어쩔 수 없다고 판단했다. 정조에게 은밀히 간청하였다.

"전하, 지금 삼사가 한 뜻이 되고 유생들 역시 한 마음으로 상소하고 있습니다. 이는 일찍이 없었던 일이 옵니다. 당을 초월한 이번 상소를 가납하시고 치세의 근본을 튼튼히 하시오소서."

정조는 도저히 견디지 못하고 눈물을 머금고 구월 스무나흘 은전군에게 사약을 내렸다.

"찬을 사사하라."

은전군 찬은 마침내 정치적인 미묘한 이유 때문에 사사되었다. 그의 어머니도 비운에 가게 되었는데, 그 자식도 억울하게 사약을 받게 되었다. 나이 스물에 역도들의 말 한마디에 사약을 받고 생을 마감했다. 아마 죽을 때 눈을 제대로 감지 못했으리라.

정조는 친 형제가 없어서 그런지 이복동생들을 끔찍이 아끼고 좋아했었다. 그런데 왕이 견딜 수 없도록 신하들이 볶아 대니, 결국에 이런 결론을 내리고 말았던 것이다. 정말 안타까운 역사 현실이고 비극이었다.

이런 일이 있을 때마다 억울하게 죽는 것은 왕이 되지 못한 불쌍한 왕자들이었다. 역적모의를 하다가 들통이 나서 잡혀온 사람이 주리를 틀리다 보면 무슨 소리를 못하겠는가? 한마디 누구를 옹립하기로 했다는 말만 나오면 역적으로부터 그런 제안을 받아 본 일이 전혀 없어도 꼼짝없이 죽게 되어 있었다. 소위 조선왕조 역사에 역도들과 전혀 무관한데 고문에 못 이겨 역도가 내 뱉은 한마디에 죽어간 안타까운 왕자들이 한둘이 아니었다.

이번에도 예외는 없었다. 은전군도 억울하게 죽임을 당한 것이다.

노론인 적당賊黨에 포위된 정조의 현실을 그대로 보여주는 안타까운 사건이었다.

정조는 그 일이 있고 나서 재위 기간 동안 친 동기간을 죽이지 않았다. 상소가 그치지 않은 화완옹주 즉 친 고모를 끝까지 감싸고 사사하지 않았다. 또 하나 남은 이복동생 은언군(哲宗-강화도령의 祖父) 역시 끝까지 보호했다.

정조는 이 엄청난 역모 사건이 있고 나서 다시 동궁시절처럼 불안과 공포가 엄습해 왔다.

동이 트기도 전에 신료들은 서둘러 입궐을 하였다. 요 근래 꼭두새벽에 등청하는 일이 더러 있었다.

"금위대장은 특별 대책을 세워 나를 숙위하도록 하라."

정조는 홍국영에게 특명을 내렸다. 정조는 홍국영이 수차례 목숨을 잃을 위기의 순간을 막아 준 공을 잊지 않고 있었다.

혜경궁 홍씨나 효의왕후는 하루에도 한두 번씩 정조가 있는 대전으로 사람을 보내 무사한지 확인하는 정도였다. 세손 시절처럼 다시 불안한 나날들이 계속되었다.

홍인한도 정후겸도 없는 세상에 홍상범 일가가 그런 엄청난 일을 저지르리라고는 누구도 상상하지 못한 천인공노할 사건이었다. 또 누가 나쁜 마음을 가지고 불궤를 꾀한다면 무슨 일이 벌어질지 알 수 없는 일이었다. 정조 왕가의 불안이 다시 고조 되고 있었다. 정조는 밤에 편히 침수에 들지 못했다. 효의왕후 역시 발을 뻗고 편히 잘 수가 없었다.

"궐 안에 숙위소를 설치하고, 삼영三營과 병조兵曹를 총지휘하는 궁궐을 포함하여 도성을 모두 수호할 수 있는 방책을 세우도록 하시오."

정조는 홍국영에게 숙위소 설치의 총책을 일임했다.

"전하의 기틀을 튼튼히 하기 위하여 궐 안에 숙위소를 설치하고 병권을 장악하도록 하면 궐 안은 물론 도성 전체가 안정되리라고 사료되옵니다. 하오나, 궁궐은 창덕궁 외에도 경희궁이 있으니, 그곳에는 따로 수궁대장을 두어 창덕궁과 유기적으로 수비할 수 있도록 한다면 만전을 기할 수 있겠사옵니다."

홍국영의 말을 듣고 나서 정조는 다시 하문했다.

"숙위소를 어디에 설치하면 좋겠소?"

홍국영은 서슴없이 대답했다.

"건양문建陽門 동쪽 터에 둔다면 대전을 호위할 수 있을 것이옵니다. 외부로부터의 경계도 용이할 것 같사옵니다. 특히 대전으로 올라오는 문건들도 숙위소를 거치게 하여 신하들이 감히 무례를 범할 수 없도록 하겠사옵니다."

정조는 그 말을 듣고 다시 의견을 제시했다.

"하면, 숙위소에서 승정원의 출납 일까지 동시에 관장하도록 하면 어떻겠소?"

홍국영은 즉시 대답하지 못했다. 정조는 이어 다시 말했다.

"규장각도 창덕궁에 있어 지키는 사람이 많아 따로 수궁대장을 둘 필요 없이 창경궁에 수궁대장을 두어 양궁을 지키도록 하는 것이 어떻겠소? 형조판서 채제공을 창경궁 수궁대장을 겸직할까 하는데 도승지 생각은 어떠하오?"

"……."

홍국영은 평소 진중하고 항상 정도를 가는 채제공을 은근히 시기하고 있었다. 더구나 영조에게도 신망이 두터웠던 신하이고 그 손자인 정조 역시 최측근으로 국사를 논의하는 사이였다. 국영은 정조의 말만 듣고 의견을 제시하지 않았다. 정조는 홍국영이 대답이 없자 채제공을 배제하기로 마음을 굳혔다. 정조는 그런 일로 홍국영의 심기를 불편하게 하고 싶지 않았다. 지금 자기의 안전을 책임질 최적임자는 홍국영 밖에 없다는 판단이었다.

"그럼, 숙위소를 어떻게 지을 것이요?"

정조는 처음에는 채제공에게 숙위소를 맡길 의향이었으나, 홍국영에게 숙위소를 일임하기로 마음을 굳혔다.

"건양문 동편에 숙위소를 세우도록 하시오, 숙위소의 총 지휘는 도승지가 맡아 만전을 기하도록 하시오,"

위치는 궁중 건양문 동쪽으로 하라는 정조의 지시였다.

"성은이 망극하옵니다."

홍국영은 부복한 채 답변을 하였다. 그는 드디어 세상이 손안에 들어왔다고 판단했다.

숙위소를 건립하는 시간은 오래 걸리지 않았다. 크고 웅장하지 않고 초라해 보이는 작은 건물이었다. 동짓달의 추위 속에서 완공되었다.

사람들은 그곳이 그저 궐내의 경비를 강화하기 위한 지휘소 정도로 알았다.

'궐 안에 자객들이 침범한 게 몇 차례야. 수직 강화가 너무 늦었네.'

'이제야 전하께서 발을 뻗고 자겠구먼.'

사람들은 지나가면서 한 마디씩 했다.

관료 중에는 숙위소를 의심하고 있는 사람도 있었다.

정조의 최측근인 형조판서刑曹判書 채제공蔡濟恭이었다.

"홍국영이 주상 전하를 호위한 노고가 크지만, 엄청난 은혜를 입는 것은 바람직한 일이 못될 것입니다. 지켜보세요, 숙위소가 완공되면 홍국영은 숙위대장으로 발탁될 것이고, 왕명의 출납을 전달하는 도승지의 직책을 넘어 이조, 호조, 병조, 공조, 등 4개 관아는 그의 휘하에 들게 될 것입니다. 모두들 정신을 차리고 지켜봐야 할 일입니다. 이는 붕당보다 더한 전횡이 될 우려가 있습니다. 홍인한과 정후겸이 죽었지만, 더 심한 대후겸이 태어나게 될 것이외다."

형조판서인 채제공이 전에 없이 강경한 어조로 우려를 표시하였다. 몇몇 대신도 이에 동조하였지만, 삼정승은 임금의 눈치만 보느라고 묵묵부답이었다.

홍국영은 마침내 동짓달 보름날에 숙위소宿衛所를 설치하였다.

"금위대장 홍국영을 숙위대장으로 명하노라. 앞으로 모든 왕명은 숙위대장을 거쳐 내릴 것이로다. 병사의 이동과 공사의 시작, 인사의 형률에 대한 일들도 숙위대장으로부터 비답을 듣고 시행토록 하라."

홍국영은 정조에게 경비를 특별히 강화하겠다고 맹세를 했다. 정조가 반대할 이유가 없었다. 누구도 믿을 수 없는 상황에서 자기의 위험을 전적으로 막아 주겠다는데 누가 반대하겠는가.

어전에서 누군가 한숨소리가 들려왔다. 그야말로 조정의 모든 실권이 나이 어린 홍국영이 장악하게 되었다. 삼정승 육판서가 모두 홍국영의 지시를 받아야하는 참담한 일이 벌어진 것이었다.

정조는 더욱 놀라운 지시를 했다.

"숙위대장의 취임식을 거행하도록 하시오."

대소신료들은 눈앞이 캄캄해지는 암울함을 느꼈다. 온 몸에 소름이 돋고 오한이 밀려왔다. 형조판서 채제공도 정조의 의지가 워낙 강고強固하여 아무 말도 하지 못했다.

문제는 홍국영의 인물 됨됨이를 볼 때 걱정이 앞서는 일이었다. 홍국영이 숙위대장을 빙자하여 무슨 일을 꾸미고 저지를지 예측할 수 없는 인물이라는데 채제공은 걱정을 앞세웠으나 막을 길이 없었다.

채제공은 젊은 홍국영, 아니 어린 홍국영 때문에 여러 번 골탕을 먹기도 했다. 2대에 걸쳐 충신인 채제공은 홍국영으로부터 견제 당하고 있었다. 홍국영의 경거망동에 대해 간혹 제동을 걸고는 싶었으나 참았다. 홍국영이 간섭을 싫어 한다는 사실을 누구보다 잘 알고 있기 때문이었다.

청나라에 고생스러운 사신으로 간 것도 홍국영의 농간이라고 지레짐작을 했다. 그러나 당시 채제공만한 적임자가 없었다.

영조 출상을 이틀 앞둔 3월 3일 조정은 큰 충격에 빠지는 사건이 있었다. 작년 겨울 하정사(賀正使:중국 황제에게 보내는 신년하례 사신)를 보내면서 정조 즉위의 진주(陳奏-높은 사람에게 사정을 알림)의 명을 승인 받기 위해 북경에 갔던 하은군河恩君 이광李珖이 돌아 와 오열을 터뜨렸다.

"전하, 신을 중벌로 다스려 주시오소서. 표자문表咨文을 올렸으나, 예부 상서가 이르기를 황제가 읽어 보시고 즉위하시는 때의 일이 불손하게 적혀 있다면 다시 올리라고 하였습니다. 신이 두 차례 진의를 설명하였으나, 잘 못된 곳을 지적해 보이고, 그 모두가 조공국으로서 불손함을 드러낸 것이라고 하였습니다. 전하 이 같은 치욕을 겪게 되었사오니 중벌을 받아 마땅한 것으로 죽여주시옵소서."

감히, 오랑캐 무리가 우리에게 이런 치욕을 안기다니. 하정사로 갔다 온 이광의 말을 듣고 신료들은 분노를 억제하지 못했으나, 조공을 바쳐야 하는 작은 나라로써 어쩔 수 없는 일이었다.

어전회의는 비상이 걸렸고 표자문을 고쳐 쓸 사람은 채제공 밖에 없다고 결론을 내리고 그에게 일임했다. 다시 진주정사陳奏正使를 보내야 하는데 누가 적임자인가? 정조가 물었을 때 홍국영이 나서서 서슴지 않고 천거했다.

"형조판서 채제공을 보내시오소서."

본인은 물론 아무도 반대하지 못했다. 채제공은 홍국영이 자기를 보내고 숙위소를 더욱 강화할 것이고 만일 실수를 하고 승인을 받지 못하고 돌아온다면 올가미를 씌워 자기를 도태시키고자 할 것으로 오해하고 있었다. 그러나 당시 진주정사로 보낼만한 적합한 인물이 마땅하지 않았다.

채제공은 청나라에서 1차 거부했던 정조 즉위의 승인을 수월하게 받아낼 수는 있었다. 그러나 갔다 오는 동안 원로의 괴로움이 많았다. 특히 어린 홍국영의 농간에 의해 이 고생을 한다고 생각하니 가슴이 더욱 아팠다. 채제공은 그 고통을 시로 써서 시집 〈함인록含忍錄〉을 남기기도 했다.

정조 1년 11월 15일 금위대장 홍국영에게 대장패와 전령패를 직접 어필로 써서 전해 주었다. 그리고 정조는 다시 한 번 강조했다.

"숙위하는 군사를 도맡아 거느리는 숙위대장은 궁성을 철통 같이 지킬지어다."

"성은이 망극하옵니다."

홍국영은 엎드려 큰 절을 올렸다. 국영의 나이 겨우 30살이었다.

동짓달 열이레 날에 새로 지은 숙위소 마당에서 홍국영이 숙위대장宿衛大將으로 취임하는 의식이 장엄하게 거행되었다. 홍국영의 모습은 무장 못지않게 당당했다. 그의 살기 어린 눈빛이 대소신료들의 오금을 저리게 했다. 홍국영은 홍상범 불궤 사건으로 사람이 달라졌다. 마치 악귀가 된 것 같은 인상으로 변해 있었다. 거기 모인 사람들은 홍국영의 눈빛에 다시 한 번 소름끼치는 전율에 휩싸여야 했다.

숙위소는 정조 임금의 침전인 대조전 바로 옆이었다. 사이에 울타리를 하나 두고 있을 뿐이었다. 국영은 숙위군의 철통같은 호위 속에 업무도 여기서 보았다. 나라의 모든 일은 그를 거쳐야만 정조 임금에게 보고 되었다. 정조 임금도 영을 내릴 때는 언제나 그를 통해서 내렸다.

어쩌다 정조 임금의 허락을 얻을 틈이 없어 우선 처결한 일이 있었다. 그리고 사후에 보고했다. 꾸중을 들을 각오를 하고 있었다.

"그대의 말이 곧 내 말이 아니겠소?"

정조 임금은 웃으면서 그렇게 대답했다.

정조 임금의 신임이 돈독하고 업무체제가 그러하니, 조정의 상하 모든 관원은 물론이거니와, 백발의 영의정도 그에게 결재를 받아야만 했다. 마치 나라에 두 임금이 있는 듯했다. 그의 권세는 천하를 차일처럼 덮고도 남았다. 홍국영의 지위는 하늘 높은 줄 모르고 치솟기만 했다.

정조는 오랜만에 매일 책을 읽고 편안한 나날을 보냈다. 밤이면 왕후의 처소에서 새로운 환희의 늪을 헤매고 있었다.

아침이 되어 편전에 들면 도승지 홍국영이 어제의 일들을 빠짐없이 보고하고 오늘 해야 할 일들도 일목요연하게 정리하여 올렸다.

"홍승지는 나의 수족이나 다름없는 복심腹心이요. 나를 도와 국가의 간성이 되고 주석이 되어 줄 것으로 믿겠소."

"성은이 망극하옵니다."

나라에는 의정부라는 기관이 있고 삼정승 육판서가 다스리는 기관이 있음에도 정조는 그 모든 기관 위에 홍국영을 두어 총괄하도록 하는 전무후무한 일을 자행하고 있었다.

그러나 홍국영은 인격과 덕망과 학문이 어느 수준에 못 미치는 사람이었다. 아직 나이도 어릴 뿐 아니라 덕망을 갖추지를 못했다. 그런 사람이 칼자루를 쥐고 흔들 때 위험천만한 일이 벌어질 수도 있었다. 그는 지난 날 온 몸을 바쳐 세손을 보호해 온 사람이었고, 그의 목숨을 여러 번 위기로부터 구해준 사람이었다. 홍국영은 이런 인연으로 정조에게서 군신관계 이상의 예우를 받게 되고 요직을 차지하게 되었다. 그러면서 자연스럽게 정치의 중심으로 휘말려 들어가게 되었다.

이제 조선 천지에는 평온이 찾아왔다.

더 이상 반역을 꾀하는 자들은 없을 것 같이 보였다. 국영에 대한 정조 임금의 신임은 날로 두터워졌다. 주위 사람들도 호의적이었다. 홍국영은 이제 다리를 뻗고 자는 정도로 흡족했다.

날이 갈수록 홍국영의 권한은 하늘 높은 줄을 몰랐다. 의정부나 육조의 영역까지도 홍국영의 재가 없이 결행하는 일은 많은 제약을 받았다. 보이지 않는 원성이 비 온 후 봄날 새싹처럼 돋아나고 있었다.

실권을 잡은 그는 삼사三司의 소계(疏啓-상소문과 계문), 팔로八路의 장첩(狀牒-지방에서 올라오는 장계나 공문서), 묘염(廟剡-관아의 관원을 의정부에서 천거해 뽑음) 전랑銓郎의 임명 등을 모두 알거나 볼 수 있었다. 이렇게 하여 그는 모든 관료들에 대한 인사권까지 장악할 수 있었다.

더구나 정조의 신임마저 두터워 조정 백관은 물론 8도 감사나 수령들도 그의 말에 감히 이의를 제기하지 못하였을 정도였다.

임금에게 올리는 상주도, 임금이 내리는 하교도, 숙위소를 거쳐야 하는 절차는 당초에는 정조 임금의 신변을 보호하기 위하여 내려진 조치였다. 불온한 세력을 원천적으로 봉쇄 섬멸하자는 정책이었다

역적모의를 한 괴한들이 궁궐을 침범하는 판국이니 어느 누구도 이의를 제기하지 못했다. 조정의 중신들이 불만이 있었으나, 감히 입을 뗄 수 없는 상황이 되었다. 그러나 이 사태가 한시적이 아니라는데 문제가 있었다. 더구나 숙위대장은 시간이 가면 갈수록 막강한 힘을 갖게 되었다. 조정의 중신들이 입궐하면 반드시 숙위소를 거쳐야만 대궐 출입이 가능했다. 대신들은 이 조처가 일시적일 것으로 짐작했다. 그러나 해지되지 않을 뿐만 아니라 홍국영의 권력은 하루하루 막강해져 갔다. 인사권까지도 간여하고 재정권까지 쥐게 되어 국고를 제집 창고처럼 좌지우지했다. 숙위소에도 나인을 두는가 하면 호위하는 군병을 50여 명이나 두었다.

이렇게 되자, 관리들의 입궐이나 퇴궐 시 숙위소 문안도 실무상의 필요를 넘어서 아부성 인사가 많았다. 그 때문에 빈객이 미어터지고 나라의 삼공육경三公六卿은 벼슬자리에 앉아 있었으나, 실권이 없는 허수아비에 불과했다.

세상인심은 이제 홍국영에게 쏠려 있었다. 국영의 위상이 일세를 떨치자 아부하는 무리들이 구름처럼 모여 들기 시작했다.

달이 밝으면 그 밝음을 시샘하는 구름이 가리고 꽃이 만발하면 질투하는 천둥과 비바람이 불어오는 게 자연의 이치이거늘 인간은 그 이치를 망각하며 살기 마련이다.

정조는 홍국영의 역량을 완전 소진할 때까지 써서는 안 될 일이었다.

세상이 어느 정도 안정이 된 이 시점에서 그를 쉬게 했으면, 그는 자기를 돌아보고 자각하고 반성하는 기회를 가졌을 것이다. 그러나 정조에게도 홍국영에게도 그럴 여유가 없었다. 몹시 안타까운 일이었다. 정조로서는 누구도 믿을 수 없는 현실이 다시 재현되고 있었다. 오직 믿을 수 있는 신하는 홍국영 뿐이었다.

홍국영에 대한 나쁜 소문은 가물 때의 봄날 산불처럼 번져갔다. 날이 갈수록 홍국영에 대한 원성이 점점 커져갔다. 새파랗게 젊은 홍국영의 권세는 온 나라 사람들에게 두려움, 바로 그것이었다.

사람들은 이것을 홍국영의 세도(世道 : 勢道)라고 불렀다. 모든 관리들이 그의 승낙을 받아야 행동할 수 있어 그런 말이 생기게 되었다. 세칭 '세도 정치'가 시작되고 있었고 사람들은 이를 '세도정치'의 효시라고 수군거리고 있었다.

조선시대 최악의 정치폐단이라 할 수 있는 세도정치가 이로써 생겨나게 된 것이다.

정치가들은 세도정치의 효시는 홍국영이 숙위대장을 할 때부터 생긴 제도라고 했다.

아무도 제동을 거는 사람이 없었다. 그런 일이 있다면 곧 죽음일 수도 있는 상황이었다.

홍국영은 천정 높은 줄 모르고 오만 방자해져 갔다. 정조도 제동을 걸지 않았다. 한마디로 조선 천지는 홍국영의 세상이었다. 고관대작이나 백성이나 하찮아 보였다.

패기로 충만한 왕과 홍국영이라는 신하는 두려운 것이 없었다.

그러나 어쩌랴! 그들은 아직 어린 사람들이었다. 그들은 정치란 노회한 사람들의 전유물이라는 것을 알지 못했다.

어느 날 국영이 퇴근해 들어가자 부인인 우봉 이씨가 술상을 봐 왔다.

"여보, 새 임금이 들어서고 너무도 많은 사람들이 목숨을 잃었소. 이제 백성들에게 덕을 베푸시어 임군도 성군이 되게 하시고, 대감도 인자한 덕인德人이라는 말을 듣도록 하세요."

홍국영은 부인의 말에 벌컥 화를 냈다.

"아녀자가 집안일이나 잘하시오. 국사를 참견하는 것은 아녀자가 할 일이 아니요."

평소와 다른 국영을 대하는 부인의 마음은 만감이 교차했다. 부인인 덕수 이씨는 남편이 전혀 다른 사람같이 느껴졌다. 부인은 더 이상 아무 말도 하지 못했다. 죄가 있건 없건 그 많은 사람을 죽이고 그 죄업이 자기 집안에 미칠까 걱정을 했다. 우봉 이씨는 자기에게 태기가 없는 것도 그와 무관하지 않다는 생각에 사로 잡혀 있었다.

덕수 이씨는 기도하는 방이 있었다. 그 방으로 가서 백팔 배를 올리고 간절히 발원을 했다. 자기의 서방님이 제발 초심을 잃지 않고 인명을 중시하고 정사를 공평하게 처리하기를 기원했다.

국영은 차츰 권력의 맛에 취하고 중독되어 갔다. 그는 초심 따위는 잃어버린 지 오래였다. 자기는 하늘이 보호하여 죽지 않는 불사조로 착각하고 있었다. 평소 경거망동한 성격을 억누르고 겸손한 척하던 태도가 아니었다. 턱은 점점 높아져 갔다. 그 턱으로 정승이고 판서들이고 안하무인으로 부리기 시작했다. 세상사가 마음대로 안 되는 일이 없었다. 모든 인간이 가소롭게 보였다.

단, 하나 국영이 마음대로 안 되는 일이 한 가지가 있었는데 그것은 자식이 없는 것이었다. 이미 나이 삼십. 눈먼 딸자식 하나 슬하에 두지를 못했다. 권세와 몰려드는 재물을 상속할 자식이 있어야 할 일이었다. 그러나 결혼 십여 년에 아직 소식이 없었다. 부인 덕수 이씨도 건강한데 어쩐 일인지 회임하지 못했다. 도저히 가망이 없어 보였다. 덕수 이씨는 첩을 들이자고 했으나, 홍국영은 대답하지 않았다. 그 당시 본부인이 출산을 하지 못하면 발 벗고 나서서 첩을 맞아들여야 악처라 불리지 않는 풍습이 있었다. 그러나 홍국영은 그런 말은 아예 입 밖에 꺼내지도 못하게 하였다.

국영은 타고난 혁명아革命兒였다. 난세에 빛을 발하는 발광석發光石이었다. 이런 사람은 평화가 오면 몸이 발바닥부터 근질거려서 참지 못한다. 뭔가 일을 꾸미고 그게 맞아떨어지는 짜릿한 즐거움으로 살아간다. 그래서 자꾸 일을 꾸미고 아차 잘못하면 자기 함정에 빠지기도 한다.

국영도 인간이었고 자기 욕심이 화사花蛇의 대가리처럼 꼿꼿이 쳐들고 일어났다. 이 권세를 홍국영의 가문이 무궁토록 계승하기 위한 궁리로 잠을 자지 못했다.

그는 자다가 벌떡 일어나 무릎을 쳤다. 그렇다 그런 묘수가 왜 이제야 떠오르는가! 그것은 왕실과 끊어지지 않는 인연을 맺는 일이었다. 자기의 여동생과 정조를 혼인 시킬 궁리를 하고 있었다. 홍국영은 바닥이 보이지 않는 수렁으로 빨려들어 가고 있음을 알지 못했다.

요즈음 홍국영의 집 지붕 위에 까마귀 떼가 몰려와 울어대다가 하늘 높이 날아오르곤 했다. 매일 그런 것은 아니었으나. 이따금 날아와 기분 나쁘게 짖어댔다. 부인 이씨는 그런 날은 별도의 방에 가서 백팔 배를 지극 정성으로 올렸다. 그러나 국영은 까마귀 소리를 듣지 못했다. 매일 입궐해 있고 집에 잘 들어오지도 않아서였다.

국영은 자다가 갑자기 잠자리에서 벌떡 일어났다.

"하하하, 드디어 천하 모든 일이 내 손아귀에 들어오게 되었도다."

천장을 우러러 앙천대소했다.

옆에서 잠들었던 부인 이씨는 모골이 송연함을 느꼈다.

밖에서는 비바람이 세차게 불면서 장대같은 비가 휘몰아치고 있었다.

작가의 말

　인간들은 왕이 태어나기 위한 하늘의 뜻을 거역하지는 못한다.
　갖가지 신화가 그렇고 현실 역사가 사실을 증명한다. 조선왕조의 정조는 아버지 사도세자를 죽음으로 몰고 간 노론 벽파의 극심한 견제를 받고 있었다. 벽파의 사람들은 동궁이 등극하면 자기들이 죽음을 면치 못하리라는 위기감에서 헤어나지 못했다.
　화완옹주와 그 양아들 정후겸, 혜경궁 홍씨의 중부인 홍인한, 정순왕후와 오라비 김귀주. 문숙의와 오라비 문성국 그 외에도 노론 벽파 모두가 적이었다. 노론 사람들이 궁 안팎을 철통 같이 에워싸고 숨도 쉴 수 없게 옥죄어 오고 있었다. 세자思悼世子를 죽음으로까지 몰고 가는데 혈안이 되었던 무리들이 동궁(世孫)을 그대로 놔 둘 리가 없었다.

그들은 목숨을 부지하기 위해 동궁을 위해危害하고자 했다.

이들은 동궁을 폐위시키기 위해 날마다 모사를 꾸미고, 숨통을 조여 왔다. 거처인 춘방 구석구석에 이들이 심어놓은 간자들이 동궁의 일거수일투족을 빼놓지 않고 실시간으로 고자질했다. 홍인한이나 정후겸은 동궁을 독 안에 든 쥐를 감시하듯 훤히 들여다보고 압력을 가해 왔다. 언제든지 쥐의 생명을 끝내줄 준비가 되어 있었다.

그러나 하늘은 결코 무심하지 않았다. 어느 날 갑자기, 뜻밖에 천둥벌거숭이 같은 홍국영洪國榮이란 인물이 나타났다. 방해 세력의 공격을 혼자 힘으로 큰 방패가 되어 번번이 막아냈다. 가장 극적인 사건은 '강목사건綱目事件'이라 할 수 있다. 인간 홍국영이 순간의 기지로 무마 되었지만, 이건 인간의 기지가 아니고 신의 조화가 아니었다면 불가능한 일이었다.

역사란 가설을 용납하지 않는다.

그러나 왕이나 황제가 될 재목들이 어떤 난관도 극복하고 정상에 오르는 것을 보면서 우리는 카타르시스를 느낀다. 정조의 등극으로 민초들은 위대한 인간의 승리를 확인하게 된다. 힘없는 민초들도 이건 신의 뜻이기도 하다는 믿음을 갖게 되는 것이다.

과연 홍국영이 아니었으면, 정조란 임금이 우리 역사에 있을 수나 있었겠는가 하는 의아심을 가져본다.

역사가들은 홍국영을 간신이라 부르고 간신 반열에 올려놓고 있다. 과연 그는 간신일까?

간신이란 교언영색巧言令色으로 왕의 성총을 흐리게 하는 사람을 말한다. 과연 홍국영이 그런 말을 해서 정조의 국사를 잘 못되게 한 일이 있었는지 묻고 싶다. 나는 그를 만고충신萬古忠信이라고 믿어 의심치 않는다.

그 인물을 위한 신원伸冤의 지노귀새남을 한판 거창하게 펼치고 싶었다. 그리고 간신 반열에 올라 있는 이 역사 인물에게 변명의 기회를 주고 싶었다.

나는 간신이 아니라는 천상의 목소리를 들었기 때문이었다.

그 삼엄한 노론 벽파를 두려워하지 않고 온 몸을 던져 동궁을 보호한 사람은 홍국영 한 사람뿐이었다. 나는 이 작품의 주인공인 홍국영을 역사에 우뚝 선 만고충신이었다는 것을 알리고 싶었다. 또 저변에는 오늘을 사는 많은 권력자들이 권력의 무상함을 일깨웠으면 하는 마음도 한 가닥 포함되어 있다.

나는 이 작품을 쓰면서 안타까운 것은 홍국영의 철없는 욕심도 욕심이었지만, 어린 나이에 너무도 버거운 권력을 휘두르게 되었다는 사실이었다.

또 하나 가슴 아픈 일은 혜경궁 홍씨(1735-1815)였다.

'내가 태어나서 우리 집은 단멸斷滅한 것이다. 왕세자를 생산하여 보위에 오르게만 하지 않았던들 이와 같지는 않았을 것이다. 하늘이 왜 나를 나게 하신고, 하늘아, 하늘아.'

진정 그녀는 죽어지기를 원했다. 자신의 완명頑冥을 저주하였다.

그녀는 열 살이나 어린 시어머니인 정순왕후(1745-1805)의 갖은 핍박을 다 받았다. 정순황후는 창덕궁 경복전에서 61세로 숨을 거두었다. 1805년 1월 12일 이었다.

혜경궁 홍씨(1735-1815)는 그녀보다 10년이나 더 살면서 『한중록』을 완성했다. 참으로 안타까운 비운을 타고난 여인이었다. 그러나 대단한 인내력과 명민함은 후세 사람들의 귀감이 되고도 남음이 있다. 아들이 죽고도 15년이나 더 살았다. 향년 81세에 그 한 많은 생을 마감했다.

나는 독자들의 이 작품에 대한 주저 없는 지적을 원한다. 좀 더 좋은 작품이 되기 위해……. 겸허히 받아들일 준비가 되어 있다.

과연 인생은 무상한 것인가 간혹 깊은 사유의 늪에 빠져 본다.

2019. 8. .

冠岳綠林 아래 카페에서 채문수
cmsqq@naver.com)

채문수 장편소설
킹메이커 홍국영

인쇄 2019년 9월 5일
발행 2019년 9월 9일

지은이 채문수
발행인 서정환
펴낸곳 신아출판사
주소 서울시 종로구 삼일대로 32길 36(익선동 30-6 운현신화타워) 305호
전화 (02) 3675-3885, 010-3231-4002
팩스 (063) 274-3131
이메일 sina321@hanmail.net munye888@naver.com
출판등록 제465-1984-000004호
인쇄·제본 신아출판사

저작권자 ⓒ 2019, 채문수
이 책의 저작권은 저자에게 있습니다. 서면에 의한 저자의 허락없이 내용의 일부를
인용하거나 발췌하는 것을 금합니다.
COPYRIGHT ⓒ 2019, by Choi Moonsoo
All rights reserved including the rights of reproduction in whole or in part in any form.
저자와 협의, 인지는 생략합니다.
잘못된 책은 바꿔 드립니다.

ISBN 979-11-5605-667-6 03810
값 14,500원

이 도서의 국립중앙도서관 출판예정도서목록(CIP)은 서지정보유통지원시스템 홈페이지
(http://seoji.nl.go.kr)와 국가자료공동목록시스템(http://www.nl.go.kr/kolisnet)에서
이용하실 수 있습니다.(CIP제어번호:CIP2019035532)

Printed in KOREA